WANG ZIFU WORKS

中国专业作家作品典藏文库
王梓夫卷

# 礼尚往来

王梓夫 著

中国文史出版社

# 目录

# 幕　僚

模阳，丝绸之路上的一座古城。史载它最早叫馍羊，来自一个美丽的民间传说。而这里所讲述的，则是这座古老城市里发生的最新故事……

## 一

以后所发生的一切都是由这次不可思议的车祸开始的。范思哲说，人生就是由无数个偶然性组成的，偶然性就是命运。而对于现代人的不幸来说，最能迅速改变命运的偶然性莫过于车祸。

深夜，下着雨，又是在一条通往模阳古城的乡间公路上。没有路灯，两边是海洋般的青纱帐。雨骤风狂，翻江倒海，天地混沌一片。雨是突然而至的，开始秦汉章以为是阵雨，下一阵就会过去。没想到雨却越下越大，尽管雨刷不停地摆动，车窗前还是朦朦胧胧。就在这朦朦胧胧中，一道闪电通天贯地，秦汉章看见了雨幕中一个骑着自行车的摇摇晃晃的人影。几乎与此同时，他感觉到手中的方向盘一颤，紧接着就是一声沉重的撞击声。刹车是下意识踩的，声音不大，却将坐在副驾驶位上的司机汪延顺从醉梦中惊醒了。同时被惊呆了的还有坐在后面的蔡小菲。

三个人急忙打开车门，横在车左前方雨地里的是一辆变了形的自行车，自行车下面压着一个黑乎乎的男人。最明显的是自行车后面绑着一个装着苹果的柳条儿筐。苹果撒了一地，在雷雨中闪着喊冤叫屈的光芒。

谁也没有犹豫，他们几乎是同时弯腰搬开自行车，将那受伤的男人抬上汽车。那个男人浑身上下都沾满了泥水，汽车上立刻脏得一塌糊涂。这个男人没有死，谁也没有检查，但是他们都觉得这个男人没有死。这个男人已经不年轻了，该算是六十岁以上的老人了。这是个危险的年龄，他们必须把他尽快拉到医院抢救。

他们想到的只是抢救老人，谁也没有想到要逃跑。交通肇事逃逸已经司空见惯了，那都是没有人心没有道德的人。他们不是，他们是模阳市的精英和领袖，这种丧尽天良的事想都不能想。

但是，当秦汉章拉开驾驶座的车门要继续开车的时候，蔡小菲却把他拦住了。

蔡小菲用身子挡住车门，问酒醒了大半的司机汪延顺："顺子，你还能开车吗？"

汪延顺愣了片刻，急忙说："啊……能，能。"

秦汉章却说："别，是我闯的祸，还是我来吧。"

蔡小菲却一把将他推进车后面："你傻呀？"

秦汉章还想坚持，蔡小菲却绕过车头钻进了副驾驶的座位。

没有再争执，三个人都知道，眼下最要紧的是救人。

以后的事情有序且富有成效。在去往模阳市的路上，蔡小菲就打通了市政府的值班电话，让办公室主任孙达天迅速赶到市医院，带去一张现金支票并通知院方做好紧急抢救的准备。到了模阳市医院，车还没停稳担架就过来了，那个浑身泥水面目模糊的老人被直接推进了急救室，医生护士们也像接到战斗命令似的忙活起来。本来秦汉章要留下的，他担心的是老人的命。蔡小菲也想留下来，她担心的是秦汉章。孙达天却连推带搡地把他们都赶走了，说这里有他就行了，你们就别操心了，人再多也帮不上忙。

秦汉章有些感动。上了车之后谁也没说什么，汪延顺没有像往常那样先把秦汉章送回家然后再去送蔡小菲，而是把车直接开到了市政府大院。秦汉章打开车门朝办公室走去，蔡小菲和汪延顺默契地跟在后面。三个人都是一身泥水，谁也顾不上这么多了。

秦汉章没有坐到办公桌后面的皮椅上，而是像一摊泥似的将身子堆在了会客室里的沙发上。蔡小菲和汪延顺都没有坐，外面的雨依然在下，沉闷的雷声就在窗外滚动着。雷声提醒着这起车祸的严重性：全世界每时每刻都在重复着成百上千起车祸，车祸对于现代人来说已经像苍蝇叮蚊子咬一样习以为常了。可是这不是一起平常的车祸，也不是发生在普通人身上的车祸。讲轰动效应，开车撞人的是大名鼎鼎的模阳市市长秦汉章，而且还不知道被撞的是何许人；讲性质严重，秦汉章是非司机驾驶，按照新的交通法，秦汉章要被追究刑事责任，要蹲监狱的。秦汉章显然明白他所面临的危险，负责任他不怕，男人嘛，敢作敢当。蹲监狱他也不怕，又不是贪污受贿嫖娼，不丢人。

关键是这件事出得不是时候，他正在“奋不顾官”地保护具有二千多年悠久历史的模阳古城。可以说是呼天喊地、声嘶力竭、不遗余力，如救模阳于水火之中。只因为市委书记冯奈正在利用所谓的“大多数”，强行通过建设模阳新城的规划。作为一个市长，作为一个吃花馍长大的模阳子孙，不能保护模阳古城，他愧对祖先，愧对后人。他跑到省城，找到支持保护古城的省政协副主席严慰祖，通过他找到一些声名显赫的专家学者，又请来尊重模阳历史的媒体名记。在这个所谓的研讨会上，他慷慨激昂，声泪俱下，呼吁方方面面为保护模阳古城大声疾呼。研讨会和晚宴连在了一起，秦汉章酒精过敏，一口酒入肚便脸红心跳手脚冰凉。这在官场上、商场上、情场上都是非常被动的。所幸的是他的司机汪延顺有海量，他又能替汪延顺开车。于是又像往常一样，他带着汪延顺挨桌挨人地敬酒，谦恭虔诚地拜托，好像每一个人喝了他敬的酒，都会成为保护模阳古城的勇士。一圈儿酒敬下来，汪延顺便舌头发硬，两脚绊蒜，被蔡小菲搀扶到车上去了……

他开车的技术是绝对没有问题的，七八年的“老黑”了，而自己又喜欢摸车，车感极好。就是汪延顺不喝酒，他也经常开着车带着蔡小菲出去。蔡小菲总是劝他去考一个驾照，哪怕花钱买一个也好，否则真出了事不好交代。秦汉章也不愿意总当“老黑”，可是他不愿意花钱买驾照，而郑重其事去考驾照，哪儿来的工夫？

现在不幸被蔡小菲言中，果然出了事。明天或者什么时候，他就要进看守所“办公”了。这看守所他能进吗？他进了看守所，那些专家权威还会为模阳古城大声疾呼吗？模阳古城还能保得住吗？也许命中该有此一劫，可这到底是他的劫难，还是模阳古城的劫难？

在大祸降临的危难关头，临阵不乱的往往是女人。此刻，就在秦汉章面前，湿淋淋的蔡小菲紧盯着湿淋淋的汪延顺，像用扳手拧螺丝似的丝丝入扣，越拧越紧，越紧越不放心地死拧。

“你说，秦市长对你怎么样？”

“那还用说，好呗。”

“别忘了，你原来只是蔬菜公司开大货的，是秦市长把你调进了市政府机关。”

“这我不会忘。”

“你原来住着两间狗窝一样的小平房，是秦市长给你分配了两室一厅的大房子。”

“我记着呢。”

“还有，你老婆原来是宾馆的小服务员，还是临时工。是秦市长把她调进了文化局，还转成了公务员，现在也是副科级了。”

“秦市长对我的好处还用得着你说吗？我一桩一件都记在骨头缝里了。我就是忘了我是爹生娘养的，也忘不了秦市长呀！蔡秘，有什么话你就直说吧。”

“告诉你，今天晚上的车就是你开的。”

“那当然，就是我开的嘛。”

“谁找你都不能开口。”

“我懂。”

“刀架在脖子上都不能说……”

听着蔡小菲如此紧逼着汪延顺，秦汉章实在是于心不忍。这蔡小菲也太霸道了，女人不能靠近权力，靠近权力就会变成慈禧太后。可话又说回来了，她这样紧盯着汪延顺，不是完全为了保全他这个市长吗？

秦汉章的身子不由得在沙发上缩着，越缩越小。他从来没有看见过自己这卑微怯懦的熊相，他干吗不像个男子汉一样地挺起胸膛来？一个堂堂的市长，闯出祸端来，要自己的秘书如此这般地掩盖，又如此霸道地让自己的司机去当替罪羊，他成了什么人？

蔡小菲还在像拧螺丝一样拧着汪延顺那软绵绵的神经。秦汉章实在受不了了，他不耐烦地挥了挥手：“行了，你们都回去吧。”

蔡小菲问：“那你呢？”

秦汉章说：“我要洗个澡，换换衣服。”

汪延顺问："那您不回家了？"

秦汉章："你们别管了，回家我用值班车。"

蔡小菲突然想起了什么，掏出手机拨通了一个电话："孙主任吗？那个人怎么样了……噢，还在抢救……啊对了，这件事先不要惊动交通队，也不要跟别人讲……啊，辛苦您了……"

秦汉章惊愕地看着蔡小菲，心里奇怪，这个女人怎么这么能干？她只有二十四岁啊，比自己整整小一半。她要是到了四十八岁，还不成了货真价实的慈禧太后？

## 二

奇怪的是，出了这么大的事，他居然还能睡得着觉。他不记得什么时候了，值班车把他送回家，他将老婆往旁边推了推，就睡过去了。当一只大绿豆蝇在他耳边嗡嗡骚扰的时候，老婆早已经不在床上了。每天都是这样，老婆天不亮就起床，将蒸好的花馍装进篮子里，到花馍街上去叫卖。

他也像往常一样洗漱完毕，迈进小厨房。老婆已经把早餐一如既往地摆放在了灶台上：两个花馍，一碗小米粥，一盘放了香油的咸菜丝儿。

这时候，他才觉得自己一点儿胃口都没有。他没有坐下来吃早餐，顺手将两个花馍拿起来，漫不经心地朝院外走去。

秦汉章的家在古城东南角，一个四棱四致又紧紧缩缩的小院。亦如整个模阳古城所有的建筑一样，小是小，却非常精致：翘脊飞檐、磨砖对缝、雕花门楼、花木盈院。出了家门，秦汉章顺着一个斜坡，便身不由己地登上了城墙。城墙上有一个小箭楼，踩在箭楼上，模阳古城便尽收眼底了。

模阳古城矗立在古丝绸之路上，传说张骞第一次出使西域，就是在这古城外被前来犯边的匈奴俘虏的。至今在城西还有一条张骞巷。昭君出塞，也是途经这座古城。古城北面有一条小河就叫香溪，传说昭君在这小河里梳妆打扮之后，便一步三回首地奔向大漠深处了。还有林则徐虎门销烟后被发配新疆，古城人沿街摆好了酒菜为林则徐送行，林则徐感激之余为古城题写了"壁垒江山"四个大字。林则徐的真迹石刻依然镶嵌在西面的城门楼上……

下了一夜的雨，整个天地间都是湿淋淋的。东方渐红，太阳在群山后面慢慢地升腾着。淡紫色的氤氲薄纱般从东边飘浮过来，将古城温柔地抚摸着。只要是雨过天晴的早晨，这淡紫色的盖头总是要笼罩在古城的上空。紫气东来，这是古城独具的气象。这神奇的征兆令无数先哲惊愕叫绝，也令名流方士演绎出无数动人心魄的故事……

秦汉章站在古城上看着日出东方的奇观，肚子咕噜噜叫了两声。他举起手中的花馍，刚要送到嘴边，却不由得愣住了。今天早上，老婆为他准备的花馍不是别的，正是两只跪着的小羊羔儿……

乌鸦反哺，羊羔跪乳，这正是模阳古城的来历。模阳原来叫作馍羊，传说最早在这儿开荒生存的是周文王的后代，从姬姓分化出的姓王的人家。王姓夫妻勤劳忠厚，以仁孝治家。治家却不能治子，他们的独生儿子自幼娇惯放纵，顽皮任性。老两口非常伤心，自己管教不了，便送到千里之外的外婆家，央求同样以仁孝闻名遐迩的舅舅代为管教。舅舅视这个外甥如己出，谆谆善诱，诲人不倦。一次，舅舅带着外甥去牧羊，绿草红花，阳光万里，舅甥俩躺在一棵大杨树下歇息。树上有一个乌鸦窝，几只小乌鸦飞进飞出，忙忙碌碌。外甥问："这几只小乌鸦在干什么？"舅舅说："窝里有一只老乌鸦，已经不能飞了，这几只小乌鸦在四处觅食喂着它们的妈妈。小乌鸦是老乌鸦养大的，老乌鸦不能飞的时候，小乌鸦为了报答养育之恩，便担当起了赡养老乌鸦的责任，这叫作'乌鸦反哺'。"正在这个时候，一只母羊咩咩叫着呼唤着小羊羔儿，小羊羔儿欢快地跑过来，跪在母羊的肚子下面，幸福地吮吸着乳汁。舅舅又指着小羊羔儿说："你看见了吧，小羊羔儿为了不忘母亲的恩情，每次都是跪着吃奶，这叫作'羊羔跪乳'……"

外甥听了舅舅的话，流着眼泪说："您把我送回家吧，我一定听父母的话，尽仁孝之心，动物都知道报效养育之恩，何况人哉？"

舅舅送外甥回家的时候，送给外甥两只小羊羔儿。从此以后，逢年过节，舅舅都送外甥小羊羔儿作为礼物。后来传播开来，久成习俗，不过将真的羊羔演变成了花馍蒸成的羊羔儿了……而这个地方，也就成了远近闻名的馍羊城了。大清乾隆年间，陕甘总督李侍尧觉得馍羊城的名字不雅，遂改成了模阳城，此史料可见光绪初年编纂的《模阳县志》……

汽车的喇叭响，秦汉章抬头看了看，太阳已经从郁郁葱葱的群山后面脱胎出来。每天的这个时候，汪延顺便把车开到城墙脚下。他匆匆朝下面走去，到了跟前才发现，来接他的不是汪延顺，还是昨天晚上送他回家的那辆值班车。一种不祥的预感烟雾般将他笼罩起来，他觉得有点儿头晕……

## 三

尽管蔡小菲机关算尽地堵着方方面面的窟窿，天亮雨停的时候，这件事还是像嚼舌的麻雀一样在各个办公室的窗口传开了。她像往常一样穿着有点儿另类的时装，准时按点地走进政府机关的大门。凭着女人特有的敏感，她知道昨天夜里所有的努力都枉费心机了。

秦汉章已经坐在办公桌前面了，脸上带着疲倦。但是还好，新换了半袖白衬衫，领带扎得很规矩，刚刚刮完脸，显得精力充沛的样子。

蔡小菲坐在他办公桌前面的椅子上，神态平静地说："西院已经动作起来了，冯书记六点钟就到了办公室，肯定是有人把消息提供给了他。"

秦汉章面无表情，连头都没有抬。

蔡小菲说的西院指的是模阳市委，冯书记就是市委书记冯奈，模阳市的第一把手。市委和市政府是两座东西毗邻的院子，人们习惯把市委称为西院，将政府称为东院。

蔡小菲接着说："昨天夜里崔秘也到了医院，大概是两点钟。"

崔秘是市委秘书长崔寅生，冯奈的死党。长期以来，冯奈与秦汉章的势不两立已经成了公开的秘密。谁也没有拉帮结派，帮派是自然形成的。由于矛盾的焦点是在对待古城的态度上，冯奈主张彻底改造古城，建设阳光大道、阳光广场、阳光新城，占尽一个"阳"字，被称作"阳派"；而秦汉章主张"保护模阳古城，弘扬花馍文化"，占尽了一个"馍"字，被称作"馍派"。当然，这些都是非常微妙且非常隐秘的。在公开的场合，两个人谈笑风生，相互补台捧场，配合得无迹可求。在下面或上面的人眼里，这是一个团结稳定的班子。知道内情的只限于东西两院和少数消息灵通分子。

蔡小菲又说："他们已经通知《模阳日报》的记者了，记者就守候在抢救室外面，那个人一旦醒过来他们马上就要采访。看来西院要把这件事折腾大，可让他们抓着带把儿的烧饼了。"

秦汉章看着眼前的一份文件，还是不动声色。

但是蔡小菲知道她的话都灌进了秦汉章的耳朵里，一个字都没落下，随后又说："交通队已经知道了，还派人去现场勘察了，估计很快就会传讯汪延顺了。我还是对汪延顺不放心，我总觉得他是个软骨头。"

秦汉章抬起了头，用一种奇怪的目光看着蔡小菲。

蔡小菲提醒说："你还是叮嘱一下汪延顺，别让他……"

秦汉章打断了蔡小菲的话："你夜里去哪儿了？"

蔡小菲一愣："什么去哪儿了？我回家了。"

秦汉章问："你没睡觉？"

蔡小菲说："谁说的？我起床的时候都七点多了。"

秦汉章问："那你这些消息都是什么时候得到的？"

蔡小菲说："你怎么问这么愚蠢的问题，不知道现在是信息时代了吗？"

秦汉章说："接收信息也需要时间呀？你不是睡觉了吗？"

蔡小菲说："我睡觉的时候闭着眼睛，留下耳朵张着接收信息。"

秦汉章无奈地笑了。在精明过人的蔡小菲面前，他常常会露出这种无奈的笑。

蔡小菲有点儿焦灼地问："怎么办？"

秦汉章说："什么怎么办？"

蔡小菲急了："难道你就准备蹲大牢了？"

秦汉章苦苦地摇了摇头，自我宽慰地说："是福不是祸，是祸躲不过。"

蔡小菲说："躲不过也得躲呀！你不能伸着脖子等着挨宰呀。"

秦汉章无可奈何地问："那你说怎么办？"

蔡小菲坚决地说："按既定方针办。"

秦汉章问："什么既定方针？"

蔡小菲："记住我说的话，那车是汪延顺开的，出车祸是偶然的，出了车祸以后我们全力抢救，已经尽到责任了。告诉你，就是中纪委的人来了，你都不能改口。"

秦汉章说："你让我嫁祸汪延顺？"

蔡小菲说："汪延顺是正式司机，出了车祸算违章；可你就不同了，你是非司机驾驶，出了车祸就是犯法了。"

秦汉章说："你知道不知道，汪延顺是酒后开车，出了车祸同样要坐牢的。"

蔡小菲说："谁知道他酒后开车，你不说我不说，那个被撞伤的人不知道吧？"

秦汉章说："你不是看出来了吗？从昨天夜里到今天早上，我们能瞒得住什么？"

蔡小菲无话可说了，西院太厉害、太强大了，她心里太清楚了。

## 四

上午开市长办公会议，研究几项日常工作。会议开得很正常，正常得似乎有点儿反常。秦汉章将市委关于建设开发区、招商引资的决定说了，几位副市长并没有表现出多大的热情，但也没有表现出丝毫的冷漠。开完会以后，秦汉章便回到了自己的办公室。

蔡小菲跟着他的脚后跟进来了，伸手说："把钥匙给我。"

秦汉章一愣："什么钥匙？"

蔡小菲压低了声音说："我刚才看了看，你的手机还插在车前面呢，这就是物证，明摆着昨天晚上是你开的车。"

秦汉章说："我说这半天怎么没人给我打电话呢。我还琢磨呢，还没进大牢呢，就都跟我划清界限了。"

蔡小菲说："交通队已经传讯汪延顺了，原本他们要到政府司机班来的，我怕影响太大，还是让汪延顺悄悄去了交通队。"

秦汉章低着头在抽屉里翻找着车钥匙。他坐的那辆奥迪车是有两套钥匙，他一套，汪延顺一套。不过他这套很长时间没用了，翻了半天，还是蔡小菲从电脑桌的键盘下面找到了。蔡小菲转身要走，秦汉章突然说：“你吃过爆肚吗？”

蔡小菲莫名其妙。

秦汉章说：“我中午请你吃爆肚吧。”

蔡小菲问：“你没应酬？”

秦汉章说：“是有个饭局，省办公厅来了位副主任，我不想去，有别人陪着就行了。”

两个人一前一后地出了办公室，走进车库，秦汉章还没打开车门，就听见里面的电话锲而不舍地响着，谁呀？这么难缠。

蔡小菲一上车就把秦汉章的手机从充电插座上拔下来，电话又响了两声，终于放弃了。

秦汉章把车打着火：“谁呀？”

蔡小菲说：“这个钟点，还能有谁？肯定是要把你拉到酒桌上的人。不行，难得咱俩单独吃顿饭，今天就是美国总统来了都得给我让位。”

秦汉章把车开出了政府大院，朝出城的方向开去。

电话又响了起来，蔡小菲看了看来电显示：“是汪延顺。”

秦汉章：“你问问他什么事。”

蔡小菲说：“他要想跟我说，为什么不给我打电话？”

秦汉章一边开车，一边接过手机。他刚“喂”了一声，就听见汪延顺在电话那头死了亲娘似的哭了起来：“秦市长，我对不起您啊……我说了，我都说了……呜呜……”

蔡小菲一听就火了，抢过秦汉章的手机，冲电话里嚷着：“我早就担心你是软骨头，白眼狼，喂不熟的白眼狼，你他妈怎么这么没良心，忘恩负义的浑蛋……”

汪延顺在电话里边哭边解释着：“蔡秘，不是我不想认……是他们……他们已经知道了……他们知道了咱跟哪儿喝的酒，也知道咱跟谁一起喝的酒，连喝什么酒他们都知道，您说……我能不说吗？”

蔡小菲喊着：“你不说怎么了，他们还能把你拉出去毙了？”

汪延顺哭得更厉害了：“呜呜……您不知道，我妈有心脏病，我媳妇子宫肌瘤，我儿子又要考中学，我要是进去了……”

“啪”的一声，蔡小菲将电话挂了，气愤地骂着：“这条狗，连狗都不如，狗还知道护主人呢……”

秦汉章却平静地说：“本来嘛，祸是我闯的，你非要让人家去顶罪，这本身就够霸道的。”

蔡小菲依然怒气不减：“他妈有心脏病，他媳妇有子宫肌瘤，他儿子要考中学。他也不想想，你要是进去了，他还能给领导开小车吗？谁能用这卖主求荣的东西？”

秦汉章把右手放在蔡小菲的肩头上，安慰着她：“算了，何必呢。”

蔡小菲倒像是自己受了莫大的委屈，使劲摇晃了一下肩头，想把秦汉章的手摇掉。

秦汉章的手却顺着蔡小菲的肩头很自然地向下滑落着，轻轻地停落在她的大腿上。蔡小菲没有动，秦汉章的心尖儿却颤动了一下，慌忙把手收回来。

蔡小菲扭过头：“汉章，真的没有办法了？”

秦汉章说：“还能有什么办法？”

蔡小菲说：“你真的要去坐牢？”

秦汉章点了点头。

蔡小菲突然问：“你饿吗？”

秦汉章没明白，看了她一眼。

蔡小菲说：“我问你现在饿吗。”

秦汉章还是不解：“你说什么？”

蔡小菲说：“你要是不饿，咱先不急着吃饭行吗？”

秦汉章：“干什么？”

蔡小菲低声说：“去我家吧……”

## 五

蔡小菲是北京师范大学毕业的北京姑娘，两年前她是以西部大开发志愿者的名义来到模阳市的，来了以后就在市政府办公室工作。虽然没有明确，蔡小菲实际上成了市长秦汉章的秘书，外面也习惯这样称呼她。原来说好在模阳只待一年，可两年都过去了，她也没说走。秦汉章固然不希望她走，除了工作上离不开她，日久生情，心里那说不清道不明的丝丝缕缕也难撕扯。

蔡小菲所谓的家，是她租住的一室一厅的单元楼，在城外一片新开发的住宅小区里。秦汉章多次要求到她家看看，都被蔡小菲直截了当地拒绝了，没想到她今天却主动提出了到她家来。这让秦汉章既莫名其妙，又受宠若惊。

蔡小菲客厅的墙上贴满了照片，花花绿绿，杂乱无章，像秋天的残花落叶。秦汉章走近一看，顿时惊愕了。墙上的每一张照片都是模阳古城：残破的城墙、高耸的箭楼、鸟瞰的古城全景、不同角度古城建筑、标着比例的城门、形形色色的花馍……

秦汉章心里一阵滚烫。蔡小菲是铁杆“馍派”，在保护模阳古城上，两个人心灵相通，肝胆相照，有着谈不完说不尽的话题。万万没想到，蔡小菲已经把整个模阳古城都原原本本地珍藏起来了。

“小菲，你什么时候照的这些照片？我怎么连影儿都不知道？”

没有人答话，秦汉章回头看了看，不见蔡小菲的踪影。卫生间里传出了哗哗的水声，秦汉章奇怪，她怎么连个招呼都不打就进去洗澡了呢？

一个令自己朝思暮想的姑娘在一门之隔的卫生间里赤身裸体地洗澡，秦汉章能不想入非非吗？

蔡小菲的到来使秦汉章平生第一次接触到了另类女人：那修长的大腿，丰满的胸部，细腰丰臀，以及那时尚的气质和充满青春活力的躯体，原来秦汉章以为只有在电视里才能见到。蔡小菲是悬在他头顶上的一颗光彩诱人的星星，他总是跃跃欲试地要朝上攀登；蔡小菲又是铺展在他面前的一片大海，他总是要奋不顾身地跳下去。深埋在他心里的那颗风流种子被蔡小菲催发得膨胀起来，尖利的幼芽每时每刻都有可能破土而出。可是，他也失望地发现，蔡小菲时尚却不现代，另类却不随便。她像星星一样让人可望而不可即，亦像大海一样只能让人浅尝辄止。

卫生间的门开了，蔡小菲身上裹着一条浴巾，活灵活现地站在了他的面前。秦汉章一时手足无措，不知道该如何是好了。

蔡小菲朝他走来，那灼人的气息扑面而来。

秦汉章下意识地朝后躲闪着。

蔡小菲说："你想要我，是吗？"

秦汉章傻了，呆愣着不知道该说什么好。

蔡小菲说："你别想否认，你也否认不了，有多少次，你都动手动脚地向我试探。"

秦汉章期期艾艾地说："啊……不……对不起……"

蔡小菲说："男人都是这样，你也不例外。我本来不想给你，我也不能给你，你知道吗？"

"啊……知道。"

"你知道什么？"

"啊……我比你大那么多。"

"大多少？"

"啊……大一倍，整整一倍。"

"只是今年你比我大一倍，以后再也没有机会大我一倍了。"

"啊……还有，你将来还要嫁人。"

"我不是处女，不是。"

"那……"

"我不是处女我也要守护着，不是守护着处女膜，是守护我自己。"

蔡小菲伸出了嫩藕似的胳膊，搂住了秦汉章的脖子。

秦汉章竟紧张得颤抖起来："啊……不……"

"怎么，你不想要我吗？"

"你……你不是要守护自己吗？"

"我该给你了，今天必须给你了。"

"为什么……"

"如果你……真的进了监狱，恐怕再也没有……机会了。"

秦汉章依然犹豫着。

蔡小菲身上的浴巾垂落在地上，一道白色的闪电将秦汉章击倒了……

就像那场突兀而至的暴风雨，狂暴得惊天动地。秦汉章很奇怪自己怎么会有如此强悍的爆发力，毕竟四十八岁了，而且还是在这焦灼烦躁的心态下。谁也没有说话，只有挺拔地进进出出，伴随着酣畅淋漓的呐喊。最后精尽力疲的时候，蔡小菲瘫软地趴在了他的身上。他感觉到了两个湿淋淋的躯体紧紧地贴在了一起，而且他还在她的体内挣扎着。这时候，蔡小菲却说了一句非常理智的话：“这是第一次，也是最后一次。”

秦汉章苦笑了一下：“这还用说，我要蹲监狱了，至少七年。”

蔡小菲说：“你不蹲监狱，也是下不为例。”

秦汉章问：“为什么？”

蔡小菲说：“我不是一个随便的女人。”

秦汉章将蔡小菲紧紧地抱住了，这是一种感激的表示。

## 六

一场扑朔迷离的梦，秦汉章像一个梦游的局外人，只觉得一切都是虚幻的、不真实的。这一切又来得如此突然，从车祸到与蔡小菲的偷情，就像那天晚上的疾风暴雨，翻江倒海，混沌一片。

现在，坐在市政府机关自己的办公室里，他简直不知道自己置身在何处，更不知道他此时此刻该干些什么。一个市长，不说日理万机也要日理百机千机，可是面对这虚无缥缈的一切，他该从何做起呢？

面前那部红色的电话机闪动着红色的信号，这是他的内部电话，一般人是不知道的。他把电话设置成了静音，来电显示便是那香火般的红色闪灯。

两天来，他在办公室的时候眼睛便紧盯着这部电话。他知道面对的祸端将会由这部电话传过来，这部电话是通向监狱的大门，每时每刻都会突然向他打开。该做些准备，唉，又能准备什么呢？

万万没想到，电话是市委书记冯奈打来的。更万万没想到，电话里传来的却是冯奈那热情洋溢的祝贺：“老秦啊，行啊你，两天没见面了，我还在琢磨你搞什么名堂呢，没想到你成了英雄了……见义勇为，哈哈……‘三个代表’的典范，哈哈……雷锋同志居然出现在了模阳权力中心，哈哈……”

秦汉章被冯奈哈哈晕了。这哈哈声并不陌生，他曾经百次千次地想到，当他被戴上手铐的时候，冯奈就是用这哈哈的腔调将他当成反面教材，向全市各级领导发出告诫的。可现在，冯奈在哈哈什么呢？

蔡小菲破门而入，手里挥动着一张报纸，一脸的狂喜。刚要狂呼大叫，见秦汉章在接听电话，急忙闭上了嘴，却“啪”的一声将那张报纸拍在了秦汉章面前。

秦汉章依然莫名其妙，蔡小菲的神态与电话里冯奈的腔调惊人地一致，到底出了什么事？

秦汉章冲着电话质疑着：“冯书记，您在说什么呢？我怎么不懂，一点儿都不懂……”

冯奈的声音又高昂起来，连在一边的蔡小菲都听得清清楚楚：“老秦啊，你做得好，做得对，做得及时啊……长期以来，我们党的形象都让那些害群之马糟蹋了。什么开着车视察把一个农村姑娘挤到河里，又见死不救；什么开车撞了人还雇人顶罪；什么强行闯收费关卡造成交通堵塞……老秦，我们就是要让老百姓看看，领导干部不都是腐败分子，不都是作威作福的恶官，不都是以权谋私的败类，我们当中也有雷锋……”

秦汉章还是丈二和尚摸不着头脑，疑疑惑惑地对着电话，疑疑惑惑地看着蔡小菲。

蔡小菲指着报纸给他看。

头版头条通栏的标题映入了他的眼帘：

肇事者撞人逃逸
秦市长见义勇为

秦汉章放下冯奈的电话，急切地问：“这是怎么回事？到底是怎么回事？”

蔡小菲激动万分地说：“那个人醒过来了。”

秦汉章问：“哪个人？”

蔡小菲说：“就是在医院里抢救的那个人。”

秦汉章点着报纸：“我问这是怎么回事。”

蔡小菲说：“这都是那个人提供给记者的。”

秦汉章：“提供什么？”

蔡小菲说："他说撞他的是一辆农用汽车，他被撞倒以后那辆农用汽车就逃跑了，后来幸亏遇见了你……"

秦汉章："这……可能吗?"

蔡小菲说："怎么不可能，这些都是当事人说的，我们没有撞人，我们不是肇事者，肇事者已经逃逸了。我们是见义勇为，我们救了他一命，我们……"

秦汉章看着蔡小菲讲得神采飞扬，更加觉得自己陷入了深深的梦境中了，他梦呓般地问："他叫什么?"

蔡小菲说："报纸上不是写着嘛，他叫范思哲。"

秦汉章急切地问："他为什么？为什么要这样说?"

蔡小菲说："他说的是实话，我们没撞人。"

秦汉章说："撞没撞人，我自己还不清楚？他为什么……"

## 七

一个准备蹲大牢的人骤然间成了见义勇为的英雄，一个准备当反面教员的人摇身变成了领导干部的楷模，这个弯儿无论如何让秦汉章转不过来。

当秦汉章怀着百般困惑来到模阳市医院的时候，范思哲已经出院了。同样困惑不解的还有市政府办公室主任孙达天，秦汉章到来的时候他正举着一张支票在医院大门口发呆。

孙达天说："秦市长，您看……您这一当雷锋不要紧，人家也来个高风亮节。"

秦汉章问："到底是怎么回事?"

孙达天说："出事那天晚上，我带着一张支票来的。昨天记者一采访，他说不是您把他撞伤的，您是他的救命恩人，他已经对您非常感激了，这笔医药费无论如何不能让市政府出，人家自己交了钱办了出院手续。"

秦汉章沉吟着："一共花了多少钱?"

孙达天："八千多元。"

秦汉章点了点头："他是干什么的？哪个单位的？家住哪儿?"

孙达天使劲摇着头："不知道，我问过医生，问过护士，还问过采访他的那个记者，都说不知道。"

秦汉章心里说，难道遇见鬼了？不，是遇见仙了。

从这个时候起，范思哲这个名字就像蜘蛛吐出的丝网一样将秦汉章缠绕住了。无论他做什么，无论他在哪里，耳畔总是响着范思哲的名字。这是谁呢？他为什么要这样呢？

他在自言自语，他没有自言自语的毛病。他高高在上，大权在握，说什么话都是发号施令，提什么问题都会有人回答。就是说，他身边总是有人，特别是蔡小菲，在工作时间里她总是能及时地出现在他面前。蔡小菲哪儿去了呢？怎么一天都没有见到她？

他心里有点儿发慌，这个感觉像是一个母亲突然找不到自己的孩子一样，一种恐惧。他迫不及待地拨通了蔡小菲的手机，手机响了半天，当他要挂机的时候，才听到蔡小菲按下了通话键。没等蔡小菲说话，他就喊叫起来："你在哪儿？"

蔡小菲也喊叫起来："我跟范老师在一起……"

秦汉章问："哪个范老师？"

蔡小菲说："就是范思哲老师啊，我正在他的家里，秦市长，您现在有时间吗？您能到范老师家来一下吗？"

天呀，范思哲？我这一天都在为范思哲冥思苦想，没想到她却跑到范思哲的家里去了。这个姑娘总有惊人之举，怪不得汪延顺说，在模阳市，只有蔡小菲不想做的事，没有蔡小菲做不成的事。汪延顺在蔡小菲面前，比在他这个市长面前还顺从知趣。蔡小菲方方面面的本事，有时候真让他这个当市长的自愧弗如。

秦汉章当然想见范思哲，范思哲对于他来说，不仅仅是一个谜，更重要的是恩人。整个模阳市都知道秦汉章是范思哲的救命恩人，可是到底谁救了谁呢？秦汉章心里有数。

秦汉章问蔡小菲，范思哲的家在哪儿。

蔡小菲说，汪延顺知道，是汪延顺把她送来的。

秦汉章打开自己办公桌的抽屉，那里面有一个存折，那是他的小金库，都是平时零零碎碎积攒下来的。范思哲花了八千多元的医疗费，这笔钱无论如何是要给人家补上，否则就太不仗义了。可是，当他翻开那个存折的时候，上面的存款余额还不足三千元。他很扫兴，一个管辖三百多万人口的市长，连三千元的小金库都没有。这要是跟那些“一顿饭一头牛，一口酒一桶油”的领导者说，人家会信吗？就是信了，还不定让人家怎么瞧不起呢！

## 八

范思哲的家在古城东南角一个叫杏花巷的地方，取自陆放翁“小楼一夜听春雨，深巷明朝卖杏花”的诗句。模阳古城的街巷有许多可圈可点的典故，毕竟是二千多年的古城，毕竟有过东西通衢的繁华。秦汉章想到模阳古城的文化底蕴便激愤难平。

小巷深处一个独门独户的小院，院子里有两棵丁香树。范思哲给自己的小院取名丁香院，他自称为“油纸伞”。“撑着油纸伞，独自彷徨在悠长悠长又寂寥的小巷，我希望逢着一个丁香一样的结着愁怨的姑娘”，取自戴望舒的《雨巷》，透出了一股书香味道。正是丁香花开的时候，小院里放着一张小茶桌，茶桌周围放着的不是矮凳或马扎，而是范思哲自己用麦秆编成的蒲墩。见秦汉章进来，蔡小菲急忙给范思哲介绍：“范老师，这就是秦市长。”

秦汉章紧紧地握着范思哲的手：“老前辈，您的伤怎么样了？为什么这么匆匆忙忙地出院？”

范思哲说：“皮毛之损，未及脏腑，无大碍无大碍……”

秦汉章依然紧紧地握着范思哲的手：“老前辈，您……受委屈了，受委屈了……”

秦汉章在说这句话的时候，已经热泪盈眶了。

范思哲说：“哪里的话？您是我的救命恩人，我该前去登门拜谢才对，还烦劳您跑到这茅屋寒舍里来看望我……请坐，快请坐。”

秦汉章朝院子里打量了一下，发现里里外外虽说很干净整齐，却显得冷冷清清，缺少人气，便关切地问：“范老前辈就一个人住吗？”

范思哲说：“老伴儿到北京看孙子去了，我现在是一个人吃饱了天下不饿。”

秦汉章说：“老前辈，您……您可要多保重啊……”

范思哲摇着手说：“秦市长，万万不可称我老前辈，不敢当，实在不敢当啊。”

坐下之后，秦汉章才仔细观察范思哲，这是一个很不起眼的老人。说老也不算老，六十出头。现在的人活得没老没少，一下子很难看出年龄来。小个儿，秃顶，很精干的样子，眼睛也很小，只是从眼睛里放出的光有点儿贼，贼亮贼亮的，像是作假的瓷器闪出的贼光。秦汉章歉疚地笑了，真不该用“贼”字形容人家，这不是忘恩负义吗？

蔡小菲已经承担起了主人的角色，沏了一杯湛青碧绿的明前茶放在了秦汉章面前。秦汉章非常佩服她的这种交际能力，不憷阵，不认生，不拿自己当外人，只有大城市出来的女孩儿才有这种天生的才干。

蔡小菲似乎是在解释秦汉章的疑问：“秦市长，您知道吗？我跟范老师还是校友呢。”

秦汉章心里一动，蔡小菲称范思哲为老师，恰到好处，我怎么就没想起这个称呼呢？听了蔡小菲的话，秦汉章忙问：“范老师也是北师大毕业的？”

范思哲做了一个请秦汉章喝茶的手势：“唉，给北师大丢人啊……”

秦汉章说：“范老师怎么能这么说？北师大可是名传海内外的名牌大学啊。”

范思哲说：“在此之前，秦市长听说过我的名字吗？”

秦汉章摇了摇头。

范思哲说：“你一定觉得奇怪，模阳城里怎么有这么一个怪老头儿？”

秦汉章忙说：“范老师，今天我们是真心实意来拜望您的。”

范思哲说：“这我信，可是你们也一定想知道我到底是谁，我的底细到底如何。至少会有这个好奇心吧？”

秦汉章不知该如何回答。

范思哲说：“我跟蔡小菲也没有说，还是跟你秦市长说吧，你毕竟比她年长几岁。你经历过‘文化大革命’吗？”

秦汉章说：“我当过红小兵。”

范思哲说："听说过'文化大革命'初期北京有五大学生领袖吗？"

秦汉章说："我只知道有聂元梓、蒯大富……"

范思哲说："不容易，知道这两个人已经不容易了。还有谭厚兰、韩爱晶、王大宾。这谭厚兰就是我们北师大的，她是北师大井岗山兵团的司令，在下便是参谋长，也就是说是谭厚兰的军师。张春桥不是江青的军师吗？郭沫若作诗骂他是'狗头军师张'，我就是谭厚兰的'狗头军师范'……"

秦汉章和蔡小菲的眼睛大起来，万万没想到，在这古老的模阳古城，还藏着这么一个大名鼎鼎的人物。

范思哲却平静地娓娓道来，像在讲述着一个久远的与己无关的故事……

1966 年 11 月，在康生的直接指使下，谭厚兰带领井冈山二百多人高举着"捣毁孔家店"的旗帜奔赴山东曲阜，召开了万人大会，毁坏文物六千余件，烧毁古书二千七百余册，各种字画九百多轴，历代石碑一千余座，其中包括国家一级保护文物的国宝七十余件，珍版书籍一千多册……谭厚兰冒天下之大不韪，毁了自己却成全了范思哲。就是在"捣毁孔家店"中，范思哲与谭厚兰产生了严重的分歧。他坚决不同意谭厚兰这样做，说谭厚兰是"历史的罪人"，并将谭厚兰的行动直接报告给了周恩来总理……从此，范思哲退出了"井冈山"，与谭厚兰分道扬镳。

五大学生领袖后来都得到了他们应有的下场：聂元梓、蒯大富、韩爱晶、王大宾都锒铛入狱，谭厚兰虽然因为揭发有功被免于起诉，却得了宫颈癌，四十五岁时便走完了罪恶的一生，一辈子没有结婚……

与谭厚兰一同造反起家的范思哲，因为激流勇退，又及时同谭厚兰划清了界限，没有被追究刑事责任，却被下放到模阳，在乡村一所中学里当历史教师。直到退休后才在模阳城里买了一套房子，过起了隐居的生活……

作为一个市长，对于范思哲的历史，秦汉章又能说什么呢？既不能表示同情，又不能表示厌恶。他们都是在一个特殊的舞台上闪亮登场的角色，秦汉章连观众都不是，又怎么能作出评判呢？

蔡小菲更像是听天书一样听着范思哲的讲述，对于她来讲，这段历史与大清朝的宫廷密案一样无法说清。

除了介绍自己，范思哲什么也没有说。只是在秦汉章和蔡小菲告辞出门的时候，范思哲拉了一下秦汉章的衣角。秦汉章停住了脚步，范思哲指着门外等候的司机汪延顺，悄声说："一个小小的建议，不要撤换他，至少现在别换。"

秦汉章轻轻地点了点头。

蔡小菲敏感地回过头来，范思哲与秦汉章的话已经说完了。

## 九

汪延顺开着车，蔡小菲坐在副驾驶座位上，秦汉章坐在后面。尽管秦汉章与蔡小菲都有一肚子的话要说，有一肚子的困惑要交流探讨，可是他们都心照不宣地保持着沉默。经过这件事以后，他们都失去了对汪延顺的信任。汪延顺也很知趣，小心谨慎地开车，服服帖帖地闭着嘴巴。气氛有点儿压抑，往常可不是这样的。他们三个人一起出来，有什么话都不背着汪延顺，总是能畅所欲言。

秦汉章想，为什么范思哲什么话都没有说，单单嘱咐他不要撤掉汪延顺呢？

果然，下了车蔡小菲跟着秦汉章刚进办公室，便迫不及待地说："不行，得马上把汪延顺换掉，要不太危险了。"

秦汉章说："有什么危险？"

蔡小菲说："好兵护将，好狗护主。他怎么样？出了事先当缩头乌龟，为保自己先出卖主人，这样的败类还能用吗？"

秦汉章问："你跟范老师说什么了吗？"

蔡小菲说："你指的哪方面的？"

秦汉章说："关于汪延顺。"

蔡小菲说："没有啊，我连汪延顺的名字都没有提。"

秦汉章沉吟着："怪事。"

"你在说什么？"

"你没看见临出门的时候，范老师跟我说了一句话吗？"

“是啊，他说什么？”

“他嘱咐我不要撤换汪延顺，至少现在别换。你说，他怎么知道你要提出来撤换汪延顺？”

“人家是谭厚兰的军师，这点儿小事能不知道吗？”

秦汉章摇了摇头，不言语了。

蔡小菲说：“你对他还有什么怀疑吗？”

秦汉章说：“我只是想，他为什么要做出这么大的牺牲，帮我这么大的忙呢？”

蔡小菲问：“你怀疑他的动机？”

秦汉章说：“他似乎也无所求，他的问题不要说我解决不了，连中央恐怕都难给他翻案。”

蔡小菲说：“他没说要翻案呀，好像他对自己的结果还很满意。”

秦汉章说：“我在别的地方也帮不上他什么呀。我们又素昧平生……”

蔡小菲说：“也许他要的不是这些。”

秦汉章问：“那他要什么？”

蔡小菲摇着头说：“不知道……”

秦汉章突然想到，忙问：“小菲，能跟你借点儿钱吗？”

蔡小菲问：“你借钱干吗？借多少？”

秦汉章说：“范老师的医药费总得给人家呀。要不咱也太不仗义了。”

蔡小菲说：“在你去之前，我给他了，他说什么也不要。”

秦汉章睁大了眼睛，简直不知道该说什么好了。

## 十

秦汉章陷入了深深的疑惑之中了。

夜，他躺在床上，翻来覆去地睡不着，脑子里总是闪现着范思哲那矮小的身影和那贼光闪烁的小眼睛。

他身边鼾声如雷，震得他五脏六腑都翻腾起来，恶心得想吐。正是盛夏酷暑时节，身子下面的凉席躺一会儿便烫烫的，挪开又是湿漉漉的一片。身边却蒸着一锅馍，灶膛里的火烧得正旺，呼啦呼啦地拉着催火的风箱。锅上面的笼屉热气腾腾的，散发着熟馍的味道。

有时候，秦汉章不知道该将自己老婆李雪娥比喻成馍好，还是比喻成蒸馍的笼屉好。样子都差不多，圆圆的，热烘烘的，暄腾腾的。模阳的女人长得都像馍，又都身怀蒸馍的好手艺，这是祖上传下来的。模阳不是鱼米之乡，大片的土地都是用来种小麦的。种麦是为了蒸馍，民以食为天，食以馍为先。模阳的男人找老婆，不看身条儿，也不看模样，就看能不能蒸一手好馍。蒸一手好馍才能养男人，才能养活儿女。女孩儿刚会走路就学做馍，馍是靠做出来的。一团面在女儿家的手里揉来揉去，揉成了她们身体的一部分，也化成了她们灵魂的一部分。然后，又将面团攥在手里，左盘右转，捏捏拿拿，用剪刀剪，用刀子割，用木梳按，用画笔描……一件件活灵活现的艺术品在她们手里诞生了：飞奔的宝马，静卧的白兔，戏水的鸳鸯，昂首的公鸡……

模阳的花馍名闻天下，模阳人时时处处离不开花馍。男女定情，女方要送男方一对虎头花馍；女儿出嫁，娘家要送“娃娃馍”；老人祝寿，晚辈要送“三嘴寿桃”，即所谓一嘴敬神，二嘴敬鬼，三嘴敬人；孩子满月，外婆家要送“鱼娃馍”。逢年过节，更是女儿家显示花馍手艺的非常时节：正月初一，敬天地用的是“六畜花馍”；正月初三，女儿回娘家，为父母送上“报恩花馍”；正月十五灯节，母亲看闺女，要送一大四小“娃女花馍”；二月初二龙抬头，用的是各种“眼眼馍”；清明节祭祖，用的是单数“燕子馍”；端午节不吃粽子，却用花草动物组成的“艾艾馍”；七月七日乞巧，女儿家要给自己蒸一屉纺车、针线、剪子及描红绣花用的笔砚，等等……

秦汉章是吃花馍长大的模阳之子，后来他娶了这个有着一双巧手的“馍女”，再后来这个“馍女”又给他生了两个“小馍女”。两个小馍女长大了，一个上中学，一个小学六年级。她们也是吃花馍长大的，却都不会做花馍。她们崇尚的是麦当劳，喜欢吃的是汉堡包、麦香鸡、土豆条儿。该死的麦当劳是冯奈从北京引进来的，白给人家地盘，免人家的税收，让人家白白赚模阳人的钱。黄色的大 M 进来还不到两年，就要把两千多年的花馍打败了，败就败在了他们的后代出了这么多的不肖子孙。想到这些，秦汉章深深地叹息了一声。

就是这一声叹息，将李雪娥惊醒了。酷暑无君子，李雪娥身上只穿一件松松垮垮的短裤，连乳罩都没有戴。她伸出热烘烘的胳膊，压过来两只蒸馍般的乳房，将秦汉章搂过来，喃喃地说："你怎么还不睡呀？来，快睡吧。"

这无疑是一种疼爱，女人对男人的疼爱，甚或女人对儿女的疼爱，有如花馍般的暄暄腾腾、软软绵绵，让人舒心熨帖。可是秦汉章却感到一阵莫名的烦躁，他强忍着没将李雪娥推开，身子却朝外边移了移。

李雪娥欠起了身子，声音里散发着花馍般的甜味："真的睡不着吗？要不做一次……"

秦汉章没说话。

李雪娥以为他默许了，便将暄暄腾腾的身子翻起来，压在秦汉章的身上。

秦汉章火了，一扭身将李雪娥摔下来。

李雪娥一下子愣住了，她惊愕地睁着眼睛，看着黑暗中的秦汉章。

秦汉章也觉得自己太过分了，太伤李雪娥的自尊心了，便歉疚地说："啊……你先睡吧，明儿还要早起蒸馍呢。"

李雪娥翻过身，将一个蒸馍似的后背给了他。

秦汉章为了表示歉意，将一只手搭在了李雪娥的肩上。

李雪娥使劲一晃肩，将秦汉章的手甩掉了。

秦汉章也只好知趣地把手收回来，连他自己也奇怪，他怎么对李雪娥一点儿兴趣都没有了呢？

## 十一

第二次见范思哲是秦汉章自己去的，他不想让汪延顺知道，也不想带蔡小菲。他倒不是不信任蔡小菲，而是觉得范思哲有些话想跟他单独谈。那天之所以什么话都没有说，恐怕就是因为有蔡小菲在场的缘故。

秦汉章一直觉得，北京人对政治有着天生的蔑视，又有着天生的敏感。北京人对官、对官场有着独特的冷嘲热讽，又能够身在其中驾驭自如。蔡小菲刚刚到模阳两年，就对模阳一府两院、四套班子了如指掌，上上下下更是通达顺畅、游刃有余。见到了范思哲，使他这种认识更深了一步。蔡小菲在官场上表现出来的才干是天生的，是漫不经心，甚至是一场游戏。而范思哲则不然，他有一种修炼，一种信念，一种水到渠成的功夫。他这样认识范思哲，完全是一种感觉。是他那双闪着贼光的眼睛告诉他的，或者仅仅是从临出门时那一声嘱咐中所体验出来的。

按照模阳人的习俗，他给范思哲带去了一盒花馍，蒸的是“福禄寿”三星。还给他带去了一坛模阳老窖，是二十年前与李雪娥结婚时老岳父送给他的礼物。他不喝酒，又不能随便将这珍贵的礼品送人，就一直珍藏着。他感觉范思哲一定喜欢杯中之物，且有英雄海量。

他的判断是正确的，范思哲打电话从附近饭馆要了几个菜，便留秦汉章与他对饮起来。对饮徒有虚名，说是陪饮还差不多。秦汉章主要想通过这个男人间最常见的方式与范思哲交流，并且对他表示尊重和感激之情。

饮酒的没醉，陪酒的倒说起了醉话。都说酒后吐真言，秦汉章不喝酒，装在他肚子里的那些话对谁说呢？跟蔡小菲说吗？也说，蔡小菲的聪明才干都在表面上，而且她往往是随心所欲、感情用事，还有更多的玩世不恭。道不同不相为谋，不是不与蔡小菲谋，与蔡小菲只能谋小事，不能谋大计。小事情她办得很认真、很聪明。而有关模阳生存和发展的大计，她总觉得不值得，天要下雨，娘要嫁人，随他去就是了。你跟她认真探讨，她总是说：“你累不累呀？你又不是五百年后的市长。”唉，蔡小菲不是模阳人，她哪里知道一个模阳子孙对模阳历史的刻骨铭心呢？

范思哲垂着那双闪着贼光的小眼睛，有滋有味地品着秦汉章的模阳老窖，静静地听着秦汉章飞泉瀑布般的宣泄。

“‘为什么我的眼里常含泪水？因为我对这土地爱得深沉’，我最喜欢艾青这句诗了，每当我念这句诗的时候心里都酸酸的。我们不能忘记祖宗，不能忘记根脉。我常常想，模阳到底是谁的模阳？模阳是吃花馍长大的模阳子孙的，不是少数投机钻营的小政客的。”

秦汉章情绪激动起来，他也不知道怎么就对范思哲这么信任，将他在眠床上睡不着觉时咀嚼出来的心窝子里的话都翻腾出来了。

范思哲依然是慢慢地喝着酒，静静地听着。

秦汉章继续说：“模阳的子孙爱模阳，爱到骨子里去了。要发展模阳，首先要保护模阳，像保护自己的母亲一样，不允许有人亵渎她，不允许有人侮辱她，不允许有人强奸她。可是那些后娘养的，他们只知道捞取好处，恨不能插根草标把母亲卖掉。我是模阳的市长，我不仅要对模阳的现在负责，更要对模阳的历史负责。”

范思哲睁开那闪着贼光的小眼睛，似乎在鼓励秦汉章说下去。

秦汉章势不可挡地倾诉着：“什么叫‘三光’工程？阳光大道，阳光广场，阳光新城？我看是日本鬼子的‘三光’政策，就是要把模阳拆光、毁光、糟蹋光。您说，两千多年的古城，中间要修一条百米宽的大道，还要修一个能容纳几十万人的广场，这模阳城还存在吗？中国的政客们怎么这么低能低智商？北京有个百里长街，他们就处处搞大道；北京有个天安门广场，他们就处处搞广场。好像只有这样才能跟中央保持一致。更让人不能容忍的是，我说保护模阳古城，他们却说我保护落后。我说弘扬花馍文化，他们却说花馍文化是封建糟粕。他们就这样诋毁中国历史，诋毁传统文化，这跟当年谭厚兰去砸孔府有什么两样？他们把洋文化、洋垃圾当成了宝贝，可是他们为什么不学学洋人是怎么尊重本国历史和民族文化的？英国人说过，我们宁愿失去印度，也不愿意失去莎士比亚……”

秦汉章越说越激动，也像那些酒徒一样，端起眼前的杯子一饮而尽。可是杯子里装的是茶水，不是酒。

“我就是不明白，为什么我们总是从外面调来决策者，让他们来掌握一个地区的命运呢？他们不是吃花馍长大的，能对花馍有感情吗？当然，我不是说外面调来的决策者都不好，原来的老书记郑松远，就对模阳非常有感情。保护模阳古城，弘扬花馍文化首先是由他提出来的……”

范思哲说话了：“秦市长，我问你一句，郑松远是怎么离开模阳的？”

秦汉章愣了一下，苦苦地摇了摇头：“唉，要说郑书记将一腔热血都洒在模阳了，最终却是模阳人把他赶走了。”

范思哲紧盯着问：“为什么？”

秦汉章气愤地说：“还不是那几个野心勃勃的家伙搞的？他们为了自己往上爬，愣是合伙搞阴谋，上面来考察的时候他们商量好了给郑书记填写不合格。结果怎么样？他们以为赶走了郑书记模阳就是他们的了，上级还是眼睛里不揉沙子，给他们来个一锅端，都调走。”

范思哲深深地点了点头，像是自言自语地说："前事昭昭，足为明戒啊。"

秦汉章没有听懂范思哲的话，他谈锋正健，继续慷慨激昂着："还有那个开发区，中央三令五申，不能盲目建设开发区，他们就是一意孤行。我们这儿既不是沿海，又不是特区，有什么招商引资的优势？招来的都是些大城市不让上的项目，我们是以牺牲环境为代价的，这样的开发区能搞吗？我们……"

范思哲又打断了秦汉章的话："等一下，我想问问，开发区要投资多少钱？"

秦汉章说："不算征地费，光是达到六通一平的标准，至少也要一个亿。"

范思哲："这一个亿从哪儿来？"

秦汉章说："冯奈有句名言：有条件要上，没有条件创造条件也要上。"

范思哲笑了："这可不是冯奈的名言。"

秦汉章说："可他整天挂在嘴边上。"

范思哲："如果有了一个亿，他是先搞'三光工程'，还是先搞开发区？"

秦汉章说："那就不得而知了，搞'三光工程'是形象工程，搞开发区是政绩工程。"

范思哲说："那就让他先搞政绩吧，有了政绩才有可能升迁。"

秦汉章突然闭上了嘴，他看着范思哲，细细地品味着范思哲的话，像是范思哲在细细地品味着模阳老窖的味道……

## 十二

常委扩大会议结束之后，秦汉章刚打开手机，彩铃便响了。市委规定，任何会议都是不许开手机的，放上静音也不行。秦汉章刚要接电话，市委书记冯奈却把他喊住了："老秦，请等一下。"

电话又响了，与会人员在陆陆续续朝会议室外面走着，秦汉章等着与冯奈靠近。秦汉章就是借着这个空隙接听蔡小菲的电话的。

蔡小菲在电话中就嚷了起来："你怎么回事？"

秦汉章问："什么怎么回事？"

蔡小菲说："你自己明白。"

秦汉章说："我还在会议室。"

蔡小菲用命令的口气说："你马上到我这儿来。"

秦汉章有点儿不相信自己的耳朵："去哪儿？"

蔡小菲说："你是真糊涂还是装糊涂？"

秦汉章暗自笑了。

会议室里的人已经走得差不多了，冯奈朝他走过来，满面春风，满怀激动，老远就把手伸过来。

秦汉章马上也伸出了手。

冯奈双手把秦汉章的手握住了，使劲摇动着，一迭连声地说："老秦，谢谢你，太谢谢你了……"

冯奈比秦汉章小八岁，刚刚四十出头。在官场上，这正是野心勃勃的年龄。野心勃勃的人总是要做野心勃勃的事，冯奈管这叫事业。秦汉章心里一动，他不是坏人，他也不是故意要把模阳的历史毁灭。他只是想干出惊天动地的大事，他要成绩，他要实现自己的抱负。这没有什么错。果真没有什么错吗？范思哲说，对于一个地方官来说，如果没有做出对历史负责的开发规划，他们最大的功绩就是什么都不要做。

冯奈还在激动地握着秦汉章的手，而且非常真诚地说："咱们去喝一杯怎么样？我们要好好谈谈，我请客……啊，到模阳以后我还没有自己掏腰包请过客，你就让我开个头吧。"

秦汉章的手机又响了起来，他看了看，挂断了，很歉疚地说："我们改日吧，改日我请客。"

手机又恰到好处地响了。

冯奈开着玩笑说："你是不是有约会？要那样的话我就不打扰了。"

还真让冯奈说对了，这电话又是蔡小菲打进来的，他没接。

冯奈依然热情洋溢地说："那就算我欠你一顿酒，我认账，什么时候都认账。"

秦汉章说："你知道我是滴酒不沾的。"

冯奈说："那就请你喝茶、喝咖啡，喝福建大红袍，喝哥伦比亚咖啡。"

秦汉章笑了笑，跟着冯奈朝外面走去。他知道，冯奈的高兴和感激是发自内心的。今天的常委扩大会议，冯奈是精心策划、精心安排、精心准备的，目标就是要强行通过所谓的"三光"规划。他料定秦汉章的"馍派"要强烈反对的，他做好了针锋相对斗争到底的准备。为了达到目的，他违反常规地召开了常委扩大会议。至于扩大到什么范围，扩大些什么人，都是他苦心算计好了的。斗争到最后关头要投票表决的时候，一定要取得微弱的多数。他只能寄希望于微弱的多数，就是这微弱的多数也是很难保证的。他知道在模阳秦汉章的势力还是足够大的，他和他的"阳派"们对每一个人头都进行了分析评估，然后分头去做工作，以确保这微弱的多数。常委扩大会议就是在这样一个剑拔弩张的态势下战战兢兢地召开的。会议一开始就泾渭分明且势不两立，让所有的人都感到震惊的是，没想到还没等到表决，秦汉章先反水了。他公开站出来支持冯奈的"三光"规划，连冯奈都不相信这是真的。直到秦汉章提出"发展经济是第一位的，开发区要抢先上马"的主张之后，冯奈才渐渐地相信秦汉章已经把屁股坐在他的板凳上了……

两个人并肩走出了会议室，冯奈又停下了脚步，再次把秦汉章的手握住了："老秦，谢谢你，谢谢你对我的支持。"

秦汉章说："冯书记，你这样说可就不对了。你感谢我，我感谢谁呢？我们都是为了模阳的发展，我是模阳的土著，我最希望看到模阳美好的明天了。"

冯奈说："对，你说得对，发展经济是第一位的，开发区确实要抢先上马。'三光工程'再好，那也是美好的规划。把规划变成现实，要的是钱，要实实在在的真金白银。老秦，我准备在常委会上提议，开发区工程立即上马，由你来担任总指挥。"

秦汉章说："冯书记，您看这样好不好？我们搞开发区的目的就是为了招商引资，我想到外面跑跑。你在家里栽种梧桐树，我到外面勾引凤凰。”

冯奈又兴奋起来：“这样是再好不过的了，秦市长就是有水平，言出法随，张口就是政策。就这么办，我们模阳的第一二把手亲自抓，有了梧桐树，何愁凤不来。”

秦汉章告别了冯奈，急切地朝东边的市政府大院走去。他也很激动，他激动不是因为常委扩大会议通过了“三光”规划，而是蔡小菲又在自己的家里召唤他。当他与蔡小菲有了神圣的第一次之后，他便总是产生性幻想。那惊心动魄的一幕又如此刻骨铭心，却又如此模糊不清。他越想越觉得恍惚，像是一个扑朔迷离的梦，只记得有一些闪闪发光的碎片，却很难将这些碎片拼凑起来。与蔡小菲重温鸳梦，成了他苦心追求的梦想。然而他清清楚楚地记得，蔡小菲还没有从他身上爬下来的时候就说了，这是第一次，也是最后一次……

难道真的没有机会了吗？

现在蔡小菲招呼他马上去她的家里，这让他激动不已。到了她的家里，就有可能重复那一幕精彩，即使不能得逞，至少也算是故地重游吧。

他没有去自己的办公室，直接去了车库。还好，车在，汪延顺回家休息了。他迫不及待地打开车门，坐在了驾驶室里。车开出了市府大门，大街上冷冷清清的，只有那忠于职守的路灯，在闪烁着暧昧的光芒。秦汉章将车放慢了速度，为的是让自己平静下来……

手机又不合时宜地响了，秦汉章拿起一看，是蔡小菲的号码，他的心怦怦地跳了起来。

蔡小菲问：“你在哪儿？”

秦汉章说：“再有十分钟就到了。”

蔡小菲问：“你要去哪儿？”

秦汉章说：“你不是让我去你家吗？”

蔡小菲说：“不用了。”

秦汉章急了：“为什么？你不是有话要问我吗？”

蔡小非说：“我知道怎么回事了，我在范老师家里，你过来吧。”

秦汉章怅然若失，身子软塌塌的，竟然打不起精神来了。

# 十三

丁香小院里，范思哲坐在小茶桌前，借着如水的月光，一边喝着啤酒，一边跟蔡小菲解释着："你看，冯奈要搞'三光工程'，秦汉章要保护模阳古城，两种意见针锋相对，势不两立。越僵持矛盾越大，最后很可能会孤注一掷。其结果会是怎么样呢？一、像郑松远那届班子一样，一锅端，大换血。二、将秦汉章调走，再安排一位能跟冯奈合作的市长……"

蔡小菲不服地问："为什么非要将秦汉章调走呢？冯奈不会走吗？"

范思哲摇了摇头："不会，绝对不会。"

"为什么？"

"因为冯奈是市委书记，代表的是党的领导。当市长和书记发生矛盾的时候，只能调走市长，为的是保证党的绝对领导。你想啊，秦汉章要是调走了，冯奈的'三光工程'不是可以畅通无阻了吗？"

"那要是都调走，再换一届班子呢？"

"那就是个更大的未知数，什么可能都有。"

蔡小菲沉默了，端起前面的酒杯一饮而尽。

秦汉章进了门，蔡小菲站起身，用脚将一只蒲团钩过来，放在小桌的另一边。

蔡小菲用略带埋怨的口气说："秦市长，你改变主意怎么也不事先打一下招呼？弄得好多人都不理解，这难免会产生误会。"

秦汉章没有回答蔡小菲的话。在外人面前，蔡小菲对秦汉章十分尊重，说话办事非常得体，总是把自己摆在一个下级的位置上。

范思哲替秦汉章解释说："秦市长这样做是对的。"

蔡小菲困惑地看着范思哲，对他的话似懂非懂。

秦汉章问蔡小菲："我说你的消息怎么这么通灵，常委扩大会议还没散，你怎么就知道得这么具体了？"

蔡小菲举着自己的手机说："现代化的通信工具，每秒钟是以三十万公里的速度传播的。"

秦汉章说："可是会议有纪律，谁也不许开手机呀。"

蔡小菲说："在会场上不能开，到会场外面开还不行？总不能连厕所都不让去吧？"

秦汉章无奈地笑了。

范思哲说："秦市长，你是不是要出去？"

秦汉章说："我对冯书记承诺了，他在家里栽种梧桐树，我到外面勾引凤凰。"

范思哲说："还有一件事情要做。"

秦汉章问："什么事？"

范思哲说："拔苗助长。"

秦汉章问："拔什么苗？"

范思哲说："拔梧桐树的苗。"

秦汉章看了看蔡小菲："看来你得跟我跑一趟了。"

蔡小菲问："去哪儿？"

秦汉章说："去北京。"

蔡小菲问："去北京干什么？"

秦汉章说："你没听范老师说吗，拔苗助长啊。"

蔡小菲看了看秦汉章，又看了看范思哲，依然一头雾水，她不得不承认自己年轻了……

## 十四

去北京的前一天晚上，秦汉章与李雪娥闹得很不愉快。天气依然很热，李雪娥洗完了澡，连短裤都没有穿，便赤身裸体地在床上躺成了一个"大"字。她的身上蒸腾着热气，像一个刚刚出屉的大白馍。

秦汉章心里一动，有一个多月没交"公粮"了吧？就要出远门了，总该尽尽丈夫的义务。他慢慢地翻过身，像笼屉盖一样将那个大白馍遮盖上了。

李雪娥很渴望，很配合，扭动着热气蒸腾的身子，迎合着秦汉章的到来。

秦汉章突然像泄了气的轮胎一样瘫软下来，他没能完成应有的动作，半途中止了。

李雪娥鼓励他再来，秦汉章却从那白馍一样的躯体上滑落下来。

李雪娥有点儿生气："你怎么了？"

秦汉章说："老了。"

"老了？有多老？"

"最近太累了，情绪又不好。"

"这么说倒是我不该了？"

"我没说你，我是说我不行了。"

"是跟我不行了吧？"

"你这话什么意思？"

"花馍再好吃，也有腻味的时候，你是不是想换换口味了？"

"你越说越没谱了。"

"到底怎么回事，你心里明白，谁也不是傻子。"

"你这话从哪儿说起呢？"

"要想人不知，除非己莫为……"

"你说清楚，到底是什么？"

"你比我清楚多了……"

秦汉章闭上了嘴，他有点儿心虚了。女人是怎么回事呢？莫非她们都有通灵感应？

李雪娥的几句没头没脑的话，让秦汉章对自己的老婆有了新的认识。人这一辈子，谁跟谁能够成为夫妻，真是一种说不清道不明的缘分。茫茫人海，磕头撞脑，不定什么契机，两个人就撞到了一起。在一起就要睡一张床上，就要做男女之间那些羞于启齿的事情，就要生儿育女，以后就要牢牢地拴在一起，居家过日子。想来真是不可思议。秦汉章出生在模阳古城一个小户人家，父亲是小学教师，母亲是医院的护士。秦汉章在这个小城里读小学、上初中高中，然后下乡插了两年的队，正赶上大学恢复招生考试，他便顺理成章地考上了省城的师范学院。毕业后分配到古城的一所中学工作，也算是子承父业吧。

还是在省城读书的时候，有一次同学聚餐，他吹嘘起了模阳的花馍。凭着对花馍的深厚感情和刻骨铭心的记忆，他把花馍说活了，把许多同学都馋得垂涎欲滴。于是，同学们一致要求他放假回家的时候带来花馍让他们开开眼界、饱饱口福，他拍着胸脯答应了。答应完他立即后悔了，模阳的花馍虽好，可是他家里却没有人能做。他对花馍的记忆完全来自奶奶，奶奶蒸一手让模阳人都羡慕的好花馍。奶奶在他六岁的时候就死了，在医院当护士的妈妈却没能将奶奶的手艺继承下来。可以说，他从六岁以后就没有吃到过真正的花馍，他对花馍的留恋与记忆，也可以说是对奶奶的怀念与回忆。一切失去的都会变得格外珍贵，包括奶奶，包括花馍。

放假回家以后，他把自己对同学的承诺跟妈妈说了，妈妈很为自己不能为儿子争脸而歉疚。上班的时候，妈妈又把自己的歉疚跟同事们说了，没想到病房里一个住院的大嫂却说话了，她说她的大女儿能蒸一手好花馍，如不嫌弃就让她到秦家帮忙。

那个病人的大女儿就是李雪娥，当他出现在秦家的时候，秦汉章也没有什么特殊的感觉，只觉得这是个典型的模阳姑娘。圆圆的脸蛋儿，很好看的眼睛，塌塌的鼻梁，湿润润的嘴唇。要说有什么突出的，就是皮肤很白皙，而且没有模阳姑娘常见的那种红脸颊。这种红脸颊很抢眼，像两只红斑蝴蝶落趴在脸上，轰不开，打不掉。模阳姑娘为这特殊的标志非常苦恼，用尽了祛斑润肤杀菌换皮的化妆品，均无济于事。直到姑娘变成了老太太，脸上的皮肤变得又黑又糙的时候，那红脸颊才自然消失。李雪娥没有红脸颊，真是百里挑一的幸运儿。

李雪娥蒸的花馍确实非常精彩，让秦汉章在同学面前大大地露了一回脸。原本秦汉章觉得这件事就这么过去了，每天都有许多大大小小的事情发生，哪件事不是流水东逝、过眼烟云呢？没想到，他再次回家的时候，李雪娥依然在他面前出现了。不仅仅是蒸花馍，洗衣服做饭收拾房间打扫院子甚至给父母沏茶倒水，俨然就是秦家的一个儿女。起初，秦汉章觉得有点儿别扭，慢慢地也就习惯了。似乎是心照不宣，谁也没有提婚姻的事，连秦汉章的父母也没有提。直到秦汉章大学毕业参加了工作，李雪娥依然自自然然地担任着秦家的重要角色。秦汉章隐隐约约地记得，两个人也曾经一起看过电影，一起到城墙上看星星，也一起进省城逛过商店。到底什么时候谈到了婚事，甚或什么时候初吻，他都不记得了。一切都是那么顺理成章、水到渠成，就像馍蒸熟了自然要揭锅一样。终于他们成了夫妻，有了自己的家，有了孩子。

他谈过恋爱吗？如果说谈过，那些恋人之间的思念缠绵、焦灼不安乃至罗曼蒂克，他怎么一点儿都不记得？如果说没谈过，那么结婚之前与李雪娥的那些单独接触又叫什么？

李雪娥几乎没念过书，在他们那个年代，女孩子很少有上初中的，小学能毕业的都不多。她们只要会蒸花馍就行了，只要找个不挨打不受气的婆家就行了。嫁给秦汉章，李雪娥应该很知足。事实上她也确实很知足，然而仅仅是知足而已。无论是秦汉章在中学当教师的时候，还是后来他进入官场一路飙升的时候，李雪娥总是那种平平常常的知足。她从来没有以官太太自居，也从来没有为丈夫的位高权重而自豪、而炫耀、而张扬。在她的眼里，丈夫只是床上的伴侣、孩子的父亲、家里的顶梁柱。至于自己的丈夫和别人的丈夫有什么不同，有什么优势和劣势，她从来没比过，似乎连想都没想过。人生烦恼认字始，读书少的人就是活得简单，知足常乐。她从来没有正式的工作，最早在街道的小工厂里当过工人，还在一个合资公司里当过杂勤。她干什么都没兴趣，只有蒸花馍让她着迷。改革开放以后，市场放开了，模阳的花馍也名传遐迩。于是，李雪娥有了用武之地，专门做起了花馍生意。她自产自销，每天天不亮就起床，蒸上一篮子花馍，也自己挎到花馍街上去卖。这实在是小本生意，又苦又累又赚不了几个钱。秦汉章也劝过她，不让她再做了，家里又不缺那几个钱。可是李雪娥不是为了赚那几个钱，她乐此不疲，乐在其中。再说，不让她干这个，让她干什么去呢？她又能干什么呢？她就是这么一个平平常常、简简单单的花馍女人。

然而，今天李雪娥说的这些话，可就显得不那么简单了。显然她已经对他有所怀疑了，仅仅是怀疑，还是抓到了什么把柄，抑或外面有什么流言蜚语传到了她的耳朵里……

## 十五

进了北京城，秦汉章就一切听从蔡小菲摆布了。没办法，谁让这是人家的地盘呢？

到了西客站下了火车，蔡小菲打了一辆的士带他去了陶然亭附近的一家宾馆，是个四星级的宾馆，很豪华，很气派。秦汉章想说，凑合有个地方住就行了，何必讲究什么星级不星级呢？不过他没说，那样显得太小气了，毕竟是堂堂的一市之长。到了服务台上，蔡小菲要去了他的身份证填写住宿登记，她只要了一间房。秦汉章的心又怦怦地跳起来，出差真好，到外面真方便，正像他梦寐以求的一样，这次出差果真成了他们的蜜月之旅。交钱的时候，他发现一个房间一天要六百多元，他心疼得直咬牙。他还是忍下了，他嘱咐自己别露怯，别显得太土。到了房间之后，秦汉章惊愕了，他发现这是一个带客厅的套间，里面的床是一张双人席梦思。秦汉章的表情非常复杂，连他自己都不知道在想什么。

蔡小菲却能看出秦汉章的心思，她说："别心疼钱，不管怎么说，你是市长。中国的市长有大有小，但都叫市长，谁知道你是个县级市的市长。市长出来就得像市长的样子，不住星级宾馆人家就会瞧不起你。你不要个套间人家来了往哪儿坐，坐在床上，丢不丢份儿？"

秦汉章说："咱找关系求人不是都要登门拜访吗？谁知道咱住在哪里，住什么房子？"

蔡小菲说："你跟人家见面寒暄的时候，人家总要问你住在哪儿吧。你登门拜访人家，人家要是礼尚往来前来看望你怎么办？"

秦汉章不言语了，他承认蔡小菲说得对。

蔡小菲说："你别以为我花公家的钱不心疼，我为什么只要一个房间呢？还不是为了省点儿钱。"

秦汉章的脸火辣辣地烫起来。

蔡小菲瞟了他一眼："想什么呢？别光动歪心思想好事，这儿离我家很近，你住宾馆，我住家。"

秦汉章暗暗叫起苦来。

蔡小菲说："好了，坐了一天一夜的火车了，你快点儿洗个澡吧。"

秦汉章问："你呢？"

蔡小菲说："你别管我，到了北京我就算到家了。"

秦汉章像个第一次随父母串亲戚的孩子，胆胆懔懔地听从着蔡小菲的指挥。他打开旅行箱，拿出两件要换的内衣，犹犹豫豫地进了卫生间。

洗完了澡，临出卫生间的时候，秦汉章犯了很大的踌躇。他穿上裤衩，看着挂在门上的外衣，却不想穿。男人的坏心思开始动了起来，他就这样出去，看她蔡小菲会怎样。不行，毕竟还不是老夫老妻，太随便了会让她反感的。那么不穿裤子，光穿衬衣，也不行，好像自己故意在她面前耍流氓似的。哦，有了，他想起了许多电影电视剧里的镜头，他拿起毛巾架上的浴巾，裹在腰间，又拿起一条干净毛巾，一边擦着湿淋淋的头发，一边随随便便地走出了卫生间。

令他有点儿扫兴的是，蔡小菲没有看见他走出卫生间的样子。蔡小菲躺在客厅的沙发上睡着了，是啊，坐了一天一夜的火车，她太累了。

秦汉章半裸着身子站在蔡小菲面前，一时显得手足无措。他清清楚楚地记着蔡小菲趴在他身上说的那句话，这是第一次，也是最后一次。

难道真的如此吗？有了第一次，为什么不能有第二次，你又不是处女。就算是处女，现在也不是了。你还守着什么？你还为谁守着？

蔡小菲平躺在沙发上，穿着那件淡紫色的连衣裙，身上的曲线清晰地勾勒出来。丰满的胸脯随着均匀的呼吸起伏着，一只手搭在扁平的小腹部。膝盖下面赤裸着，脚上的凉鞋脱了，两只秀美的脚也同样赤裸着。刚一上火车，蔡小菲就把袜子脱掉了。她对秦汉章说，北京的女孩儿夏天的时候是不穿袜子的，都赤脚穿凉鞋，大大方方地向人们展示着好看的双脚。夏天的北京是女孩儿的乐园，却是正人君子的蒙难地。无论天气多热、多闷，男人们都要穿得整整齐齐：长裤、皮鞋、袜子，一样都不能少，至多也就是穿半袖T恤衫。女孩儿则不然了，时尚是薄透露，过去露两截，肩膀和大腿，现在露三截，连小肚子都露出来了，而且还有越露越多的趋势。到首都剧场看北京人艺上演的话剧，男人穿挎栏背心、穿拖鞋都被拒之门外。而女孩儿穿小肚兜儿似的背心，穿短裤或超短裙，光着脚穿两个片片儿一样的拖鞋都能畅通无阻。在火车上，蔡小菲跟秦汉章讲这些新风俗、新时尚的时候，秦汉章却没有觉得不公平，女孩儿露得越多越好，男人不是还大开眼界了吗？

终于忍受不住这鲜活美妙的诱惑，秦汉章轻轻地跨坐在蔡小菲的身旁，蔡小菲没有反应，他大胆地低下头，将嘴伸向了蔡小菲那花瓣儿似的唇边。蔡小菲推了他一下，翻了个身，又睡去了。秦汉章更加大胆，将手放在了蔡小菲的胸部，轻轻的。这一次蔡小菲没有推开他，他试探着解着蔡小菲连衣裙的扣子，把手伸了进去，蔡小菲依然没有动……

他开始抚摸起了蔡小菲的乳房，那是一对亲不够爱不够的极致的艺术品，一股热流从他的手上冲击过来。蔡小菲的身子是不能碰的，一碰秦汉章就会像通了电流一样震颤不已。蔡小菲不但有着姣好的面容，还有着魔鬼般的身材。在秦汉章的内心深处，蔡小菲的身体就是一尊让他顶礼膜拜的圣物，她身上的每一个部位都让他痴迷不已……

秦汉章闭上了眼睛。

突然，蔡小菲却翻过身来，伸出两条赤裸的玉臂，搂住了秦汉章的脖子。

秦汉章像是接到了命令一样，急忙起身弯腰，将蔡小菲抱起来，朝卧室里那张席梦思大床走去……

## 十六

在北京的日子里，秦汉章差不多把积蓄大半生的情感和精力都倾泻出来了。白天，他跟着蔡小菲到处去跑，找门路、拉关系、请客送礼，这其中还包括去结识各大新闻媒体的“名记”。晚上回到宾馆，便是他和蔡小菲的天下了。在那张硕大的席梦思床上，他们创造了一个又一个奇迹。蔡小菲喜欢在上面，这与李雪娥截然不同。李雪娥那花馍一样暄腾肥硕的身子在上面会压得他喘不过气来，而且她在上面笨拙得像只企鹅。蔡小菲在上面是全身心投入的艺术体验，像是在无边草原上驰骋，像是在狂涛巨浪中飞跃翻腾，像是在暴风骤雨中展翅翱翔……一边奋不顾身地搏击，一边畅快淋漓地叫喊。

蔡小菲的表现给了秦汉章极大的自信和自豪，男人征服女人就是征服世界，男人满足女人就是满足生命。在世界与女人面前所表现出来的勇气和成就，几乎是男人生命价值的全部。秦汉章心满意足地看着蔡小菲那动人心魄的表演，欣赏着这天才的女人，也欣赏着天才的自己……

自从他们住进宾馆之后，蔡小菲再也不提回家的事了。只是他在宾馆的房间里接待客人的时候，蔡小菲才抽空回家两次。无论多晚，蔡小菲都要回宾馆跟他住在一起。

精疲力尽之后，他们松弛地相依相偎着，喃喃地说着话，尽管已经抬不起眼皮，可是谁也不想睡。他们不想把这难得的时光在睡眠里消耗掉，他们贪婪地互享着，今生今世都不想再分开了。

这话终于从蔡小菲的嘴里说了出来。她问："说好了是最后一次，你为什么还要？"

秦汉章说："你的身体不能碰，一碰就会摩擦生电。"

蔡小菲说："我的感情不能碰，一碰就会两败俱伤。"

秦汉章说："我不会伤害你的。"

蔡小菲说："光嘴上说不行，你得拿出行动来。"

秦汉章说："你让我拿什么行动？"

蔡小菲说："你得娶我。"

秦汉章僵住了，一股冷风从背后透过来，他的舌头根有点儿发硬。

蔡小菲与他并肩躺着，用胳膊肘碰了碰他："怎么不说话了，我可是认真的。"

秦汉章说："你觉得可能吗？"

蔡小菲说："怎么不可能？"

秦汉章说："你知道我有老婆的。"

蔡小菲说："你爱你老婆吗？"

秦汉章又不言语了。

蔡小菲寸步不舍地问："你说实话，你跟你老婆还有爱吗？"

秦汉章叹了一口气："就算没有爱，能离婚吗？"

蔡小菲紧盯着："既然没有爱了，为什么不能离婚？你别跟我说是为了孩子，这个理由是你们这一代人的遮羞布。"

秦汉章说："就算不是为了孩子，人家有什么错？我凭什么跟人家离婚？"

蔡小菲说："无错就不能离婚吗？离婚又不是行政处分。"

秦汉章无话可说了。

蔡小菲还逼着他："你可早做准备，快点儿娶我，我的感情承受能力是有限的。"

秦汉章说："你就那么想嫁给我吗？我有什么好？又穷，又土，还比你大一倍。"

蔡小菲决绝地说："我的初恋、初吻、初夜都是交给一个有妇之夫了。他也大我一倍，我是说当初大我一倍。他也以妻子没错为理由不能离婚，他也有两个孩子。当他跟他妻子提出离婚的时候，他妻子带着两个孩子在我们住的门前跪了一夜。最后他心软了，应该说是我心软了。为了那可怜的母子三人，我离开了他……离开他我差点儿自杀，后来还是到了模阳我才舔净了自己的伤口，直到跟你……"

蔡小菲抽泣起来。

秦汉章翻过身将她轻轻地搂住了。

蔡小菲接着说："到模阳是我的错误，认识你是我的错误，给了你更是我的错误。一个人可以犯错误，但是不能犯同样的错误，我就犯了同样的错误。一个女人可能被男人抛弃，但是不能被同样的男人以同样的理由抛弃。你和他完全一样，连说话的口气都一样。当我离开他的时候，我对着自己的尊严发过誓，这辈子瞎子瘸子流氓恶棍都可以爱，唯独不能爱有妇之夫。结果……我还是没管住自己……"

蔡小菲哭了起来。

秦汉章搂着她摇晃着，他不知道该如何安慰她。

蔡小菲哭着说："我不能再屈服了，我不管你是谁，也不管你是什么样的男人，你这坑里是水是火，我都跳河一闭眼了……我得嫁给你，我必须嫁给你，要不……就死……"

秦汉章的身子随着蔡小菲的抽泣颤抖起来……

床头的电话突然响了起来，秦汉章想接，可是电话在蔡小菲那边。当他想翻过蔡小菲的身子的时候，蔡小菲立即回到了秘书的角色上，及时地将电话拿起来。蔡小菲喃喃地"喂"了一声，这声音不像是哭泣过，倒像是从梦呓里发出来的呢喃。奇怪的是，电话里没有声音，但是电话也没有挂断，似乎有微不可察的喘息。

秦汉章下意识地接过电话，也"喂"了一声。他清清楚楚地听到，那边的电话咔嚓挂断了。

蔡小菲看了看表："都三点了，谁呢？"

秦汉章的脑子里突然掀起一阵风暴，他几乎要昏厥过去。

蔡小菲打开床头灯，她看到秦汉章的脸都白了：“到底是怎么回事？”

秦汉章颓败地说：“我知道是谁了。”

蔡小菲也敏感起来：“你老婆？”

秦汉章说：“很有可能。”

蔡小菲说：“她怎么知道咱的房间号？”

秦汉章说：“她不知道，不会通过服务台查吗？她又不傻。”

蔡小菲说：“她怎么知道这宾馆的电话？”

秦汉章说：“刚来的那天，我用宾馆的电话给顺子的手机打过一个电话，让他去给我家换罐煤气……”

蔡小菲气愤起来：“又是汪延顺，你还要让这个内奸在你身边待多久？”

秦汉章没言语，望着天花板发呆。

蔡小菲将秦汉章搂过来，轻声问：“你怕了？”

## 十七

秦汉章和蔡小菲必须马上回模阳，是因为另一个突如其来的电话。那个电话是打在秦汉章的手机上的，来电话的是范思哲。范思哲在电话里没有多说，只告诉他说冯奈遇上麻烦了，让他马上回去救驾。

蔡小菲不同意回去，她说：“别忘了冯奈可是你的政敌，你同意他的‘三光规划’不过是统一战线，是迂回方略。他遇上了麻烦天怒人怨，你正好出差在外躲得干干净净，凭什么还要给他救驾？”

秦汉章说：“你呀，说的都是小政客的心态，小政客的小把戏，咱可不能这样。”

蔡小菲说：“你不是小政客是什么？大政治家？”

秦汉章说：“讲政治就是要当政治家，当不了大政治家，也要当小政治家，绝不能当政客，连小政客都不能当。”

蔡小菲看了秦汉章一眼，不无钦佩地说：“嗬，够自信的呀。”

秦汉章说：“我曾经说过，模阳是吃花馍长大的模阳子孙的，不是少数投机钻营的小政客的。”

蔡小菲说：“那你为什么还要去给小政客救驾？”

秦汉章说：“这就是政治家和小政客的区别。”

蔡小菲说：“得了吧，我看你呀，对范思哲真是言听计从。”

秦汉章摇着头叹息着：“凭着范思哲的胸怀和学识……唉，生不逢时啊。”

天刚蒙蒙亮的时候，北京开往模阳的火车便到了站。前来接他们的汪延顺，迫不及待地向秦汉章汇报着发生在模阳的事。原来，秦汉章刚走，冯奈便急不可待地上马了开发区的工程。两手空空，冯奈当机立断，让财政局将中央拨下来的三千万农民种粮补贴款先挪用过来，作为开发区投资的第一桶黄金。冯奈是个雷厉风行的人，不到一个星期，开发区便人欢马叫、热火朝天地干了起来。就在这时候，农民们知道了建开发区的钱是该发放在他们手里的种粮补贴款，一下子急了，呼啦一下聚集起来，将市委大院包围了……

秦汉章一听就明白了，农民找市委闹事肯定是有人鼓动的。要不，农民怎么知道建开发区的钱是种粮补贴款？就算纸里包不住火，也不会知道得这么快。就算农民知道了要闹事，为什么不找市政府闹，偏偏去找市委闹呢？幸亏他离开了模阳，否则这件事逃脱得了干系吗？现在也很难把自己洗刷干净，模阳的两派已经是公开的秘密了。如果要追究鼓动农民的闹事者，除了“馍派”还能有谁呢？既然是“馍派”挑起来的事端，秦汉章便是裤兜子里抹黄泥，不是屎也是屎了……

秦汉章的脑子急速转动着，幸亏有范思哲这个高参，他要是不及时回来救驾，非毁在这帮草莽之辈的手里。看来，在官场上真的不能拉帮结派，特别是不能当一派的领袖。可是，身边没有几个铁杆兄弟，能成气候吗？明哲保身的中庸之道者，只能是无所作为的庸官和一事无成的混官。秦汉章有大抱负，是要大有作为的。

汪延顺一边开车一边继续禀报着：“农民们什么事也没有闹，围在市委门口，不喊不叫不堵大门，也不往院子里冲，连交通都不影响，就那么老老实实地坐着等着……”

秦汉章问：“他们等什么？”

汪延顺说："是啊，市委的人出来也是这么问他们的，他们说等冯书记。市委的人问他们等冯书记干什么，他们说希望冯书记尽快把中央的关怀给他们……您看，这些农民还挺有水平，还挺会说。"

秦汉章又问："那冯书记呢？"

汪延顺说："冯书记一直没敢露面，临来的时候我打听好了，他一直躲在宾馆的贵宾间里。"

秦汉章哑然笑了。

坐在前面副驾驶位子上的蔡小菲发现了秦汉章那微妙的表情，他这是在嘲笑冯奈：你还是太嫩啊，政治家嘛，没事的时候别轻易挑事，有事的时候也不能怕事。不敢面对群众，叫什么政治家？政治家是依靠群众成就事业的，群众是真正的英雄，而我们自己则往往是幼稚可笑的。你懂吗？

汪延顺问："您是先回市政府，还是去宾馆找冯书记？"

秦汉章果决地说："不，先去市委大院。"

## 十八

市委大院门口，至少聚集了上千人，有男有女，有老有幼。正如汪延顺所说的，他们确实是老老实实地等候着，顺着外面的院墙有的站着，有的坐着，或三五成群地聊天，或悠闲自在地溜达。不像是来跟市委讨要什么，倒像是躲在墙根底下歇伏避暑。然而，无论男人还是女人，都穿着几十年不变的黑布衣裳，有不少男人和上了年纪的女人还光着膀子。在刚刚从北京回来的秦汉章眼里，贫穷与时髦形成了强烈的反差。更让人心动的是他们的脸色和眼神，平静得像一潭水。水波不惊，可是却没有潋滟的水影，更没有明澈的湖光山色。浑浊里映衬着茫然，阴霾中笼罩着无奈。秦汉章突然发现，自己一些根深蒂固的说法需要进行修正了。譬如他总喜欢说模阳人是吃花馍长大的，可是真正的模阳人有多少是吃得上白白光光、暄暄腾腾的花馍呢？现在，就是他们在执行着一种使命的时候，捧在他们手上、啃在他们嘴里的，不多是红薯面、高粱面或者玉米面蒸的饼子吗？花馍在他们眼里不是食物，是点心，是过年过节或者生病的时候才有权利享受的奢侈品……

秦汉章的眼睛湿润了，他站在人群里，举起蔡小菲不知道从哪儿找来的扩音喇叭，嗓子也有些嘶哑："乡亲们，我是模阳市市长秦汉章，有什么事情请跟我说吧。"

人群一下静下来，却没有人说话，一双双无神的眼睛麻木地看着他。

秦汉章又说："乡亲们不是有事才到这儿来的吗？我这两天不在模阳，刚刚从北京回来，让乡亲久等了。"

还是没有人说话。明明是来找官的，可见了官又都胆怯了。一个个你看看我，我看看你，互相寻找着支持和勇气。

秦汉章和颜悦色地安慰着："乡亲们，别有什么顾虑，我是市长，市长就是给大家办事的，大家有什么要求都可以跟我说。"

一个蹲在后面人群里的年轻人喊了一句："我们要找冯书记。"

秦汉章说："我刚才不是说了嘛，我是市长，有什么事就跟我说吧。"

又一个缩在人群里的中年人喊了一句："你说话管用吗？"

秦汉章说："管用不管用你们先试试，我办不了你们再找冯书记行吗？"

一个妇女倒是大胆地站了起来："秦市长，你说你是给我们办事的，那我问问你，中央是不是发下来一批种粮补贴款？"

秦汉章坦诚地说："是啊，没错。"

那个妇女问："一共多少钱？"

秦汉章说："三千万多一点儿。"

那个妇女紧接着问："听说这笔钱被冯书记建设开发区了，有这么回事吧？"

秦汉章说："这位大嫂，你这句话说得很好，你是听说对吧？听说的事可能有，也可能没有，对不对？"

见有人带头说话，大伙儿的胆子渐渐地大起来，一个粗壮的汉子喊了起来："那你说这钱哪儿去了？"

马上有人附和着喊："那钱为什么还不发给我们？"

还有人喊："电视里都说了，中央的钱要直接发给农民，你们为什么挪用？"

人无头不走，鸟无头不飞。只要有人承头，人们的胆量就像风吹灶膛一样被迅速地把火煽起来，呼啦啦地鼓噪着，所有的懦夫顿时都变成了勇士。叫喊声越来越愤怒，连脏话丑话过头话都喊了出来：

“中央的钱你们也敢挪用？你们算什么‘三个代表’？”

“你们这是腐败，是吸农民的血。”

“谁敢匿起这笔钱，老子跟他拼了！”

…………

秦汉章举着喇叭耐心地等待着，等着人们将心里的火气都发出来。喊来喊去就是那几句话，连声音也越来越低了，终于有个白头发的老年人说话了：“喂，市长在这儿呢，你们瞎嚷嚷什么？是撒野来了还是解决问题来了？”

人群又静下来。

秦汉章马上接过老年人的话茬说：“这位大叔说得对，你们不是来要钱吗？我这个市长已经站在你们面前了，你们有事不说正事，嚷嚷那些咸的淡的有用吗？如果骂街能骂出钱来，你们还来找我干什么？你们在这儿骂吧，我走了，不管了。”

那个老年人看出门道，开始出面说好话了：“市长，您大人不记小人过，他们都是浑蛋一屁股泥，您别跟他们一般见识。”

秦汉章佯作气愤起来：“我告诉你们，我这个市长是模阳市人民代表选出来的，我得对选民负责，对全市人民负责。模阳的老百姓有困难、有问题理应找我这个市长。找我有各种各样的办法，可以打电话，可以写信，也可以直接去我的办公室。可是你们这是干什么？在市委门口围了三天了，是谁让你们来的？是的，你们没闹事，也没示威，那么你们这算不算集会？宪法规定公民有集会的自由，但是集会要经过批准的，你们经过谁批准了？没有人批准就是非法集会，你们知道非法集会是什么后果吗？”

秦汉章说完“非法集会”之后，故意往人群里扫了一眼，几个刚才大胆发言的人低下了头，有的又蹲在了人群里。秦汉章说：“再者说了，‘三夏’刚过，眼下正是秋种秋管的农忙季节，麦茬地要播种，大庄稼要施肥，棉田要整枝打杈儿，果树要灭虫防病……这么多的农活压着手，你们怎么跑到这儿来闲坐着呢？人误地一时，地误人一年，庄稼人怎么连这点儿道理都不懂？是谁出的这馊主意让你们到这儿来的？”

人群静下来，有人站出来又喊了一句："我们是来要粮食补贴钱的。"

秦汉章问："粮食补贴钱不是你们要的，是政府要发给你们的，这是中央的政策。"

又有人喊了起来："什么时候发给我们？"

几个人一起喊起来："是啊，秦市长，您说句痛快话，什么时候把钱给我们？"

秦汉章说："作为市长，我可以负责任地告诉你们，中央给农民的钱是一定会给你们的，但是你们这种做法是错误的，市委市政府要旗帜鲜明地向你们提出批评。念你们是初次，就不追究具体人的责任了，下次如果再发生类似的事件，我们就不能这么温和了……"

人群中又有人喊了起来："秦市长，您的批评我们接受，您追究我们责任也行，可是钱什么时候发给我们啊？"

更多的人同时喊了起来："是啊，什么时候发给我们钱啊？"

秦汉章知道这是不可回避的问题，便壮起胆子说："你们要是相信我的话，就回家等着，我保证一个星期之内把钱给你们送到家家户户的炕头上。"

人群静了一下，又突然沸腾起来："秦市长，谢谢您了，我们可都指望您了……"

看着眼前一张张土色的脸上露出信任的笑容，秦汉章的眼睛湿润了……

## 十九

大话说出去了，可是到哪儿去找三千万元？秦汉章看着围在市委大院门前的农民慢慢地散去了，才放心地来到模阳宾馆，找到了躲在那里的冯奈。

冯奈显然已经知道了刚才所发生的事情，再一次双手握住了秦汉章的手，上下用力地摇晃着。这是他表示感谢的主要方式，冯奈一迭连声地说："老秦，我算明白了，对付这些刁民，还得是你这个地头蛇，你可给我解了围了，谢谢你，实在太感谢你……"

这些发自冯奈内心的话和真诚的感激之情却让秦汉章很不高兴，我们模阳的百姓怎么成了刁民了呢？你们挪用了他们的钱，他们不该跟你们要吗？欠债还钱理所当然，这就成了刁民了？诚然，秦汉章也说过，模阳是苦水刁民土匪窝。不知道为什么，这些话秦汉章自己说可以，要是从别人嘴里说出来，就像是骂了他的祖宗一样，无论如何接受不了。秦汉章忍受着双手被攥的疼痛，咧了咧嘴，掩饰着他心中的不快。

冯奈说："老秦啊，你大话说出去了，一个星期之后要是拿不出这笔钱来怎么办？他们要是再来闹事怎么办？这些人可不是好惹的。"

秦汉章说："你放心吧，我大话说出去了就得兑现，一个星期之后拿不出钱来，我辞职就是了。"

冯奈叫了起来："这怎么行？这件事是咱们集体决定的，要集体负责，怎么能让你一个人承担责任？"

秦汉章的心里又窝起了火：挪用农民补贴款就是你冯奈一个人的主意，怎么成了集体决定的？你有那么民主吗？在许多重大问题上，你不都是独断专行吗？连需要履行的程序你也是按照你的意思走过场。一个人当了第一把手之后怎么都学会了专制呢？是人改变了制度，还是制度改变了人？

带着这些困惑，秦汉章来到了范思哲的丁香小院，这是他最想见的人，连蔡小菲都没顾上叫，他便让汪延顺开车赶过来了。

没想到蔡小菲已经在这里了。

范思哲见到秦汉章便笑了，说他在官场上越来越成熟了。不管风吹浪打，胜似闲庭信步，颇有些政治家的风度了。

秦汉章心里很高兴，高兴之余又觉得有点儿不对。范思哲是什么人？怎么用这种口气跟他说话？别忘了，我秦汉章是一市之长，你不过是我这市长管辖下的一个草民，怎么突然间成了我的上级？还郑重其事地表扬起我来了？

蔡小菲逗着秦汉章说："秦市长，牛皮没吹炸吧？"

秦汉章沉着脸说："你什么意思？"

蔡小菲手心朝上向他伸过来："拿来呀，三千万。"

秦汉章心里一阵绞痛，是啊，他到这儿来就是向范思哲讨主意的，到哪儿去找三千万？是啊，你又把范思哲当成了什么人？范思哲不过是你管辖下的一个草民，他凭什么要给你出主意？你为什么又对他抱有那么大的希望？

范思哲慢条斯理地说：“这原本是压在冯奈脚上的一块石头，他是搬起石头砸自己的脚。可是这样一来，你把那块石头从他脚上搬下来，却压在自己的脚上了。”

秦汉章说：“范老师，不是您打电话让我回来给冯奈救驾的吗？”

范思哲说：“这回该给你自己救驾了。”

秦汉章说：“看来范老师已经成竹在胸了？”

范思哲叹息着说：“上山擒虎易，开口求人难啊。”

秦汉章说：“难也要去求，我只是想问问您，我提着猪头该去敲哪扇庙门呀？”

范思哲说：“这么大的一笔款子，从私人腰包里是掏不出来的。”

秦汉章说：“您是说找银行贷款？”

范思哲说：“话剧《茶馆》里有句话，大清国有的是金山银山。”

秦汉章为难地说：“找银行贷款越来越难了，更何况我们已经欠了几个亿的贷款了。”

范思哲说：“别在模阳打主意了，到省城捉个冤大头吧。”

秦汉章敏锐地问：“您有路子？”

范思哲从口袋里摸出一张纸条儿，摊在秦汉章面前：“这是邱行长的电话，就说是范希文让你找他的。”

秦汉章问：“范希文是谁？”

范思哲说：“我儿子，邱行长是他的朋友，或者说是关系户。”

秦汉章想了想又问：“您没问问贵公子，这位邱行长黑不黑？回扣太多了我们也受不了。”

范思哲说：“黑倒是不黑，就是有点儿‘黄’。”

秦汉章一时没明白：“‘黄’？您是说……”

范思哲诡秘地看了蔡小菲一眼。

蔡小菲立即敏感地叫起来：“您看我干什么？该不是拿我去使美人计吧？”

秦汉章和范思哲同时笑起来。

蔡小菲更加发毛了："你们笑什么呢？你们别打我的主意啊……"

两个人笑得更厉害了，院子里的一只大公鸡被这笑声惊得拍打着翅膀飞上了墙头……

## 二十

秦汉章一进家门就觉得气氛不对，他的心一下子沉了下去。

李雪娥正在厨房里揉面做馍，一件松松垮垮的乳罩背心，一条系在腰间的素花围裙。两只浑圆肥白的胳膊上沾满了面粉，同样沾着面粉和面屑的还有她散乱的头发、松懈的脸颊和冒着汗的鼻尖儿。在秦汉章的印象中，这是李雪娥的标准形象，甚至是唯一形象。什么时候回到家里，第一眼见到的总是这个样子。每当秦汉章偶尔回忆起李雪娥时，闪现在眼前的也是这个形象。李雪娥和揉面做馍密不可分地联系在一起，成了他家这座独门小院一道经久不衰的风景。从这个意义上说，李雪娥的形象，也是家的形象。

秦汉章与李雪娥之间，从来没有年轻恋人和年轻夫妻的浪漫，无论分别还是重逢，没有拥抱，没有接吻，连一句热乎话也没有。秦汉章从外边回来，李雪娥总是放下正在揉的面或正在蒸的馍，给丈夫打洗脸水、沏热茶，然后再张罗着做饭。这是实实在在的夫妻关系，不仅他们夫妻如此，恐怕模阳城所有的家庭所有的夫妻都是这样。这就是馍文化在夫妻生活中的渗透。秦汉章曾经跟蔡小菲说过，你们大城市的夫妻是花馍，既要好看又要好吃；我们模阳的夫妻是白馍，不要样子抗饿就行。

可是今天却不同了，李雪娥明明看见他回来了，却连头也不抬，更不要说为他倒水沏茶了。她正在用刀切着面团，脸色阴沉得像一块结着冰花的石头。

秦汉章只好自己打洗脸水，他分明看见了肥皂盒就在堂屋的锅台上，还故意问："香皂呢？"

李雪娥没有理睬他，刀剁在面板上发出的声响令人心悸。

秦汉章洗完脸，又自己端着茶缸沏茶，暖瓶是空的。他放下了，走到李雪娥面前，讨好地问："蒸儿锅了？"

李雪娥依然紧绷着脸。

秦汉章更加心虚了："怎么了你，不舒服吗？"

"啪啦"一声，李雪娥将刀扔在面板上，扭着身子朝卧室跑去。紧接着，屋子里传出了惊天动地的哭号声。

秦汉章慌了，急忙进屋，来到床前，伏身问："怎么了，你到底怎么了？"

李雪娥继续哭号着，白馍一样肥胖的身子在床上颤动着。

秦汉章摇晃着李雪娥的后背，急切地说："说话呀你，哭什么呀？"

李雪娥突然翻身坐了起来，瞪着两只眼睛问："你说，你是不是跟那小妖精在一起？"

秦汉章见李雪娥止住哭声说话，心里反而平静下来："你说的是什么话呀？我怎么听不明白？"

李雪娥带着哭声说："我说的是北京，在北京的时候你们是不是住在一起？"

秦汉章搪塞着说："你别胡思乱想的，这是哪儿跟哪儿的事呀？"

李雪娥咆哮起来："你还敢不承认？那个接电话的女人是不是她？"

秦汉章狡辩着："她在我房间里正说事情，怎么了？"

李雪娥不依不饶："三点钟说事？黑更半夜的三点钟，能说什么事？"

秦汉章说："说事还分钟点？你又没看见，瞎猜什么？"

李雪娥说："我是没看见，可是我听出来了，说事的声音跟睡觉的声音一样吗？还有你，你的声音也是刚从梦里醒过来的。我又不傻，我又不是三岁两岁的孩子，你想骗谁呀？骗得了吗？你想抵赖，赖得掉吗……"

秦汉章不想争辩了，他知道自己怎么辩解李雪娥都不会相信了。

李雪娥冲着他喊叫着："你说，你是不是要娶她，是不是要跟我离婚，是不是要把我们娘仨甩掉，你是不是要当陈世美……"

这么多"是不是"把秦汉章心里的火气拱了起来，他索性闭上嘴不说话了。

李雪娥见秦汉章不言语，更加断定自己判断得正确，于是又惊天动地地哭号起来，一边哭着一边历数着是是非非："你说，你为什么要把我们扔掉？我怎么对不起你了？我从十七岁就给你们家蒸馍，连你大学同学吃的都是我蒸的馍。我二十一岁嫁到你们秦家来，整天没黑夜带白日地干，伺候死了你妈，又伺候死了你爹。你爹临终住院的时候，你在省城党校里学习，怕影响你进步，我都没把你叫回来，咽了气都是我给换的衣服……你说，我怎么对不起你了？你当了镇长当局长，当了局长当市长，你说不让我干涉你，怕影响你的前途，我连你的办公室都没去过。人家一个小科长都用公家的车接送老婆孩子，咱闺女上大学的时候，我是坐着公共汽车把她送到学校的，让人家同学都笑话她，都怀疑她爹是不是真的是市长……你的官越做越大，我们沾过你半点儿光吗？你也不前后左右地看看，别的官太太都在干什么？打麻将的打麻将，跳舞的跳舞，旅游的旅游，一个个披金戴银，打扮得花虎不拉似的。我呢，我整天起五更爬半夜，撅着屁股蒸馍又挎到街上去卖，我这是为了谁呀？到如今你……你还要甩掉我们……你还有没有一点儿良心？”

秦汉章承认，李雪娥说的这些都是实情。他跟蔡小菲说过，他不能离婚，因为他的老婆没有错误。蔡小菲说的那种“无错”离婚也不适合于她，李雪娥何止是“无错”。二十多年来，这个家没有她行吗？甚至包括他自己，包括自己的奋斗和进步，李雪娥做出了多大的贡献？是啊，他的官越当越大，李雪娥确实什么光都没沾过。

李雪娥将一张泪脸扬在他面前，逼问着他：“你说呀，说呀，你倒是说呀！”

秦汉章说：“你到底让我说什么呀？”

李雪娥喊着：“我让你回答我，你是不是要跟我离婚？”

秦汉章的声音也高起来：“我什么时候说过要跟你离婚？”

李雪娥说：“你现在就说，到底跟我离不离婚？”

秦汉章说：“我从来都没想过跟你离婚。”

李雪娥紧盯着问：“要是那小妖精逼你呢？”

秦汉章一时不知该如何回答是好。

李雪娥步步紧逼：“你不跟我离婚是不是？那好，你得给我立字据！”

秦汉章问：“立什么字据？”

李雪娥说：“立不离婚的字据。”

秦汉章说："废话，我只听说过离婚需要字据，没听说过不离婚还要什么字据。"

李雪娥说："你不给我立是不是?"

秦汉章奇怪，李雪娥今天怎么这么多"是不是"?

"那好，你不给我立我给你立。"李雪娥说着，扭过身子从枕头底下拿出一张纸，递给了秦汉章，"给你，这是我给你立的字据，收好了。"

这张纸上只写短短的两行字，下面是李雪娥大大的签名，还有红红的手印。上面写着：你要是跟我离婚，我就死，空口无凭，天地做证。

这叫什么字据呀?秦汉章想笑，却没能笑出来。他突然明白了，模阳的女人确实如馍，面揉好了，火候合适了，蒸出的馍绵绵软软、暄暄腾腾，好吃抗饿又解馋；要是面没和好，或忘了放碱，火候过猛了，蒸出的馍就会硬得像石头，能噎死人，能把牙崩掉，也能把人的脑袋砸破。秦汉章看着李雪娥两只直愣愣的眼睛，拿着"字据"的手发起抖来……

## 二十一

大森林度假村是个著名的风景休闲胜地，深山老林，与世隔绝，一切都是原始状原生态。都说酒好也怕巷子深，度假村的投资者不但熟悉富人心态，更深谙官场商场情场之个中三昧。君不见闹市中大商场争锋斗法，城郊外娱乐城姹紫嫣红，而人迹罕见的大野荒郊，却突兀惊现海市蜃楼般的度假山庄。此类山庄没有醒目的招牌，更没有铺天盖地的广告，山门外却夜夜停泊着最豪华的公家车和私家车。商业的法则千变万化，大轰大嗡是效应，隐蔽私密也是效应。

这一切都是蔡小菲安排的。秦汉章在省里参加一个粮食收购会议，蔡小菲提前来了一天。

秦汉章是打了一辆出租车来的，蔡小菲正在度假村的大堂里等着他。

蔡小菲说："邱行长已经在路上了，你到环肥燕瘦厅去等着他吧。"

这名字听着就这么艳俗，秦汉章没说什么。

蔡小菲又说："邱行长再有十多分钟就到了，你快去吧。服务生，带这位先生去环肥燕瘦厅。"

立刻有一个服务生恭恭敬敬地走过来，做出了一个“请”的手势。

秦汉章看着蔡小菲：“你不去？”

蔡小菲说：“我能去吗？你没听范老师说吗，邱行长肯定是个色狼，你就眼看着我把自己往狼嘴里送？”

秦汉章为难了：“可是……你不去能行吗？”

蔡小菲说：“放心吧，我不会让狼饿肚子的。”

秦汉章还想说什么，蔡小菲却转身走开了。他只好跟着服务生，犹犹豫豫地朝所谓的环肥燕瘦厅走去。

推开环肥燕瘦厅的门，秦汉章吃了一惊。一个亭亭玉立的姑娘让他眼前一亮，姑娘与蔡小菲的年龄差不多，穿着一身非常得体又很醒目的西装，一看就知道是政府机关的文秘人员或外企大公司的白领丽人。身材气质、一颦一笑都非常抢眼，一点儿也不在蔡小菲之下。有这样一个才色俱佳的姑娘在身边，邱行长怎么还会拈花惹草呢？真是欲壑难填，人心不足蛇吞象。

秦汉章主动跟姑娘打招呼：“你好，我是秦汉章，你是邱行长的秘书吧？”

姑娘很矜持地向他伸出了手：“秦市长您好，我今天是您的秘书，我叫蔡小菲。”

秦汉章像是听错了：“你说什么？”

姑娘重复着说：“我叫蔡小菲，北京师范大学的毕业生，到模阳来支援西部建设的，现在是模阳市政府办公室的秘书。”

秦汉章傻傻地看着这个迷人的姑娘：“你是在开玩笑吧？”

姑娘认真地说：“请秦市长放心，我的工作会让您满意的。”

正在这个时候，门开了，一个圆馍般的中年人大大咧咧地走进来，像对待老朋友似的抱着拳头，嘻嘻哈哈地说：“来晚了来晚了，得罪得罪。”

秦汉章知道这是邱行长，没有直接打过交道，却也在公开场合见过面的，秦汉章急忙迎上去，客气地说：“邱行长，辛苦您了，感谢您能在百忙中大驾光临。”

邱行长握着秦汉章的手继续嘻嘻哈哈地说笑着，眼睛却像猎鹰发现了猎物似的紧盯着秦汉章身边的姑娘不放。

姑娘非常主动地向邱行长伸出手，热情地说："邱行长，我是秦市长的秘书蔡小菲，初次见面，请多多关照。"

秦汉章还是丈二和尚摸不着头脑，自称是蔡小菲的姑娘却已经熟练地进入了角色，替邱行长脱外衣，将邱行长搀坐在餐桌前，又为邱行长送上了茶水，然后便大大方方地坐在了邱行长身边。

邱行长显然非常高兴，让着秦汉章："坐，坐呀，秦市长，你好福气啊，一位绝代佳人为你红袖添香，你肯定会飞黄腾达、前途无量。"

秦汉章只好随口说："谢谢邱行长，托您的吉言，还得请您多多扶持。"

邱行长不愧是色场高手，非常自然地拍打着蔡小菲的手背，亲热又不失分寸："你叫什么？蔡小菲……对，我早就听说你的大名了，可惜啊……名花有主了。"

"蔡小菲"也很有分寸地说："邱行长真会说笑话，您看看，这是我点的菜，不知道合不合您的胃口。"

邱行长说："有秀色可餐，美味佳肴已不足为奇，果腹而已。"

"蔡小菲"向秦汉章及时地递了个眼色，秦汉章急忙避开。他在想，本来今天是给邱行长设鸿门宴的，怎么自己却先掉进一个陷阱里了。

邱行长似乎是漫不经心地对"蔡小菲"改变了称呼："小菲呀，这个房间是你定的吧？怎么叫环肥燕瘦呢？"

"蔡小菲"故作调皮地问："邱行长想知道吗？"

邱行长夸张地说："当然啦，请小菲姑娘不吝赐教。"

"蔡小菲"拍了两下手，门开了，进来两个服务员。穿着无袖大开衩旗袍的服务员一红一绿，一高一矮，一胖一瘦。无论是环肥还是燕瘦，都明眸皓齿、粉白鲜嫩，称得上是妙龄佳丽。

邱行长眼睛都直了，肥厚的嘴片子也下意识地吧唧了两下，拢住了顺口流出来的涎水。

两个服务员并排站好鞠躬："先生小姐中午好，本房间由我们两个为你们服务，请多多关照。"

邱行长更加高兴起来："好啊，你们叫什么名字？"

肥胖的姑娘说："我叫环肥。"

苗条的姑娘说："我叫燕瘦。"

邱行长说："好一对环肥燕瘦，你们都有什么服务呀？"

环肥红着脸说："您有什么要求，请吩咐。"

邱行长说："好，会说话。"然后又指着燕瘦问，"你呢？"

燕瘦却大大方方地说："您是我们的上帝，一切听从上帝安排。"

邱行长挺了挺肚子："好啊，那你们就先开酒上菜。"

下面的一切都是在美好的氛围里按部就班地进行的，两个服务员伺候在左右，斟酒上菜，更换碟盘，眼快手勤，笑吟吟地眉目传情，却不多嘴多舌。

酒足饭饱，邱行长似乎也有点儿累了，话渐渐地少了，声音也渐渐地低下来。

"蔡小菲"善解人意地说："邱行长，您要不要休息会儿呀？"

邱行长挺着肚子站起来："啊……我得先方便方便。"

"蔡小菲"急忙搀起了邱行长的胳膊，带着他离开了餐桌。

秦汉章这才发现，这个房间原来不仅仅是餐厅。还有一个门，推开门豁然开朗，里面别有洞天：有喷泉浴缸、桑拿房、搓澡床及全套洁具便具。门开着，邱行长站在便池边撒着尿，"蔡小菲"大大方方地站在他的身后。等邱行长撒完尿转过身，就顺势歪在了"蔡小菲"的身上。

"蔡小菲"使劲支撑着邱行长的胖身子，喘着气说："邱行长，您要不要洗个澡呀？"

邱行长说："当然，当然要先洗个澡了。"

"蔡小菲"朝外面叫着："环肥燕瘦，你们进来服侍邱行长洗澡。"

两个服务员答应着进了卫生间。

环肥燕瘦过来给邱行长脱衣服，"蔡小菲"趁机出来了。

秦汉章急忙转过身，装作没有看见里面的一切。

"蔡小菲"将一把钥匙递给秦汉章："秦市长，您先到306房间休息一下吧，一会儿我去那儿找您。"

秦汉章看了一眼"蔡小菲"，不放心地说："那……就拜托了。"

"蔡小菲"非常亲热地朝秦汉章的脸蛋儿上亲了一下，又深情地向他递了一个媚眼。

这一切都是故意做给里面的邱行长看的，用以证明秦汉章为他邱行长忍辱奉献，做出了巨大的牺牲。蔡小菲从哪儿找到这么一个替身，真是个好演员。既然她具有这么大的才色，为什么单单干这一行呢？秦汉章想。

## 二十二

秦汉章犹犹豫豫地打开306房间的门，感觉有点儿异样。这是一个带客厅的套间，秦汉章认真打量了一下房间里古色古香的陈设，推开了卧室的门，顿时笑了。蔡小菲穿着一件十分暴露的睡衣，正躺在床上看电视。

秦汉章身上穿过一股强烈的电流，他忍了忍，关切地问："你还没吃饭吧？"

蔡小菲说："我不想吃熟的了，想吃生的。"

秦汉章不解："吃生的？"

蔡小菲从床上一跃而起，猛地朝秦汉章扑过来，勾住他的脖子，又顺势往床上一拉，秦汉章实实拍拍地压在了蔡小菲的身上……

风平浪静之后，两个赤裸的躯体湿淋淋的，像是刚刚从水里出来。蔡小菲瘫软地依偎在秦汉章的胸脯上，一边喘着气，一边急不可待地问："跟你老婆谈了吗？"

秦汉章问："谈什么？"

蔡小菲说："谈离婚呀。我不是说你要娶我吗？"

秦汉章不知道该说什么好。

蔡小菲说："你是不是不想谈？"

秦汉章敷衍着："要谈也得慢慢来呀，弄不好要出人命的……她说过，我要是离婚，她就去死。她这个人说得出来就做得出来。"

蔡小菲说："别跟我说这些，你们男人怎么都一路货色？当初我爱上的那个男人，他老婆带着两个孩子在我的门前跪了一夜，我心软了。结果怎么样？我把她的男人还给了她，可我呢？"

蔡小菲说着又伤心地流起了眼泪。

秦汉章拍着她的后背安慰着她。

蔡小菲说："不行，我再也不能放弃了，我要为我的爱争取我的权利。

你不跟她谈我跟她谈，回去我就找她……”

秦汉章慌了：“别别别……求求你了……”

蔡小菲“噌”地坐起来，刚要发作，门铃响了。

秦汉章慌了，急忙起来穿衣服。

“你别动。”蔡小菲摁住了他，穿上睡衣出去了。

进来的是另一个“蔡小菲”，秦汉章从声音上听出来的。秦汉章急切地想知道事情进展的情况，调整了一下身子，从门缝往外看着。

蔡小菲递给另一个“蔡小菲”一个厚厚的纸包，显然是人民币。另一个“蔡小菲”递给蔡小菲一个纸条儿，不知道是什么。然后，谁也没说什么，另一个“蔡小菲”便出门走了。

蔡小菲进了卧室，催促着秦汉章：“快穿衣服，咱得马上去银行把贷款的手续办好。”

秦汉章立即兴奋起来：“怎么，邱行长答应了?”

蔡小菲摇晃着手中的纸条儿说：“你看，他的批条已经拿到手了。急不如快，趁着他现在还没后悔。”

秦汉章一边穿衣服一边说：“亏你也想得出来，弄了个替身，也不怕将来邱行长认出来?”

蔡小菲说：“咱跟他就是沙锅砸蒜，一锤子买卖。你还想以后再跟他打交道呀？像他这种人，纯粹是耗子舔猫屁股，嘬（作）死呢，早早晚晚，有监狱等着他呢。”

秦汉章又问：“你给了她多少钱？我说的是你那个替身。”

蔡小菲说：“两万，多吗？她可给咱要来三千万。”

秦汉章说：“我是说，这笔钱不能让你拿，毕竟咱是为模阳办事呢。”

蔡小菲说：“放心吧，这钱都打在食宿费里了，也不是食宿费，我开的是会务费，合理合法的开支。”

秦汉章又钦佩起了蔡小菲的精明。

蔡小菲突然嘱咐说：“啊，你给我记住了，你什么都不知道。今天发生的一切都与你无关。”

秦汉章感动得眼睛有点儿发潮。

接下来的事情进展得比预想的还要顺利，三千万元贷款拿到了手，尽管是拆东墙补西墙，毕竟为市委书记冯奈堵上了漏洞。更让冯奈心花怒放的是，秦汉章从北京找的新闻媒体陆续到了模阳，模阳像雨后的蛤蟆闹坑一样出了名。名声在外，招商引资也初见成效，开发区红红火火。模阳的出名就是冯奈的出名，在许多新闻媒体到了模阳的时候，秦汉章始终躲在背后，竭尽全力地突出冯奈。冯奈将秦汉章视为知己，大事小事都与秦汉章商量，每天都摽在一起，亲热得让人误会。第一二把手如此同心同德，很快在地区和省里传为美谈。冯奈更加雄心勃勃，又以雷厉风行之势，迅速推进“三光工程”的实施，这让秦汉章焦灼起来。

更让秦汉章焦灼的还有蔡小菲，她每天逼着秦汉章离婚，总是威胁着要亲自去找李雪娥。而且越是在公开场合，越是表现出一种与秦汉章非同寻常的关系。秦汉章心如火燎，只好又去找范思哲问计。

范思哲胸有成竹地说：“对于冯奈的‘三光工程’嘛，你不必着急，很快就会有结果的。而蔡小菲的事情嘛，倒是有点儿麻烦。”

秦汉章说：“范老师，这可是一颗人体炸弹，随时都有引爆的危险。”

范思哲说：“你看看我房间里的书就知道了，我研究过政治，研究过经济，研究过哲学，也研究过社会学，甚至还研究过《易经》《四柱》《麻衣神相》，就是没研究过爱情。你向我讨教这件事，纯粹是问道于盲。”

秦汉章急了：“范老师，无论如何您得给我想想办法，火苗子都蹿上屋顶了，我该怎么办呢？”

范思哲慢条斯理地说：“这些年，我琢磨出一个道理：凡是不知道该说什么的时候，就不说；凡是不知道该怎么办的时候，就不办。以逸待劳，以静制动。瓜熟蒂落，水到渠成，许多事情到了一定时候就会自生自灭了，许多事情当时去办很可能引起塌天之祸，可过一段时间去办，却四两拨千斤，顺理成章。所以说，时间是最好的良计妙策。”

秦汉章说：“我可以不急，我愿意等待，我更想拖，可是蔡小菲不干呀，她一天到晚地催我。”

范思哲说：“既然这样，为什么不让她忙起来，让她忙得顾不上这件事。”

秦汉章说：“怎么让她忙，她那么年轻，精力充沛又精明能干，哪有顾不上的时候？”

范思哲说："那就给她加码，往她的肩上压分量，总有她吃不消的时候。"

秦汉章说："您是说……让她去独当一面？"

范思哲说："有这种可能吗？"

秦汉章说："前两天冯书记倒是跟我提起过，说蔡小菲为开发区立下了汗马功劳，想提拔她为开发区主任。"

范思哲说："这是好事呀，你没同意吧？"

秦汉章说："我觉得冯书记也许是好心，可是……"

范思哲说："你怕把你拴进去是不是？"

秦汉章说："我还怕……"

范思哲笑了："小心眼了不是？男人就是这个德行，女人贴近了，怕被纠缠住；女人要离去，又怕收不回来。你自己瞧着办吧，老夫爱莫能助了。"

秦汉章笑了："我听您的。"

范思哲看着秦汉章，郑重地问："你真的为情所困，真的要娶蔡小菲吗？"

秦汉章苦笑着说："她逼着我娶她，可是我要娶她就得跟李雪娥离婚，我要跟李雪娥离婚，李雪娥就死。"

范思哲转身进屋了，不大一会儿，拿出了一个纸盒子摆在了秦汉章面前。

秦汉章打开盒子，却是一摞厚厚的书稿。让秦汉章吃惊的是，书稿封面上赫然写着《模阳花馍谱》的字样。秦汉章激动起来，迅速地翻看着书稿。这书稿总有上千页，不但有文字，还有插图。图画得很精致，都是形形色色的花馍样品，每一种样品都写明了配料、制作工艺、蒸制火候，等等。秦汉章抬头看着范思哲，声音都变了："这是您写的书？"

范思哲说："也可以说是我和老伴儿共同创作的。"

秦汉章说："您老伴儿？师母吗？"

范思哲说："我虽然不是吃花馍长大的，可花馍救了我。在我最困难的时候，是模阳的女人收留了我，模阳对我有救命之恩。模阳的女人为我生了三个儿子，一个在美国，一个在新西兰，一个在北京，但是他们都是模阳的儿子，他们的根都在模阳。”

秦汉章心里滚烫着：“没想到……真的没想到，我一直有个梦想，要把模阳的花馍推向市场，推向全国，推向世界。美国的麦当劳都能钻到模阳，模阳的花馍怎么不能占领美国呢？可是，弘扬花馍文化，打造花馍品牌，走现代化经营方式，需要做许多工作。我一直在琢磨，先成立一个花馍研究会，一直苦于找不到一个领导研究会的人选。现在看来，这个会长非您莫属了。”

范思哲摆起了手：“别别，你可别打我的主意，要说当官，我是有过野心的。有野心的人最终都会栽在野心上。我这辈子，自从跌倒了以后就发过誓，绝不做出头露面的事，绝不当出头露面的人。我这一生只做一件事就知足了。”

秦汉章问：“您指的是什么事？”

范思哲指着书稿说：“就是把这本书写好，我准备拿到北京去出版，也算是对模阳‘乌鸦反哺、羊羔跪乳’吧。”

秦汉章的眼睛湿润了。

以后的事情进展得很顺畅，蔡小菲调到开发区任主任，果然全副精力都扑在工作上了，连跟秦汉章约会都顾不上了。开发区日见成效，招商引资也颇有收获。既然蔡小菲暂时不逼着秦汉章离婚了，那么李雪娥固然也不提自杀的事情了。秦汉章后院稳定了，工作起来也格外得心应手。转眼间到了年底，一年一度的领导干部考核又开始了。所不同的是，每年考核，都是地委组织部来人，今年却是地委组织部和省委组织部一起来的。是因为模阳出了名，还是另有别的什么呢？

对于领导干部来说，这一年一度的考核是十分重要的，谁也不敢等闲视之。考核越来越制度化、规范化，大抵分为两个步骤：一是为主要领导打分，德、能、勤、廉、绩，分别分为优秀、好、较好、一般、不合格。打分的时候是要将基层干部召集起来，当场发卷，背靠背地画勾，谁也不许跟谁商量，这在很大程度上反映了真实的民意。再有就是个别谈话，找基层干部，也找主要领导，都是单独谈，背靠背。考查组到来以后，封闭办公，不接受来访，更不参加任何名目的宴会。考查组的成员也都是经过挑选的铁面无私分子，并且互相制约，每次找人谈话至少两个人同时参加，谈话记录绝对保密。上次老书记郑松远马失前蹄，就是因为在填卷和单独谈话这两个节骨眼上失去了大多数。

考查组还没有来，范思哲就嘱咐秦汉章，一定要在你的“馍派”中做好工作，谁也不许在冯奈身上搞鬼。秦汉章果然急了眼，他甚至跟那些死跟着他的兄弟骂起了娘：“填卷的时候，你们谁要是不给冯书记画优秀，谈话的时候你们谁要是说冯书记的坏话，可别怪我六亲不认。”那些“馍派”固然不服气，都埋怨秦汉章稀泥软蛋，向冯奈投降妥协了。埋怨是埋怨，到了考查的时候还得按秦汉章的指示办，人心不散，队伍才能好带。毕竟是模阳的精英，这点儿组织纪律性还是有的嘛。

考查结果让冯奈喜出望外。不久，他被提拔为省文化厅副厅长，虽说不是他理想的地方，却成了司局级的“高干”。须知在官场上，从处长到副局长，就像从举人到进士一样，绝不是差一个档次。

冯奈调走之前，竭力推荐秦汉章接他的班，这样就出现了一个皆大欢喜的局面：冯奈欢天喜地地走马上任，秦汉章顺理成章地坐上了模阳的“龙庭”。这时候，“馍派”那些弟兄在弹冠相庆之余，才真正佩服秦汉章的远见卓识，打着嘴巴骂自己鼠目寸光，对他们所敬重的领袖更加死心塌地了。

任命下来那一天，模阳几大家都争着要设宴为秦汉章祝贺，秦汉章谁也没答应。他给蔡小菲打了个电话，让她在开发区新建的大饭店里准备一桌丰盛的酒席，然后嘱咐她亲自将范思哲请来，他们两个要好好答谢范思哲。

秦汉章避开了众人，让司机汪延顺将他拉到开发区，然后将汪延顺也打发走了，自己将手机关掉，进了蔡小菲预定的房间。

早已经过了开饭时间，蔡小菲还没有将范思哲接来，他有点儿不安起来。给蔡小菲打电话，居然不在服务区。

直到下午一点多了，蔡小菲才气喘吁吁地推开餐厅的门。

秦汉章急着问：“范老师呢？”

蔡小菲擦着额头上的汗水说：“走了。”

秦汉章问：“走了？去哪儿了？”

蔡小菲说：“去北京投奔他儿子去了。”

秦汉章问:“有事?”

蔡小菲说:“不,他把家都搬走了。”

秦汉章一惊:“什么时候?”

蔡小菲说:“就今天上的车,我追到了火车站,好不容易找到了他坐的那节车厢,火车启动了,他只隔着窗子跟我说了一句话。”

秦汉章问:“什么话?”

蔡小菲说:“他说,现在可以把汪延顺这个司机换掉了。”

秦汉章想了想说:“小菲,我暂时离不开,你一定要到北京去一趟,把他找到。”

蔡小菲问:“把他接回来?”

秦汉章摇了摇头:“他……恐怕不会回来了。无论如何我们得找到他,得感激他,最好能送上一份像样的礼物。”

蔡小菲为难了:“送什么礼物呢?他需要什么呢?”

秦汉章心里一动:他所需要的,也许已经得到了。

2005 年 3 月 5 日于洋桥

# 死　谜

县政府宁副县长的小车司机李小毛出了车祸，车毁人亡。

根据世界卫生组织统计的数字显示，全世界每年死于道路交通事故的大约有七十万人，受伤的一千五百万人，相当于每五十秒钟有一人死于交通事故，每两秒钟有一人伤于交通事故。

现代化交通的发展，使人们对频繁发生的交通事故早已熟视无睹了，对身边时有发生的死人伤人事件，只要不是刺心刺肝的亲朋故知，也差不多麻木得连同情心都吝啬起来了。

如此说来，谁会在意这么一个山区小县城里的一起默默无闻的交通事故呢？政府办公室乱哄了几天，处理完后事，再给宁副县长买辆新车、招个新司机也就完事了。

那么，李小毛这么一个欢蹦乱跳的大活人就白死了？

别说，要不是后来发生的一些离奇古怪的故事，李小毛还真的就白死了。

## 一

李小毛的老家在沧州，那里是全国著名的武术之乡，是英雄辈出的藏龙卧虎之地。

在李小毛的眼里，真英雄是他师父。当今之世，唯有他师父最能，也唯有他师父最好。李小毛八岁拜师习武，师父待他像亲儿子。当然，亲儿子也是要挨打的。白屋出公卿，棍棒出英豪。师父的白蜡杆，打出了李小毛一身过硬的好武艺，也打出了李小毛一套处世为人的规矩方圆。

师父姓甘，在他们这个叫金鸡寨的小乡村，是个独一无二的姓。李小毛他们三十几个师兄弟和师姐妹没有人称他的姓，都开口闭口地叫师父，像叫爹一样亲。

只有一个人称他甘师父，那是后来的事了。这个人原是金鸡寨的插队知识青年，叫宁波，他跟甘师父有一种特殊的关系。

宁波也是个英雄，当初，他在金鸡寨的养猪场里喂猪，是个挺负责任的猪倌。那会儿农民养猪却不可以杀猪，猪都要交给国家的。城里人吃肉凭肉票，乡下人没有肉票，一年到头尝不到荤腥。只有过春节的时候，上级才批准全村杀一头猪。

既然数量只限一头，那一定得选最大的。宁波选中了膘肥体壮的花婆婆，格外地小心伺候。他知道，全村人都流着口水眼巴巴地等着它解馋呢。为了让全村人多吃上几斤肉，他宁可自己掉几斤肉。提前一个月宁波就开始给花婆婆加食催肥，一天喂三遍还不够，夜里还要起来给花婆婆吃夜宵。

这天夜里，宁波起来给花婆婆喂食。那是一个白花花的夜晚，天上有月亮，地上铺着雪。宁波提着猪食桶到了圈边，没听到花婆婆哼哼地拱门，心里咯噔一沉，扒着猪圈墙一看，花婆婆没了。他发现猪圈门外有一片杂乱的脚印，这脚印一直朝村外延伸，宁波顿时出了一身冷汗。他没顾多想，就顺着脚印追了下去。

花婆婆是被盗猪贼用浸了酒的窝头醉倒，然后抬着出村的。他们要是生擒硬捆，宁波准能听到猪叫声。宁波追出了有十里路，才在一个叫乱葬岗的荒野里撵上盗猪贼。一共四个人，两个人用一条扁担抬着猪，两个人跟在旁边守护着。宁波大喝一声冲上去，命令他们把猪放下。

盗猪贼一看追上来的只是一个插队学生，根本没把他放在眼里。宁波上前拦住了他们，劈手夺抬猪的扁担。盗猪贼急了，好不容易到口的肥肉怎能丢掉呢？四个人一齐扑上来，跟宁波动起了武。宁波不知道哪儿来的那么一股勇气，临危不惧，竟赤手空拳与他们搏斗起来。

盗猪贼以四对一，将宁波打倒在地。宁波宁死不屈，紧紧抱着其中的一个盗猪贼不放。盗猪贼见遇上硬茬儿了，便想杀人灭口，向宁波下了毒手。四个人拳打脚踢带掐脖子，眼看着就要将宁波置于死地了，该着宁波命大，正在这万分危急的时候来了救星。

甘师父的老伴病了，在县城里住院。甘师父每天在生产队里出工，只有晚上才能进城去照顾老伴。三十多里的路，就靠两条腿走着，前半夜进城，后半夜回家，天天一个来回。这一天走到乱葬岗附近，见一群人在厮打，急忙奔过去。路见不平，彰善诛邪，是武林人的规矩。甘师父大喝一声，飞脚挥拳，两个盗猪贼便同时倒在了三丈之外的雪地上。另外两个还没醒过闷来，也被甘师父的铁拳砸得天旋地转。甘师父有如天神从天而降，四个盗猪贼见势不妙，逃命要紧，到口的肥肉也顾不得了。

盗猪贼跑了，被醉倒的花婆婆也醒了。甘师父把捆猪的绳子解下来，又拴在猪的前腿上，然后，背起奄奄一息的宁波，牵着花婆婆朝村里走去。

花婆婆失而复得，村民们春节的时候餐桌上见到了荤腥，宁波也成了英雄。

那会儿当英雄是要到处做报告的，讲“为了保护集体财产，舍生忘死斗歹徒”的英雄事迹，叫作“讲用”。一个记者根据宁波的“讲用”稿写了一篇文章，挺长的一篇文章，省报上登了大半版，还配上了宁波挺大的一幅照片。宁波成了风云一时的人物，小小的金鸡寨也因宁波出了名。

李小毛看过那张报纸，师父一直压在褥子底下，宝贝似的珍藏着。令李小毛感到不平的是，那么大的一块文章，居然一个字都没有提到师父。

又让李小毛感到欣慰的是，宁波并非忘恩负义之徒。二十年之后，当上了副县长的宁波来到了金鸡寨，是坐着一辆红色的桑塔纳小轿车来的。

宁副县长给师父送来了酒，四瓶茅台；两支长白山的野山参；还有一件挺时髦的真皮大衣。师父乐了，不是冲着那些礼物，而是冲着一个副县长专门来看望他，他激动得流起了眼泪。

师父把三十几个弟子招呼过来，让他们为宁波练武，可劲地练，把绝招儿都拿出来。这不是师父在显摆，为客人表演，是武林中最高的礼节。

李小毛是师父最得意的入室弟子之一，功夫是上乘的。他的一对三散打，让宁波都看直了眼。李小毛表演完了，宁波还上来跟他握手，握得很有力量，也是很激动的样子。

师父陪宁波喝酒的半途中，派人把李小毛叫去了。李小毛进来，宁波让他坐。他没坐，没有师父的话他不敢坐，这是规矩。

师父严肃地说：“宁县长看中你了，你愿意不愿意跟他走？”

这事来得太突兀了，李小毛从来没想过要到哪里去，他盯着师父的脸不知道该如何回答好。

师父依然沉着脸问：“说话呀，到底想不想去？”

李小毛支支吾吾：“我……我没想……”

师父说：“你脖子上长的不是脑袋呀，现在就想。”

于是李小毛就想，刚一想他的鼻子就发酸了。真让他想，他还真不想去。活到二十岁了，跟着师父十二年了，虽然他也常向往外面的大世界，可是真的让他离开金鸡寨他还真的受不了。他离不开师父，离不开这帮师兄弟，特别让他离不开的是菊花……

师父催促着：“快说话呀！”

李小毛只好说实话：“我……我不想……”

师父不等他说完就翻了脸：“没出息的东西！我平时怎么教导你的？好男儿志在四方，总在这一亩三分地上守着，你能守出啥前途来？跟着宁县长还有啥亏吃？好好混，混出个人样来，也给咱金鸡寨添点儿彩……”

在武林中，父母的话可以不听，师父的话可是说一不二。就这样，李小毛跟着宁副县长离开了金鸡寨……

## 二

李小毛离开了师父，又拜了个师父。

这个师父就是宁波去金鸡寨的时候开那辆红色桑塔纳小轿车的司机，也姓李，大伙儿都叫他大李。

在金鸡寨的时候，师父只说宁副县长看上他了，让他跟着宁副县长走。可到哪儿去，干什么，师父并没有说，他也没敢问。到了县城宁副县长才告诉他，让他当司机，司机兼保镖。保镖的任务是以后他才知道的。

要当司机得会开车，他坐这种小轿车都是第一回。宁副县长让他学开车，不到驾驶学校去学，就跟大李学。学好了到驾校考个本子就行了。这样，就省下了三千元的学费，宁副县长有这个权力。于是，他就正式地拜大李为师父。

大李确实“大”，长胳膊长腿，大手大脚。就是瘦，除去衣服，一副骨头架子。他自己也说，跟着宁副县长，鸡鸭鱼肉没少吃，就是肚子没良心，挂不住膛油，光长骨头不长肉。大李脾气好，跟他学徒不挨打，总是笑眯眯的。错了，他就絮絮叨叨地对你诲人不倦。不像家里那学武艺的师父，总是提着一根白蜡杆，专拣肉厚的地方揍，让你长记性。

有国术的基础，李小毛手脚灵活，反应机敏，几乎没怎么吃力就学会了开车。当他考下本子，大李把钥匙交给他的时候，专门把李小毛请到自己的家里，给他上了官场第一课。

“你是开车的，不假。可别把自己往车豁子的堆儿里归，车船店脚牙，没罪也该杀。那说的是开卡车拉野货跑野路住野店的，再有就是那些开黑车宰客的。咱是干啥的？是为首长服务的，是文明人，上等人。宰相门前七品官，听说过和珅吗？就是电视剧《宰相刘罗锅》里那个奸臣，原来不过是给乾隆爷抬轿子的，跟咱的身份差不多。后来不是一直爬到了文华殿大学士，总理一级的官了。所以我说，给首长开小车的，跟给首长当秘书的一样，只要好好干，不犯大错误，到时候都能熬个一官半职的。你身上有功夫，脑瓜又灵，前途赖不了……”

大李在说这些话的时候，可不是笑眯眯的。见棱见角的瘦脸紧绷着，像是在向李小毛传授军机密令。

李小毛倒没想什么一官半职，武林的人讲的是义气，讲的是知恩图报。宁副县长那么看得起咱，把咱从乡下弄来，又有师父的重托，他能不好好干吗？

大李又向李小毛交代起了当小车司机的规矩：给首长当司机，得长着老太太的眼睛、大姑娘的耳朵、小媳妇的嘴巴。这话咋讲呢？老太太的眼睛你见过吧，说她眼神好吧，可举着针鼻儿穿不进线去；说她眼神不好吧，可做出的活儿来，细针密线不走样儿。这叫该看见的你就得看见，该看不见的就得装瞎。大姑娘的耳朵，那更是功夫了。大姑娘在媳妇群里或者男人圈里，什么脏话丑话砢碜话没有。怎么办？你既不能跟着说，又不能装害羞，只能装聋作哑。再说小媳妇的嘴巴，在公婆面前，总得试着深浅，话到嘴边留半句，不可全抛一片心。总而言之，统而言之，就是该你看见的你要是看不见，就得挨打；不该你看见的你看见了，就得挨扎。该你听见的你没听见，就得挨骂；不该你听见的你听见了，就得挨罚。该你说的你没说，就得挨呲；不该你说的你说了，就得挨杀……

大李的这一套学问可显得高深了，听得李小毛一个劲儿地翻眼睛。大李大概也看出了李小毛的困惑和恐惧，又安慰他说："别怕，你别听我说得挺玄乎的，其实没啥，说白了就是机灵劲儿眼力见儿，慢慢地你自个儿就咂摸出来了。"

李小毛还是咂摸不出来，于是大李吩咐媳妇摆菜倒酒。酒桌上，大李那绷着的脸蛋子放开了，又笑眯眯的和气可亲了。三杯过后，大李哈哈大笑起来，很开心，很知足，说了许多对宁副县长感恩戴德的话。大李可是小车方向盘上练出来的功夫，酒醉心不醉，心醉嘴不醉，他就是喝多少酒，也不会说出不该说的话。

直到几天以后，大李被任命为县政府办公室副主任，享受了副科级待遇，李小毛才明白这天晚上他为什么这么高兴。

## 三

李小毛总觉得自己是幸运的。小的时候，母亲为他请算命先生批过四柱八字，说他命中虽有劫难，可总有贵人相助。李小毛信命，农村的孩子或多或少都有点儿信命。这倒不是因为他们文化低，因为农村生活，特别是像金鸡寨这样的武术之乡，总笼罩着一些神秘莫测的东西。不像大都市里，现代化的科学无孔不入，神鬼再灵也无处藏身。

没遇到宁副县长的时候，李小毛总觉得师父就是个贵人，他也确实得到了师父的扶助和庇护。后来，他想，师父其实应该算是他的亲人，他是沾了师父的光。真正助他的贵人应该算是宁副县长。你瞧呀，宁副县长原本是去看望师父的，却把他带走了。

他离开金鸡寨以后，才明白这"离开"的重大与辉煌。怪不得当初师父、父母、师兄弟，包括菊花都极力怂恿他离开呢！在农民的眼睛里，人只分两类：一类是城里人，一类是乡下人。乡下人生活在地上，城里人生活在天堂。乡下人看城里人，得伸着脖子仰着脸。要是能从乡下人熬上城里人，那可真是屎壳郎变唧鸟——一步登天了。为了达到这个目的，有多少如花似玉的姑娘降价下嫁给城里的二流子懒汉？有多少人为了个农转非的指标倾家荡产低三下四？这种事多了。

李小毛多走运，他刚当上宁副县长的小车司机，户口就弄到了城里，是大李亲自给办的，连支烟都没让他拿。没过多久，李小毛听说自己又转干了。就是说，按正式国家干部待遇，吃饭有工资，看病有公费医疗，老了有退休金，这一辈子都让国家包下来了。天底下竟有如此好事，这好事竟又落在李小毛的身上了。李小毛全家，包括师父，都把宁副县长当作大恩人、大救星。李小毛一回去，耳朵里灌的都是如何报答宁副县长的大恩大德。要是以后李小毛稍有一点儿对不起宁副县长的地方，金鸡寨的乡亲不把他扒了皮才怪。

当然，今生今世，李小毛绝不会做一丁点儿对不起宁副县长的事。有多少次，李小毛都是冲着月亮发誓的。

宁副县长很看重李小毛，到什么地方去，吃饭的时候总不会忘记他。宁副县长不吸烟，如果有人送给他烟，他全扔给李小毛。有时候，人家知道他不吸烟，不给他，他还跟人家要，说："我不抽我的司长抽，给司长要包烟不算是索贿吧？"

对了，他管司机不叫司机，叫司长。开始的时候，李小毛不明白司长的含义。后来宁副县长问他："你知道司机是什么级别吗？"李小毛说不知道——只是当上了宁副县长的司机之后，他才发现官场上是很讲究级别的。宁副县长说，司机是正司局级。李小毛笑了，他知道宁副县长在开玩笑。这个县的第一把手才是正处级，宁副县长是副处级，给副处级开车的怎么可能是司局级呢？

宁副县长说："你还不信是不是？那我考考你，有这么一种领导，你看看是什么官：永远在前排就座，掌握方向路线，直接听从中央指挥，参加什么活动都吃小灶，特别讲究工作方法，小问题动班（扳）子，大问题揭盖子，实在不行下基层……"

李小毛眨巴着眼回答不上来，按照宁副县长的说法，这恐怕得是中央干部了吧？他没敢说。

宁副县长哈哈大笑起来："就是你这位司长呀！"

李小毛想了想，对呀——永远在前排就座，掌握方向路线……

李小毛笑了，笑得很欣慰。他想，遇上宁副县长这样一位体贴周到又亲切随和的领导，真是他几辈子修来的造化。

## 四

宁副县长并不是总这样亲切随和，他也有发脾气的时候，特别是对李小毛。

有一次到赤水河去，那是在中秋节之前，正赶上人家打鱼。赤水河养着一种红唇鲤鱼，很名贵，市场上要卖二三十元一斤。宁副县长去了，人家当然要拿红唇鲤鱼招待。饭后，赤水河乡的邱乡长又提来一个尼龙袋，里面装有十多斤鲤鱼，交给了李小毛，说是给宁副县长拿回家去尝尝鲜。

傍晚，李小毛开着车把宁副县长送到家。宁副县长下车后，李小毛也下了车，打开车后盖，让宁副县长顺便把鱼捎上楼去。

宁副县长沉着脸问：“哪儿来的鱼？”

李小毛说：“赤水河的邱乡长给的。”

宁副县长火了：“谁让你随便要人家的东西？我是县长，不是日本鬼子，我下乡是给老百姓办事去了，不是扫荡去了！”

宁副县长义正词严地说完，扔下李小毛，怒气冲冲地上了楼。

李小毛提着那装着鱼的尼龙袋，没脉了。他第一次见宁副县长发这么大的脾气，他知道错全在自己的身上，他不该替宁副县长做主，擅自收人家的礼物，这对宁副县长影响有多不好。在金鸡寨的时候，他听到的是官不打送礼的，看到的是乡里、县里的干部来了，村干部总是千方百计地弄点儿土特产让他们带走。从来没听说谁不要过，有时候村里没准备，他们还主动索要。因此，在李小毛的常识里，给领导送些小礼物，就像是乡下人走亲戚，不过是一点儿“小意思”，为的是联络感情，说明是互相看得起，绝对算不上什么行贿受贿。

万万没想到宁副县长是如此廉洁的，而且把这件事提高到是县长还是日本鬼子的高度。宁副县长的高风亮节李小毛固然钦佩，可是这件事却让他抓了瞎。那袋鱼该怎么办呢？给人家送回去，赤水河离县城一百二十多里路，赶到那儿恐怕人家都睡醒一觉了。再说，真要这么做，是不是也太不通人情了，人家赤水河的领导会怎么想呢？

李小毛无奈，提着鱼去找大李。反正大李是政府办公室副主任，他的直接领导，又是他的师父，论公论私，李小毛就是犯多大的错，也是归他处理。倒不如提鱼请罪，争取个主动。

李小毛的脑瓜一转，机灵劲儿就来了。

大李看着这少见的红唇鲤鱼，听完李小毛那沉痛的检讨，咧开大嘴笑了。李小毛问这鱼怎么办，大李爽快地说：“怎么办？吃！”接着，他就吩咐老婆剖膛刮鳞，支锅侉炖。又拉着李小毛不让走，非陪他喝两杯不可。

李小毛又傻眼了，没想到大李的觉悟这么低，跟宁副县长比起来，真是一只是猛虎，一只是癞猫。跟着宁副县长那么多年，怎么就不学学人家身上的正气呢？李小毛这嘀咕随着大李的笑声一扫而光，反过来想，大李毕竟帮助他摆脱了困境。

当李小毛端起酒杯的时候，仍然有点儿不放心，问：“李师父，明儿宁副县长要是问起这鱼我怎么说？”

李小毛在大李面前总是称他李师父，以区别在金鸡寨时对师父的称呼。

大李拿筷子夹起一片鲜嫩的鱼肚肉，非常自信地说：“你放心，宁副县长绝不会再提这件事。”

在官场上，对于所有的副职，诸如副书记、副县长、副局长、副主任，等等，当面称呼的时候，都略去副字。而在背后提起来，还是要把副字加上的，这大概是一条约定俗成的规矩。

李小毛问：“您有把握？”

“当然有把握，百分之一百二的把握！”

“为啥？”

“为啥？这里的深沉大了，你小子好好转转脑瓜吧。”

于是，李小毛顾不上喝酒了，为这高深的学问转起了脑瓜。可越转越糊涂，满脑子都搅成了糨糊。大李一边有滋有味地咂着酒、吃着鱼，一边高深莫测地看着他，考验着他的智力。

李小毛服了：“我想不明白。”

大李放下酒杯，郑重地说：“道理我就不跟你讲了，以后你自个儿慢慢体会吧，我只告诉你怎么办……”

李小毛睁大了眼睛听着。

大李说：“以后，不管是谁送领导礼物，也不管送的是什么，只要是递在你手里的，你千万别跟领导讲，也甭管他看见了还是没看见。你不是送他回家吗？他上楼之后，你也跟着上楼，把东西往他家一放，扭头就走，多一句话也别说，连看都别看他一眼，装作啥事都没有，你根本就没来过他的家。懂了吗？”

李小毛被大李盯出了满脸的狐疑，不是懂不懂的问题，是他根本就不相信大李的话。这种做法，也许对付别的领导行，可宁副县长肯定不会吃这一套。

大李笑了，笑得很负责任，然后，掏着心窝子跟李小毛说：“有些人看不起我们这些‘司长’，说我们是伺候领导的，甚至骂我们是奴才。你说在这个世界上，谁的学问最大？我说就是我们这些伺候领导的学问最大。大学生算老几，他就是研究生、博士生，到了官场上也照样是睁眼瞎，呆愣愣地瞧不出事儿来。这里的学问，书上没有，课堂上听不到，你花多少钱跟我淘换，我也不卖。也就是你，我才把一些皮皮毛毛的说说，谁让你是我的徒弟呢！”

对于大李的这些话，李小毛听着挺新鲜，也触目惊心。可是他毕竟是个有主见的人，不能不信，也不能全信。信与不信，都不能争辩，不能反驳。别的他不懂，他知道自己的身份该怎么做。

宁副县长果然没有再提那红唇鲤鱼的事，有好几次李小毛有意识地提到赤水河，甚至还提到过赤水河的红唇鲤鱼，宁副县长愣是像把那件事忘死了。李小毛不得不佩服大李的料事如神。

没过多久，大李教他那一套学问的“皮毛”便应验了。

那一次是参加一个公司的开业典礼，是一家中外合资企业，气派很大，参加开业典礼的人每人送一条毛毯和一只电火锅。这些东西原本该放在汽车后备箱里的，可是前几天他为金鸡寨买的两袋稻种放在后备箱里，一直抽不出时间给送回去。后备箱里塞不下，他就放在前面的座位上了。他的心一直悬在嗓子眼上，生怕像上次那样把他骂成日本鬼子。

他开着车往前走，加着一百二十个小心。说不定什么时候宁副县长就会命令掉转车头把礼物给人家送回去。

一路上，宁副县长睡了，一直睡着。也不知道车上的东西他看见了没有，能看不见吗？李小毛心里嘀咕着，可也难说，宁副县长太累了，又喝了酒，还顾得上车上多了什么东西？

晚上下班，李小毛送宁副县长回家。他决定按大李嘱咐的方法试一试，等宁副县长上了楼，他也提着毛毯和电火锅上了楼。他推门进去的时候，宁副县长正在换拖鞋。家里没有别人，他把东西放在客厅里就往外走。他走得很慢，似乎在等待着宁副县长把他喝令回去。没有，直到他打开汽车门，还停了一下，没听到宁副县长的任何声息，他放心地把车开走了。

李小毛心里很踏实，可也觉得很不是滋味。为什么不是滋味，他说不明白。

## 五

李小毛觉得，在十来个副县长中，宁副县长是最忙、最累、最有权力，也是最有能力的。

他负责建委工作，这其中包括城市规划、环境保护、土地使用、拆迁搬迁、工程设计、施工质量、资金建材，还有协调方方面面的关系，等等。每天早上他一上楼，办公室门前准排着队等他呢；常常深夜他回家，客厅里还有人赖着不走。

李小毛佩服他，更心疼他，总想着能帮帮他。可是，你一个开车的，尽管是“司局级”，又能帮他什么呢？他开口就是政策，举笔就是钱物，一言能兴邦，一言亦能丧邦，你有这个权力吗？

大忙算是帮不上了，李小毛只能尽其所能帮他一些小忙，以解除他的后顾之忧，让他投入更多的时间和精力为人民服务。

宁副县长有一个女儿和一个儿子。女儿叫宁馨，工作了，保险公司的打字员，肥差；儿子叫宁可，正在上中学。他的妻子姓辛，叫什么不知道，李小毛总喊他辛阿姨，是县财政局办公室副主任。一家人上班的上班，上学的上学，都挺忙。李小毛就尽可能地为他家做些事，比如换煤气罐、买粮食、修冰箱彩电、疏通下水道、通厕所马桶，等等。凡是他能做的，他都包揽过来。李小毛成了宁副县长家的一个重要成员，宁副县长家也从不把他当外人，有什么大事小事都不客气地支使他。他也乐意为这个家庭的每一个成员尽心尽力。

李小毛觉得，他这样做只是在尽自己的职责和义务，还谈不上报恩，报恩得在关键时刻起关键作用。他曾经设想过，真要是宁副县长遇上大灾大难——虽然他不希望这样，说的是假如——到那时候，为了宁副县长，他可以做出任何牺牲，包括去死。这话他只能烂在肚子里，跟谁都不能说，说出来就假了。真的东西是做出来的，不是说出来的。他不是在寻找或等待这样的机会，他希望宁副县长和他的家人永远一帆风顺、心想事成。心想事成这句话是他进城之后学会的。

机会偏偏来了。

这一天宁副县长正在一个建筑工地上现场办公，李小毛腰间的 BP 机响了。给领导开小车的“司长们”权力越来越大了，既是司机又是秘书。公事当一半家，私事当整个家。找领导都呼“司长”的 BP 机，这是规矩。领导其实也有一个 BP 机，除非在家的时候或特别至亲的人，一般轻易没有人呼他。

李小毛 BP 机上显示出来的是房管局蔡局长的名字，说新建的翠柳苑住宅小区出了事，让宁副县长赶快去。

当李小毛风驰电掣开着车来到翠柳苑住宅小区的时候，在一幢新建好的住宅楼前已经围满了人，乱哄哄地吵嚷着，纷纷仰头往上看。只见楼顶上，站着一个女人，披头散发，扬着双臂，似乎是在叫喊着什么。

宁副县长刚一下车，蔡局长就迎上来，慌张地汇报着。原来楼顶上的女人姓金，个体户练摊儿的，是个搬迁户。自从几年前对这座小县城实行旧城改造以来，拆迁搬迁就成了最棘手的事。按照合同，这个姓金的女人早在两年以前就该搬进新居，可是前面的房子建好以后，有的户分到了房，有的户没分到房。这是因为资金短缺，房子盖好之后，需要卖出一部分才能保证下一步的施工。当然，谁能分到房，谁分不到房，这里面就看谁有门路有关系了。

这位姓金的女人旧房拆了之后，一直跟公婆挤在一起住。还有小叔子、小姑子，十来口人两间简易楼，连厨房、阳台、过道里都摆上了床。这种日子，短时间还能凑合，原来说一年便可以搬进新居的，可这一凑合三年都过了。谁受得了，再和睦的家庭也得产生矛盾。特别是最近小叔子要结婚，逼着他们搬家。他们没处可搬，小叔子一怒之下把他们的床从阳台上扔到了大街上。

姓金的女人找拆迁办公室，找房管局，找县政府，找谁都没用，就是没有房。昨天，姓金的女人万般无奈，向房管局下了最后通牒，再不给她房，她就从新建的住宅楼上跳下去……

人急了跳楼。这不，姓金的女人说到做到，站在楼顶上就是不下来，只要房管局不把住房的钥匙给她，她就往下跳。

人命关天，蔡局长急了，宁副县长也急了。在搬迁工作中，确实有问题，跟搬迁户订的合同不落实，打官司都没理。更何况，这里面也确实走了不少的后门。别的不说，光是宁副县长批的条子就不下百十户。真要出了人命，他们可要吃不了兜着走了。

宁副县长皱着眉说："能不能悄悄地上去人把她弄下来？"

蔡局长说："不行，这种楼只有一个天窗通平台，可那天窗让她给堵上了。"

宁副县长："看来她真的要玩命了。"

蔡局长试探着说："要不，就答应她的要求……"

宁副县长也没了主张，蔡局长刚才呼他，他万万没想到是这种事。早知道有这个陷阱等着他，他无论如何也不会来的。他不在现场，出了什么问题他也顶多负领导责任。这可倒好，蔡局长把地雷拴在他的腰带上了，只要一炸，完蛋的首先是他。他心里狠狠地骂着蔡局长，可是表现出一副泰山崩于前而色不改的革命家的气魄，急得他脑门上都出了油。不是汗，是油。李小毛清清楚楚地看见是油，黏稠稠的油，汪在额头上不往下滚动。

李小毛知道宁副县长真的着了急，动了心火。他想，自己替宁副县长排愁解难的机会到来了。他没容自己多想，就凑到宁副县长跟前，小声地说："宁县长，我有办法把她弄下来。"

宁副县长立即想起了李小毛那一身功夫，或许他能蹿房越脊，白手擒狼。可是蹿房越脊指的是平房，至多也就两层小楼。这直统统的六层楼，你能蹿上去？

李小毛说他能上去，说得很有把握："只要你们继续缠着上面那个女人谈判，分散她的注意力，别让她发现就行。"

宁副县长虽说半信半疑，可是事到如今，没有别的高招儿妙计，只有听李小毛的了。

李小毛离开了人群，悄悄向楼后面走去。宁副县长命令大家，一律仰着脖子对付楼上的女人，谁也不许往李小毛的方向看。

李小毛来到了楼后角下，脱下外衣，双手攀着楼角，两脚扒着砖缝，就往楼上爬。远处看去，李小毛就像猴子爬树一样一步一步地往上攀登。用眼角瞥见的人都紧张起来，万一失了手，第一个死在楼下的就不再是那个姓金的女人，而是李小毛了。

此刻，围在楼下的人比死还难受。一方面为李小毛担心，一方面又得应付楼上的女人。两边两条命，这两条命都系在众人的目光上。紧绷的心连大气都不敢出，可又要仰着头若无其事地跟那个不要命的女人讨价还价。这巨大的心理压力，需要怎样的承受力呀？

时间似乎凝固了，每一秒钟都像一个世纪般地难熬。恐惧像魔鬼般地扼着每个人的喉咙，人们不敢叫，又不得不叫。这是在用生命打赌，也是在与死神较量……

突然，人们都不由自主地闭住了嘴巴，凝住了目光，停止了心跳。李小毛出现在了金氏女人的背后，正像一只狸猫似的接近那个女人。金姓女人发现楼下突然阒寂无声，似乎意识到了什么，直起身来，刚要回头，只见李小毛飞身一蹿，抱住了那个女人。下面就更让人触目惊心了，李小毛不知道用了什么魔法，那个女人既没有喊叫，也没有挣扎。李小毛用一只胳膊夹着她，像夹着一个没有生命的皮囊。紧接着，李小毛双腿一跨，用一只手抓住了楼前面的下水管，夹着女人从空而降。下水管只通到三楼，三楼下面是空的。不知道李小毛事先注意到了这一点没有，反正所有的人都发现了。人们恐怖万端地叫喊起来，下意识地朝前跑去，可谁也不知道跑上前去能如何解救即将摔下来的两条生命……

就在这一瞬间，只见李小毛一个鹞子翻身，愣是从三楼处翻了下来，一团黑雾般地落在地上，在空中还有个三百六十度的空翻。李小毛双脚沾地，身子往后一歪，胳膊下的女人便稳稳当当地倒在他的身上了，连一点儿声响都没有。人们围上来，拉起金氏女人，又扶起李小毛。

所有的人都像经历了一场空难，劫后余生，哆哆嗦嗦地连话都说不出来了……

## 六

李小毛赤手攀楼救女人的事，把这个山区小县城轰动得像是炸了窝，很快传遍了全县三镇十八乡，甚至波及了省城，连省委领导都听说了。这消息越传越神，传到后来便离了谱。说李小毛双脚蹬墙上楼，悬空横着身子，如履平地。说那个女人发现李小毛出现在她身后，一咬牙便跳了楼。李小毛一见急了，从楼顶上一翻而下，坠到三楼硬是接着了那个女人，然后夹着她平安落地，轻柔得如一片鸡毛。

本来，李小毛只不过是县政府一个默默无闻的司机。他身上有点儿功夫不假，可从未露过，除了宁副县长没有人知道。这下可好了，都知道他是宁副县长身边的武林高手。从此以后，没有人再叫他李小毛了，都叫他李大侠，甚至有好多人根本不知道他叫李小毛。

李小毛的日子开始不好过了，每天都有人到县政府来，成帮搭伙的，就为了一睹大侠的风采。还有记者，报社的、电视台的，应接不暇。李小毛成了名人，成了传说中的英雄，成了众人关注的新闻人物。这让他感到非常不安。

宁副县长倒是挺高兴、挺自豪的。原来，至少在金鸡寨，李小毛是因为宁副县长而争光露脸的。而这会儿，宁副县长居然因为李小毛在提高知名度。

李小毛觉得，宁副县长对他更亲近，也更信任了。原来，宁副县长坐在车上也跟他聊天，聊的都是家长里短，虽然是居高临下，却也体现出了上级对下级的关怀和体恤。现在，宁副县长不但聊家长里短，还聊工作，虽然仍是居高临下，到底是把李小毛高瞧了。

有一件事让李小毛百思不得其解，那个金氏女人这样无法无天地闹了一场，影响如此恶劣，宁副县长不定怎样严厉地处理她呢，说不定要把她抓起来关进看守所。可是，后来李小毛听说，非但没处理金氏女人，还把房子给她了。与其这样，当初她在楼顶上把钥匙扔给她不就完了吗？干吗还费那么大的周折？

有一天，趁着宁副县长轻松高兴，李小毛提出了这个搅得他寝食不安的问题。

宁副县长笑了，用循循善诱的口气说："你想想呀，当初她那么猖狂地叫阵，要死要活，能答应她吗？答应了她就显得我们太无能了、太好欺负了。这个软柿子要是让她捏住，那还得了？别的搬迁户怎么办？要都玩这一手，咱这小县城还不翻了天？更主要的是，当官的要是让老百姓治住，以后就一点儿权威都没有了，我这个副县长就根本没法干了。"

李小毛听了，不得不佩服宁副县长有水平，想得就是高一层、远一截。可他还是不明白，既然金氏女人这么撒泼，造成了这么坏的影响，为什么还要把房子给她呢？

宁副县长继续开导着他说："古人云，智者之虑，必杂于利害。就是说，一件事你既要考虑有利的一面，也要考虑有害的一面。你虽然把那女人从楼上弄下来了，可问题并没有解决。我总说，世界上有两种人是无敌的，一种是不要命的，一种是不要脸的。她是既不要命又不要脸，能跟你善罢甘休？这房子你不给她，她就是不跳楼，也会用别的办法纠缠你。作为一个县的领导，要是整天价被一个女人牵着鼻子走，还干不干事？再者说，她也确实困难，那房子也确实该给她，我们讲的是实事求是。房子给她是应该的，不过有一条，她得做检查，消除影响。她一听说给她房，就老老实实地做起了检查。你没看呢，那检查比认罪书写得还深刻呢……"

李小毛完全心服口服了。师父说过，人分三六九等，树分花梨紫檀，水平就是不一样，要不，为什么人家能当副县长呢？

汽车里，一个是"诲尔谆谆"，一个是"听我藐藐"，这更激发了宁副县长的谈兴。宁副县长见李小毛"孺子可教"，顿生栽培之意，把谈话进一步引向深入："领导者就是出主意和用干部，出主意不用说了，就说用干部吧。用干部首先是选干部，作为一个县级领导，你说选什么样的干部最关键？"

李小毛几乎不假思索地说："选班子。"

宁副县长摇了摇头："班子嘛，团结一致的少，钩心斗角的多。你选得再好也没用。"

自给宁副县长开车以来，耳濡目染，李小毛也看出了一点儿官场上的棱缝儿，他想了想说："您不是说过，主要领导要握紧'两支笔'吗？那就是选财务科长和人事科长最关键。"

宁副县长说："关键是关键，可不是最关键。那两个科长不管谁当，最终还是领导签了字才能算数。"

李小毛又试探着说："那么就是办公室主任最关键了？"

宁副县长依然摇着头："办公室主任最难选，可也不是最关键。你再想想。"

宁副县长极有耐心地启发着。

李小毛拧了半天眉头，说："我实在是想不出来了。"

宁副县长笑了："知道你为什么想不出来了吗？你把自己忘了？"

李小毛一愣："我？"

宁副县长说："是啊，就是你。作为一个领导者，最关键的就是选'司长'，你知道吗？"

见李小毛没言语，宁副县长接着说："'司长'是什么？是领导的腿，他得拉着领导走路；是领导的手，他得为领导干许多琐碎的事情；是领导的眼睛，他得替领导看着四面八方的情况；是领导的耳朵，他得为领导听着上下左右的声音；是领导的嘴巴，他得替领导接BP机、打电话……更主要的，他是领导的贴身人、贴心人。他替领导当半个家，也为领导分半份心。领导有些话，不能跟上级谈，不能跟下级谈，可是能跟他谈；领导有些事情，瞒着外面，瞒着家里，可不能瞒着他。'司长'要是跟领导一条心，领导便如鱼得水，如虎添翼，没有干不成的事；'司长'要是跟领导翻了脸，能把你折腾得底儿朝天，置于死地。你说，这'司长'是不是最关键呀？"

李小毛没说话。宁副县长这些掏心窝子的话，烫得他热血奔流，泪水顺着他那涨红了的脸颊流下来。

宁副县长是从反光镜里看到李小毛的眼泪的，他也很动感情，伸出手在李小毛的肩头上拍了拍……

李小毛心里说："宁副县长，这辈子，我这一百多斤就交给您了，就是为您去死，我也心甘情愿!"

宁副县长不再说话了，他清楚地知道李小毛心里在说什么。

## 七

李小毛还有许多不明白的，从金鸡寨到这小县城，虽说只有二百多里路，可完全像是两个民族、两个国家，甚至是两个世界。城里人吃的穿的住的跟乡下人不一样，说的话跟乡下人不一样，这还好理解。可他们的心思想法、评人论物，都跟乡下人相差甚远，这往往让李小毛琢磨不透。

比方男女之间的一些事情，乡下人可以开很粗很深很野蛮的玩笑，可很少有人动真格的。真要是有人闹出点儿骚事来，让全村人都瞧不起，后辈儿孙都跟着抬不起头来。城里人却不这样，别看他们说话挺文明，还跟电影里似的彬彬有礼。可是，男人跟女人亲嘴睡觉没有人管，没结婚就明扯大摆地在一起住，有了孩子还恬不知耻地到医院去刮。睡够了，说不行就分开了，没见谁要死要活的。更让他不可理解的是，不少有钱的或有权的人，身边总挎着个花枝也似的女人，还三天两头地换。非但没有人戳脊梁骨，还当面互相取笑开心。有老婆的男人和有丈夫的女人，居然还在一起睡觉。这要是在金鸡寨，还不把人脑子打出狗脑子来。

宁副县长哪儿都好，都让李小毛佩服得五体投地。可就是好色，金鸡寨叫"闻骚"。见了女人就不老实，特别是那些年轻漂亮的姑娘，那么不要脸地往他怀里扎，他不急不恼，还挺高兴。你那年龄，都能做人家父亲了，还那么老不正经。怪不得有人说他们是"喝蓝带，坐现代，床上搂着下一代"呢!

李小毛这样想着想着就不敢想下去了，他觉得自己这样作践宁副县长太不应该、太没良心。也许，不是也许，肯定是……是什么呢?是工作需要，是宁副县长的随和，是平易近人，是长辈对晚辈的喜爱，是性格，是小节，是潮流……李小毛又想了许多，都是为宁副县长开脱的。

城里人的这种风气，也不是没有人管。公开是公开，就是死瞒着两个人，一个是男人的妻子，一个是女人的丈夫。

李小毛总觉得宁副县长的妻子不是善茬子。她跟宁副县长年龄相仿，天生一副美人坯子，按城里人的说法，“条儿顺”“牌儿靓”，年轻的时候肯定把宁副县长折腾得五迷三道。现在年纪大了，又有病，整天价气不顺，本来一张挺端庄的脸耷拉得瘆人。动辄就发脾气，当着外人的面也敢把宁副县长骂得狗血喷头。宁副县长很怕她，李小毛也很怕他。宁副县长怕她，据说在她手里有短；李小毛怕她，就说不清为什么了。

李小毛每星期都要有两天带着辛阿姨看病，到一个叫古塔镇的地方，找的是一个气功师。到古塔镇有四十多里路，一去就是大半天。辛阿姨到底得的是什么病李小毛不知道，他问过宁副县长，宁副县长也说不上来。有一次他爹着胆子问辛阿姨，辛阿姨没好气地说：“神经病！”吓得李小毛再也不敢多嘴多舌了。

这一天又是辛阿姨看病的日子。辛阿姨一上车就两眼滴溜乱转，她每次上车都是这样，好像在检查车上有什么走私物品一样。车刚开出县城，她就发现了情况。不知道她从什么地方搜出了一根女人的长发，举着问李小毛：“昨天谁在这车上？”

李小毛慌忙说：“宁副县长……”

辛阿姨声色俱厉：“我问的是女人。”

“啊……只有晚报的一个记者。”

李小毛还没学会说谎。

“那小妖精跟老宁在车上干什么来的？”

“没……没干什么，就是……采访。”

李小毛虽然不会说谎，可也不敢说实话。他从反光镜里瞥见宁副县长的手伸进了女记者的上衣里，女记者还咯咯地笑。

这些似乎都让辛阿姨亲眼看见了，她立即气得脸色铁青，命令李小毛：“往回开！”

李小毛肝颤着：“您……您不是还去看病吗？”

辛阿姨咆哮着：“我要找这对狗男女算账！”

李小毛知道惹了大祸，可也不敢违抗辛阿姨的命令。到底回去之后辛阿姨怎么跟宁副县长算账的，李小毛就不得而知了。只是第二天他去接宁副县长的时候，发现宁副县长的脖子上有两道指甲的抓痕，已经结了黑红色的血痂。

李小毛觉得很对不起宁副县长，等待着宁副县长批评。还好，宁副县长只是自嘲般地说了一句：“以后那醋坛子就是在这车上发现一只臭虫，你也得说是公的。”

李小毛没说话，他不知道该怎么回答宁副县长。

## 八

李小毛听宁副县长说，咱龙山县要腾飞了。前面忘了说了，李小毛所在的县叫龙山县，冀东南的一个不出名的小县城。穷是穷，可是依山傍海，风光秀丽，自然环境非常好，没有受到大工业的污染。宁副县长告诉李小毛，县政府准备招商引资，开发一片滨海山庄，集休闲、娱乐、公寓、商业为一体，将龙山县建成北方的小香港。

李小毛当然很振奋，而且这种振奋与日俱增。招商引来了财神，各路财神都要拜土地，宁副县长是负责建委工作的，他便是龙山县的土地爷。

从广州来了一个林老板，像鲇鱼一样黏黏糊糊地缠住了宁副县长，连李小毛都烦了。没过多久，李小毛便发现自己不应该烦。因为宁副县长虽然不大喜欢林老板，可是也不想躲开他。每次林老板纠缠宁副县长，都会到一个叫作玫瑰谷的地方。玫瑰谷是个康乐中心，在城外的一座小山的后面。表面看去，这里不过是一片小院，像是暴发户的住宅。进去之后却别有洞天，吃饭有餐厅，唱歌有卡拉 OK，洗澡有桑拿浴，还有按摩房、足疗室、美容厅、氧吧什么的。

在玫瑰谷李小毛第一次知道什么叫桑拿浴。每次林老板请宁副县长到玫瑰谷，也安排“司长”们享受一下，譬如洗桑拿看录像什么的。当然，“司长”们洗桑拿是不跟宁副县长他们一起的。“司长”们洗的是能容纳几十个人的大池，有冲浪浴、药浴、蒸汽浴、淋浴，等等。据说，宁副县长他们进的是贵宾间，李小毛觉得大池就很豪华了，想象不出贵宾间高级到什么程度。

还有一点儿令李小毛百思不解，就是宁副县长每次洗桑拿之前，总要先去选小姐。小姐们在大堂后面的一个房间里。有一次李小毛从外面瞟过一眼，里面一群奇装异服、浓妆艳抹的小姐，像商场的货物一样地摆成了几大排，非常壮观，供男人们挑选。选中了的就高高兴兴地跟着男人们去了，到哪儿去了干什么去了李小毛不知道。

宁副县长有意无意地说找小姐是做按摩。按摩李小毛懂，他们金鸡寨有一个瞎子就会做按摩，不过那是给人家治病的，譬如跌打损伤腰酸腿疼或伤风感冒什么的。难道这些时髦的小姐也会治病吗？宁副县长有什么病呀？李小毛懵懵懂懂地觉得似乎按摩不是什么好事。

## 九

林老板回广州去了几天，又急急忙忙地回来了。给林老板开车的小白不在，宁副县长让李小毛到飞机场去接他。

林老板交给李小毛一个很精美的盒子，说是给宁副县长捎回来的茶叶。把林老板送到宾馆，李小毛便去给宁副县长送茶叶。车开到宁副县长的家门外停下，他拎起茶叶下了车。他突然有点儿异样的感觉，这盒子里装的不是茶叶吗？怎么重得有点儿压手呢？他蓦地想起办公室副主任大李前些天讲的一件事，某县一位人大主任，收到了不知道谁送来的黄花鱼，全家都被毒死了。大李讲完这件事后一再嘱咐，凡是给领导送的吃的东西，一定要来路正，要仔细检查，确保领导及家属的生命安全。李小毛敏锐起来，拎着盒子又上了车。他关上车门，小心翼翼地打开茶叶盒，一层层地剥着包装纸，他的手一下子触摸到了一种熟悉的东西，脑袋嗡地大了起来。

这盒子里装的根本就不是什么茶叶，而是钱。李小毛的两只手都哆嗦起来，是钱更得检查了，被钱掩藏的东西更危险，说不定是定时炸弹呢。钱是一沓一沓的，每张一百元，一沓一万元，一共三十万元。没发现炸弹，也没发现毒药，李小毛的心却怦怦跳起来。他把钱一沓一沓装进盒子，原样封好，可就是不敢给宁副县长往楼上送。他觉得这钱非同小可，甚至比毒药炸弹还厉害。你想呀，林老板为什么给宁副县长这么多钱呢？为什么给得还如此隐秘，如此拐弯抹角，如此动心思呢？

李小毛虽说是从农村来的，可是这两年也没少听说领导干部贪污腐败、行贿受贿的事。宁副县长好色是好色，可是廉洁的，从没发现什么贪污受贿的事。这钱宁副县长是无论如何不能收的，林老板要花招儿也不行。这可是犯罪的事，家里的师父说过，人心似铁非似铁，官法如炉真如炉。这么一大笔钱要是被揭发出来，要蹲大狱的，要掉脑袋的。

可是怎么跟宁副县长说呢？说这钱不能收，你怎么知道这里是钱，人家明明说的是茶叶嘛！你打开偷看了？这还了得？大李师父怎么说的？给领导开车要长一双老太太的眼睛，该你看见的你不能落空，不该你看见的你绝对不能看，这是规矩。

李小毛犯难了，此事关系重大，多难也得自己为难，不能找任何人商量。他把那个盒子放进后备箱里，又用备胎、水桶等一些杂物挡好，便急忙把车开走了。

后备箱里放着这么一个盒子，就像真的放进了一颗定时炸弹，李小毛每时每刻都把心提到了嗓子眼上。那一夜他都没有睡踏实，总是一惊一乍地从床上坐起来，生怕突然听到车库里传来惊天动地的爆炸声。幸亏宿舍里这天只有他一个人，否则让人家看见这种失态，肯定要产生怀疑的。

第二天宁副县长到市里开会，李小毛开着车，宁副县长问起了昨天接林老板的事，李小毛嘴上嗯嗯地支吾着，心里却不断地嘀咕，也不知道林老板跟宁副县长通了电话没有，那茶叶的事宁副县长知道不知道呢？好在宁副县长没再多问，李小毛才稍微踏实了一点儿。李小毛真的把那个盒子看成了定时炸弹，能拖一会儿是一会儿，能拖一天是一天。宁可让它炸在自己的车里，也不能让它炸在宁副县长的家里。开会回来天已经黑了，李小毛专心致志地开着车，宁副县长也一路无话。车一直开到宁副县长的楼下，李小毛盼着宁副县长快点儿下车，自己好快点儿把装着“炸弹”的车开走。宁副县长坐在车上，也不知道磨蹭什么呢，迟迟不下车，李小毛急得头上都冒了汗。突然，宁副县长说话了，李小毛吓了一大跳。

李小毛明明听见宁副县长说什么了，可是他仍然不相信自己的耳朵，他啊啊着，宁副县长只好又说了一遍：“我问你，林老板给我捎的茶叶。”

宁副县长说得很坦荡，李小毛却紧张得浑身发抖。

宁副县长开了车门，却没有立即下车。

李小毛这会儿可真的管不住自己了，他哆哆嗦嗦地下了车，哆哆嗦嗦地打开后备箱，哆哆嗦嗦地拿出那个盒子。头一直低着，他绝对没有勇气抬头看宁副县长一眼。

宁副县长接过那盒子走了，半天，李小毛才关上后备箱。

“炸弹”给了宁副县长，李小毛心里更忐忑不安了。他是这样估计事态的发展的，第二天，或者第三天，宁副县长发现了盒子里装的不是茶叶，便大发雷霆，让李小毛将那个可怕的盒子送回去。李小毛等待着，三天过去了，宁副县长一点儿声色都没露出来。李小毛想，也许宁副县长忙，还没顾得上打开那个盒子呢。于是，他试探着提醒宁副县长：“林老板还问我，您那……茶叶收到没有……”

宁副县长“哦”了一声，忙说：“你看，我差点儿忘了，还没有给人家钱呢。给你，这是二百元钱，你还给林老板，替我谢谢他。”

李小毛傻了，怎么会这样呢？也许宁副县长还蒙在鼓里，于是他又提醒说：“那茶叶您尝了吗？值这么多钱吗？”

宁副县长说：“尝了尝了，当天晚上我就尝了，确实是好毛尖儿，挺值的。”

李小毛明白了，不是宁副县长还蒙在鼓里，而是他想把李小毛蒙在鼓里。这出戏是林老板和宁副县长自导自演的，观众却只有李小毛一个人。

李小毛的整个身子都凉了。

## 十

尽管林老板给宁副县长投了“炸弹”，宁副县长却没有把滨海山庄的项目给林老板。据李小毛观察，主要原因是从上海来了一个何老板。

比起林老板来，何老板更加财大气粗。林老板不是总约宁副县长到玫瑰谷谈项目吗？何老板玩了个绝的，把玫瑰谷后面的一幢两层小楼长期包下来了，供宁副县长随便使用。那两层小楼里，桑拿浴、喷泉浴缸、卡拉OK、酒吧、餐厅、席梦思大床应有尽有，据说每天的租金就四千多元。即使没有人住，也不让给别人，长包了。当然，价钱也许优惠了一些，李小毛听说。

林老板每次不是也让“司长”们沾光享受一下吗？人家何老板不这样，而是把钱给“司长”，每次一百二百不等，说是让“司长”们自由活动。“司长”们拿了钱，谁还活动，不是聚在一起打牌，就是躺在车里听音乐。那钱就白白地归到自己的腰包里去了，这多划算！

林老板不是答应往滨海山庄投资吗？人家何老板先不说投资，先带着宁副县长和建委的领导出国考察，要把滨海山庄建成中西合璧、土洋结合的人间天堂。建筑上风格各异，有日式、美式、哥特式、南洋式……迎合各种层次人群的口味，满足不同类型的消费。主要是各位领导北美西欧地转了一圈儿，立刻开阔了眼界，长了见识，提高了层次。

林老板每次不都给宁副县长找小姐吗？人家何老板更绝，专门给宁副县长配了个谈判代表，跟宁副县长单独“谈判”，躲在那别墅小楼里整天不出来，甚至宁副县长还在那里过夜。

这个谈判代表真可谓绝代佳人，倾城倾国，沉鱼落雁，色艺俱佳。李小毛只觉得那个谈判代表美，原本不知道该用什么词来形容女人的美貌的。这些词都是他从车上收音机的评书节目中听到的，安在那个谈判代表身上他认为不大合适。他知道那个谈判代表不光是美，还能。能说，能唱，能穿，能玩。

她似乎什么都懂，说出话来透着有水平，常常让走南闯北的男人无言以对；她歌儿唱得好，听说在南方某个大城市的电视大奖赛上拿过冠军；她穿的衣服更是与众不同，高雅华贵，一套裙子就好几千元，一颗钻戒更是几万元；玩起来更是没有人比得过，游泳、打保龄球、骑马、开卡丁车、打麻将，样样都拿得起来，耍得漂亮。

谈判代表叫什么李小毛不知道，“司长”们都叫她“海拉尔”。那一天在一个什么会议上，谈判代表从首长席上端着酒杯过来，专门来给“司长”们敬酒。人家就是这样好，那么高贵、高级、高档次，却一点儿架子也没有，总是非常尊重“司长”们。她敬完酒还在“司长”的桌上坐下来，称兄道弟，嘻嘻哈哈，还讲了一个黄色故事。说一对年轻恋人，在火车上起了兴，实在忍不住了，姑娘便撩起裙子坐在男人的怀里。火车颠簸着，他们也颠簸着，为了掩饰丑态，还主动跟对面的旅客聊天。对面坐着一对老夫妇，眼花耳聋，也看不清他们在干什么。那姑娘越颠簸越厉害，老夫妇问她："你们到哪儿去呀？"姑娘便大声叫起来："我们都去海拉尔……我们都去海拉尔……"姑娘一边大声地叫着，一边手舞足蹈地在男人怀里颠簸着，老夫妇竟然什么都没有发现，还拍着手跟着叫起来："我们都去海拉尔……我们都去海拉尔……"

这故事如果从别人嘴里说出来，也许会索然无味。可是谈判代表极具表演天才，将那对年轻恋人的丑态模仿得非常夸张滑稽，声情并茂，惟妙惟肖，逗得"司长"们乐得滚到了桌子底下。从此，谈判代表便有了一个"海拉尔"的绰号。

有了"海拉尔"，宁副县长到玫瑰谷去得更勤了，去了便一头扎进"海拉尔"住的别墅小楼里，还常常夜不归宿。宁副县长春情荡漾，乐不思归，可苦了李小毛。宁副县长的老婆找不到丈夫，却总是传呼李小毛。李小毛还不能不给她回电话，每次宁副县长不回家，李小毛都得绞尽脑汁为其编排理由。随着滨海庄园开发商的不断引进，李小毛别的本事不见长，说谎话的能耐倒是大大地提高了。尽管宁副县长的老婆百般警惕，李小毛每次遮挡掩护，居然没出什么破绽，真乃时世造就人才。

乐极生悲，宁副县长一下子蔫了。一连几天，愁眉不展，脸蛋子耷拉出水来，上车下车，跟李小毛连哼都不哼一声。起初，李小毛还以为跟"海拉尔"闹了别扭，那神色特别像是失恋，苦不堪言。李小毛虽说没有失过恋，却无师自通地知道失恋的滋味儿。可是后来看看又不像，只有见到"海拉尔"的时候，宁副县长才有一点儿笑模样。李小毛很不安，生怕是因为自己做错了什么惹得宁副县长生气。要是那样，师父非把他臭揍一顿不可。

没过几天，谜底揭开了。市纪委来了人，住在了县委招待所，要找李小毛谈话。不是宁副县长通知他的，是办公室副主任大李通知他的。李小毛心里犯起了嘀咕，他参加工作以来，还没有哪位领导找他谈过话呢，除了宁副县长。而且这谈话还挺严肃，要他到县委招待所的405房间去。大李除了通知他时间、地点之外，什么都没跟他说。看大李的脸色也不好看，他也没敢多问。

敲开405房间的门，等待他的是两位四十多岁的中年人，都是一脸的严肃。两个人让李小毛坐，李小毛就坐在了床边的沙发上，只坐上了半个屁股。就见其中一个人拿出了一沓纸，准备好了做记录。李小毛紧张起来，两眼茫然地看着另一位干部，头都低不下来了。

一个干部开门见山地问："广州的林老板给宁副县长送过礼吗?"

李小毛傻了，他不知道该怎么样回答。

"你要实话实说，做伪证是违法的，明白吗?"

李小毛下意识地点了点头。

"那好，你如实回答我的问题。"

李小毛嗫嚅地说："送过……"

"送过什么?"

"啊……茶叶……"

"是茶叶吗?"

"啊……是茶叶。"

"你怎么知道是茶叶?"

"林老板……是让我转交的。"

"你敢肯定吗?"

李小毛的心怦怦乱跳起来，莫非他们发现了什么？这件事只有天知地知、林老板知、宁副县长知，其实我李小毛也可以不知。就怪我自己多事，为什么当时非要打开看看不可呢？我要是没看，傻帽一个，始终蒙在鼓里，就犯不上现在说谎了。在别处说谎不要紧，在这儿说谎是犯法的，犯国家的大法。师父要是知道我做了伪证犯了法，会不会打死我呢？可是，我不说谎又怎么办？难道说实话吗？说实话就得出卖宁副县长，宁副县长就得进大狱。师父要是知道是我把宁副县长送进大狱的，不剥了我的皮才怪。不行，忘恩负义的事不能做，以怨报德的事更不能做。我豁出自己犯法，也不能让宁副县长进大狱。

想到这些，李小毛踏实了，把心一横，说："我敢肯定。"

"你凭什么肯定?"

李小毛说："其实那根本算不上送礼。"

"为什么?"

李小毛说："宁副县长给钱了，是让我亲自给的。"

"你说的都是实话吗?"

李小毛说：“都是实话。”

“好吧，你在上面签个字吧。”

李小毛刚从县委招待所出来，宁副县长就找他。原来宁副县长知道他干什么去了。

李小毛打定主意不跟宁副县长说实话，他要是问，什么都不能透露。李小毛已经犯法了，不能再往深里犯下去。要是李小毛什么都跟宁副县长说，就等于是串供。李小毛参加过普法学习，这点儿常识他懂。奇怪的是，宁副县长什么都没有问他，又似乎什么都知道了。一连几天阴沉的脸露出了一丝光亮，还冲着李小毛温和地笑了笑。笑过之后，告诉李小毛去办公室找大李。

李小毛更加奇怪，让他找大李，大李为什么不直接通知他，还要你堂堂的副县长亲自通知？向来都是上级找人让下级通知，今天怎么倒过来了？李小毛心里突然一沉，一种不祥之兆像潮水一样把他淹没了。他想，一定是不让他给宁副县长开车了，没错，准是这么回事，天呀，回去跟师父怎么交代呀？

李小毛惴惴不安地来到了办公室。大李见了他，也咧开大嘴笑起来：“他妈的，小兔崽子，你运气真好！”

李小毛蒙了：“出了什么事？”

大李说：“他妈的，分给你一套房子，两室一厅，八十多平方米。在县政府工作了十几年的老同志都没有份儿，你这是特批的。”

李小毛更傻了，呆呆地看着大李，完全不相信这是真的。

大李把一串亮晶晶的钥匙扔在了李小毛面前，李小毛竟然不敢伸手去拿。

李小毛战战兢兢地说：“我……我没要房呀。”

大李说：“你不是要娶媳妇吗？没有房子怎么娶媳妇？”

李小毛依然结结巴巴：“可是……我……我实在没……”

大李拍了一下李小毛的肩膀：“别婆婆妈妈的了，抽空把房子装修一下，早点儿把新媳妇接过来，我等着喝喜酒呢。”

大李说完，便忙他自己的去了。李小毛像木头桩子一样戳在办公室里，桌上那串亮晶晶的钥匙在诡秘地看着他。

# 十一

李小毛福从天降，居然凭空有了一套两室一厅的房子。他出了办公室的门，开起了自己的汽车，还不相信这是真的。他把那串钥匙紧紧地攥在手心里，开着车朝那幢新落成的宿舍楼奔去，他要用这串钥匙试一试，看看到底能不能把那房门打开。

三门二楼，李小毛把钥匙插进孔里，轻轻旋转一下，房门吱地开了。一股热气伴着新鲜的油漆和水泥的气息扑面而来，李小毛的眼泪一下子流了出来。李小毛呀李小毛，你他妈的咋这么走运呢？这些都该是你得到的吗？多少年来，农民谁不想离开穷乡村，到城里当一个上等人？进了城，谁不想农转非（即非农业户口），当个名正言顺的城里人？当上城里人，谁不想拥有一套宽宽敞敞的房子，过开开心心的小日子？这些几乎是每一个有希望的年轻人终生奋斗的目标，有的人为此追求了一辈子或者加上下一代都实现不了。可是，你李小毛进城还不到两年，就全有了。凭什么呀？就凭你是宁副县长的“司长”吗？这公平吗？

当天夜里，他就给菊花写了一封信，把这个好消息告诉了她，让她带着师父马上到城里来。李小毛让他们来设计装修房子，采购置办家具，还有筹划今后如何过城里人的好日子。这些原本李小毛自己也可以做的，可是他更愿意将这个任务交给菊花和师父。他爱菊花，也爱师父。几乎从刚懂事的时候起，李小毛就发过这样的死誓，这一辈子活着就为了菊花、为了师父。为了菊花和师父能过上好日子，他就是死了也心甘情愿。他设计自己奋斗目标的时候，没有把父母设计进去。父母由哥哥、弟弟、姐姐照管，是受不了委屈的。菊花也有哥哥姐姐，她的父母也不用她操心。可是师父单身一人，无儿无女，老了就得靠他和菊花赡养。现在有了房子，就可以把菊花和师父提前接出来了。

市纪委的人来了又走了，宁副县长的脸阴了又晴了，“海拉尔”的小楼里又响起了宁副县长那开怀的大笑声。李小毛只是得意，自从有了那套房子，他很少愿意跟别人相处了。平时，领导到外面开会办事，“司长”们总是把车停在外面，然后海阔天空地侃大山或打扑克。现在他特别想独处，总想一个人好好地想一想。想菊花，想师父，想未来他们老少三口人的小日子。他在外面工作，菊花在家做饭，师父呢？师父还不老，他不能整天价闷在家里，这样对身体没好处，师父应该到公园里锻炼身体，或者……对了，或者到业余体校教孩子武术。师父一定乐于干这件事，他喜欢武术，也喜欢孩子。那样的话，家里就剩下菊花一个人了，她会寂寞的，会受不了的。对了，她也应该工作，城里的女人都讲究有工作，那么，菊花该干点儿什么呢？她长得漂亮，身材好，脸蛋儿白里透红，还有一副好嗓子，比文化馆那个唱流行歌曲的小什么菲强多了。让菊花进文化馆唱歌，肯定让那个小什么菲甘拜下风。啊……不行，菊花不能去唱歌，据说小什么菲的名声并不好，还有人说歌星都随便得很，菊花可不是那种人……

李小毛天天惦记着菊花，惦记着师父，总是一副魂不守舍的样子，连擦车的时候都心不在焉，手上抹着车身，心早飞到金鸡寨去了。宁馨来了，连叫他好几声，他都没有听见。宁馨悄悄地绕到了他的后面，捂上了他的眼睛。李小毛手里拿着抹布，挣扎着身子，嘴里央求说："别闹，别闹，你没见我正忙吗?"

捂着李小毛眼睛的那双手没有放下来，一支歌却在他脖子后面响了起来："我悄悄蒙上你的眼睛，让你猜猜我是谁……"

李小毛一听是个姑娘在唱歌，他一下慌了。自打他活这么大，还从来没有哪个姑娘捂过他的眼睛。他生活在男女有别的乡村，又在男女授受不亲的武林中立过规矩，虽说他已经进城两年了，可是对这么随便的男女交往还是不习惯。他弯下身子，极力躲避着后面的姑娘，宁馨只好笑着放开了手。

宁馨是宁副县长的女儿，在保险公司工作。李小毛虽说跟她很熟，可是毕竟接触不多。李小毛叫她馨姐，每次叫的时候都恭恭敬敬的，虽说是同龄人，毕竟身份不同，从来不敢随随便便。

宁馨是来跟李小毛拜师学艺的，她要拜李小毛为师，跟李小毛学开车。

李小毛有点儿不愿意，用公家的车教宁副县长的女儿，他怕影响不好；让宁馨总跟自己接近，怕时间久了她会发现父亲的秘密；他还怕……

还怕什么一时想不出来，总之他不想让宁馨跟他学车。于是李小毛说："你为什么不到驾校去学?"

宁馨说："我得上班，只能业余时间学。"

李小毛说："驾校有计时班，方便得很。"

宁馨说："我听说计时班的教练特别厉害。"

李小毛说："人家是按教材教，你能学出好技术来。"

宁馨说："你不是也没进驾校，技术不是也挺好吗?"

李小毛说："那是人家李师父教得好。"

宁馨说："你不会也好好教我吗?"

李小毛说："我只会自己开，不会教别人。"

宁馨说："你还没教呢，怎么就说不会?"

总之，宁馨跟李小毛学车学定了，任李小毛有千条理由，宁馨便有千条纠缠。李小毛没的可说了，教就教吧，不过你学不好可别赖我。

这一下，李小毛再想一个人独处也办不到了，每天宁馨刚一下班就传呼李小毛，让李小毛到保险公司接她。然后，两个人把车开到城外，李小毛便"踩摘轰踩挂"地教起了宁馨学车。

宁馨学车，瘾挺大，就是悟性太差。往驾驶座上一坐，她就麻了爪儿。不是忘了放手刹，就是忘了打火，要不就是将油门当刹车，摘挡不踩离合。把那辆车交到宁馨的手里，李小毛就心疼。车走龙蛇，上颠下冲，磕磕碰碰，李小毛的整个神经都攥在宁馨的两只手里，弄得他一惊一乍，连眼珠都不敢错。有多少次，李小毛都不想让宁馨再摸他的车了，可是想到她是宁副县长的千金，又毫无办法，也只有格外小心，还要格外诲人不倦。

宁馨总让李小毛手把手地教她，驾驶室里本来地方就狭窄，李小毛为了把住方向盘，就得跟宁馨挤在一起，非常不自在。宁馨却很兴奋，总是抓住李小毛的手不放，还有意无意地把肩头往李小毛的怀里靠，更要命的是她那一头长发，总在李小毛的脸上扫来扫去，弄得李小毛浑身发痒。李小毛教宁馨开车，比跟菊花赛拳还累，常常是满头大汗，红头涨脸。宁馨又很关心自己的师父，掏出那喷着香水的手帕给李小毛擦汗。结果是李小毛脸上的汗不擦还好，越擦越多。

这一天李小毛下班教宁馨练车，晚饭也没吃，眼看着月上西墙，肚子咕咕直叫，宁馨就是不罢手。李小毛忍不住了，说明天再练。宁馨跟李小毛撒起了娇，抓住李小毛的胳膊摇来摇去，噘着红艳艳的小嘴唇嗲声嗲气：“不嘛，不嘛，让我再练一会儿嘛，求求你了……”

李小毛有点儿骨酥肉麻，急忙把方向盘让给她。可是宁馨却仍然抓住李小毛不放，仍然软绵绵地说不。李小毛有点儿火了：“不练算了，咱走。”

宁馨索性一头扎进李小毛的怀里，不让他开车。

李小毛抬着身子躲避着，不客气地说：“让你练你又不练，让你走你又不走，你到底想干什么？”

宁馨扬起红扑扑的脸蛋儿，调皮地说：“你先吻我一下……”

李小毛慌了神，一个劲儿地往后闪着：“不，不，这可不行……”

宁馨不依，一伸胳膊搂住了李小毛的脖子。那两只又细又白又绵软的胳膊将李小毛紧紧地搂住，让李小毛躲无处躲、藏无处藏。就在李小毛不知所措之际，宁馨那鲜红的小嘴唇扬上来，牢牢地压在了李小毛的嘴上。

李小毛完全被动了，他在宁馨的怀里，任宁馨亲吻着他，开始是躲不掉，后来热血攻头，头昏脑涨，尝到了滋味，便不想躲了。李小毛老老实实地让宁馨亲吻着，突然宁馨抬起了头，问他：“你不会接吻？”

李小毛一愣：“该怎么接？”

“你没吻过女孩儿吗？”

李小毛羞涩地摇摇头：“没……”

“什么？你都二十二岁了，还没吻过女孩儿？”

李小毛辩解着：“没……真的没……”

“你犯傻呀？还是有病呀？”

李小毛说：“我们那儿……不兴这个……”

“不兴这个兴什么？”

李小毛没的可说了。

宁馨见李小毛那一副可怜又可笑的样子，突然笑起来。

李小毛被她笑得有点儿愤怒了。

宁馨又一把搂住了李小毛：“来吧，我教你。”

李小毛没有反抗，宁馨就把嘴唇又压在了李小毛的嘴唇上，一边做着示范，一边诲人不倦地指挥着。

李小毛在宁馨的言传身教下，渐入佳境，身子腾云驾雾般地飘浮起来，如梦，如幻，如魔鬼缠身……

这一夜，李小毛失眠了。他躺在县政府宿舍的木板床上，总是摆脱不掉那种腾云驾雾的感觉。他吻了宁馨，或者说，是宁馨吻了他。不，他们互相吻了，是宁馨教的他。那种感觉竟然是如此新鲜，又如此美妙，如此惊心动魄。宁馨身上和嘴里的味道，还非常鲜明地留在他的感觉里，他晕了，醉了，像喝多了酒。

真的，这是他第一次跟女孩儿接吻。这是他的初吻，他的初吻应该是给菊花的。

他跟菊花一起长大，青梅竹马，两小无猜，可是后来就突然好起来了。怎么好起来的，他似乎记得，又似乎模模糊糊。没有什么特殊的标志，好像是从害羞开始的，见了面就不那么随便了，躲躲闪闪的，有时候还故意地吵嘴，故意地赌气。后来师父发现了，师父就出面跟他的父母讲，又跟菊花的父母讲。双方父母都认可了，两个人就算是定了亲。定亲那天摆了好几桌酒席，热闹的是别人，他跟菊花连单独待一会儿的机会都没有。

他跟菊花没有接过吻，他想过，每当与菊花见面，看到她那羞红的脸颊和薄薄的嘴唇，就想像电影里那样将菊花抱过来亲吻一下。但是他却始终没有这个胆量，与菊花的亲吻只好留在他那贫乏的想象中了。

他吻了宁馨，这意味着什么呢？天呀，想到这个问题，他浑身剧烈地颤抖起来。宁馨是宁副县长的女儿，他怎么会把女儿嫁给一个车豁子呢？别听他们管司机叫“司长”，那都是寻开心的话。司机就是司机，领导就是领导，他们之间的等级差邪乎了。就算是宁副县长比较开明……不，不是开明不开明的问题，也不是人家愿意不愿意嫁给我的问题，是我不能娶，绝对不能娶宁馨，因为我有未婚妻，有菊花呀。我怎能抛弃菊花呢？那不是成陈世美了吗？我怎么有脸见师父，怎么有脸回金鸡寨呢？

想到这一层，他就不是浑身颤抖了，而是出了一身白毛汗，吓的。李小毛经受不住如此强大的心理压力，他病倒了，发起了高烧。大李听说了，急忙派人把他送到县医院，给他吃药、打针，却不见效。他越烧越厉害，还说起了胡话，一会儿叫菊花，一会儿喊宁馨。弄得宁副县长都担心起来，忙给女儿打电话，叫她来照顾李小毛。

宁馨来了，李小毛清醒了。宁馨用冰块给他降温，他却躲避着宁馨，不让宁馨碰他。

宁馨奇怪地问："你怎么了？"

李小毛可怜巴巴地望着宁馨："我……我不能……"

宁馨问："你不能什么？"

李小毛央求着说："你离开我吧……我不能……"

宁馨急了："我问你不能干什么？"

李小毛流起了眼泪："我不能……不能跟你……结婚。"

宁馨愣住了："谁说……谁说我要嫁给你了？"

李小毛愣愣地看着宁馨："可是我们……我们……已经接吻了。"

宁馨火了："废话，跟我接吻的多了，我都嫁，嫁得过来吗？"

李小毛像是不相信似的："你……还吻过别人？"

宁馨无奈地笑了："你呀，让我说你什么好呢？土老帽！"

李小毛听见宁馨骂他土老帽，心里一下子豁亮起来，他明白了，他可以不娶宁馨，可以不抛弃菊花了。一阵大汗从心底涌了出来，他烧退了，病好了。

## 十二

菊花和师父来了。李小毛万万没想到，他们是这样来的。

两辆大拖拉机，一辆坐满了人，李小毛的师兄师弟师姐师妹，大小三十六条好汉；一辆拉满了货，杂七杂八堆积如山。两辆拖拉机轰轰烈烈、浩浩荡荡地开进了县政府大院。门房老头儿没拦住，三十六条好汉跳下拖拉机将门房围个水泄不通，吵吵嚷嚷要找李小毛，找宁波宁副县长。门房老头儿吓得以为闹起了动乱，拿起电话要拨 110 报警，李小毛及时赶到了。

三十六条好汉见到李小毛，又把他围个风严不透，一个个口手并用，拳打手拍，嗷嗷大叫，成了闹蛤蟆坑。李小毛急忙作揖央求："别闹了，求求你们别闹了。”

“不闹怎么行？不闹我们干什么来了？你李小毛屎壳郎变唧鸟，一步登天了；喇喇蛄坐飞机，跳出土窝儿了；老母猪长犄角，装起洋（羊）来了。你当上了城里人，端上了铁饭碗，房子有了，媳妇有了，又把师父独占了，这不都是喜事吗？喜事不闹那还叫喜事吗？”

李小毛急赤白脸地辩解着：“不是我不让你们闹，是让你们别在这儿闹。”

“在这儿闹怎么了？这儿是县衙门是不是？莫非还要肃静回避不成？肃静回避可以，也分对待谁呀？你李小毛不是给副县长开车的吗？宰相门前七品官，谁能把你怎么样？再者说了，不是还有宁波宁副县长吗？咱师父是宁波的大恩人，救命之恩，咱是谁呀？”

李小毛无奈，急忙跳上拖拉机，把他们引出了县政府，带到了自己的新居。

李小毛说先请大伙儿喝酒，他要到一个大一点儿的饭店订四桌酒席。三十六条好汉不干了，说喝酒急什么，先卸车。于是，三十六条好汉又拥拥挤挤地占领了新居和整个楼道，依然是山呼海啸，乱乱哄哄，把整幢楼的邻居都惊动了，趴着阳台窗户看热闹。

李小毛急了，说：“这车不能卸，这些东西没地方放。”

“怎么没地方放？这房子不是你的吗？”

李小毛对师父说：“这房子还没装修呢。”

师父不明白：“这不是新房吗？还装什么修？”

李小毛说：“简单的也得铺铺地面、刷刷墙壁、包包门窗吧？”

没容师父说话，三十六条好汉又吵吵起来了：“这水泥地面，又干净又光滑，能照得见人，还铺什么？这四面灰墙，又平整又白净，像大姑娘的屁股，还要怎么刷？这门窗都是新的，油漆还沾手，还要包金包银吗？”

李小毛解释不通，那三十六条好汉也不让他解释，便七手八脚地卸起了车。先布置师父的房间，两条短板凳，一扇破门板，支成一张单人床。床上先铺稻草垫子，又铺狗皮褥子，上面便是那条补了又补、花花绿绿、油渍麻花的棉被子和那油光闪亮的荞麦皮的枕头。床下面放进去的是酒坛子、烟篓子和那摔掉半个嘴儿的夜壶。李小毛和菊花房间里的东西大多是新的，老榆木的新床，死沉死沉的，八个大汉抬着还累得喘不过气来。还有三开门的大衣柜，说这最时髦，横着进不来只好放倒了顺进来。一对樟木箱子，八角包铜，描龙画凤，古色古香。床上是里面三新的被褥，双铺双盖，男红女绿，大花大朵，晃得人睁不开眼。这些都是三十六条好汉凑钱给李小毛和菊花添置的，李小毛怎么也得领这份盛情大义。客厅里更是堆得插不进脚，大水缸、黑铁桶、装粮食的篓子、买菜的篮子、盛杂物的墙柜，还有追时髦的沙发，舍不得扔的八仙桌、椿木凳、蒲草墩子、木头马扎、竹篾帘子，等等。厨房里和阳台上，则是锅碗瓢盆、柳条笊篱、秫秸盖帘、麦莛鸡蛋篓、洋铁炉子、白铁氽子、木马勺、火筷子、瓜铲子……看来，师父是倾巢而来，连熏蚊子的蒿草绳都带来了。

李小毛哭笑不得，不是哭笑不得，不能哭，只能笑，强做出的笑颜比哭还难看。

不管怎么说，李小毛的尴尬、难堪和不快跟菊花的爱情相比，跟师父的恩情相比，跟众兄弟姐妹的义气相比，毕竟算不了什么。李小毛还是很兴奋、很感动、很知足的。

天黑了，新居里只剩下了李小毛、菊花和师父三个人。菊花一直在忙着，清理着衣物，擦拭着家具。这一天当中，李小毛总是时不时地用眼角瞟菊花，此刻见菊花主妇一样地忙碌着，心里泛起一阵阵的冲动。菊花更漂亮了，他觉得，宁馨没有菊花的脸蛋儿美，“海拉尔”没有菊花的身材好，两个人加起来也不及菊花的一半。啊啊……怎么把菊花跟这两个女人比起来了呢？

他心里那股劲儿总是撩拨着他，使他好几回都忍不住要冲上前去抱住菊花，只是师父总在旁边，他不能轻举妄动。他想吻菊花，无论如何今天要跟菊花接吻。他已经尝过接吻那如醉如痴的滋味了，在宁馨身上的体验，他常常移到菊花的身上。他觉得他吻的是菊花，而不是宁馨。宁馨只是教会了他接吻的方法，他真正想吻的是菊花。可不能告诉菊花这件事，那会让她伤心死的。这是他最对不起菊花的一件事，他是有罪的。他在心里千百次地忏悔过，要把这种罪过变成爱，百倍千倍地补偿给菊花。他要吻菊花，全身心地去吻，吻出真正的爱意来。他盼着师父早点儿回自己的房间休息，给他和菊花一点儿独处的机会。

师父没有回自己的房间，却把他俩都叫到客厅，郑重地对他们谈起了话：“谈谈你们俩的事吧。临来之前，我跟你们俩的父母都商量过了，他们让我一手托两家，连娶带聘，全权操持了。过两天我还要去找宁副县长，让他当你们的主婚人，这点儿面子我想他会给的。这事说急也急，说不急也不急，我的意思是赶早不赶晚，早办完了早踏实，在大秋之前，你们先登了记，定了亲，秋收一完就给你们办事圆房，你们的心思呢？”

李小毛哑然失笑了，师父还是这样。什么事他都是说了就算，吐口唾沫就是个钉儿，可是他还要做出一副极其民主的样子，最后总会征求一下别人的意见。你都说得那么明确、那么具体了，我们还能有什么意见呢？

见李小毛和菊花都不言语，师父就认为他们完全同意自己的看法，便接着说：“咱是武林中人，小毛你又是吃官饭的，所以任何事都得讲规矩方圆。你们是明媒正娶，光明正大，谁也说不出什么来。我要嘱咐的是你小毛，你在城里待的时间不短了，可不能学城里人那样子，男女之间在什么地方都敢起腻，没结婚就搬到一块儿去住，生了私孩子还有脸活着。咱把丑话说在前面，一天没结婚，你们一天就不是夫妻，就不能在一块儿住。可不能让人家瞧不起咱，你们俩的意见呢？”

李小毛没敢看师父，菊花一直低着头。

师父觉得这是两个非常听话的孩子，满意地点了点头：“行了，今儿忙了一天，够累的了，我先歇着去了，小毛你也早点儿回去吧。”

师父说着站起身，他进了自己的房间以后，却没有把门关上，点燃了一袋叶子烟，坐在床头上抽起来。

菊花也进了屋，李小毛急忙跟了进去。

菊花收拾着床铺，李小毛从后面一把抱住了她。

菊花吓了一跳，使劲推着他：“你没见师父没关门吗？”

李小毛说：“想死我了。”

菊花说：“我这不是来了吗？”

李小毛说：“我离不开你了。”

菊花说：“我不是不走了吗？”

李小毛说：“我想吻你……”

菊花说：“你疯啦？师父说什么来的？”

李小毛说："吻一下怕什么？"

菊花说："急什么？早晚不是你的吗？我给你留着。"

李小毛非常扫兴，他放开菊花，快快地走了。

## 十三

自从菊花和师父来了以后，李小毛烦的就是住集体宿舍了。他进城两年多了，一直住在县政府的集体宿舍，本来早已习惯了。集体宿舍每间房两个人，开始的时候李小毛跟广播局的一个电工住在一起，后来那个电工分了房，搬走了；再进来的是一个新分配来的大学生，那个大学生没几个月结婚了；又搬进来看收发室的赵老头儿，赵老头儿家在农村，属于住了一辈子集体宿舍的主儿；赵老头儿不久又退休了，新搬进来的是一个刚调到县政府开小汽车的司机，那个司机只是把铺盖放下了，一天也没有住，据说他跟一个离了婚的女人相好，每天到那个女人的家里去住，可谁也不敢肯定。李小毛的集体宿舍前后换了四个室友，人家都像走马灯似的来了又走了，只有他李小毛占着窝不动。过去下班回来，进这间集体宿舍觉得挺亲切、挺温暖，现在可不行了，进来就觉得别扭，总觉得这房子不是自己的，像是寄人篱下。他几次跟菊花说要搬到新居去住，住在客厅里，绝对跟菊花划清界限，菊花就是不同意，说传出去就是裤兜子里沾黄泥，不是屎也是屎了。他从来不敢跟师父说，菊花的态度就已经很清楚地把师父的态度表达出来了。

好在李小毛最近总是跟宁副县长一起住在外面，他也夜不归宿了。住在外面就是住在玫瑰谷后面的别墅小楼里，宁副县长跟"海拉尔"住在楼上，他一个人住在楼下，大门一关也是个三口之家。

这个三口之家已经不是什么秘密了，特别是在一个特殊的小圈子内，这幢别墅小楼早就成了人家猎取的对象。只是这三口之家的成员还蒙在鼓里，一无所知。

你想呀，滨海山庄是一块肥肉，都想争一口咬一口，就算是争不到咬不到的也想喝点儿汤，喝不上汤的还想闻闻味。现在这块肥肉眼看着要被何老板一人独吞，人家能不急红了眼吗？人家能不把扔给何老板肥肉的宁副县长恨得咬牙切齿吗?

大凡一个实权在握的领导者，总是在充分利用权力、充分享受权力的同时，又过高地估计自己的权力，有恃而无恐。有的人也明白居安思危的道理，有些危机感也是理论上的，谁也不注意未雨绸缪，防患于未然，更不知道勒马于悬崖，补漏于江边。

宁副县长就是这样大意了。平时，他只知道能呼风唤雨，能一呼而百应，知道有人求他，有人巴结他，甚至知道有人利用他。可是他从来不曾想有人恨他。恨又如何，能奈我何?没想到这一天夤夜即至，正当他与“海拉尔”在别墅小楼上翻云覆雨、痛快淋漓的时候，小楼却被人家包围了。还是“海拉尔”先听到了动静，她急忙披衣下床，撩开窗帘一看，顿时舌头短了，眼睛直了，身子软了。借着惨淡的月光，她看到几条黑影翻过了墙头，把住了大门，外面还有几个手持利器的蒙面大汉做好了擒拿的准备。紧接着，外面就响起了嘭嘭嘭的敲门声和凶恶的喊喳声：堵住窗户，守住大门，别让他跑了……捉奸捉双，一定要把小婊子一起抓住……冲进去就搜，抓住了就把他们捆起来……连他那司机一块儿抓，他是重要的证人……

李小毛也机警地醒来了，可是一切都晚了，想逃跑不可能了，怎么办呢?宁副县长拉着“海拉尔”下了楼，六神无主地看着李小毛。李小毛知道，今天这两个人的命就担在自己的身上了，无论如何不能让宁副县长和“海拉尔”被外面的歹徒捉住。怎么办呢?硬拼是不行的，功夫再深也是寡不敌众，何况又要跟外面的人搏斗，又要救宁副县长和“海拉尔”，顾头顾不得腚。宁副县长和“海拉尔”眼巴巴地看着李小毛，外面的敲门声越来越紧，李小毛反倒镇静下来。他突然心里一亮，拉着宁副县长和“海拉尔”朝后走。后面是一间小厨房，跟整个楼连在一起。李小毛注意到了，那厨房的后墙壁却是跟小楼的主体分开，另砌起来的，相对薄弱一些。

李小毛让宁副县长和“海拉尔”朝后闪开，他伸出双手推着后墙壁试了试，又后退两步，拉开了架势，运足了气，身子猛地朝后墙壁撞去。只听轰隆一声，后墙壁破开了一个水桶般的洞口。李小毛身子一弯钻了出去，又伸手将宁副县长和“海拉尔”拉进去。这样，三口之家一下就从别墅小楼转移出去了。

前来擒拿宁副县长的蒙面大汉们，料他们插翅也难飞出这别墅小楼，只要将小楼团团围住，就是罐里捉王八了。他们叫门不开，便破门而入，里面却人去楼空了。他们上上下下搜了个遍，才发现厨房里那个水桶大的洞口。

小楼的后面便是一座小山，山后是断壁悬崖，崖下是茫茫大海。前来捉拿宁副县长的歹徒知道地形地势，料定他们就是钻出了小楼也逃脱不掉，他们无路可逃。

有功夫的人就怕身手伸展不开，李小毛既然将宁副县长和“海拉尔”救出了小楼，就不怕以一当十的搏斗了。他让宁副县长和“海拉尔”藏在一丛灌木的后面，嘱咐他们千万别露面，千万别出声。然后他便守住了那条唯一能上山的羊肠小路。歹徒们冲了上来，七八个蒙面大汉，手持钢刀木棒横在李小毛面前，让李小毛交出宁副县长和“海拉尔”。李小毛知道一场恶战是免不掉的，也不跟他们啰唆，飞起一脚便朝眼前的一个大汉踢去。那个大汉像一堵墙似的倒在地上。紧接着，歹徒一齐朝李小毛扑上来，挥刀抡棒。李小毛左突右闪，使出一个破绽，一条大棒子朝他头顶上劈下来。李小毛躲过劈下来的木棒，顺手牵羊，一把夺过那劈下来的木棒，又横扫一脚，挥木棒的大汉便滚下了山。李小毛手里有了武器，越战越勇，闪转腾挪，如风似电，只听得一片爹妈乱叫，歹徒们便弃战朝山下飞逃而去……

李小毛不敢恋战，他拉起早吓得酥软如泥的宁副县长和“海拉尔”，匆匆下山，回到玫瑰谷前面，找到汽车，扶他们上了车，便风驰电掣般地朝城里开去……

汽车上，惊魂甫定的宁副县长问李小毛：“来的是什么人，你看清了吗?”

李小毛说：“他们都蒙着脑袋，一个也没看清，听说话有两个像是外地人。”

“海拉尔”说：“我估计，是有人花钱把这些人买出来的。”

宁副县长问：“他们要干什么?”

“海拉尔”说：“肯定是你得罪了人。”

宁副县长不作声了。

“海拉尔”突然说：“小毛，你真了不起。”

李小毛淡淡地说：“有什么了不起的？差点儿让你们受了委屈。”

“海拉尔”动情地说：“小毛，我真崇拜你。”

李小毛笑了：“你别逗了，我又不是英雄。”

“海拉尔”认真地说：“你不是英雄谁是英雄？在我的心目中，你是最了不起的英雄。”

宁副县长这时候完全清醒了，他指示“海拉尔”和李小毛说：“今晚的事，不许向任何人透露！”

汽车在黑暗中穿行，东方露出了一片鱼肚白。

## 十四

自从那次别墅小楼遇险以后，“海拉尔”便搬到县政府的宾馆去住了。宾馆七楼的一个双人套间，是宁副县长亲自安排的，没有在服务台登记，外面的人谁也不知道“海拉尔”住在那儿。

由于是县政府的宾馆，进进出出的熟人太多，宁副县长再来总是不大方便，所以有许多事情便都由李小毛代劳了。宁副县长只是在李小毛安排好以后再来，来了或住或不住，都随机而定。李小毛自己笑了，为了搞女人，一个堂堂的副县长，倒打起了游击。

这一天是星期六，李小毛本来想回自己的新居看看菊花和师父，“海拉尔”又呼他了，他连晚饭都没吃就到宾馆来了。

一进门，李小毛就愣住了。客厅的茶几上，摆上了一桌子酒席，四荤四素，海味山珍，桌上还摆着一瓶奇形怪状的酒鬼酒。

李小毛是有酒量的，武林中人没酒量行吗？可是李小毛深知自己是给领导开车的，平时滴酒不沾，连啤酒都不喝。他不像有的司机，仗着是县委、县政府或某局某乡镇的，本县的交通队管不了他们，就毫无顾忌地开怀畅饮。酒后开车在别的司机是严重违章，查出来是要吊销驾驶证的。可是谁敢查他们呢？他们是谁呀？他们虽然也是开车的，可不算是司机，而是“司长”，乖乖。

“海拉尔”让李小毛坐，说今天是专门请他的。李小毛不明白，“海拉尔”说感谢他的救命之恩。李小毛说：“这有什么，师父说了，见死不救连畜生都不如，更何况是宁副县长和你呀。”“海拉尔”说：“宁副县长跟你比起来还算个男人吗？吓得连裤子都尿湿了。”李小毛不高兴，他容不得有人糟蹋宁副县长，再说，他裤子湿没湿，你怎么会知道？啊，对了，她能不知道吗？李小毛想到这一层，看着“海拉尔”笑了一下。“海拉尔”说：“你的笑有点儿坏。”李小毛又不高兴了：“怎么坏了？”“海拉尔”媚媚地说：“坏怎么了，男人不坏，女人不爱。”

逗了几句贫嘴，“海拉尔”开始给李小毛倒酒。李小毛见是酒鬼酒，有点儿感动，在目前中国市场上，酒鬼酒是最名贵的白酒，比所谓的国酒茅台还贵一倍。李小毛只听说过，也见领导喝过，自己却从来没尝过。因为每次用餐的时候，“司长”们总是单安排一桌，虽然菜饭跟领导的席上都一样，酒却有区别。“海拉尔”把酒瓶的盖打开，顿时满室生香，浓郁清冽，酒未沾唇便有了三分醉意。李小毛问宁副县长来不来，“海拉尔”说：“要来他也是吃完饭再来，咱喝咱的。”意思很明确，这瓶酒鬼酒完全是为了李小毛预备的，可见“海拉尔”的诚心诚意了。

李小毛不再客气，跟“海拉尔”觥筹交错地对饮起来。

酒过三巡，李小毛的兴致越来越大了。不仅是酒兴大，谈兴也大，还有一些莫名其妙的兴趣，比方说喜欢认真地看“海拉尔”了。除了菊花，他从来没有认真看过任何女人，说句没良心的话，包括宁馨。他觉得别的女人与己无关，死乞白赖地看人家就是不怀好意。李小毛可不能像宁副县长那样，落下一个好色的名声，多难听呀。这会儿认真地看“海拉尔”，他觉得“海拉尔”今天格外漂亮。脑门亮亮的，脸颊红红的，鼻子尖尖的，脖子光光的，还有胸……李小毛不敢再往下看了。怪不得宁副县长对她那么迷醉呢，真是个人间尤物，万里挑一。要不是她自轻自贱，比菊花差不了多少。

“海拉尔”殷勤地劝着酒：“小毛，喝呀，反正你今天也不开车，痛痛快快地喝一回。”

李小毛应付着：“啊……你也喝嘛，别光劝我呀。”

“海拉尔”说：“小毛，有句话我一直想问你，总没有机会。”

李小毛问："什么话呀？"

"海拉尔"说："你怎么从来不叫我呀？"

李小毛问："叫你什么呀？"

"海拉尔"说："你们在背后叫我什么呀？"

李小毛不敢说，那绰号不怎么好听。

"海拉尔"说："总不能什么都不叫吧？"

李小毛红着脸没话说。

"海拉尔"说："好了，我也不为难你了，你们叫我什么我也知道。"

李小毛心想，肯定是哪个贱骨头把他们出卖了。

"海拉尔"也不深究，说："好了，你们背后叫我什么我不管，可你当面总得称呼我什么吧。"

李小毛面有难色："可是……我不知道该叫你什么好。"

"海拉尔"说："要是你愿意，就叫我姐吧。"

李小毛心里一阵发热。

"海拉尔"说："怎么，不愿意？觉得有我这样一个姐丢你的脸是不是？"

李小毛急忙辩解："不不，哪儿的话，我要是有你这么一个姐……真……真……"

"海拉尔"紧逼着他："真什么？"

李小毛一着急，说了一句特别没水平又特别有水平的话："真……真幸福。"

"海拉尔"笑了，举起杯跟李小毛碰了一下，一饮而尽。

李小毛叫了一声姐，也一扬脖把酒干了。

"海拉尔"眼泪流下来了："小毛，说真心话，我早就把你当亲弟弟看了。我这个人从小没爹没妈，也没有兄弟姐妹，一个人孤独地活了二十多年，我多想身边有个亲人呀。可是，我遇到的人，特别是男人，都是属狼的。表面上对你甜甜蜜蜜，却把你当成了一盘下酒的菜。弟弟，姐姐苦呀，姐姐的苦没地方说呀……"

李小毛也激昂起来，周身涌起了一股江湖气："姐，今后有用得着小弟的时候你说话，我保证两肋插刀。"

“海拉尔”突然问：“弟弟，你要钱吗?”

李小毛一愣：“我要钱干什么?”

“海拉尔”说：“瞧你说这傻话，钱多了烧手吗?”

李小毛说：“不不，你挣的钱不容易，别……别给我。”

“海拉尔”说：“我说的不是我的钱，这笔钱狼不要狗要，还不如给你呢。”

李小毛困惑地看着“海拉尔”。

“海拉尔”解释说：“你知道吗？为了争取滨海山庄这个项目，何老板给了我二百万港币的活动经费，完全由我支配。我给你十万港币，人不知鬼不觉，算是姐姐给你的见面礼吧。”

李小毛吓得脱口而出：“不不，这可是犯法的事。”

“海拉尔”叹息说：“是呀，只有咱这顺民百姓怕犯法，可那些贪官污吏就敢玩火你信不信?”

李小毛胆虚地说：“宁副县长不是那种人……”

“海拉尔”哈哈笑起来：“我的傻弟弟，你傻得真可爱，让我说你什么呢?”

李小毛想到了林老板茶叶盒子里那三十万元钱，心里震颤起来，央求说：“你们……你们千万别给宁副县长行贿。姐姐，求求你了……”

“海拉尔”从她身后的手包里拿出一张印着字的单据，递给李小毛：“你看看这是什么?”

李小毛接过单据却看不懂。

“海拉尔”解释说：“这是香港银行的存款单据，一百万港币，你看看上面写的是不是宁波的名字?”

李小毛确实看清了宁波两个字：“这是你给他的?”

“海拉尔”气恼地说：“我给他的？我咋那么待见他呢？这是条件，只要他把滨海山庄的项目给何老板，他在合同书上一签字，这钱就是他的了。”

李小毛不说话了，他的心怦怦跳个不停，为了压住自己的紧张情绪，他自斟自饮了一杯酒。

“海拉尔”把李小毛的手抓过来，紧紧地握住，李小毛的手冰凉。

“海拉尔”站起身，挪到对面的沙发上，与李小毛并肩坐下，将一条光滑的裸臂搭在李小毛的肩头上。

李小毛将她的胳膊拉下来。

“海拉尔”宽慰着说：“有点儿吃惊是不是？有点儿接受不了是不是？弟弟，你还年轻，你还不知道海水的深浅。不过，别怕，不会出事的，这种事多了。你别看电视里报纸上揪出了多少腐败分子，那些都是笨蛋傻瓜。法律嘛，就是不打近的，不打远的，专打那些不长眼的。来吧，喝酒吧。”

于是，李小毛又喝酒，不知不觉那酒鬼酒见了底儿。李小毛心里翻江倒海，可是他不知道翻腾的是什么，是“海拉尔”吗？是宁副县长吗？好像是，又都不是。他呆呆地望着“海拉尔”，他不知道为什么自己会如此大胆地看一个女人。“海拉尔”也直直地看着他，眼睛里燃着火，那火烧着李小毛的心，烧得他头晕目眩，天旋地转。他只觉得头越来越沉，身子越来越软。不知道什么时候，“海拉尔”又把那只裸臂放在了他的肩头上，他没有拒绝，也无力拒绝了。他的头一歪，便倒在了“海拉尔”的怀里。“海拉尔”的怀里软绵绵的，起伏着一种神奇美妙的力量。后来，他便什么都不知道了。

这是一个奇怪的梦，他的身子飘浮起来，平放在一片洁白的云朵上。那片云朵越升越高，越飘越远，飘过高山大河，在一片绿油油的田园上停留下来。这似乎是金鸡寨，还有菊花。阳光强烈地刺着他的眼睛，他怕。菊花却非常勇敢，紧紧地搂住他。菊花的肌肤跟他的肌肤紧贴在一起，温柔地摩挲着。菊花的肌肤很光滑，很细腻，像那洁白的云朵。菊花怎么没有穿衣服，她的整个身子一丝不挂地袒露在他的面前。菊花怎么不害羞呢？天呀，菊花怎么疯狂起来了呢？不，不是菊花在疯狂，是他在疯狂，是李小毛自己在疯狂。他像驾驶着一条小船，在狂风巨浪中搏斗，为了使自己不被风浪吞没，他拼命地挣扎着。他挣扎着上了岸，却又不由自主地扑向海里。他不愿意离开风浪，他渴望被风浪吞没，就像渴望死亡一样。死亡是一种极其美妙、极其酣畅淋漓的快感。他真的死了，他大声地呼叫，是呼叫，不是呼救。那呼叫声是从他骨髓深处发出来的，整个生命都凝聚在一个狭窄的洞口，都凝聚在一刹那的喷射之中。他死了，真的死了。他的身子软塌塌的，浑身的筋骨都变成了一摊泥。他喘息着，如丝如缕，欲绝不绝。脑子里一片空白，这是从人间进入天堂的一段超越时空的道路，是一种无形无色无声无息的失重状态，是一次入仙境入神境入魔境的迷幻旅途，是一种登上顶峰纵身一跃的灵肉分离的体验……

是“海拉尔”唤醒了他，他的灵魂是从一个遥远的地方被“海拉尔”呼唤回来的。过了很长很长时间，他才明白这是一张床，缠绕在他身上的是“海拉尔”那雪白的身体，他终于想起了这是宾馆，想起了那瓶奇形怪状的酒鬼酒，想起了这不是菊花，这是“海拉尔”……

他彻底清醒了，他哭了，哭得非常厉害。有生以来，他从来没有这样哭过，是号哭，一个男人从内心深处喷发出来的号哭，惊心动魄，惊天动地……

“海拉尔”吓坏了：“弟弟，弟弟，你怎么了?”

李小毛怒不可遏，一脚将“海拉尔”踹下了床。

“海拉尔”慌忙爬起来，扑在李小毛的身上。

李小毛又把她掀开：“你滚！你滚!”

“海拉尔”哭叫着：“弟弟，弟弟，你怎么了?”

李小毛狂叫着：“我不是你弟弟，你也不是我姐姐！你毁了我，你毁了我……”

“海拉尔”呆若泥塑，愣愣地看着李小毛。

李小毛默默地穿上衣服，一声不响地打开门，摇摇晃晃地走了。

## 十五

李小毛变了，变得沉默寡言、心事重重、凡人不理了。特别是见了“海拉尔”，一句话都没有。宁副县长让他给“海拉尔”送东西，他敲开门将东西一放扭头就走，看也不看“海拉尔”一眼。“海拉尔”呼他，他从来不回电话。“海拉尔”把电话打到司机班，说要跟他谈谈，他啪的一声就把电话挂断。“海拉尔”苦恼极了，给他写了一封长信，那信很长，厚厚的，把信封塞得鼓鼓的。他没有看，原封不动地将信给她退了回去。

终于有一天，“海拉尔”敲开了他的宿舍，将他堵在了房间里。

李小毛坐在床沿上，低着头，不看“海拉尔”。

“海拉尔”站在李小毛面前，强忍着自己的委屈说：“小毛，你到底怎么了？干吗这样呀？是我伤害了你吗？不错，那天我们是喝多了酒，是干了出格的事。可是我真的喜欢你呀，我那样做有什么错？你觉得委屈是不是？你觉得把童男给了我不值是不是？你觉得我占了你的便宜是不是？你知道的，有多少男人整天价苍蝇似的叮着我，想跟我上床，我都不正眼瞧他们。好了，就算我对不起你，你说怎么办吧？要打随你打，要罚任你罚，你说话呀！”

李小毛就是不说话，脑袋耷拉在胸前，像是没听见“海拉尔”在说话，或者像是这屋子里根本就没有“海拉尔”。

“海拉尔”沉默了一会儿，又说：“你就是骂我一顿也好呀，你可真把我憋死了。我要走了，我再说一句，我喜欢你，我佩服你，我崇拜你，为了你我什么事情都愿意做。活了二十多年，这是我第一次追求男人。以前都是人家追求我，我身边从来没有少过追求者。你知道吗，这些天我一直在设计着咱俩的生活，我希望你跟我走。爱上了你以后，我也认识了我自己。我不能再这样混下去了，我不能再这样卖自己了，我得走自己的路，开创自己的新生活。可是这新生活里必须有你，没有你，我的一切都是没有意义的……”

李小毛还是不说话，连个大气都不出。“海拉尔”停止说话的时候，屋子里死一般地寂静，连空气都凝滞了。

“海拉尔”依然按照自己的想法说下去：“小毛，你给我一句痛快话，你到底喜欢不喜欢我？你难道一点儿都不明白我的心吗？真的要让我把心掏出来给你看一看吗？你跟我走吧，去北京、去上海、去深圳、去海南都行。我能养活你，我有钱，虽说我没有何老板有钱，可是钱并不比宁副县长少。咱们到一个新的地方，自己开一家公司，我给你买一辆车，你开属于自己的车，这多好。你听见我说的话没有？你倒是吭个气呀……”

就这样，“海拉尔”站在李小毛面前，说了有一个多钟头，李小毛愣是死豆不开花，连身子都没有动一下。

“海拉尔”失望了，她默默地转身朝门外走去。没想到，临出门的时候，李小毛却说话了：“那存款单呢？”

“海拉尔”一阵兴奋，待她听清了李小毛的话，又一愣：“什么存款单？”

李小毛说：“就是那一百万港币。”

“海拉尔”明白了：“噢，你说的那个钱呀，给宁波了。合同签的当天就给他了，他跟你说什么了？”

李小毛摇了摇头，朝“海拉尔”挥了挥手，示意她离去。

“海拉尔”无可奈何地走了。

李小毛也不再理睬宁副县长了。按说，他给宁副县长开车，要时时事事伺候着宁副县长，还免得了请示汇报？以前是这样的，事无巨细，有事无事，他都要跟宁副县长说一声，至少要打一下招呼。现在可倒好，他根本就没把宁副县长当成人，整天价像是拉个不会说话的物件，任你上车下车，他连吭都不吭一声。宁副县长上车不说去哪儿，他连油门都不踩。

宁副县长发现他情绪反常，还挺关心他，时不时地问：“小毛，怎么了？”

李小毛不言语，一心一意开着他的车。

宁副县长试探着：“是不是跟菊花闹别扭啦？男子汉大丈夫嘛，凡事得让着点儿女人。天上下雨地上流，小两口吵架不记仇，白天吃的一锅饭，晚上躺着一个枕头。对了，你们现在还不是正式夫妻，你师父对你们要求还挺严是不是？他跟我说了，这个老古董，典型的封建卫道士，榆木疙瘩脑袋。这样吧，你师父也跟我商量过了，还是早点儿给你们把婚事办了吧。我的意见呢，既不能大操大办，也不能太寒酸，你师父是个要脸面的人。我答应了，到时候给你们去当证婚人。你师父说等收完秋就办，我说，还等收完秋干什么，等我从香港回来，就给你们操办这件事。我去香港的时候，你找大李开个证明，到民政局先把结婚证领了……”

李小毛像是没听见宁副县长这一番话，继续开着车。

宁副县长掏出一个鼓囊囊的大信封，扔给李小毛：“你伺候我这么长时间了，我没把你当外人，拿着这钱，买点儿东西。话说明白了，这钱算是我跟你师父两个人给你的，你要是觉得过意不去，算我们给菊花的嫁妆也行。”

李小毛该非常感动才是，可他没有，连气也没吭一声。好在宁副县长对他的态度一点儿也没有在意。

宁副县长下车以后，他打开信封看了看，整整两万元。他把那钱锁在了车前面的工具箱里，跟菊花都没有说。

更要命的是，李小毛连菊花和师父也不理了，而且也一直没有回家。

师父托人捎信找他，菊花呼他的BP机，他都不予理睬。

师父急了，噔噔噔找到了县政府的司机班，把李小毛拎到院子里，斥责说："你怎么了？你不知道我跟菊花找你吗？你还要不要这个家呀？"

李小毛从牙缝里挤出一个字："忙。"

师父火了："你比县长还忙？"

李小毛不吱声了。

师父逼问着："你跟菊花的事怎么办？"

李小毛从牙缝里多挤出几个字："忙什么？"

师父骂起来："他妈的，皇帝不急太监急，你还有点儿良心没有？我又回了一趟金鸡寨，你爹你妈、你丈人丈母娘都同意了，日子就定在下月六号，又是星期六，取个吉利。你抽空带着菊花买几件衣服，冬棉夏单，别让菊花受委屈。你自己也得买套体面的行头，办事的时候穿。还有，眼下时兴照结婚照，你们也得提前照了。还有办事要准备的酒席，要请的亲戚，要找的汽车，要选的知客……这些都得提前合计合计，你知道不知道？今儿晚你给我回家，咱跟菊花一起商量出个子丑寅卯来！"

师父说的话就是圣旨，也不管李小毛同意不同意，答应没答应，一转身就气哼哼地走了。

## 十六

两天以后，李小毛送宁副县长去机场，宁副县长应何老板之邀去香港谈滨海山庄的具体事宜。这件事关系重大，不便在内地谈，只能在香港谈。

到飞机场要开两个多小时的车，虽说要翻山越岭，却全是柏油铺成的公路。这条路李小毛早就走熟了，他很顺利地把宁副县长送上飞机，自己开车往回走。

他出事的地方险是险，可是路却不窄。两山之间一座小桥，桥是水泥的，还有很坚固的栏杆。李小毛的车居然冲垮了栏杆摔下了山涧，山涧深有百尺，浅浅的水下都是鹅卵石。汽车被摔成了柿饼，当即起了火，李小毛被烧得面目皆非，一场惨剧。

且不说李小毛的死如何令人震惊，菊花和师父及李小毛的亲友同事如何悲恸欲绝了，这些人们都想象得到。奇怪的是，李小毛出事的第二天，菊花莫名其妙地收到一封信。信封是李小毛的字，可是里面只有一张纸条，是办公室副主任大李写的，介绍菊花到县政府的宾馆去当服务员。别的一个字都没有写，而大李给李小毛写这个纸条的日期，是在出事的一个星期之前，在此期间，李小毛完全有时间亲自交给菊花。

县里的少年体校武术班，收到了一笔赞助款，两万元。钱是通过邮局汇来的，可地址和汇款人都是假的。体校领导说是遇到了一个活雷锋，把这事写成了通讯稿，登在县报上了。

更蹊跷的事还有，一个星期以后，宁副县长从香港回来，一下飞机，连家都没有回，便被检察院请走了。据说，宁副县长到检察院就交代了贪污受贿的问题。不是因为宁副县长交代问题主动，而是检察院掌握了确凿的证据，有人揭发检举了他。

谁呢？

1996 年 9 月至 1999 年 7 月于桑梓轩

# 审　判

审判长宣布开庭。

——尹思源。

——到。

——你还有别的名字吗？

——没有了。

我知道他没有说实话，他曾经叫过尹兴财。是他那个当了半辈子长工又当了半辈子贫协主席的父亲给他取的。他入党的时候才改叫尹思源的，取饮水思源、不忘党恩之意。令我不解的是，他连死罪都交代了，为什么偏偏要隐瞒这一点。是他觉得这在量刑时无关痛痒呢，还是认为这比死罪更重要？

审判长向他宣布了被告人的四项权利，我以为他会提出让我回避，可他没有。他只是用困惑的目光扫了一下坐在陪审席上的我。

这是我第一次以陪审员的身份走进法庭。确切地说，有生以来，我还没有以任何身份进过法庭。我在学龄前跟着祖父学开蒙读物的时候，就懂得了人心似铁、官法如炉这句话。古往今来，有多少豪横的汉子，扔进烈火熊熊的法炉里，都被烧得稀软如脓。

他倒是没改形。一米八的个子，九十公斤的块头，加上他又穿着一件肥阔的棉大衣，站在被告席上像一堵黑影壁，把旁听席上的观众遮去了大半。不过，往日的志得意满、叱咤风云、敢作敢为的丈夫气却荡然无存了。头发被剃光了，又长出了有半寸长；满脸的胡楂子，至少有一个星期没刮了；本来就黑的脸上又蒙上了厚厚的一层灰。变化最大的是他的眼神，那眼神曾经像金色商标一样记载过他的辉煌，如今却变得躲躲闪闪，怯懦得像只惊了枪的兔子。

我有点儿可怜他了。

## 一

休庭的时候，她来到了审判席上。

“王老师，您还认识我吗?”

怎么不认识呢，她是尹思源的前妻陈月兰。一进门的时候我就看见她坐在旁听席上，在这种特殊的场合，我不便跟她打招呼。在整个审讯期间，我和她之间又被尹思源那座黑影壁挡着，这使我少了许多尴尬。

她穿戴打扮得挺时髦，很华贵的短裘皮大衣，金耳环和金戒指都是镶钻石的，妆也化得很有分寸。可是不管怎样，还是一眼能看出她是个农村女人。也真是泥人改不了土性。

严格地说，在我认识尹思源之前，还是先认识陈月兰的。

二十年前，我在县委宣传部工作，负责通讯报道。《北京日报》转来一篇稿子，是小边屯一位叫尹兴旺的人写的。内容是说团支部书记尹思源带领广大团员青年广开肥源，带头拆掉土炕睡炕洞，使全村每亩有机肥达三立方米……那会儿学大寨，年年冬天都是“两大战役”——农田基本建设和大力积肥，这确实是一篇难得的好稿子。

小边屯在离县城七十华里的边界地带，是个很贫穷很偏僻的小乡村，我蹬着自行车三个多钟头才赶到。已经是初春季节了，正在翻浆的土路坑洼泥泞，我只好推着自行车朝前走。田头上插着红旗和“语录牌”，一个穿着红绒衣的姑娘正在教着一伙年轻人学唱歌，学的是县文化馆楚学晶作词、王连启作曲的《俺是大寨铁姑娘》。我向她打听了一下尹兴旺的所在，便朝村里走去。

我在尹兴旺家里等了不大一会儿，他就收工回来了。这个二十出头的小伙子，一眼就能看出他是个乡村秀才。长得清清秀秀的，还戴着一副白边眼镜。我向他说明来意，他立刻就要带我去见尹思源。还没出门，那个穿红绒衣的姑娘就来了。她用绒衣兜着几块生白薯，绒衣里面显然没有再穿别的衣服，一小块白肚皮在绒衣下毫不经意地裸露出来。尹兴旺忙给我介绍，说她叫陈月兰，是团支部宣传委员，又是学习毛主席著作辅导员。

“王老师，您来得真不是时候，眼下正青黄不接，没啥好招待您的，我弄了几块白薯母儿，也算是个稀罕物儿。兴旺，你把它洗洗，一会儿就蒸熟。”

尹兴旺挓挲着两只手没接，犹犹豫豫地说：“正要去找兴财呢。”

“大晌午的，总得让王老师吃饭啊。”

尹兴旺为难地说：“在我这儿……不合适吧？”

“那就到我家去吃吧。”

我不明白这内中的关节，只好客随主便，跟着陈月兰到她家去用餐。

无论从哪方面说，陈月兰都是个出类拔萃的姑娘。她性格爽快，为人热情，又能歌善舞，而且人长得漂亮，很白皙。农村姑娘鼻眼身条儿出色的不少，可终年风吹日晒，大多黑里透红，而陈月兰却不知为什么没有晒黑。

吃饭的时候，尹兴旺提议把兴财找来，陈月兰瞪了他一眼，尹兴旺便闭上了嘴。

直到我见到尹思源的时候，才知道他就是兴财。

尹思源说他们排了两个小节目，准备参加“五·一二”全县文艺会演，让我帮助辅导一下。陈月兰更希望我留下来，因为那两个节目，她既是导演，又是领衔主演。

当晚，我和尹思源并排睡在他家的炕洞里。虽然已经是初春季节，虽然炕洞里铺着厚厚的稻草，但仍然觉得一股凉气从地下渗出来。那时候，农村没有暖气，大多数家庭也没有煤火炉，只有靠烧土炕御寒。可是全村的土炕一入冬就拆成“积肥指标”了，冰天雪地的，一冬天是怎么熬过来的呢？

尹思源说：“庄稼人火气壮，挺一挺就过来了。”

于是我向他谈起了那篇表扬他们的稿子，也谈到了尹兴旺和陈月兰。

尹思源说：“陈月兰各方面表现都不错，就是阶级立场有问题。”

我暗吃了一惊，忙问怎么回事。

“她总跟尹兴旺打连连儿，群众反映很大。”

我更加困惑不解。

“别看我们两家都姓尹，同姓同宗不同阶级。尹兴旺家是大地主，我爸爸就给他家扛了半辈子长工。”

我有点儿明白了：“尹兴旺不是算‘可以教育好的子女’吗?”

“‘可以教育好的子女’不假，可那是政策问题。要是跟他谈恋爱，可就是立场问题了。”

我又糊涂了。

“月兰根红苗正，她爸爸又是公社的领导。她爸爸托付过我……”

尹思源说到这儿，竟把被子一掀穿起了衣服：“您先睡吧，别等我了。”

我问他干什么去，他说：“这会儿月兰肯定又跟尹兴旺在一块儿呢，不行，我得对她的前途和命运负责。”

尹思源走了，我却无论如何也睡不着了。

粉碎“四人帮”的第二年，我又来到了小边屯。那是一个炎热的夏天，一进村我就看见几个妇女在大柳树下纳凉。有人喊我，我下了车。走过来的是一个裸露着上身的年轻女人，挺着两只白白鼓鼓的大乳房，手里拉着一个正在蹒跚学步的脏孩子。这地方的风俗就是这样，无论多年轻的女人，只要一结了婚，就把自己从上衣的束缚中解放出来了，我已经见怪不怪了。从那身少见的白皙上，我认出了是陈月兰。不到三年的时间，那个漂亮且浪漫的农村姑娘已经变成一个纯粹的农村妇女了，我说不清心里是一种什么滋味。

我向她打听尹兴旺。

她红着脸说：“改写小说了，有一篇还在《运河》上发表了呢，得了二十七块钱稿费，就是上个月的事，您没看到吗?”

我没看到。但我由衷地为她高兴，说兴旺是个才子，当初她没看错人。

她的脸更红了，邀我到她家去坐一坐。

我说我得去找尹思源，尹思源那时已经是小边屯的党支部书记了。

她说：“你是为那份‘大批促大干’的材料来的吧，正在家里写呢。”

我惊奇她还是那样关心村里的工作，很感动。

她说：“关心个屁，都成了他的累赘了。这不，嫌乱，硬把俺娘俩轰出来了。”

说着，她抱起那个脏孩子，就要头前给我引路。

我蓦然发觉自己犯了一个原则性的错误，忙不迭地问："你到底跟谁结婚了？"

她笑了起来："还能有谁？尹思源呗！"

## 二

一张白条，支出项目是劳务费，大写壹仟陆佰元。

这是尹思源的第一笔罪行材料。

辩护律师马素琴为他辩护说，这笔不能算贪污，因为他把这笔钱用在了一件高尚的事情上了，应该算成挪用公款。

公诉人齐志良反驳说，不管出于什么动机，只要有犯罪故意，有犯罪手段，把公款据为私有，就应该以贪污论。

马素琴在律师界被称为"拨云见日"的"女青天"，曾把一个可以判死罪的"奸杀"人犯辩护成无罪释放。这件事当时和八达岭一对男女绑着雷管殉情的事件一起，轰动了大半个北京城。

而齐志良在检察院又是出了名的"白脸包公"，当年那个不可一世的叫嚣手眼通天的化工局长，就是被他送上审判台的。在那个案子中他遇到的艰难险阻就甭说了，跟老婆都差点儿离了婚。

尹思源也够走运的，为了他这个案子，"女青天"跟"白脸包公"竟对起了阵，也堪称棋逢对手、将遇良才了。

写小说的毕竟好感情用事，我一开始就被马律师的辩护征服了。

事情的起源是这样的。

那时尹思源刚从小边屯调到县农机厂工作。这是个效益蛮不错的厂子。这个厂子的创始人武继东到小边屯搞农业机械化试点，发现了尹思源这棵苗子，把他调来当厂长，自己却退居二线当了党委书记。这在当时大胆提拔"第三梯队"的潮流中，成了一段"伯乐"与"千里马"的佳话。

有一天，尹思源坐着厂里那辆很气派的马自达轿车到结核病研究所去看他的老丈人。他老丈人叫陈增，土改时便脱了产，在小边屯所在的那个乡当干部，三十多年了，一直没离开过那一亩三分地，现在好不容易才熬到了乡党委书记。也合该没那么大的造化，刚当上党委书记就病了，咳嗽不止，还带血。尹思源是个孝顺女婿，怕他的肺出问题，就愣把他拉来做检查。还好，只是有点儿肺气肿，没大问题。

结核病研究所在城外边，有点儿偏僻。尹思源看望完老丈人出来，就见医院大门口围着一帮人，呼哈喊叫的，热闹非凡。好奇心驱使他凑了上去。只见人群里围着一个姑娘，十六七岁的样子，长得很俊气，可穿戴打扮却像个外地人。尹思源是从侧面挤上前的，姑娘花条的外衣刚好从身上脱下来，只穿一件绣着花的红兜肚。两只正在发育的小乳房像五月桃儿似的露出了半边。他面前的一伙儿坏小子，每人手里都举着一张五元或十元的票子，发疯般地叫嚷着："脱呀！脱呀！脱了就把钱给你……"

姑娘又慢慢地往下褪着她的长裤子，一条碎花的裤衩也露了出来。

坏小子们越发疯狂起来："脱呀！脱呀！先把乳罩脱掉！"

"先把裤衩脱掉！"

"脱掉我再给你加十块……"

坏小子们一边叫喊着，一边上前动起了手脚。有的往下扯着她的乳罩裤衩，有的趁机捏着她的胸部和大腿根儿。姑娘的两只手死死地抱在胸前，两只眼睛惊恐地看着面前的坏小子们，苦苦地哀求着："饶了俺吧，饶了俺吧……"

尹思源看不下去了，扒开人群冲到那群坏小子前面，大吼了一声："干什么你们，要流氓啊？"

坏小子们不服气地说："我们花钱看新鲜罕儿，你管得着吗？"

尹思源又转身对姑娘说："快把衣服穿上。"

没想到姑娘却央求起了尹思源："大哥，是俺……俺自个儿要脱的……他们给……给俺钱……俺爹病了，肺里长了瘤子……住院押金不够，人家不收……"

尹思源明白了，问："还差多少钱？"

姑娘说："让俺交三千，俺只有一千五了……这一千五，还是俺从乡亲那儿借的……"

尹思源大概连想都没有想，就从兜里掏出了一沓钱扔给了姑娘。说不清是财大气粗，还是一种"正义的冲动"，抑或是别的什么。当尹思源刚一出现的时候，那一米八的块头像黑铁塔似的一戳，那群坏小子就有点儿肝颤。这会儿见黑铁塔动起了真格的，更是被震慑住了。可是那群坏小子还没有坏透，一个个把手里的钱往姑娘面前一扔，扭头就跑。不知是吓的，还是臊的。

尹思源也要转身离去，姑娘却咕咚一下子跪在了他面前："大哥，俺一辈子忘不了您的恩德，给俺留下个姓名地界儿……等俺有了钱还您……"

"快把衣服穿上，好好伺候你爹吧。"

尹思源只说了这么一句，便转身走了。

那时候，尹思源一个月只挣四十多元钱，除了自己的嚼裹儿，还要养活在农村的老婆孩子。这一千多块钱往外一扔，就是捅了个天大的窟窿。没想到，这天大的窟窿，他是用自己的"罪恶"堵上的。

这到底算什么呢？

## 三

这些都是武继东的证明材料。我从头到尾翻了个遍，却没有发现这一笔。我奇怪，这么大的一件事，武继东怎么会不知道呢？那时他毕竟是党委书记，还算是第一把手嘛。

武继东在材料中说，尹思源走上这条犯罪的道路，他是负有责任的。那么，他该负什么责任呢？

我找到了武继东。

我是在西海子公园"气功"学习班的课堂上找到他的。万万没想到，这位当年在冀东地区赫赫有名的武工队长，而今又成了赫赫有名的"气功大师"。

他眼下这副超凡脱俗、与世无争的派头，与当年那副急赤白脸叫嚷就是到中央也得讲出真章儿来的原则性形成了鲜明的对照。

武继东说，他错就错在放权上了。谁要想在官场上不至于被人整得太惨，就应该记住这样一个秘而不宣的护官符：作为第一把手，要牢牢抓住"一支笔"。通过这支笔，至少要把两大权力控制在自己的手里。一个是财权，一个是人事权。武继东为了显示对他亲手选定的接班人的信任，把那支笔轻而易举地便交给了尹思源。

武继东第一次感到权力失控的可怕就是做服装。那是党的十一届三中全会刚开过不久，全厂更换工作服。自打有了这个厂子，厂里的各级领导干部为了自觉地做一名“普通劳动者”，都是跟工人穿同样的工作服。这次的工作服是尹思源设计的，他给工人做成了夹克式的，而厂领导却每人做了一套毛涤的西装。

武继东火了：“你这不是搞特殊化吗？”

尹思源笑眯眯地说：“工作需要嘛。”

武继东说：“我没听说过穿西装是工作需要。”

尹思源说：“您没见中央首长出国的时候都穿西装吗？”

武继东揶揄地说：“你知道自个儿是什么级别吗？你知道你跟中央首长差多远吗？再者说了，你出国干什么去？参加联合国会议，还是谈限制核武器？”

尹思源依然笑嘻嘻地说：“武书记，我先把话搁在这儿，穿西装、出国很快就轮到咱们，信不信由您。”

武继东能相信吗？非但不信，他还拒绝要那套“特殊化”的西装。尹思源只好替他保存在自己的文件柜里。

没想到，不到半年，县委就通知武继东到美国考察农业机械化，并明令要穿西装，带方便面。这会儿，该轮到武继东红着脸笑嘻嘻地向尹思源讨要那套西装了……

从这件小事上，已经看到了尹思源和武继东之间“改革”与“僵化”的冲突。随着改革的不断深化，这种冲突愈演愈烈，最后导致了武继东的彻底失败。

有人说，中国的改革是从饭桌上找到突破口的，这或许有些道理。且不说安徽小岗村十八户农民搞地下包田，就是在企业间的业务交往中，招待的频繁和酒席的逐渐丰盛，已经让人感到“春江水暖鸭先知”了。

“改革”最先引起人们普遍关注和不满的也正是这一点。要知道，当时的老百姓吃饭还算计手里的粮票，买肉还要走后门挑肥的。清肠寡肚的人见到满嘴流油的，当然要气愤了。中央深知民心民意，三令五申下文件发指示，严禁大吃大喝，并明令待客标准只能是“四菜一汤”。

农机厂的改革已迫在眉睫。农村实行“包产到户”以后，农业机械便一时断了销路。再加上他们生产的农机质量本来就不过关，过去总有一支庞大的服务队在乡下转悠着，勉勉强强保着“鸡”不“趴窝”。可算起来，服务队一年的开销，比卖出农机所得的利润还多，这真成了赔本赚吆喝了。

县里不再给农机厂补贴，指示他们要自找门路，迅速转产。

恰好有一个机会，北京建筑机械厂要扩大生产规模，准备把一个车间搬下来另建一个分厂。说是分厂，每年的产值要相当于七八个农机厂。这简直是从天上掉下来个金元宝，全厂上下高兴得像开了锅。

这件事是尹思源联系的，可建筑机械厂的领导来谈判的时候，他正跟一个考察团在广州参观学习。接待的任务自然落到了武继东的头上了。

武继东向来是个对上级指示“执行不走样儿”的好干部。摆在餐桌上的是标准的“四菜一汤”，一瓶红粮大曲还是从自己的家里拿来的。他也觉得对不起人家，填补歉疚唯一的办法就是往人家耳朵里塞热腾腾的好话。可毕竟好话当不了饭吃，离开了农机厂那可怜巴巴的餐桌，人家开着车直接杀向了河北省，把分厂建在了京冀交界的一个县城里。

尹思源回来一听，气得差点儿吐了血。管工业的韩副县长也气坏了，把武继东劈头盖脸地一顿臭训之后，又给了尹思源一把尚方宝剑：你大胆放心地干，该吃就吃，该花就花，只要你不把钱往自己的兜儿里装，出了问题我兜着！

这无形中等于把决定农机厂命运的大权交给了尹思源。武继东能服气吗？这件事情没办成功，只能说明建筑机械厂的领导水平太低，连共产党员起码的味道都没有，他严格按照上级指示办事，何错之有？

在西海子公园的气功班上，武继东感慨万端地对我说：“在他还没有成为‘千里马’的时候，我是‘伯乐’；一旦他真的成了‘千里马’，我就成了他头上的笼头，他总觉得碍他的事儿，每时每刻都想把我甩掉。唉，再好的‘千里马’，没有个笼头拴着，也会往瞎道上跑的……”

## 四

第二次开庭的时候，尹兴旺来了。他没有进去旁听，他说他很想见见尹思源，又怕引起尹思源的误解。他一直站在法庭的窗外。休庭以后，他让我上了他的车，把我带到了会友轩的一间雅座里。他不顾我的反对，很气派地要了一桌子菜，还命令领班蒋小姐坐在了我身边。然后，他挺动感情地说："梓夫，这么多天了，我就想找一个人好好聊聊，想来想去，还就是你最合适。"

我记得他一直称我王老师的，现在他对我直呼其名我挺高兴。我从来就喜欢别人叫我的名字。我曾自诩我的名字写出来好看，叫起来上口。在姓名的使用权上，人是最无私的，总希望自己用得少一点儿，别人用得多一点儿。

他问我，尹思源的贪污款是否都退赔了。

我说还差几万，他花掉了。

他说要是他帮助把这笔钱补上，在量刑的时候能不能给他减点儿刑。

我问他为什么要这样做。

他说："兴财走上这一步我是有责任的。"他依然叫他兴财。

我问他有什么责任。

他说："兴财的自尊心很强，我不该那么刺激他。多少年了，他处处都压我一头，我在哪一点上超过他，他心里都不舒服。"

我问他怎么刺激尹思源了。

他说："我那两层小楼盖好之后，专门请过他和月兰。我是故意这么做的。月兰是他从我手里夺走的，我就是想让月兰看看，你当初扔掉的是一块金子，不是一块土坷垃。那一天他喝多了，吐得昏天黑地……"

尹兴旺是属于改革开放以后首先富起来的"少数人"之一。那一年我在武汉大学作家班读书，他到洪湖地区去贩甲鱼，在珞珈山找到了我，苦口婆心地劝我："王老师，别写了。我算看透了，文学既救不了国家，也救不了自己。您就是写咯了血，也没有我贩一次王八挣得多。"

我问他是怎么发起来的。

他说："说起我发财来，真他妈容易，简直就跟做梦一样。还记得我在《运河》上发表过一篇小说吗？陈月兰告诉过您。那可以说是我的处女作，也是我第一次得了那么多的稿费。当时我那心气可高了，登上了《运河》就开始向《北京文学》进军，趁着热乎劲儿连续投了四五篇小说稿。《北京文学》有个编辑叫傅用霖您认识吗？"

我说那是我的哥们儿。

他说："还真得感谢您这位哥们儿，是他粉碎了我的作家梦。他说我的小说还没有从'三突出'的桎梏中摆脱出来，短时间内很难达到发表的水平。我兜儿里揣着《运河》发给我的二十七块钱稿费，本来想请他到鸿宾楼撮一顿的。听他这么一说，我圆脸一抹变成了长脸，从编辑部出来自己溜达到西单商场去了。在西单商场我花十块钱买了一条处理的裤子，走出来又有点儿不放心，一边朝前走一边检查着有没有毛病。走着走着，一个外地人问我，您这裤子卖吗？我说卖。他问我多少钱，我说二十五。他说给二十行吗，我说行。我心里那个乐啊，拿着那二十块钱又回去买了两条，走到西单路口又出了手。然后又买又卖，就那一天我就赚了一百多块，比我在生产队干一年分的红还多……"

要说发财难吗？确实不难，乍猛地一开放，风吹票子满地滚。可大伙儿还都蒙着呢，总以为脚下唰唰响的是树叶子。谁机灵，先弯下腰就把钱抓到手了。等大伙儿都醒过闷儿来了，好事过去了，也如同一场梦。

我想起来了，也是在一家大饭店的雅座里，尹思源举着酒杯愤愤不平地叫嚷着："允许少数人先富起来，都他妈什么人富了？不是那些不三不四的小玩儿闹，就是尹兴旺那样的乌龟王八蛋！"

## 五

尹思源在说那些话的时候，已经是天都房地产开发公司的总经理了。

在改革的道路上，尹思源又领先了一步。这年头不是讲机遇吗？什么叫机遇，尹思源说："别人没看到的你看到了，别人没想到的你想到了，别人没干的你干了，这就是机遇。如同小时候到河滩上去割青草，先来的拣高的嫩的都胡噜了，后来的只好割边边角角的半茬子，再后来的就只能刮地皮拾人家镰刀头了。在拓荒时期，机遇就是领先一步。”

领先一步就意味着成功。在这个地区，引进外资的，他是第一个；搞房地产开发的，他也是第一个。他那个濒临倒闭的农机厂，虽说只有一片透风漏雨的破厂房和一堆只能往炼钢炉里扔的废铜烂铁，可却占着老大一片得天独厚的地盘。正好在县城的中心地带，工厂大门还临着最繁华的街道。尹思源把外资引进来之后，先在城外的农村征了一块地，把农机厂改成食品加工厂搬了出去。然后又把原来的农机厂炸平，临街盖了一栋八层的大酒楼，后边盖起了十几栋住宅楼，形成了一个高标准的生活小区。尹思源一跃成了最富有也是最出名的企业家。

最能代表一个企业和企业家经济实力的就是他的消费水平。不是有那么一句话吗：“一口酒，一瓶油；一顿饭，一头牛；屁股底下一座楼。”细算起来，恐怕还打不住。尹思源在被捕前坐的是一辆美国别克，至少比一栋康居住宅楼要值钱。

在改革开放的十几年中，大吃大喝之风如同热带季风，来势凶猛异常肆虐成灾；退下去了便急遽地积蓄能量，伺到时机便又铺天盖地而来。从大都会到小城镇，高档次的饭店酒楼娱乐中心如雨后春笋拔地而起，可餐桌雅座依然是供不应求，档次越高的越是场场爆满。而摆上台面的更是水陆杂陈山珍海味，吃到后来，连国家重点保护的珍稀动物诸如娃娃鱼、穿山甲都变成了饕餮鬼的口福。而杯中之物更是由五粮液、茅台换成了XO、拿破仑；还觉得不过瘾，硬是把金箔掺进酒里生吞下去。一桌酒席到底值多少钱，没有人说得清楚。有这么一个传说，北京的“大款”到广州去，广州的“大款”花十六万元置一桌酒席，想把北京的“大款”镇一下；等广州的“大款”到北京来，北京的“大款”办的那桌酒席竟花了三十二万元，把广州的“大款”镇蒙了。这真成了新中国的石崇斗富了。据报端披露，每年用于公款吃喝送礼的钱就达一千亿元。这就是说，令世人震惊瞩目的三峡工程，只用两年的时间就能被各种各样的嘴巴和肠胃变成一堆臭大粪。

想到这种疯吃疯喝之风和一张张饕餮鬼的嘴脸，我的脑子里便冒出几个现成的词：“烧包”“活作”“有今儿没明儿”……有人说这是一种“世纪末情绪”，似乎人们真的相信了诺查丹马斯关于一九九九年毁灭降临地球的大预言；有人说这是进入市场经济不可避免的现象；也有人说这是我们法制不健全的弊端……尹思源却有自己的理论，他说："我创造了那么多，不都是国家的吗？我自己只落个两袖清风一肚子酒精。"

是的，他认为他有资格有权利享受这种高消费，不这样"作"，他就觉得心里不平衡，就觉得亏。眼下当个总经理之类的官，就等于实行的是"全供给制"，不但要供给他本人的衣食住行，还要供给全家的柴米油盐酱醋茶。有一首民谣说他们是"抽烟基本有人送，喝酒基本有人供，老婆基本不用，工资基本不动"。我们曾经帮助尹思源算过一笔账，他用于抽烟、吃喝、旅游、坐车上的钱，少说一年也得五六十万。

有一次，那是管志诚因贪污被判处死刑之后，尹思源颇为感慨地说："贪污受贿才是傻瓜蛋呢，钱放在公家的保险柜里和放在你自家的保险柜里不是一样吗？"

我说："不一样，在你们那个'全供给制'里，还有一样没供给。"

他问："哪一样？"

我说："搞女人。虽然外边说你们是吃喝嫖赌都报销，可有些花销报销起来还真不大方便。"

他笑了笑，没说什么。

我当时也不过是随便说说，没想到却不幸被我言中了。

## 六

尹思源搞女人是从跳舞开始的。

在改革开放舞风复兴之际，社会上便出现过两种针锋相对的意见。一种意见认为男男女女在一起蹭肚皮是堕落，会导致第三者插足、家庭破裂、淫风泛滥；另一种意见则认为，跳舞是一种高雅的有层次的娱乐，会净化人的心灵，陶冶人的情操，有助于社会风气的好转。我是持后一种意见的，没想到，尹思源的佐证却支持了我的反对派。

他去广州出差回来，便风风火火地找我，让我帮他找一个教跳舞的老师。

我笑。他却一本正经地说："这次到南方可现了大眼了。每天晚上都把你拉到舞厅，专门有小姐陪着。你越拒绝人家越死乞白赖地请你，生拉硬扯也要把你弄进舞池。就我这一米八的块头儿，本来就显鼻子显眼，让小姐摆弄得手忙脚乱，踩人家一下，疼得小姐嗷嗷乱叫。还有更刺激人的呢，有一位小姐跟她的老板说，北方人真是土包子。当时把我臊得出了通身的白毛汗……”

白天鹅舞厅的经理金素红曾经是我的同事，我把这件事托付给了她，她当即就落实了。

尹思源的这位教师叫沈婕，川妹子，二十四五岁，长得苗条秀丽，天生一个跳舞的坯子。据说是四川某县一个小剧团的演员，那个剧团的效益不好，国家又养不起，只发百分之六十的工资。她不甘心坐吃等死，就跑出来自己混饭吃。目前她正在金素红手下打工，每月可挣二百多元。实际上，金素红是为了照顾她，才把她介绍给尹思源的，因为尹思源答应，每教一次给她十元钱的补助。

沈婕到底是怎么教尹思源跳舞的，我就不得而知了。干什么事情，都是似会非会的时候最有瘾，譬如游泳，譬如开车，再譬如我现在写这些话时使用的电脑，都有这种体会。反正在很长一段时间里，尹思源跳舞跳疯了。那会儿也正是社会上跳舞成风的时候，当时流传着那么两句民谣：十亿人民九亿赌，还有一亿在跳舞。沈婕既是他的教师，又是他的固定舞伴。两个人到白天鹅跳，到俱乐部跳，还开车到北京的大饭店里去跳。

跳来跳去，跳出麻烦来了。

那一天，《北京文学》在这里召开组稿会，晚上有几位年轻人想跳舞，我便带他们去白天鹅舞厅。刚到舞厅门口，就听到里面乱哄哄的，噼里啪啦的追打声中夹杂着粗野的谩骂，还有嗷嗷的起哄和怪叫。紧接着，就见大块头的尹思源拉着衣冠不整的沈婕狼狈地跑了出来。我急忙闪到一边，在黑暗和慌乱中，他们没有看到我。

我已经预感到出了什么事，忙上了楼。楼梯口，金素红和另外两个女人正死死拉着陈月兰。陈月兰披头散发，怒火中烧，一边拼命地向外挣脱着，一边骂着非常难听的话。

我的到来，把金素红解脱了。

陈月兰见到我，像见到亲人般地，一屁股坐在地上，哇地大哭起来。

一边哭，还一边挥胳膊踢腿地撒泼打滚儿。我毕竟是农村长大的庄稼娃，这种阵势见过，也略知对付的办法。我蹲下身子，扒着陈月兰的耳朵，悄悄说了一句话，她便立即停住了哭闹，提着裤子站起身来。我顺势拉住她的胳膊，把她拉进了招待所我住的房间。

直到尹思源被捕之后，有一次金素红和她那园艺师丈夫到我家来串门，她才想起来问："这件事在我心里搁好几年了，总想问你总忘，那次你趴在陈月兰的耳边，到底说了一句什么呀？"

我说："我告诉她，你的裤子掉了。"

他们听了，大笑不止。

陈月兰到了我的房间里，虽说不哭了，但仍然骂声不绝。不但骂她丈夫和沈婕，还把全体来跳舞的甚至包括我都饶上了："到这儿来跳舞的没好东西，一对对的都是狗男女！"

我也只好搬出我那套"跳舞无害论"给她做解释。

她开始妥协了："别人我不管，反正我不能让那小浪×偷我的汉子！"

我问："你这样说，抓住人家什么了？"

她说："大热天的，衣服穿得那么少，灯光又那么暗，那小婊子又会浪，你们老爷们儿能抗得住吗？"

我劝她要开化一点儿，不能把农村的旧思想都带进城里来。

她说："你开化吗？要是你老婆整天价跟人家狗连蛋儿似的蹭肚皮，你容得下吗？"

得得，打住，我别引火烧身。我说："尹思源是好脸面的人，你这样在大庭广众之下伤他的面子，不是把自己的汉子往别人怀里推吗？"

陈月兰听了我这句话便恐慌起来，不等我把话说完就推门走了。

事情又不幸让我说中了。

后来尹思源跟我单独喝酒的时候，推心置腹地对我说："在那娘儿们没闹之前，我跟沈婕还真的没事儿。尽管我心里也不老实，可没敢轻举妄动。那娘儿们一闹，我就想开了，反正是裤兜子里抹黄泥，不是屎也是屎；与其让我背着一口黑锅，不如我先把自个儿抹黑了。这样就扯平了……"

## 七

陈月兰后悔不迭。

她终于发现尹思源和沈婕动了真格的。她来找我，手里托着一个脏兮兮的避孕套儿，看得我一阵反胃。

我问她是从哪儿找到的。

她说是从她家的床底下。

我说："你怎能保证不是跟你用过的呢？"

她急了："我跟他从来不用这玩意儿，我生完二丫以后就戴上环儿了。"

我又问："尹思源怎么敢把沈婕带进你们家呢？"

她说："我知道什么时候，十月一我四弟结婚，我跟孩子都回小边屯了。"

我相信这有可能是真的。

需要补充一下，尹思源调到农机厂任厂长不久，陈月兰便也随着进了城。开始的时候住在她爸爸的两间小平房里，后来尹思源把农机厂搞成了住宅开发区，便名正言顺地分到了一套三室一厅的房子。陈月兰也转成了城镇居民户口，并在天都大酒楼当上了保管员。夫妻俩有一儿一女，儿子上了中学，女儿在读小学。如果不是人心不足蛇吞象的话，这是一个令人羡慕的和和美美的家庭，红红火火的日子。

人就是这么贱，穷能忍着，苦能挨着，一过富日子就腻，腻了就作。非作出个妻离子散家破人亡才踏实了。

陈月兰抓住了带把儿的烧饼了，不依不饶。

我问她打算怎么办。

她咬牙切齿地说："我得告他们，得把那小浪×抓起来，不给她崩了，也得把她押回老家去！"

我笑了："那法院是你们家开的吗？"

她说："我找我爹，行不？"

她爹现在是县人大的副主任了，比起原来那个乡党委书记官大了不少。可是我不得不告诉她，一个县人大副主任的权力也是有限的；更何况她爹也不会赞成她把事情闹大的。

她又恶狠狠地说："要不，我就把我那四个弟弟都找来，把那小浪×撕了，用镪水给她毁了容！"

我说："要那样的话，进法院的就不是什么小浪×，而是你和你的四个弟弟了。"

"照你这么说，我就得忍下这口王八气儿了？"

我问她想不想跟尹思源离婚。

"离婚？我凭什么要离婚？我是明媒正娶，她是偷人养汉，我就是人脑子打出狗脑子来，也不能给她挪窝让位！"

我劝她说："你要是真的不想离婚，还真的得忍下这口气儿，越往大里闹，对你越没有好处。"

她显然是听了我的劝告，虽然气儿不顺，可也不敢大闹。

其实，最怕离婚的还是尹思源。改革开放以来，虽说人的观念大变，可根深蒂固的传统道德依然在社会的各个角落站岗放哨。离婚率上升，离婚和离婚的女人越来越受到人们的理解。这在文艺界行，在年轻人和普通老百姓中也行，在官场上就不那么好说了。领导者得维护自己的社会形象。有本事你可以找"情人"，甚至可以嫖娼，但只能偷偷地进行。一旦有人举报，一旦造成了影响，党纪国法还是不客气的。

尹思源说："跟那娘儿们离婚我不怕，离婚我就能娶一个黑籽红瓤的大姑娘。可我一个捅猪屁股的庄稼娃，熬到这份儿不容易……更何况，我眼下又是关键时期。"

我问什么关键时期。

他面带得意之色说："韩副县长已经给我吹了点儿风，准备调我到开发区当主任，正处级。"

他现在是正科级，"科"与"处"可不是一步之差，熬到正处级，至少在这个地区就称得上"高干"了。"职业革命家"们是很在乎这些的。

我故意逗他："你看人家温莎公爵，为了一个女人，连王位都放弃了。你这芝麻大的官算什么？"

他拨浪着大脑袋说："他温莎公爵就是不当国王，仍然是贵族。我呢，我要是不当这个官儿，就狗屁都不是了。”

尹思源和陈月兰不离婚，沈婕却不干了。

尹思源在跟沈婕鸾颠凤倒七魂出窍的时候，肯定答应过人家。这会儿他在我面前嘴硬，只不过是磨不开男人的面子罢了。

“笑话，我怎会答应跟她结婚呢？她是什么人我还不知道吗？婊子无情，戏子无义，我能信她的？”

我奇怪，尹思源怎么会这样无情呢？第一次搞“婚外恋”，这一米八的块头儿，怎么没掉进去呢？

沈婕光脚的不怕穿鞋的，他尹思源无情，就休怪我无义了。她声言要把他们俩的事抖搂到县里，抖搂到市里，抖搂得让整个县城都知道，非逼着尹思源走上离婚这条路不可。她说，她这是为了爱情。要爱就爱个轰轰烈烈，爱个刻骨铭心，爱个鱼死网破！

尹思源含糊了。

他找我，我找金素红。斡旋的结果，沈婕让步了。但条件是由她来承包那座天都大酒楼，每年交给天都公司二十五万元，余额归自己。

我说过，越是高档次的饭店生意越火。天都大酒楼自开业以来，每天的营业额都在一万元以上。按百分之四十的利润率，一年能纯赚一百多万元。沈婕这样漫天要价，也忒黑了点儿。

我觉得这是不可能的事，这不是逼着尹思源签订“卖国求安”的不平等条约吗？

没想到，尹思源却答应了，答应得还挺痛快。

我这时才稍稍明白，一个总经理的权力到底有多大。

## 八

这是一张淡黄色的发票，№1986744。

发票上盖的是“野村游乐园财务专用章”。

金额为叁仟肆佰陆拾叁元整。

辩护律师马素琴说，这不是他贪污的证据，而是他嫖娼的佐证。

我听了，心里打了一个冷战。

看守所的提审室里没有暖气，也没有生火。我穿着书记员小辛借给我的棉大衣身上还哆嗦。坐在我们面前的姜小娴只穿了一件红毛衣，小脸蛋儿红扑扑的，一点儿也看不出冷来。我暗自赞叹着：她真年轻！

她确实很年轻，自称十八岁，那时按农村习惯说的是虚岁，按她的身份证算，她只有十六岁多一点儿。她来自河南的一个小山村。深山出俊鸟，从身段儿和脸盘儿上看，她完全可以当一名出类拔萃的礼仪小姐或大饭店的领班。可惜的是，她只读过小学二年级，勉强会写家庭住址和自己的名字。

审判长："你第一次卖淫是在什么时候？"

姜小娴："记不得了。"

审判长："你好好想想。"

姜小娴："我刚到野村的第三天。"

审判长："你什么时候到野村的？"

姜小娴："收完麦子。"

审判长："你第一次卖淫跟谁？"

姜小娴："开发区的尹主任。"

审判长："知道他叫什么名字吗？"

姜小娴："不知道。"

审判长："他给了你多少钱？"

姜小娴："五百元。"

审判长："五百元你就把自己卖了？"

姜小娴："您说该卖多少钱呢？"

审判长："你还觉得挺划算是不是？"

姜小娴："是。"

审判长："是？是什么？"

姜小娴："俺爹八百元就把俺卖给三秃子了。那是卖给他一辈子，一辈子得让他睡俺多少回呀？尹主任睡俺一回就给五百元，您说划算不划算？"

审判长："……"

审判长无话可说了。是啊，还能说什么呢？连心里那点儿悲哀都懒得说出来。

尹思源与姜小娴的接触，我是知道的；他跟姜小娴讨价还价的时候，我还在场。不过，正如他在交代材料中所说的，开始的时候他只不过是个“皮条客”，确实不是为自己，而是为了那个有可能把大笔钱投入开发区的年轻台商。

那个年轻的台商姓林，从一开始我就没有记住他的名字。我觉得他不像个商人，也不像他自己所说的是个学者。我总觉得他是个记者，是个有特殊身份和特殊企图的记者。记者是容易惹麻烦的，我对他有所警惕。他说他是研究现当代中国文学的，并且有过专著，这样尹思源才硬把我拉去陪他的。

不可否认，尹思源干工作不仅非常投入，而且有勇有谋有远见，在他待过的几个单位，政绩都是有目共睹的。他调到开发区不久，便打开了局面。特别是在引进外资方面，他大有登高一呼八方财神结队而来的气势和魅力。

招待林先生吃饭是在四方饭庄。不知从什么时候起，高消费者吃喝的质量和标准，不仅满足于台面上酒菜的丰盛与猎奇了。严重的酒精中毒和体内的脂肪堆积，使他们明智地意识到受威胁的是他们自身的健康，越是有钱有权的人越怕死，谁愿意花钱消费自己的生命呢？于是餐桌开始向自然回归，野味、野菜、野果乃至困难时期的“瓜菜代”都堂而皇之地登上了台面。为了弥补餐桌上的“亏损”，他们开始把着眼点向“软件”上转移。先是要求服务，从微笑服务到跪式服务到“三陪”；雅座也是越装修越豪华，从沙发茶座到卡拉 OK。把卡拉 OK 引进餐厅更是一阵风，借用一句“文化大革命”中的语言最为准确——以迅雷不及掩耳之势席卷大江南北、长城内外。边吃饭边唱歌，不知是以酒助唱还是以唱佐餐。我向来对把大量的时间消耗在餐桌上深恶痛绝，因此陪人喝酒成了我最讨厌的事情之一，当然这绝不包括三五知己开怀畅饮千杯嫌少，那是一种难得的人生佳境。我说的是礼仪上的应付。遇上那种没完没了黏在酒桌上的饕餮鬼，我恨不得摘掉他的脑袋替他往里倒。现在可倒好，嘴的功能得到了充分的开发和利用，边吃边喝边唱，一顿午饭能折腾到太阳西落，晚饭可以耗到回家老婆不给开门。谁受得了？

尹思源不但有瘾，而且唱得还不错。块头儿大，底气足，胸腔共鸣几乎能达到专业水平。林先生和我一样，不大喜欢唱歌，尹思源怕冷落了我们，便跟饭庄老板提出要两位小姐陪着跳舞。饭庄老板微笑着拒绝了。那一阵北京扫除“三陪”正在热火头上，老板不愿意给自己的生意找麻烦。

一顿饭折腾到下午三点多，尹思源还觉得不够份儿，又驱车带着林先生和我去了野村游乐园。

在野村游乐园，他订了一个 KTV 包房。这一回有小姐陪着了，陪唱歌，陪跳舞，还陪着“起腻”。尹思源兴致很高。

我为什么说林先生不像学者呢？他说他是研究现当代中国文学的，可是对大陆的作家和作品又所知甚少。他跟我谈的一些问题，大抵也不是什么研究的课题，诸如大陆作家的生活状况呀，创作自由呀，对政局的态度呀，等等。我一边抵挡着作陪小姐的打情骂俏，一边防范着林先生有可能给我设置的陷阱。我觉得很累，很没趣，又得强打着精神支撑着，为了尹思源和他的开发区。

尹思源站在昏暗的灯光里，一边举着话筒唱着，一边把姜小娴搂在怀里摇晃着舞步。姜小娴那娇小的身子紧紧地攀附着他，仿佛成了那大块头儿身上的一个新生出来的肢体。他唱累了，便搂着他的“肢体”坐在了我的身边。我不忍去看他们，他却伸着脖子对林先生说：“林老板，我这儿有个雏儿，一个真正刚出蛋壳儿的雏儿，由您来吧，这是她的造化。”

林先生笑了笑，我却茫然不知其所云。

尹思源又戏弄地看着我笑了笑。

我似乎觉察到了他在笑什么。

尹思源低下头，冲着他怀里的“小脸蛋儿”伸出俩指头：“二百，怎么样？”

“小脸蛋儿”惊恐地看着他，没作声。

他又伸出了三个指头。

“小脸蛋儿”依然没作声……

我感到气氛有点儿不对头，便背着尹思源悄悄对林先生致歉说：“我晚上还有个朋友要来，恐怕得提前告辞了。”

林先生说：“我也走。”

听说林先生要走，尹思源急了：“怎么，这个雏儿您不要了？我都跟她谈好了。”

林先生依然莫测高深地笑了笑。

尹思源也没头没脑地朝我笑了笑。

以后所发生的事，读者都知道了，我也是后来在他的案卷里才看到的。

## 九

陈月兰在休庭的时候悄悄问我：“你在看守所见到那个小妖精了吗？”

我摇了摇头，我不愿意在这个场合让人觉得陈月兰跟我很密切。真是的，我心虚什么？

她又恶狠狠地说：“为什么不审她？她比思源的罪过大多了，得枪毙她，小妖精！”

她说的小妖精不是沈婕，沈婕是被她称作小浪×的。即使是骂人，她也选择了特指的称呼。

她所说的小妖精叫刘小润，既是尹思源现在的妻子，又是他的同案犯。

我跟刘小润不算太熟，只见过一两次面儿，还只是一般的寒暄而已。可那天审判长在看守所提审她的时候，我回避了。我不知道我为什么要回避她。不过，我第一次见到她，就发现她跟尹思源的关系不一般。没有什么理由，只是凭直觉。

她长得并不算漂亮，比沈婕差远了。只是年轻，充满了活力，喜欢三毛，有九十年代大学生的浪漫和勇气。男女之间互相吸引是一套永远无法破解的密码，连他们自己也说不清楚爱的是对方的什么，可却爱得死去活来，天翻地覆。通过沈婕的事，我原以为尹思源是在官场上修炼得有了道行的理智型的男人，是不会堕入情网的。我估计错了，每个人都潜藏着一个爱的原子核，没有人激发就永远包得死死的。一旦发生裂变就会释放出巨大的能量。关键在于激发者，在于自己的另一半。

我认识她是在开发区。清王朝最后一位驸马郭布罗·润麒介绍来一个日本的投资商，我又把他介绍给了尹思源，那天担任翻译的就是刘小润。刘小润说她是林业大学毕业的。我说我有一个同学叫吴蓉晖，是个湘妹子，在那里当教师。她惊叫起来，说那是她的班主任老师。于是她亦称我为老师。

势态发展得很快，没过多久，我的猜测就被证实了。

在大连老虎滩山海客舍，我戏剧般地遇到了尹兴旺。我在那里为大连电视台搞剧本，他去参加国际服装节。共进晚餐的时候，他突然问我："兴财的事你听说了吗？"

我一愣，明白了他说的兴财就是尹思源，忙问什么事。

他说："兴财向法院起诉了。"

"起诉什么？"

"跟陈月兰离婚啊！"

这可能吗？当年沈婕跟他那么闹，他都没动离婚的念头，沈婕威胁他，他宁可把一栋大酒楼都包给了她。他付出那么大的代价，不就是为了保住这个家吗？从那件事上我算看透了他，别看他有一米八的大块头儿，别看他干起工作来大刀阔斧，在处理家庭矛盾和人际关系上，他可不是跳河一闭眼的人。

尹兴旺非常肯定地说："绝对的真事儿，把一城六镇十八乡都轰动了。"

我问陈月兰是什么态度。

他说："陈月兰坚决不同意，法院驳回了。驳回了也没用，兴财说了，过半年以后他还要起诉。"

我觉得这事太突然了。难道是为了姓刘的那个小丫头？值吗？

从大连回来的第二天，游泳娱乐中心主任李建国就打电话给我，说陈月兰要求见我，正在他的办公室等着呢。

我平生最犯愁的事就是给人家两口子劝架。愁也没用，人家找到你头上了，你还不能不管，还不能嫌烦。谁让那次"白天鹅风波"是我给平息的呢？

陈月兰见到我，并没有像我想象的那样哭哭啼啼。这归功于李建国在我之前已经给她做了大半天的工作。

她说："尹思源这小子是王八吃秤砣铁了心了，那个小妖精把他的七魂六魄都勾走了。"

我问她："这件事你爹知道吗？"

"甭说我爹了，连县委书记都找他了，没用。人家说了，就是把他一撸到底，也要跟那小妖精结婚。"

"他这是要干什么呀？"

"干什么？人家说了，这辈子该为自个儿活一回了。就好像他长这么大都是为别人活着呢。我问他了，那些好酒好菜好果子都吃到狗肚子里去了？那些皮的棉的真丝的都穿在猪身上了？你猜人家说什么？人家说了，这些年他就从来没有找到自我！这哪儿跟哪儿呀，不是鬼迷心窍是什么？"

我忍不住笑了。士别三日，当刮目相看。想不到尹思源这个当年被南方小姐嘲笑为土包子的庄稼汉子，居然成了传统道德的叛逆者，领起了思想新潮流。这些观念和语汇，只有在大学校园里才能形成气候。刘小润可真厉害。

尹思源受了那么多年传统的和正统的教育，难道就这么不堪一击吗？

话又说回来了，这是尹思源一个人的脆弱吗？这是刘小润一个人的厉害吗？《潇洒走一回》这首歌一出笼，立刻风靡了大江南北，似乎全中国的男人和女人都同时找到了知音，找到了发泄和表白心迹的渠道。说白了，这不就是把"烧包""活作""有今儿没明儿"换成了带点儿诗意的字眼儿体面而堂皇地唱出来了吗？

潮流可畏。

我问陈月兰打算怎么办。

她只有认了，说："看来我不离也不行了，他肯定还会起诉的。不过他得答应我一个条件。"

我问什么条件。

她说："我得要一座小楼。"

什么小楼？

"跟尹兴旺那一模一样的小楼。"

"怎么又跟尹兴旺过不去了？"

"不是我跟他过不去，是他跟我过不去。当年我嫁给了尹思源，他总是气不忿儿。”

这话我信，尹兴旺亲口对我说过，他盖好了那两层小楼，专门把尹思源和陈月兰请去喝酒，其目的就是想让陈月兰看看，你当初扔掉的是一块金子，不是一块土坷垃。

“眼下他发了，就显摆他那点儿臭钱，总惦记着让我后悔，我才不后悔呢！”

“不后悔你跟他比什么小楼？”

“我要让他瞧瞧，我没嫁给你尹兴旺，照样有小楼住，一点儿都不比你的差！”

听了陈月兰的话，我跟李建国会意地笑了。人到底是怎么了？跟这个过不去，跟那个过不去，到头来不都是跟自个儿过不去吗？怎就那么想不开呢？

我劝陈月兰说：“尹思源当的是国家的官，到哪儿弄钱去给你买一栋小楼呢？你这不是逼着他犯罪吗？”

陈月兰一句话就把我堵回去了：“难道他乱搞男女关系，抛弃结发妻子不是犯罪吗？”

## 十

第三次开庭，尹兴旺又来了。这回他进来了，坐在了旁听席的最后一排上。他是特意来听审判长宣读判决书的。可是他没有听到，最后审判长宣布的仍然是休庭。

尹兴旺问我：“到底是怎么回事啊？”

我说：“尹思源的案子比较复杂，合议庭的意见又不完全一致，恐怕得拿到院审判委员会去讨论了。”

“到底会不会判刑啊？”

我说：“判刑是肯定的，就是个量刑尺度问题。”

“能判刑就好办了。”

我一愣：“好办什么？”

“我跟月兰商量好了，等兴财的案子一了结，我们就结婚。”

我怀疑是自己的耳朵出了毛病，看着他半天没说出话来。

尹兴旺又说："月兰本来就是属于我的，是兴财把她从我手里夺走的。"

我脱口说："你不是有老婆吗？"

"有老婆可以离婚嘛，兴财和月兰不就离了吗？"

"说离就离，有那么轻巧吗？"

"你知道，我那个老婆是当年花八百块钱从广西买来的，能有爱情吗？"

这么说，你还爱着陈月兰。经过近二十年岁月风尘的摧残和消磨，陈月兰已经从一个年轻浪漫、多才多艺的少女变成了粗野泼辣、圆圆滚滚的大老娘儿们，难道你还爱她吗？世上那么多薄情女子和负心郎，在这种矢志不渝的爱情面前应该无地自容；任何情不专爱不贞乃至对爱情持怀疑论者，都应该被这有如新鸳鸯蝴蝶梦般的爱情佳话所感动，所陶冶，所净化。

可是，你爱她什么呢？你的爱月兰理解吗？你们之间恩恩怨怨的疙瘩解开了吗？

正当我在爱情的空中楼阁中放纵神思的时候，尹兴旺便开始发泄他积郁已久的不平之气了。

"这么多年了，他处处压我一头，把该属于我的都夺过去了，他凭什么呀？我承认他尹兴财有本事，可他在欺负我掠夺我的时候，凭的是真本事吗？要是真刀真枪地大战八百回合，我败了，向他俯首称臣降三辈给他当孙子都认了。不是那么回事儿，不是。他不就凭着根红苗正的好出身，凭着手里那点儿权力吗？他以为把尹兴财改成尹思源，就高人一等了，屁！唧鸟儿飞得再高，也是屎壳郎变的……"

我惊愕地看着他。他那眼镜片后面的双眸中喷着怒火，怒火又把那不断涌出的泪水化成蒸汽，蒙住了那凹形的眼镜片。他摘下眼镜，掏出手帕擦着。

"我说过，月兰本来就是属于我的。属于我的，我就要夺过来；应该属于我的，我也要夺过来。"

"你还想要什么？"

“我要当开发区主任!”

这话真把我震晕了。

“梓夫，你为什么这样看着我？我的话你不信是不是？说实在的，把兴财抓进去，对开发区来说是一个巨大的损失。这年头，人在情在，情在事在。你想啊，好多外商是他引进来的，好多意向书是他签的，还不用说这里边有什么猫儿腻，就算一清二白，人家也怕沾一身骚啊。好几个月了，开发区不但没发展一个新项目，连原来签好的项目也撤掉了一大半。你没见韩副县长都急得起了满嘴燎泡？为什么这么长时间了，开发区主任还没有新的人选？那个差事不是摸摸脑袋谁都能干的，你不得不承认，在搞经济开发上，兴财是个难得的人才……”

这么说，能够替代尹思源的，非你莫属了？

“这件事，我已经运作得差不多了。”

运作当官？当官也能运作？

“梓夫，我知道你在想什么，你别开口，听我跟你解释。你肯定会问我，你现在是‘资产阶级’，挣的钱都是自己的；可当上开发区主任，就得老老实实给国家干了，再往自己的口袋里装就找不自在了。这样，你不觉得吃亏吗？是不是？”

什么是不是的，我知道你这是给新闻记者准备好的演说词，我才不至于问你这些无聊的话呢。我真奇怪，人有了钱或是有了权怎么就自我感觉那么好呢？人的自我感觉一好，就飘飘然地坐在了比别人高出一截的椅子上。自己坐高了，俯视下面的芸芸众生，都是草芥阿斗，而自己也就自然成了先知先觉料事如神的诸葛孔明了。他真的忘了，即使金钱和权力可以换来聪明，也只能换来一些小聪明。大聪明是真道行，而小聪明只能是真愚蠢。

尹兴旺依然按照自己的思路往下说：“梓夫，你听着。跟新闻记者我会说些冠冕堂皇的话，跟你我得往星儿上摞，咱哥们儿这么多年了不是？你知道不知道，他尹兴财欺人太甚了，这口气一直在我心里窝着，你看……”

尹兴旺说着，把袖子捋开，伸出胳膊让我看。

他的臂弯处，刺着一个“忍”字。

“这是尹兴财和陈月兰结婚那天，我自己刻下的。当时有人担心我会抹脖子上吊，或者提着刀子找他们玩命。我没有，我连个眼泪疙瘩都没掉。我就靠这个‘忍’字支撑下来了。小不忍则乱大谋，淮阴侯还受过胯下之辱呢！君子报仇十年不迟，这一天终于让我等到了……”

我明白了。不是明白他，而是明白了我自己。我原以为他是个儒商，发了财也不失书生本色。其实，我才真正犯了一个书生的通病，总是把人看得那么单纯，那么善良，那么肤浅。

“梓夫，你是不是觉得我这个人太狭隘了？”

我说：“不，我觉得你很可怕。”

这回，该他愕然了。

## 十一

我是为了给《北京文学》写“新体验小说”才去法院体验生活的。本来，我是“新体验小说”十位发起人之一，别的哥们儿都轰轰烈烈地折腾了一年多，我却依然隔岸观火。只因为误入了一个电视剧的沼泽地里，最近才算拔出脚来。

尹思源的案子还没有结束，但这对于写小说的和看小说的人来说，都无关宏旨。人们关心的是过程而不是结果。

按照原来的协议，作家深入生活，必要的开支是由编辑部负责的。我事先请示了一下《北京文学》执行副主编傅用霖，老傅很大方地说：“你瞧着办吧，别离大谱儿就行。”这样，我才敢于提出请刑庭的朋友吃顿饭。

刑庭的祝庭长是我的老同学，他说什么也不同意。法院是个清水衙门，我又是两袖清风，他不忍心“宰”我。我反复说明，这笔开支是可以报销的。两个多月以来，早了晚了，都是刑庭的朋友花自己的饭票给我买饭。我给钱吧，太伤人家心；抹抹嘴就走吧，我又不落忍。怎么着也得让我表表心意啊。刑庭总共才十几个人，有两桌足够了。

好说歹说，我的老同学总算答应了。到哪儿去呢？

我也拿出了老傅那股大方劲儿：“你们说吧，哪儿都行。”

一位高法来实习的小姐说：“听说银世界乐园挺火，没去过。”

我使劲咬了一下牙："那好，咱就到银世界乐园。"

银世界乐园是新近才开业的，是个集吃、住、玩及美容保健一揽子服务于一体的高消费场所。那里的总经理许文蔚是我的朋友，她给我打过几次电话我都没好意思去。据说，要是折腾一个晚上，一个人没有千八百的拿不下来。如同祝庭长不忍心"宰"我一样，我也拉不下脸来"宰"朋友。

银世界乐园共有五层，一层左边是餐厅，右边是浴室，浴室有喷泉浴、珍珠浴、按摩浴、药浴、雾浴、桑拿浴等，浴室外边是美容美发和足部按摩；二层是全身按摩、中医气功治疗、KTV 包房、台球厅、麻将室等；三楼是游艺厅、录像厅、休息室等；四楼是住宿；五楼是歌舞厅和办公室。原来祝庭长和我说好，只是到这儿来吃顿饭，然后参观参观，开开眼界就行了。没想到入乡只得随俗，一进门服务小姐就给每人换了拖鞋，并且发了手牌。有了手牌，您就可以在这里的任何地方撒开了折腾，就跟不要钱似的。为了撑面子，也是因为禁不住这神秘享受的诱惑，我又拿出了老傅那种大方劲儿，既然进来了，就别丢份儿，让大伙儿都体验体验，没有新体验，怎能写出新体验小说呢？

在歌舞厅，我惊奇地遇到了沈婕。她穿着一身银灰色的西装，扎着黑色的领结，显得高雅端庄，气质非凡。她告诉我，她在这里任公关部经理。我问她这几年都干了些什么，她怒火难耐地说："我让尹思源这小子给涮了，他知道自己要调走了，才做了个空人情，答应把天都大酒楼包给我，却拖着不跟我签合同。那一年我给大酒楼赚了二百多万，一分钱都没拿到手。其实，开始我提出承包大酒楼的时候，也不是为了赚钱，一是跟尹思源赌气，二是想干一番事业。"

"不过也好。"她颇为感慨地说，"那件事使我明白了，女人要想让社会承认，不能靠卖自己，得靠实现自己。"

我很赞赏她的说法。

她问我："你怎么带一帮法院的人来了？"

我告诉她我正在法院体验生活。

"尹思源那小子判了吗？能枪毙吗？"

我问她："你希望他死？"

“我倒希望他能重新做人！”

我听了这话，感到心里一阵发热。

祝庭长找我，说撤。看得出来，他在这里已经待得不耐烦了。

在收银台，服务员小夏递给了我一张结账单，总数是七千多元，下面还有一张张的清单。我只觉得脑袋一圈儿一圈儿地往大里涨，眼前一团一团地铺着黑雾，那一长串的阿拉伯数字，像一条条金蛇在狂舞。祝庭长问我多少钱，我说没、没多少。那声音我自己听着都岔了音儿。我要是把这张结账单交给老傅，恐怕他当时就得背过气去。

正在这时候，一只手从我的后边伸过来，夺去了我的账单。

我回头一看，是总经理许文蔚。

她一句话都没说，便跟小夏要过笔，在我的账单上签了个“免”字。

我本来还该撑一撑面子的，可是连强弩之末的劲儿都没有了。

她冲我粲然地笑了笑，说了句什么。

我没听清，我也冲她笑了笑。我知道，我的笑一定比哭还难看。

满天繁星的夜幕把繁星满天的银世界乐园笼罩起来，一辆挨一辆的高级小轿车把停车场都塞满了。从小轿车里出来的是一个个的西装革履，还有一声声的燕语莺歌。这些人底气十足地跨进了那旋转的玻璃门，比跨进自己家的防盗门还理直气壮。

谁知道这里有没有、有多少尹思源呢？

在回去的面包车上，女律师马素琴发表了一番宏论。她说：“就整个社会财富而言，贪污受贿的危害并不像所说的那么大。你想啊，他把钱存入银行，支援了经济建设；把钱藏在床底下，减少了货币流通；把钱用于投资，扩大了再生产。只不过是金钱的隶属关系变了。”

祝庭长问：“那你说，什么危害最大呢？”

马律师说：“浪费！腐败！用公款高消费！你想啊，这些钱要是用在生产上，就能为社会创造更多的财富。可是吃了，喝了，糟蹋了，就没啦！他们不但把公款浪费掉了，还哄抬了物价，败坏了社会风气。贪污和浪费是‘最大的犯罪’。可是，这种犯罪由谁来审判呢？”

祝庭长也颇为感慨地说：“审了那么多贪污受贿的案子，我发现了一条规律，像尹思源这样的领导者，大多是由生活腐化走上犯罪的道路的。

这腐化的生活是什么？就是平时我们所说的犯罪的土壤，就是外面的花花世界。这花花世界该由谁来审判？”

听了马律师和祝庭长的议论，我忽然想到了尹兴旺。尹兴旺那阴暗的心灵，不也是孕育着罪恶的子宫吗？还有我和我们，在这巨大的诱惑面前，不是也跃跃欲试吗？一位伟大的艺术家说过，每个人的心中都有一个为非作恶的魔鬼。

那么，这个魔鬼，该由谁来审判呢？

1995 年 1 月 4 日于桑梓轩

# 礼尚往来

## 一

司马文昌的自我感觉好有一比：如同休眠了一冬的麦苗灌足了水肥，又被暖烘烘的春风一吹，便鼓噪出蓬蓬勃勃的生气。才腊月二十三，小年，他心里已开放出一片绿盈盈、喧闹闹的春天。老伴说他还了阳，大清早左邻右舍还没出被窝儿，他便站在阳台上嗷嗷吊起了嗓子：“自那日朝罢归安然睡定，三更时梦见了年迈爹尊……”这嗓音透亮、浑厚、有魔力，能在人心尖儿上打个旋儿，又从通身透体的毛孔眼里钻出来。畅愉，过瘾，像洗了个澡。嗓子是人体唯一不会衰老的器官，书上说的。

每天，这情绪都高昂出老伴的一片忙碌。他的花要她来浇，他的鸟要她来喂，他大包小揽下的烦事琐事，诸如给蹬三轮的吴老三寻个后老伴，给对门的小顺子补习古汉语，也都移交给了她。少年夫妻老来伴，只要他高兴，她不怕累，也不嫌麻烦，一辈子都是这么过来的，女人嘛。

有人敲门，难得有人敲门，过去可不这样。热闹的时候他没烦过，冷清的时候他也不抱怨，只是觉得有点儿冷清。她也这样，冷清总归不好。人能甘于寂寞不容易，得有道行。

稀客，堪称是稀客。愣了半天神儿才认出来，仿佛认出了一个前世的人。快二十年了，十里营村的唐克俭，一个挺能干、挺正派又挺义气的小伙子。是团支书还是民兵连长？反正他领导一个村剧团，演样板戏《沙家浜》。他在那儿下放，说下放好听点儿，实际上是当牛鬼蛇神监督劳动的。他跟唐克俭很有些交情的，唐克俭挺尊重他，称他司马老师。那戏还像那么回事，参加全县会演，得了头等奖。郭建光就是唐克俭唱的。后来唐克俭被“解放”回到了京城，还来看望过他几次，每次来都不空着手，两瓶香油，一篮子鸡蛋，几斤大葱什么的。东西是新鲜的，交情可是旧的。他总是觉得欠人家情，很深很深的情。但他始终没有去十里营回访人家，很长时间他都有这个愿望，很强烈。后来渐渐地淡了，说淡就淡了。

完全不是当年那欢兔一样活力无边的唐克俭了。尽管他满面红光，挺着领导肚儿，穿着笔挺的西服，披着挺阔气的银枪呢大衣，可脸庞上和眼神里，毕竟织进了许多岁月的无情与浑浊。后边跟着司机小靳，一袋鼓鼓囊囊的大米从他肩上摔到客厅里，反弹在司马老人脸上的是一片惊愕以及惊愕后的手足无措。还有几条大鲤鱼，从塑料袋倒进水池子里有两条还活着。大鲤鱼甩动的尾巴搅沸了司马老人心里的热，淌下来的泪也有如岁月般的浑浊。堵住他喉咙的是积郁已久的欠情的愧疚。

然而那些赔情的话却是从唐克俭嘴里说出来的：“这么多年，也没来看望您和师母……”

他嘴角上剧烈地震颤着，无声。

“忙啊，当个乡总经理，说不上日理万机，也要理千机，理百机……”

这时他知道唐克俭不再是团支书或民兵连长，而是乡总经理。什么级别他说不清，他连他们剧院那些大大小小的官员的级别都说不清。他只觉得这官不小，因之也觉得唐克俭有出息，进步不小，因之也掂量着是否该向唐克俭奉献些许的谦卑。

“您怎么样，司马老师？”

“退了，去年。原说不退的，后来评职称，就动员。我们这些老家伙不能占中青年的名额。这是积德的事，谁也说不出什么来。”

他吩咐老伴备酒做菜，唐克俭横拦竖挡。说改日，说出来一天了，说晚上还有个会，说……他说的都是实情。一大早，他就亲自出马，拉着一大卡车大米和鲜鱼，挨门挨户地送，都是享受高规格待遇的人家。最后一家就在这楼里，三门二楼，某公司供销科科长。出来一看，车里还剩一份，于是他便想起了司马文昌。给这老家伙抄上了。

不喝酒便喝茶，他拿出了最好的茶叶，黄山毛尖。

“退了，就不登台了吧？”

“别说，春节有一场演出，是梨园元老的专场。”

“您唱什么?”

“《洪羊洞》。”

“《洪羊洞》?”

“这戏你可能不大熟悉，若干年没人唱了，老生重头戏。当年三庆班班主程长庚最后唱的就是这出戏，唱完就寿终正寝了。谭鑫培是程长庚的高徒，又是他的义子。程长庚死后，谭鑫培转入了四喜班，后来又自组同春班，创造了谭派老生，名震四海。民国六年四月八日，黎元洪政府为了招待广东督军陆荣廷，在金鱼胡同那家花园设盛宴唱堂会。七十高龄的谭鑫培正卧病在床，当局愣是派人把他扛去了。那天唱的就是《洪羊洞》。他声明有病，不能唱全本，从‘病房’唱起。终场一到后台，就晕倒了。一身绝技，一代宗师，就这么……”

茶也能醉人。话多，不知怎么这么多，而且都火爆爆的带着热。唐克俭对这些话似懂非懂，晕晕乎乎，像醉人听醉话，司机小靳则是两眼闪着一无所知的迷茫。演员，姓谭的，他只知道有个谭宗尧，北京人艺的，可人家演的是话剧，也演电影和电视剧，没听他唱过什么红羊洞白羊洞的。如同绝大多数同代人一样，他是流行歌曲通，京剧盲。

“司马老师，您这一回唱《洪羊洞》全本吗?”

“不，是折子戏专场，我也是从‘病房’唱起。”

“能听您这个戏可三生有幸。”

“你想看，我给你留票。”

“那太好了!”

“要几张?”

“干脆，让县里乡里的领导都来开开眼，您给弄二十张吧。”

“啊……行，行啊。”

“正月初一吧?”

“对，晚上七点一刻准时开场，我在剧场门口等你。不过你得早点儿来，我还得化妆呢!”

“我六点半准到。”

“你可千万来。”

“我肯定来!”

"一言为定!"

"一言为定!"

他着手张罗买票，当成头等大事去办。要提前，要给人家买好票。他跟老伴要了钱，鬼使神差，他下了汽车，没有奔剧场，却拐进了农贸市场。他在一大溜大米口袋面前住了步，问价。悄声地问，像"炒汇"。一斤一块二，乖乖，那袋米有一百斤，一百二十块！他要买二十张票，每张六块，也是一百二十块！正好。这巧合的数字排列出他心底骤然的惊慌和恐怖。骤然有人喊他，大嗓门，正是跟他同台演出的"孟良"，手里提着一只老母鸡。他咕嘟着嘴，耳朵边却发烫，鬼知道跟人家寒暄了一句什么，便贼一样地逃跑了，慌乱的脚步无情地踩着诅咒。他着实看出了自己的俗气、自己的卑劣、自己那见不得人的丑陋。怎么能这样斤斤计较，礼尚往来呢？难道这是因为他有生以来从未受过人家这么厚的礼，还过人家这么重的情吗？

票买好了，他还是惴惴的，怕人家记不住时间地点，怕人家忘了这码事，怕人家"一言为定"不一定。总而言之，怕这二十张票废在他手里，还不出这份情。于是他又给唐克俭写了一封信。怕丢失，挂号；怕来不及，寄的快件。五毛钱。

就到了正月初一。唐克俭说六点半准到，他六点十分就到剧场门口去等。天上飘着毛茸茸的雪花，温情般的美好。他觉得很爽，很惬意，心里也是柔柔的、暖暖的，还有一种想流泪的感觉。人老了感情越发脆弱。六点二十分一过，他便焦灼起来，心里像长了草，扎了刺，站不住了，便来回走。六点半咯噔一下从他心上碾过去，大门口还是没有见唐克俭的影子。又过了十分钟，他的焦灼变成了难以自禁的失控。先是心里震颤，后来浑身发抖，再后来，裤裆湿了，小便失禁，冰凉。化妆师催他，催急了。他忽然想到了下雪，路滑，车开不快，肯定在路上耽搁了。他把票装进一个信封里，交给传达室的郑老头儿。让他替他等，别坐在屋里等，一定站在门口等。有人开车来，一定主动上前问。他叮嘱这位多年的老朋友，有点儿像碎嘴婆婆。他知道郑师傅会一丝不苟地照办的，他了解他。

下了场，他满意且得意之极。他觉得唱出了水平，甚至唱出了"谭氏绝唱"的水平。戏迷们那狂风般的掌声证实了这一点。他拐进剧场，找到那排座位，空的。他急匆匆奔了出去，连妆都没顾得卸。剧院门口，郑师傅还像忠于职守的哨兵一样戳在雪地里，浑身堆满了臃肿而虚伪的白，这白又将那胆怯的灯光威吓成一片昏黄。于是，雪花也变成了一群惊惶的黄蜂。

“没……没来？”

“没……没来。”

他接过那装着戏票的信封，身后嘈杂起来，散场了。他仍然一动不动，脑子里一片空白，黄蜂般的嗡嗡嘤嘤，在嗡嘤中倾斜。楼房在倾斜，街道在倾斜，从剧场里走出来的人流也在倾斜。终于，他整个身子倾斜下去，那倾斜的嘴角上挂起了一条蛛丝般的涎水。

“中风！快来人呀——”

他没有听到郑师傅的呼叫。当他躺在医院急诊室里的时候，耳边响起了悲怆凄婉的乐曲，来自天国的美妙的乐曲。

谭氏绝唱。

## 二

作家不分大小，都这么说，可是人们还是称他为小作家。据说那被称为大作家的参照系乃是鄙人，惭愧。在这小地方我被称之为“大”，到了大地方不照样被称之为“小”吗？这叫辩证。他叫温良，在县文化馆编创组工作，我也是从那里熬出来的。

小作家也不容易，跟我一样，是从土坷垃里爬出来的。这其间的坎坷拼搏和苦辣酸甜什么的，自不必说了。他终于有了成就，把自己的钢笔字变成了铅字，又用铅字赚了钱，赚了名。而今，已是而立之年，也算是立起来了，且有了老婆孩子，麻烦就出在老婆孩子身上。

他的婚姻是浪漫的结果。那会儿他只知道浪漫的美好，却不知道这美好的浪漫是可以酿成悲剧的。书读得越多越蠢，这话是老人家讲的。大实话，也是绝对真理。

她叫二月，姓芈，读“米”的音。挺怪的姓，学问浅了认不得。名字美，人也长得很美。她这美是由一种说不清道不明的“味儿”散发出来的，像早春二月晨雾中一朵兰花的馨香。文学是属于美的范畴的，但美的姑娘又似乎与文学无缘，文学队伍中的姑娘们往往让想入非非的异性同行感到悲哀。这话有点儿得罪人，可并不绝对。二月就喜欢文学，她写诗，还不错。温良在文化馆主编一份内部刊物，叫《运河》。二月的诗是他从来稿中发现的，他给她写信，她来了。白皙的脸蛋躲闪着莫名其妙的腼腆，红润的嘴唇却描绘出一个令人销魂的梦。亵渎圣洁与污染环境同样是有罪的，他不敢莽撞地朝这梦境里闯。以后她常来，每次都这么静静地坐着，坐得温良浑身发躁，心里长草。可是她不来，温良就没着没落的，像被人拔了接收天线，心屏上闪落着荒诞无稽的不安。终于有一首诗，是寄给主编的，不是投给《运河》的。要是够水平，能发表，就印在主编的心扉上。她在诗的附信中这么说的，不是原话。

我曾把一颗干瘪的语言的种子
遗落在你我之间那片神奇的沙漠上
经过一个漫长漫长的冬天
这里突然长出一棵羸弱的秧苗
你从我的诗里挤出甘露
我从你的歌里滤出阳光
我们孕育着一个梦的婴儿
盼望着破晓时听到一声惊人的啼唱……

温良祈求的就是这一声“惊人的啼唱”。他又写信，她又来。他把自己火烫的嘴唇扣在她那花骨朵般鲜嫩潮润的嘴唇上，又把一颗非语言的种子播进姑娘那未曾开垦的处女地上，就在《运河》编辑部的长沙发上，浪漫得有点儿胆大妄为。开始便是高潮。像《摇滚青年》电影的开头，还像《疯狂歌女》里毛阿敏唱的歌：爱得实实在在，爱得明明白白，爱得痛痛快快，爱得死去活来，再加一句：爱得急不可待。于是，只好结婚。

这一切都是结婚以后才想到的。二月是个农民，家在离县城八十里外的边槐庄。文化馆没有房，编辑部那只长沙发可以把爱情的故事推向高潮，却不能居家过日子。无奈。无奈有无奈的办法，温良在附近农村租了一间房子，过起了半城半乡的日子。这村叫十里营，乡政府的所在地。顾其名而思其义，村庄离县城十里之遥，华里。那说的是辽金时代的老城，按新城算，怕连三里也不到了。温良上下班骑车，用不了十分钟，挺方便。

在十里营住下了，就打算着在十里营安家扎根。这是安居乐业、谋虑子孙的大计。中国人口气吹般地膨胀，城市张开血盆大嘴贪婪地吞食着乡村。这危机足以使政治家、社会学家和具有忧患意识的普通公民噩梦缠身。温良却窃喜并盼望着这个危机的扩大，这并非是他心肠歹毒。谁都得承认，他是个挺真诚、挺善良、挺有人情味儿和人道主义的年轻人。只是因为那城市的大嘴一旦把十里营吞没，他的老婆孩子便自然而然地成了城市居民。居民与农民之间的等级差别，不亚于白人与黑人之间的身份歧视。最古老的身份歧视是阶级歧视，最顽固的身份歧视是种族歧视，最时髦的身份歧视是职业歧视。身份歧视是人类的耻辱，小作家想得比别人深一层。这只有手拍着城市的大门、一只脚还没有从泥潭里拔出来的温良者流才有痛心切肤的体会。这话说远了，当务之急，是要把二月及孩子的户口从边槐庄迁到十里营，往城市的大嘴里送。

三年了，他盼得心慌眼蓝，那份申请书却还压在十里营党支部书记杜国安的办公室里。像温良这样的城乡两栖人似乎都看出了这步棋，这用不了多大学问。因之向十里营申请落户的不下百人。开始时乡里便能做主，后来县里把权力收上去了。最近批了十一家，没有温良。通过内情人一摸，人家根本就没有给他往上报。这无疑对他是个沉重的打击，跟恩恩爱爱的二月也浪漫不起来了。翻来覆去折腾出了悟性：关键在杜国安。没少给他烧香上供呀？就是零打碎敲了，显得抠抠搜搜，小里小气。

二月也得出了同样的结论。舍不得孩子套不着狼，两人商议着。春节快到了，“手榴弹”“炸药包”杀伤力太小，看来得搬个“原子弹”。他最近写了个电视剧，上中下三集，内容是反对行贿受贿的，题目是《悬崖与陷阱》，给了他两千四百元稿费，上税三百二十元，还剩两千零八十元。干脆一不做二不休，全扔出去，一分不剩！他原来准备用这笔钱买个彩电的，彩电的价涨得邪乎，三千元都在冒了，反正也不够。禁止使用核武器，他这“原子弹”还不能明扯大摆地往杜国安家里搬。他从自己的电视剧里学了一招儿，到北京仿膳斋装了一个点心盒，是宫廷糕点，正宗的，精包装，八十元。然后，把一个装有两千元现金的信封塞进了点心盒里。

武器准备好了，进攻却成了大问题。怎么去呢？怎么说呢？他倒不是怕犯行贿的罪，是拉不下脸来，这毕竟不是正大光明的事。

“要不你去，趁杜国安不在家，给他老婆。”

“不合适，你不亲自去，人家该说你有架子了。”

二月说得对，求人家，自己还放不下架子，拉不下脸来，真是的。

“要不咱一块儿去。”

“一块儿去就一块儿去。”

这是最佳方案，两张薄脸皮贴在一起就厚了一层，互相壮着胆，胆子就大了一点儿。于是，一个沉甸甸的夜晚，二月左手捏着沉甸甸的宫廷糕点，像捏着一个沉甸甸的恐怖。她心里哆嗦着，腿打软儿。温良便搀住了她的右臂，想稳住她的身子，自己的脚步也踉跄了。

踉踉跄跄的脚步迈进了杜国安家那固若金汤的大铁门。铁门像山壁般地陡峭着森严与冰冷。他想起了自己那部电视剧——《悬崖与陷阱》。

## 三

不算少了，两条大重九，每条三十五块，七十块钱呢！差不多用去了一个月的工资。可是那两条大重九往书包里一放，捏在手里就显得屁轻屁轻的了。一个月的工资就买来这么点儿分量，拿不出手。女儿说，眼下人家送礼都讲究成千上万，而且是硬通货。丽丽为弄张彩电票，就给商业局的业务科长送去一百张大团结。丽丽是女儿的朋友，一个敢穿着比基尼进游泳场的时髦姑娘，吉尼斯本县纪录的创造者。这话是前天晚上说的，这话给她的震惊和启迪使她放弃了原来那一兜子水果两斤蛋糕的送礼方案。她并不僵化。

她看到了轰然坍塌的脚手架，一摊殷红的血。

“为人师表”“言传身教”“达则兼济天下，穷则独善其身”这些她都信。她没有信仰危机，从来没有过。过去信毛泽东思想，深信不疑。现在信传统道德，也是深信不疑。这是她的职业特点。不仅她，在教研室，在课堂上，他们谈起不正之风，真是忧国忧民，痛心疾首，悲愤昂扬，大有“蹈海”“尸谏”之壮举。大家都这样，在这片污浊的土地上，只有他们这里才是一片净土。她为此而自豪过，要不，她为什么那么理直气壮地批评严小刚呢？还是严小刚自找的。那天她用两轮车买煤，正让他碰上，他帮她推回家。他念小学时她教过他，现在他已经上中学了。这是个品学兼优的孩子，她喜欢他，否则不至于那么恨铁不成钢了。她问他暑假干了些什么，他说赚了两千块钱。她问他怎么赚的，他说卖胡椒。“卖胡椒能赚那么多钱?”“不是一包一两地卖，是大宗买卖，从海南岛弄来的。那边胡椒便宜，十三块钱一斤。然后到食品厂和各单位食堂去推销。”“人家不要怎么办?”“给回扣呀!”“什么叫回扣?”“哎呀，樊老师，您是从外星球来的吗?”

她明白了，便气怒起来。她为这棵好苗子受金钱的腐蚀堕落而深感痛心。

“樊老师，您先别生气，我问您，您这次为什么没有评上一级教师?”

问这个，戳她心窝子。为什么，她也说不清为什么。

“您呀，太老实，评职称的时候您干什么去了?”

“我在学校呀。”

“您到校长家去了吗?”

“到他家干什么?”

“除了您，差不多所有的老师都去过了，谁也没有空着手。”

“你……你怎么知道的?”

“您知道，我家在孙校长家的对面楼上住。我有一个高倍望远镜，夏天，看对面的窗子……”

“看什么?”

“这个……您别管。反正谁到孙校长家去了，拿的是什么，我都看清了。”

她无话可说了。在成千上万的传统信条中，她又想起了一条：教学相长。她有点儿服了，对严小刚。

她看到了轰然坍塌的脚手架，一摊殷红的血。

她不敢细想，那摊血是她丈夫的。那轰然坍塌的脚手架把她丈夫夺走了，她觉得是她把他害死了。他叫周洪，与她同龄，堪称是青梅竹马，自幼的邻居，一块儿读小学、中学，又一块儿到革命圣地延安插队，后来又一块儿回来了。她当代课教师，后来转了正。而他呢，则分配到建筑队工作，还不错，开搅拌机，好歹有一门技术。他太老实，她太认真。他老实得有点儿窝囊，她认真得有点儿偏执。可是两个人恩恩爱爱，谁也不嫌谁，谁也没二心。

人平不语，水平不流，不平则鸣。他总是把外边的不平带回家里来鸣。他鸣完就完了，鼾声依旧如雷。她却把他的不平统统吞了进去，在肚子里翻江倒海，欲罢不能。这一天他又把不平带了回来，工程队长要给他瞎眼的老娘办六十大寿，每人随十块钱的份子。这是十五年前的事了，那会儿的十块钱还叫钱，一个人紧着点儿花能活半个月。她又翻江倒海，说这是敲竹杠，说这是吸工人血汗，说是要往报社写信告发他。

周洪吓坏了，反过来求她："别价，别……不愿随咱不随就是了，别抓破脸儿。"

于是那份子就没有随，于是不久周洪就不开搅拌机了，于是派他上脚手架接灰送砖……

她看到了轰然坍塌的脚手架，一摊殷红的血。

周洪给她留下个五岁的女儿，女儿如今已经二十岁了。她苦巴苦业，十五年的岁月沉重而缓慢。女儿填补了丈夫留下的空白，却不能抹去她对丈夫的思念。她在这大杂院西北角那九平方米的小屋里守身如玉，并没有觉得这空间的狭小。女儿长大了，她觉得这小屋再也容不下两个女人了。女儿不是个坏孩子，很孝顺，很知道心疼她，起誓发愿一辈子不离开她。不离开她就要找一个能够离得开父母的男孩子，女儿找到个小伙子还不错，挺帅，挺机灵，也挺会爱。他们是同一工厂的，肉联厂。他差不多每天都来，晚饭她总要做三个人的。都挺好，就是爱得无所顾忌。一桌上吃饭，女儿就把自己不喜欢吃的肥肉片吐进他的嘴里，当着她的面。一屋里看电视，他就把女儿搂在怀里，两只手还不老实，也是当着她的面。她并不封建，可是她看不惯。她也没有指责他们，眼下的年轻人都这样。她在公园里、商店里、公共汽车上都遇见过。眼不见为净，不想见只好躲出去。夏天还好，吃完饭借故到外边散散步，让他们为所欲为地爱。冬天可不行，冰天雪地，她受不了。这还好对付，还有迫在眉睫的问题，他们要结婚。在哪儿住？女儿不离开她，就得在那间小屋里结，总不能三个人挤在一张床上睡觉吧？成何体统！谢天谢地，学校有房子，教育局分下来的，三套。她要求不高，只要个二室一厅的，这可比评职称重要，她听从了严小刚的开导。

她看到了轰然坍塌的脚手架，一摊殷红的血。

这屁轻屁轻的两条大重九害得她磨磨转转走不出这间小屋。上下左右搜寻遍了，也找不出可以添点儿分量的东西。她头一次干这种事，得干得漂亮点儿，干出点儿效益，现在讲究效益。孙校长是个大烟鬼，这两条大重九足以让他往自己这端的天平上加两个砝码。可是，他的老婆孩子呢？什么表示都没有，关键时刻在枕头边上撤劲也够她呛。要不，再加一兜子水果两斤蛋糕，又得十几块钱。

杜小明来了，她班里的学生。这是十里营村长的大公子，孩子长得挺机灵，就是学习太差，期末考试有两门不及格，开学后得补考。

杜小明放在她床上的是一盒宫廷糕点。六角形的匣子，上边镶着金边，画着龙凤呈祥，还扎着红绸子。近二十年了，除了贺年片，她没有收过学生任何礼物。不知为什么，这一回她没有拒绝，脸上还溢着受之坦然的满足。还有，她觉得跟杜小明也亲近起来，答应从明天开始帮助他补课，每天一小时。她为自己的态度感到惊讶，更让她惊讶的是，杜小明刚走，她便把那盒宫廷糕点塞进装着两条大重九的书包里。好像觉得那书包不再屁轻屁轻的了，有了那么一点儿分量。

她看到了轰然坍塌的脚手架，一摊殷红的血……

## 四

雪花漫天，漫天的雪花像毛茸茸的神话，把窗外的世界感染得纯洁且稚气，童心般的。

小作家温良闯入了自己的电视剧里。电视剧靠不住，自己的电视剧也靠不住。

大年初一，普天同庆，更是唐总经理的节日。一大早，这三室一厅的房间里就不断流儿地来人，走马灯似的。那经过伤筋动骨、肝肠寸断才与他结成伉俪的丁灵灵，居然给他生了个宝贝儿子。满月，也不是正好满月，还差一天，男孩子命硬，都要提前一天过满月的。唐氏家族后继有人，他那满心的喜，把嘴角眼角都燎烤得弹簧丝儿般的弯。那如今在十里营两层小楼里过着丰衣足食的日子的前妻，一气给他生了三个千金（斤）。“一吨半”的分量硬是压断了夫妻间的缘分，丁灵灵是县委党校的打字员，满身的灵性更加夸张了这时髦女郎的时髦。土包子出身的乡总经理迷醉的就是这正牌的时髦。他在县委党校学习了一年，给了大专文凭。套瓷、起腻、约会、黏黏糊糊，便有了那种事。四十岁的男子汉坠入了情网，把二十五岁的时髦小姐也弄得神经兮兮。一场离婚的恶战打了三年半，最后唐克俭答应给她三万块钱，她才在离婚书上签了字。这是调解离婚，花三万块钱赎回了自己，价不低。

温良闯入自己的电视剧里。他一迈进这富丽堂皇的客厅便照出了自己的灵魂的卑鄙和龌龊。满头的汗，又忘了带手帕，只好悄悄地用衣袖抹着，这又涌出了更多的汗。北国寒冬，这平白无故的大汗淋漓，也着实缺少点儿大作家的风度，这屋里也确实热了点儿。这其实是二月的构思。二月跟丁灵灵同参加过一期创作学习班，也算是同学。同学生了孩子，自然要来看一看。言谈话语中，二月闻出了那么一点儿味儿，唐总经理想出名。名气小点儿能接乡党委书记的班，名气大点儿能调到县里。二月怂恿温良来给他写篇报告文学，这样，温良名正言顺地敲开了门，却不理直气壮。

温良第一个见到的是十里营党支部书记杜国安，接着是第一小学校长孙连元。孙连元面前茶几上那点心盒，镶着金边，龙凤呈祥，红绸子……这是杜国安拿来的吗？为什么放在孙连元面前？天呀，要是杜国安拿来的，可坏了大事。那里边有两千块钱呢！都是二月出的馊主意，让他从电视剧里学一招儿。电视剧靠不住，自己的电视剧也靠不住。点心盒是可以放行的，怎么没有想到这一层？

唐总经理向每个人慷慨地奉献着谦虚和笑容，每个人也都同样慷慨地包容着他的应接不暇。又进来一拨人，有玉器厂厂长、造纸厂厂长、印刷厂厂长、种子公司经理、供销社主任，堪称企业家代表团，没落座，说是挨门挨户地拜年，有的带着礼物，有的没带。说去看看贵公子，便进了里间。嘻嘻哈哈，推推搡搡，在掏压岁钱给孩子。听得见噼里啪啦往床上扔纸币的声音，挺沉重的。又来了一拨，张村书记、李庄村长、赵庄妇联主任、邱庄会计，算是农民代表团吧！也是直接进了屋，也是扔压岁钱，也是挺沉重的。又来了一拨，工业局长、农业局长、林业局长、企业局长……亦来去匆匆的，似乎只是为了恭贺新喜，拜年，送孩子压岁钱和其他什么礼物。也有的在门口跟唐总经理三言两语地说几句什么。唐总经理用出人意料的首肯画出了对方脸上缤纷的满足和感激之情。最后留下来的还是这三个人：杜国安、孙连元和温良。

茶几上那盒宫廷糕点残忍之极地刺激着温良的焦灼和惶恐。

摆上了酒席。

杜国安首先站了起来，说是先看看孩子，接着是孙连元，温良也随之而起，仪式似的。拾起那盒宫廷糕点的是孙连元，温良那颗悬着的心咯噔一下落回原处。这老东西居然也能想出如此名堂，不知点心盒里装有什么。新当上母亲的丁灵灵正笨拙而幸福地给孩子喂奶。温良没有注意她那鼓胀的乳房和嫩白的酥胸，他觉得进入了童话世界。雪白的高级席梦思上，玻璃钢茶几上，铝合金酒柜上堆放得林林总总：糖果糕点，四时服装，各式玩具，电子游戏机（含二十寸彩电）……还有横躺竖卧像战死的勇士一般的压岁钱。每一沓都是厚厚的，多是大团结。分开数上千，加起来上万，温良想。

杜国安也把压岁钱在席梦思床上摆出个气派。是两沓，每沓一千，温良对这数目最熟悉，不会估计错。

“瞧，让大伯破费了。”

“过年添一岁嘛，老礼儿。”

“快谢谢大伯。”

“娶媳妇的时候别忘了请大伯喝酒。”

该轮到孙连元出汗了，嘴里结结巴巴，终于没结巴出什么话来。他把那盒宫廷糕点悄悄地塞在茶几上，鬼鬼祟祟像匿藏着赃物。这赃物却没有自知之明，在温良眼前张牙舞爪地炫耀着。他看到了点心盒边缘那条特殊的木纹纸，他当时往里塞钱的时候不小心，绽开了一道口儿，他又用近似的木纹纸把它黏合起来。这条熟悉的木纹纸嘲弄着他，心里撕裂般的剧痛，头晕目眩。

喝酒。自然是一套酒话，亲热得好像都是从一根娘肠子里爬出来的。温良没有端杯便恍恍惚惚，六角形的点心盒把他那出了窍的灵魂收拢进去了。

丁灵灵隔着屋喊“克俭”。温良正坐在屋门口，恍惚中听见了人家的私房话。

“满月了，孩子的名字该定下来了。”

“我想好了，叫三万。”

“俗气。”

“一点儿也不俗，意味深长。你想呀，我用三万块钱赎了身，他挣了三万块压岁钱。”

“开什么心？”

司机小靳来了。

“总经理，咱该走了吧，快六点了。”

“干什么去？”

“您忘了？司马老师不是请您看戏吗？”

“哟，我还没通知县里乡里的领导呢，愣是把这件事忘死了。”

“司马老师还专门写来一封信，嘱咐这二十张戏票不能作废。”

“咳！剃头的割耳朵，干什么糟蹋什么。到他那儿，戏票还不由着他大把抓。不去了，喝酒。”

于是，小靳落座。不喝酒，喝可口可乐，怕一会儿又有任务。他熟，可以乱说乱动，自家人一般。他打开了电视机。

窗外，毛茸茸的神话装点着冬夜早来的黑夜。

温良的魂灵还被囚禁在那六角形的点心盒里。

“瞧，这不是司马老师吗？”小靳叫起来。

“对对，正是，咱看电视吧，更清楚。”唐总经理兴奋起来。

叹杨家保宋主心血用尽，
最可叹焦孟将命丧番营。

宗保儿搀为父病床来进，

怕只怕熬不过尺寸光阴……

“听听，正宗谭派，够味儿吧？”

“敢情！敢情！”

温良没说“敢情”。司马文昌师承马连良，与李慕良、言少明、迟金声、马长礼等同为马派传人。他是懂得一点儿京剧的。

“唐总经理，我敬您一杯。这几年您没少支持我，我杜国安不是白眼狼。听说明年要换届，也许这是我最后一次以党支部书记的身份向您敬酒了。”

“你放心，就是再换三次届，你这支部书记也下不去。”

“有您这句话，我连干三杯！孙校长，你陪一下怎么样？”

“当然，舍命陪君子。不过，唐总经理，我们那个校办工厂……”

“你不是就要两吨钢板吗？小靳，记住这事，让冯厂长给解决一下。”

“太谢谢您了，我也敬您三杯！”

“温良，你也该陪一下吧！”

“啊，啊……”

“干脆，你有什么事也说吧，说出来喝酒痛快。”

“我，我……我想给您写一篇报告文学。”

“哈，哈，哈……”

“干！干！干！”

这笑声和叮叮当当的杯盏撞击声都像是从那六角形的点心盒里爆炸出来的。

小作家温良得了急病，就是在那天夜里。二月求人把他送进了县医院，说是心肌梗塞。抢救。三天后脱险了。也有不少人来看望他，也都带着礼物。无非是罐头、水果、麦乳精之类的。他看到每一样礼品都是六角形的，古色古香，镶着金边，红绸……

杜国安也来了，没想到。他带来了几盒人参蜂王浆。温良流泪了，泪眼中的蜂王浆也变成六角形的了。

“你爱人和孩子的户口我报上去了，县里说没问题，你放心吧。”

温良笑了。先是无声地笑，咧着嘴，很难看，像哭。后来终于忍不住，笑出了声，不难看了，但更像哭。笑止不住了，像吸进了过多的$N_2O$，越笑越厉害，有如鬼哭狼嚎，让人毛骨悚然。杜国安忙把医生找来。医生检查了一下，立即开了转院单，让送宣武医院。

小作家温良疯了，笑的。

1989 年春节于葛布店

# 跟　踪

弥天大雾把整个世界都虚幻起来。张岐呀张岐，你这个戴绿帽子的活王八，你他妈的运气不错，天助神佑，这么大的雾。大发车死死地咬住了前面的奥迪，奥迪车是姓刘的那个王八蛋亲自开的。从什么时候起，当官的都讲究自己开车了，摆脱了司机的眼睛，他们干坏事更方便了。

雾大，车却不见少。一串一串的雾灯，黄色的，鬼鬼祟祟地闪着，像幽灵，也像鬼火，更像老婆那双眼睛。自从两年前他从小机械厂下岗以后，她老婆的眼睛就这么鬼鬼祟祟的了。为了活命，也为了安抚他那颗暴躁的心，老婆给他买了一辆大发车。二手货，两万多元钱。老婆说是跟刘局长借的，她管刘局长叫舅舅。鬼知道她这个大肚子蝈蝈一样的舅舅是从哪个水沟眼里冒出来的。

有了这辆大发车他就有了差事，每天到外面拉黑活儿。黑活儿不是那么好拉的，不敢进城，只能躲在这城门外面拉。城门外面的人过日子都他妈抠门，抠抠屁股还要嘣嘣手指头。没几个舍得花十元钱坐他的“黑的”。有钱的或到城外面办事的都打能开正式发票的出租车。他只有等，长脖老等，等得眼珠子发蓝，碰巧才能拉到一个活儿。不过他总算有了一个差事，自己养活自己还可以，连儿子都养不起了。硬是死皮赖脸地把儿子塞给了爷爷奶奶，爷爷奶奶倒是没说什么，叔叔姑姑气得牙根儿疼。

把儿子塞给爷爷奶奶倒不仅仅是因为穷，再穷也养得起儿子呀，主要是在家没有人管，他在外面开黑车，老婆也整天不着家。老婆是比他提前一年下岗的，下岗后她倒忙起来了。鬼知道她在忙什么，她不说，他也懒得问她。

不仅忙，下岗后的老婆还阔绰起来。三天两头的买衣服，外面的衣服越买越短，超短裙连屁股蛋子都遮不住；里面的内衣越买越小，还半透明，毛都从两边呲出来，“怒发冲裤”，那还叫裤吗？这种衣服省布，可不便宜。据花秃子说，那样的一条内裤要一百多元。花秃子是从一个大商场下岗的，他懂行。

一百多元买条什么都遮不住的内裤，是钱作的还是浪催的？他真不明白，老婆下岗以后怎么变得臭不要脸了呢？她原来是一家国营大厂的会计，现在不是了。再丢人丢自己的了，牵扯不到国家，这还算顾大局。

让他更不明白的是，老婆的钱是从哪儿来的呢？他问过她，她说是挣的。她给刘局长当业余的公关部长，没有工资，是有奖金的。既然是公关部长，应酬就多，整天价陪着“大肚子蝈蝈”出席各种饭局。为了应酬，她把自己捯饬得跟花屁股鹌鹑似的，头发都烫成什么爆炸式的，嘴唇抹得通红，像刚吃过死孩子。

他没多想，老婆下岗以后没趴下，还混得挺体面，至少落副好下水。直至花秃子说，许多饭局不是为了吃饭，吃饭只是一个开头，就像你开车之前要看表开灯松手刹一样，然后才是慢抬离合把油加。饭局的然后是卡拉，是 OK，是桑拿，是按摩。按摩还有然后，然后是什么花秃子没说，却说了一首民谣：下岗女工不流泪，大步走进夜总会，陪吃陪喝又陪睡，反正这活儿也不累，自谋生路搞自救，不给国家添累赘……

这首民谣让他心里打起了鼓。是呀，她凭什么当公关部长，不就是脸蛋儿长得漂亮一点儿吗？不就是嘴儿甜吗？不就是臭不要脸吗？

雾越来越大，他眼前是雾，灌得满肚子都是雾。肚子里本来就有火，腾腾的火苗子，把雾气都烧开了，像捂着盖的笼屉。

他抹了一把满脸的水气雾气，眼睛睁得大大的。他紧紧咬着前面的那辆奥迪车，像饿猫咬住了活耗子的尾巴。奥迪车像是在找洞钻的耗子，七弯八转，急得嗷嗷叫。是急，不是怕，因为他不知道后面的大发车咬住了他。他以为他鬼，像耗子一样的神出鬼没。

他们就像一对耗子，一对公耗子和母耗子。他们肯定有一个洞，一个供他们偷情闹骚的洞。那个洞在什么地方他不知道，他一定要把那个洞找出来。他已经掌握了他们的规律，一般都是在下午。这个规律也是花秃子提醒他的。花秃子说，腐败分子上午一般都要上朝，应应卯，打打点，装装孙子。从中午饭开始便腐败起来，特别是下午。你想呀，都是有家有口的，晚上得回家“交公粮”，只有下午才是闹春的时候。现在扫黄突击队都摸到规律了。下午去抓，没有空手的时候，晚上反倒收获不大。

他就是从午饭后开始跟踪这辆奥迪车的。老婆不在家，她肯定是先到那个洞里去了。这个臭不要脸的浪娘儿们。

雾大，奥迪车也开不快，两边的车还挺多，都加着小心。也有不要命的愣头青，觉得大伙儿都胆小唯独他敢横冲直撞，逞能似的，特别是那些开大货车的。

他一定要把他们堵在洞里，捉奸捉双。不行，得破门而入，杀了这对狗男女。他的腰里别着一把攮子，是在工厂里用钢锉打磨成的，锋利得很，进口的好钢。自从他开上黑车以后，就一直带在身上。出租车经常有被抢劫的，特别是在这城门外面。他得防万一，从来没有碰上，算他运气好。今天可派上了用场，宰了那对狗男女。不，还是把那“大肚子蝈蝈”宰了吧，还得给他老婆留条命。一日夫妻百日恩，更何况还有儿子。犯了案他得去蹲大狱，闹不好还要挨枪子。不能让儿子没爹又没妈，留着那女人，给儿子留个妈……

砰的一声，他听得真真切切，声音很沉闷。紧接着就是尖锐刺耳的急刹车，是一辆运货的大卡车。车上运的是什么他没看见，因为那辆大卡车刹住车后只停留了两秒钟，他真真切切感觉到是两秒钟，凭着他那被震麻了的心脏的跳动。然后，那辆肇事的大卡车借着雾气的掩护逃走了。再找他跟踪着的那辆奥迪车，已经翻倒在马路牙子上。

从这时候开始，他便不是他了。他所做的一切，都不是他心里所想的。鬼使神差，他像个机器人似的被设计好了的程序控制着。他停下大发车，跑向那辆奥迪车，拼命拉开被撞瘪了的车门，拖出了已经昏迷不醒的“大肚子蝈蝈”，把他搬到自己的大发车上。然后开起车径直奔医院，又把那“大肚子蝈蝈”拖出来，背进了急诊室……

几个医生立刻围上来，看着浑身血葫芦一样的“大肚子蝈蝈”，还让他先去挂号，挂急诊。到了挂号处，控制他的那套程序突然失灵了。他这是在干什么？凭什么要救他？人又不是他撞的，他学什么雷锋做什么好事犯什么好心眼多管什么闲事？管闲事落不是，有些犯好心眼的人把受伤的人送到医院，人家就赖上了你。无凭无据，谁相信你是好人。更何况，他又是自己的仇人，把他送到医院就对得起他了，还不溜走等什么？

没有人注意他，他出了医院的大门，上了自己的大发车，开起来就走。到哪儿去？不知道，失去了跟踪的目标，他也就没了目的。好在他是开黑车的，就“扫马路”揽活儿吧。

他总觉得别扭，眼前黑乎乎的，不是因为雾，是另外一种黑乎乎的东西搅得他心神不宁。突然，他浑身像通了电似的哆嗦了一下，他看见了一个东西，黑黑的，缩在他旁边的座位底下。他把大发车靠在路边，停下了车。

是一个黑色的塑料袋，沉甸甸的，有点儿扛手。他想起来了，不是想起来的，是意识到的。也不是意识到的，是什么他说不清楚。他只是朦朦胧胧地感觉过，他在搬“大肚子蝈蝈”上车的时候，似乎他手里紧紧地攥着一个东西，黑咕隆咚的东西。是什么呢？

当他把那个黑塑料袋打开的时候，如同一个响雷炸在他的头顶上，把他的七魂六魄都崩出来了。钱，全是钱，整整的一口袋，都是一百元一张的大票，他妈的，这得有多少？还有一封信，一封装在白信封里的信，莫名其妙的信，没开头，没落款，只有干巴巴的几句话：如果在七月二十八日下午四点钟以前你不把钱拿来，我就把你装进大牢。不是我贪心，你事先答应给我百分之十，这是我应得的那一份。

这个黑塑料袋，三十万元钱，还有一封莫名其妙的信，可把他害惨了。两天两夜了，他没有出车，躲在自己的小屋里折腾着。幸运的是，这两天他老婆没有回来。老婆整天价在外面浪，是经常的，夜不归宿还不多。管她呢，他顾不上她了，现在像铁蒺藜一样缠绕在他脑子里的就是怎么办。真的，怎么办呢？

想了两天，在梦里都晕晕糊糊地被这事折磨着。似乎总有一个声音在庄严地告诫着他：眼前的路只有两条，一是把钱交上去，将那个“大肚子蝈蝈”装进监狱；二是把钱匿起来，这样你捡了个便宜，“大肚子蝈蝈”也落了个平安无事。

这两条路把他推进了拔不出脚、摸不着边的烂泥潭。他何尝不想把

“大肚子蝈蝈”装进监狱呢？宰了他都不解恨，夺妻之恨啊，大丈夫安能罢休。可是，要报仇，就得把这三十万元钱交出去。三十万啊，他一辈子也挣不了这么多钱。有了这三十万元钱，他还愁什么？下岗就下岗，拉不着活儿就拉不着活儿，以后就踏踏实实地混个仨饱儿俩倒儿了，连将来儿子上大学娶媳妇的钱都有了。这不是天上掉下来一个金元宝吗？能用这金元宝去打狗吗？尽管这狗非打不可。

可是，不交出这三十万元钱，那不是便宜了“大肚子蝈蝈”这个王八蛋吗？“大肚子蝈蝈”作恶多端，肯定得受到惩罚，他原本想自己捅他一刀的，谁料天助神佑，让大卡车撞了他，让他受了伤，让他丢了这要命的罪证。把他送进大牢，说不定能判他个死刑，看这封信上说的，写信人只落百分之十，那么他肯定落三百万了，三百万还不枪毙？这只是他贪污的一笔，把他像花生秧一样地挖出来一抖落，不定有多少呢？

把“大肚子蝈蝈”送进大牢，让政府枪毙他。省了他一刀，还让他丢人现眼、遗臭万年。要不，要他命的是自己，那挨枪子的也该是自己的脑袋了。一命换一命，值吗？说不定他还落个因公殉职什么的，国家还得拿出钱来抚恤他的家属，还得给他开追悼会，这不是又让他捡了个大便宜吗？而自己呢，只能给宝贝儿子留下一个死刑犯罪名。

不行，把这三十万元钱交出去……说不定会牵扯到自己的老婆。老婆跟“大肚子蝈蝈”都那样了，能逃得脱干系吗？没准……这封信就是她写的……可是字又不像。这信上的字写得整整齐齐，蜡纸刻的一样，老婆的字可写得一溜歪斜，蜘蛛爬的一样。老婆就是样子货，长得漂亮，读书却是笨货，初中毕业证都是托人从学校要出来的。要不是无才无德，她也不会嫁给自己这个受苦受累又没钱的钳工。

两天两夜，愁得他吃不下，睡不着，连自己的小屋都没出。他住在一个大杂院里，只有这九平方米的小屋是他的小天地。外面吵吵闹闹地没个消停，他把门紧锁着，都以为他不在家。那个黑塑料袋就放在他的床底下，像放着一个睡着了的疯狗，什么时候把它惊醒了，疯狗就会闹个天翻地覆，咬得他皮开肉绽。

饿了，他终于知道自己饿了，泡了一碗方便面，顺手把电视机打开。九英寸的黑白电视机，老婆有了钱就捯饬自个儿，连个彩电都舍不得买。

她心里根本就没这个家了，狠心的骚娘儿们。

电视里播的是区电视台的新闻。医院……病房……蓝条儿的住院服……怎么会是“大肚子蝈蝈”呢……一根黑驴屌一样的东西插向“大肚子蝈蝈”的嘴边……噢，是话筒……电视台的记者正在采访他……他在说什么……是谁把他送到医院来的……寻找一位好心的司机……他找那个司机干什么……

电视画面变了，“大肚子蝈蝈”不见了，可是那黑驴屌一样的话筒还在他眼前晃动。他把吞进口里的方便面使劲咽下去，把碗往桌上一摔，便弯下腰从床底下把那个黑塑料袋拎出来。然后，他找出一把铁锹，撬开地上的方砖，朝下挖去，一直朝下挖去。挖了有一米深，地上的土都快把床埋上了，他才住手。他找出一个蛇皮袋，把黑塑料袋放进蛇皮袋里，埋在那一米深的洞里。再然后就是开始灭迹，灭地上的土。好在天黑了，没有人注意他。他把土一盆一盆地端出去，倒在远处的垃圾堆里。他仔细打扫着，连一粒土渣都不放过。打扫完又觉得地上太干净了，又在院子里的自来水旁边沾了两脚泥，在屋地上肆无忌惮地踩着……

他做完这一切，终于松下了一口气，想上床睡觉，老婆回来了。

老婆今天没化妆，素面朝天，人却显得很疲惫。他不想理她，理她又说什么呢？问她到哪儿去了，她有实话吗？没想到老婆反倒主动说了实话。

“我舅舅受伤了，车祸。”

“你哪个舅舅？”

“刘局长……我这两天一直在医院。你没看电视吗？”

“啊……没……没看。”

“这电视不是开着吗？”

“开着我也没看……”

他的心跳起来。做贼心虚，这能算做贼吗？他偷谁抢谁了？那这不争气的心跳什么？

不知不觉的，他跟他老婆好像调了个个儿，关系变化了。过去，老婆回家总是比他晚，晚上差不多都是他做好了饭放凉了老婆才回来，现在他回家却是更晚，老婆做好了饭放凉了等着他；过去，老婆回家总是觉得理亏，不敢正视他的目光，现在他倒像干了亏心的事，支支吾吾地不知道跟老婆说什么好。

“你干吗回来这么晚？”

“活儿不好干，白天一个活儿都没拉到。”

“这么晚了，不是更没有人打车了吗？”

“有时候也能等上一个半个的。”

“你那天出车了吗？”

“哪天？”

“就是下大雾那天。”

“这几天总是下雾。”

“七月二十八日下午。”

“我记不清了，反正我天天出车。”

“不对吧？我没回来那两天，你的车一直在门口放着。”

天呀，这娘儿们怎这么灵，成精了？他把自己锁在屋里那两天，怎么没想到把大发车挪开呢？一个院儿十口子人，谁看不见他的车。这娘儿们一问就会问出来。他只好说，那两天他闹肚子，跑肚蹿稀，在家里躺着。

“没吃药？”

“吃了。”

“吃什么药了？”

“痢特灵，还有黄连素……”

“哪儿的药？”

“花秃子给我的……”

他总觉得老婆的话里有话，老婆的眼神也不对，似乎已经怀疑上他了。怀疑什么？怀疑“大肚子蝈蝈”是他撞的？见鬼，她干吗就单怀疑我呢？

更让他不安的是，有一天早上，他正准备出车，却见两个警察围着他的车查看着什么。他一愣，仅仅是一愣，就挺直腰杆走上前去。两个警察看了看他，没说什么，走了。

他心里开始发毛了，他们会发现什么呢？他车上又会有什么蛛丝马迹呢？很显然，他们查的是肇事车辆，他的车旧是旧点儿，可无伤无损，也没有修理过的痕迹，他们有什么好怀疑的？他不敢问，一问不是透着心虚了吗？

紧盯着他不放的不是警察，恰恰是他老婆，这个吃里扒外的浪娘儿们。这天，她突然出现在长途汽车站附近，他总是在那里趴活儿。她知道他在那里趴活儿，可是她从来没有去看过他。这天她却去了，还找了个冠冕堂皇的理由，说最近出租车遭抢劫的事屡屡发生，她不放心，有去郊区的活儿她要跟着。狗娘养的，你他妈的什么时候这么关心过你男人？

她很快跟旁的司机也混熟了，这娘儿们天生是贴男人的料。那天竟跟花秃子聊起了天，张家长李家短七个蛤蟆五只眼管丈母娘叫大嫂子没话搭话。他不爱听他们没眼猪瞎嘞嘞，闭着眼睛装睡。她竟邀请花秃子到他家喝酒，花秃子受宠若惊，忙说不敢当不敢当。她说有什么不敢当的，理应好好谢谢他。花秃子更是丈二的和尚摸不着头脑，问："谢我什么呀？"她说："头几天俺孩他爹闹肚子，不是你给他的药吗？"花秃子蒙了："什么药呀？""黄连素、痢特灵什么的，你哪儿来的那么现成的药呀？你们医疗费还给报销呀？真不错。"花秃子急忙为自己辩白："得了吧，我们五年前的医疗费还没报呢，前些天我自个儿发高烧我都是喝开水扛过来的，我哪儿有药给别人呀？"

得，傻，傻蛋！你干吗说药是花秃子给的？你干吗不说药是从药房买的？这娘儿们要干什么？这不明摆着是调查我吗？

"大肚子蝈蝈"出院了，这小子命大，伤得不重，便宜他了。

万万想不到的是，"大肚子蝈蝈"出院以后愣是到家来看他了。老婆做好了一桌菜，还有酒，金六福，电视里天天做广告的那种。"大肚子蝈蝈"是带着礼物来的，很重的礼物，茅台酒，两瓶；红中南海烟，两条；极品茶，两罐；还有一套西装，五木牌西装，也是到处做广告的名牌。

端起酒杯，本来不想跟他一起端酒杯的。要是过去，他敢到这个家里来，不敲折了他的狗腿才怪。可眼下为什么竟跟他坐在一张桌子上喝酒了呢？还是在自己的家里。老婆还是口口声声地喊他舅舅，这娘儿们真会演戏，给谁看呢？谁信呀？还他妈舅舅，有跟舅舅狗连蛋的吗？他可不想随着老婆叫他舅舅，要叫就叫他“大肚子蝈蝈”，可他连狗屎都不想叫他。

“大肚子蝈蝈”一而再、再而三地向他敬酒，他不给面儿，不卑不亢的，绷着脸，死了亲爹似的。“大肚子蝈蝈”不在意，老婆也不在意，明显着巴结他。

酒喝得差不多了，“大肚子蝈蝈”终于道出了来意，举着杯说感谢他的救命之恩。

他说：“我没救你，你谢不着我。”

“大肚子蝈蝈”说：“你就别谦虚了，我知道你做了好事不想留名，可咱也得有份人心不是。”

他火了：“你是不是想找肇事逃逸的司机？告诉你，我可没撞你，你怀疑我撞的，你有什么凭据？”

“大肚子蝈蝈”说：“误会了误会了，我从来没有怀疑是你撞的我，撞我的是一辆大卡车。”

“你怎么知道的？”

“我那会儿还很清醒，我看见那辆大卡车朝我冲过来了，急着躲，没躲开，还是被他撞上了。”

“那后来呢？”

“后来我就什么都不知道了，这得问你了。”

狗娘养的，他妈的他还挺清醒。他咬紧钢牙，什么都不承认，不能承认。他说他什么都不知道，他没救过人，连条狗都没救过。他说得很气愤，并且有意侮辱他。他记得他们之间的仇恨，就是在一起喝酒的时候他也没忘记面对的是一个仇人。酒迷惑不了他，“大肚子蝈蝈”的花言巧语也迷惑不了他，如果可能，他还是想一刀捅了他。

老婆开始说话了，老婆的屁股完全坐在了“大肚子蝈蝈”一边了，他听得出来。老婆说：“舅舅要给咱一套楼房呢，新买的，一百多平方米。”

他依然铁青着脸说：“那是给你的，不是给我的。”

老婆眉开眼笑地说：“哪儿呀，写的是你的名字——张岐，不信我把房本拿来给你看看。”

他砰地把酒杯往桌上一蹾：“我不要，我有房住，在这儿住挺好。”

老婆却不急不恼：“你没听说吗？咱这儿要拆迁了，周转房得自个儿想办法。”

“大肚子蝈蝈”突然说：“张岐，我买这套房子，花了三十万，整整三十万。”

他说：“你花多少钱跟我有什么关系？”

“大肚子蝈蝈”诡秘地盯着他的眼睛，反复地说：“三十万，张岐，我送给你一套三十万元的房子，你还不明白吗？”

他说：“我明白什么？你让我明白什么？”

“大肚子蝈蝈”说：“我想让你明白，我是个知恩图报的人，我会对得起你的。”

他说：“对得起对不起，你心里明白。”

“大肚子蝈蝈”做出一副豪气冲天的样子：“对，我明白，我明白你的意思，或许我以前有对不住你的地方，我愿意补偿。你说吧，或打或罚，我都认，行了吧？”

他的气在心口窝涌动着：“你对不起我？你说说，你到底怎么对不起我了？”

“大肚子蝈蝈”说：“这样吧，张岐，那三十万我也不要了，全归你。”

他警惕起来：“哪个三十万？哪儿有什么三十万？”

“有一个黑塑料袋……你救我的时候，不会没看见一个黑塑料袋吧？”

“我没救过你，我说过，我没救你。”

“张岐，别固执了。我问过护士，我又让菲菲拿着你的照片找护士看，护士说就是你。”

他一下子傻了，还说什么呢？他忘了，还有医院护士可以做证的。菲菲居然拿着照片去找护士，菲菲是他的老婆。现在，他的老婆跟着他的情敌一起审问着他。他能承认吗？可是，不承认怎么办呢？看来人家已经掌握了确凿的证据。狗娘养的，菲菲还是他的老婆吗？居然跟野汉子这么铁，这对狗男女，我怎么不宰了他们呢？我怎么还跟他们一起喝酒呢？难道我就真的甘心戴绿帽子当活王八？

他想起了那把钢锉打磨成的攮子，哪儿去了呢？这些天没带在身边，扔到哪儿去了呢？为什么这些天不把它带在身边呢？你难道忘了报仇了吗？有了这三十万元钱难道他就不是仇人了吗？

“大肚子蝈蝈”依然和颜悦色地讨着他的好：“张岐，咱谈个条件好不好，我知道你们的日子也不宽绰，这样吧，那三十万元归你……不过……那信……你得给我……只要你把信给我……咱就两清了……以后，你跟菲菲好好过日子……我绝对不干扰你们……”

像憋足了火药的炮筒里崩出了一枚炮弹，他嗵地说：“我把它交了！”

“大肚子蝈蝈”果然被这枚炮弹打蒙了：“啊……”

他死死地盯着“大肚子蝈蝈”。

“大肚子蝈蝈”脸色苍白，声音颤抖着：“你……你把什么交了？”

“都交了，钱，还有信。”

“交给谁了？”

“检察院。”

“你……不会吧？”

“怎么不会，我就要把你送进监狱，我就要让你挨枪子，我就要让你不得好死。你他妈的坏事做到头了，人不报天报，我本来想杀了你的，我跟踪你好几天了，没想到用不着我动手了。这么好的证据，我为什么不交？我凭什么还要保护你？你想拉拢我，哼，歇菜吧。房子，我不要；三十万元钱，我不要；你给我六万紫金我都不要。我就要你的命，我就要让你挨枪子，我就要让你不得好死……你，对……还有你。”他恶狠狠地指着老婆，“你们这一对狗男女，你们伤天害理，你们拿老子当傻子，你们是一对活牲口，你们败坏自个儿还不算，还他妈侵吞国家财产，就算我能饶了你们，国家能饶你们吗……你们臭不要脸……你们……”

他暴怒得失了控，把最恶毒的诅咒和谩骂像污水一样往他们的头上泼。这样面对面地发泄着自己的仇恨，他觉得很痛快，痛快淋漓，比用攮子捅了他们还解恨。对，就这样，这样痛痛快快地骂他们个狗血喷头。他们害怕了，两个人脸色惨白，浑身发抖，眼珠子冒着幽幽的绿光。不对，这绿光里的恐慌突然亮了起来，像狼一样……没容他多想，他还想说什么，却说不出来了。一条被子蒙在他的头上，这是那浪娘儿们从床上抄起的被子。紧接着，砰的一声，很沉闷。像是那辆大卡车撞在了奥迪车上。他觉得自己的脑袋开了瓢儿，身子软塌塌地向下滑去，滑倒在屋地上……

他的灵魂从破裂的脑瓢儿里飞出来，停留在屋顶上。他看见这对狗男女把他从被子里拖出来，就像他把那个“大肚子蝈蝈”从奥迪车里拖出来一样。但是，他们没有把他往医院送，却扔在了那冰冷的屋地上。

老婆挓挲着手问：“怎么办？”

“大肚子蝈蝈”说：“有铁锹吗？”

老婆说：“有，干吗？”

“大肚子蝈蝈”说：“就把他埋在这屋地下。”

老婆说：“你不是说这房子要拆迁吗？要是一施工不就挖出来了吗？”

“大肚子蝈蝈”说：“放心，这片房子拆了就不盖房了，是一片绿色隔离带。把他埋在这儿，能养两棵树。”

老婆说：“那得挖深一点儿。”

于是，老婆把铁锹交给了“大肚子蝈蝈”。“大肚子蝈蝈”先撬开地上的方砖，不是一块，而是几块方砖。然后，就吭哧吭哧地往下挖。他急了，拼命地叫喊着：住手，不许挖！

没有人听见他在喊，他的喊声连自己都听不见，不知道为什么，他突然失音了。

“大肚子蝈蝈”挖着挖着，突然也叫起来：“这是什么？”

老婆问：“什么是什么？”

“大肚子蝈蝈”说：“你看，是个蛇皮袋子。”

老婆说：“快拿出来。”

“大肚子蝈蝈”拎出了那个蛇皮袋子，又从蛇皮袋子里拎出了那个黑色的塑料袋……往后的事情他就不知道了，他像一缕青烟飘出了窗口，融入浓浓的雾气中了……

2001年2月8日于桑梓轩

# 一个孤独的散步者

沿着柳叶河朝城外的方向走，三千二百五十步，有一小桥。过桥往回走，三千一百八十步，便又回到了原来的地方。这条小河笔直笔直的，是他当副市长的时候修的，河面的宽度也是统一的。怎么去回的距离不一样呢？他用自己那还算稳健的脚步量了三年了，回来的时候总是少七十步。这七十步哪儿去了呢？

一个少女，总是在这个时候从他身边跑过去。这正是落霞满天的时候，年轻人的运动应该是属于清晨的。不知道为什么这少女却跟他一样在傍晚的时候出来，难道是为了陪伴他吗？少女穿着红T恤，白短裤，ADIDAS的旅游鞋。那两条腿真诱人，修长修长的，鲜嫩健美的肌肤上闪着河水一样的光泽，是落霞反射出来的。但是最让他心动的却是扎在脑后的那一束长发，随着身子的颠簸，一左一右地甩动着，每一下都像是扫在了他心尖儿上，痒痒的让他忍受不住，又品味不够。

柳叶河是这个城市的主动脉，河两边有看不完的风景。右边是体育场，那里正在举办什么杯老干部门球比赛，他没有参加；往前是博物馆，有一个老干部的书画展，他也没有参加；再往前是一片小树林，几支老年秧歌队同时在那里练习，显然他还是没有参加。其实，他喜欢运动，喜欢文艺，更喜欢书法。他不参加也没有人来动员他，他成了一个被遗忘的角落，是谁遗忘了他呢？

须知他不是一个普通的老年人，他曾经是这个城市的副市长。而且他还不很老，刚刚过了六十岁。人还没有死，人们却把他从这个城市里抹掉了，像是抹掉一个不愉快的记忆。

他没有抱怨，他的心很静，如同脚下那似流非流的河水，如同天边那似落非落的晚霞。

这个城市如此冷落他，是他罪有应得。

十一年前，十一是个令人不寒而栗的数字。那时他是监察局局长，熬到监察局局长是一个二十年的漫长过程：中学语文教员，教研室主任，教育局中教科科长，市委文教委副主任，市政府办公室副主任、主任，还有松林镇党委书记……他是台阶干部，不是火箭干部。每一次升迁他都付出了努力，他没有任何背景，也不是靠拍马屁上来的。他凭的是政绩，还有清廉，主要是清廉。不清廉能让他当监察局局长吗？市委书记雷瑞公开地说过，他是监察局局长第一人选，也是唯一人选。这容易吗？

那是他当监察局局长的第三年，中央又下来了反腐倡廉的文件，要求每一级党委都要拿出具体措施。市委做出了决定，是关于招待标准的，任何单位都不许在饭店设宴招待，市委招待所是统一的四菜一汤。这是铁的纪律，雷瑞书记在动员时慷慨激昂，是站起来挥着拳头说的。会后，还指示监察局要抓一两个顶风违纪的典型。雷瑞把他召进自己的办公室，也是站起来挥着拳头说的，无论是谁，凡是在饭店设宴招待的，你就给我掀桌子，掀他个人仰马翻……

典型果然出现了，市政办公室招待天然气公司的领导，在不大出名的柳河饭庄。很隐蔽，但还是让他知道了，有人举报。当他赶到的时候菜刚上来，摆了满满当当的一桌子。什么菜他没有看清，但是他看清了酒。茅台酒，瓷瓶的，也是刚刚打开，市政办公室主任张林正起身给每位客人斟酒，他站在了张林的身后。天然气公司的领导还以为他也是来赴宴的，还起身给他让座。张林扭头看见了他，一愣，张开嘴大概想要说点儿什么，但没有来得及。一切都来不及了，连他自己都觉得太突然，他怎么就把人家的桌子掀翻了呢？掀翻之后他说了些什么，张林说了些什么，客人们是什么表情，他都不记得了……

能够回忆起来的是一张张冷漠的面孔，从那以后他再也没有见到过一张很自然、很亲切的面孔。他觉得奇怪，怎么一夜之间，所有的人都不认识他了呢？他像患了失忆症一样，觉得整个世界都陌生起来。从市委大院里进进出出的都是同僚、同寅、同事，怎么都对他收敛了笑容，闭上了嘴巴？偶然有一两个与他面对面碰上躲不过去的人，也是干巴巴地点点头，连嘴角都不咧一下。他怎么了？他掀了张林的桌，难道把所有的人都吓傻了吗？

他真想把人们拦下，把话说清楚，他仅仅是针对张林的，谁让他顶风违纪呢？让大家不要紧张，不要人人自危。但是当他看见那一张张碱壳一样的面孔的时候，却觉得紧张的是他，自危的是他，而不是别人。

连老婆的脸上也结上了厚厚的碱壳，连一向对他崇拜有加的儿子也对他爱搭不理了，远远地躲着他，好像他患了可怕的传染病。

他实在忍无可忍了，问老婆，他只能问老婆。

老婆阴沉着脸说："你干的好事。"

他说："我不就是掀了张林的桌吗？"

老婆恶狠狠地说："你掀的是二十万人民的饭锅。"

他不明白。

老婆冲他的茫然送给他一声"哼"。

后来从老婆那天一句一句的斥责中他渐渐地明白了事情的来龙去脉。天然气公司往省城铺设的输送管道，正好经过这个城市。市政办公室主任张林想求人家预留一个接口，以便将来把天然气引进每家每户。天然气公司的领导已经答应了，这算不了什么，只不过在管道上增加一个接口，轻而易举的事情。然而这轻而易举的事情却掀起了轩然大波，天然气公司的领导灰溜溜地走了，没脸见人啊！当然，那个接口也没了，居住在这个城市里二十万公民日夜盼望的天然气就这么眼巴巴看着从自己的家门口铺向省城了……

这能怨他吗？可是不怨他又怨谁呢？人家张林辛辛苦苦争取来的天然气接口就这样被他掀翻了，二十万居民使用天然气的梦想也随着那被掀翻的酒菜被打得粉碎……

他错了吗？

雷瑞说："你没有错。"

市委书记的话当然就是结论，他没有错，监察局局长却不让他当了。不当监察局局长，却提升他为副市长。他没什么好说的，别人似乎也没有什么好说的。他相信了雷瑞的话，他没有错。要是错了，能提拔他吗？

不幸的是，他的副市长只当了一年，正赶上换届选举，差额。他居然被差掉了，而原本作为差额陪选的张林却当选了。他丢失了选票，他知道人大代表们不原谅他。

可是他没有错啊！错的应该是张林，是张林顶风违纪的。可是张林却当上了副市长，张林的选票大大地超过了他，难道人大代表们都错了吗？

雷瑞说："投谁的票，是人大代表的权利。"

是啊，行使自己的权利，谁能说是错呢？

那么，张林没错，人大代表没错，难道是他错了吗？

雷瑞说："没有人说你错。"

是呀，确确实实没有人说他错，可是老婆却说他错了。老婆说你错，你能怨谁呢？

秋季的柳叶河更加诱人，河两边栽种的是银杏。金黄色的叶子闪烁着晚霞的光辉，像挂着满树的金币。风一吹，也发出金属般的令人振奋的响声。

那个健美的姑娘又跑了过来，脑后的束发一左一右节奏鲜明地晃动着，比满树的金币还令人振奋。

他匀速地走着，医学家说，走路是最好的运动。走路也讲究科学，每分钟不少于一百步。一个气功大师告诉他，走路的时候意念要集中在冲阳穴和涌泉穴。每分钟一百步他能保证，不是一百步，而是一百二十步，很准确。可是意念却怎么也无法集中在冲阳穴和涌泉穴，什么穴位都集中不了。每往前迈一步，他的脑子里就响起一个声音：我错了吗？现在，跑在前面那个姑娘，束发每甩动一下，那个声音便重复一次：我错了吗？

副市长被差额下来以后，他被任命为计划生育委员会主任，级别待遇都没有变。他觉得雷瑞书记还是对得起他的，他没有什么好说的。他在这个位置上只干了两年就提前退下来了，他还没有到退休的年龄，提前了两年，是他自己写申请要求退的。尽管他的副市长被差下来了，但是人们对他那碱壳一样的脸却依然没有变。他受不了这种冷漠，他毕竟是中文系毕业的。文学使人敏感，使人脆弱，也使人一根筋，一条道走到黑。狗日的文学。

终于有一天，那个健美的姑娘跟他搭了腔。这让他很震撼，是受宠若惊般的震撼。多少年了，他在柳叶河边孤独地走着，没有人理睬他。而或遇见熟人，也都装作没有看见他，甚至还远远地躲着他。他已经习惯没有人理睬他了，他也懒得理睬别人，更没有奢求有一天能跟这么美丽的姑娘搭上腔。

小石桥上，姑娘将一条健美的大腿搭在桥栏上，悠悠地往下压着。那束着长发的脑袋低低地压向大腿，燃烧在晚霞中，像优雅的丹顶鹤的造型。也许是他的脚步声把姑娘惊动了，压在大腿上的长发抬了起来。有意无意间，他看见了那张脸，一张无可挑剔的年轻而美丽的脸。她冲他笑了笑，云霞般的笑容让他心里一热。他不禁也朝她笑了笑，那笑容一定很干涩、很可怕，有多久没有人冲他笑了，他真的忘了笑容该是什么模样了。

也就是这么一颦一笑，他已经非常满足了。他没有放慢脚步，径直朝河对面走去。

姑娘却说话了，声音里有几分调皮，无论多大年纪，没有哪个男人能够抵御姑娘的调皮，调皮比撒娇更具有征服力。

“你为什么傍晚走路?”

他站住了，看着姑娘那闪着金币般光芒的眼睛，也带着几分揶揄的口吻说：“你不是也在傍晚出来吗?”

“我早晨没有时间?”

“你早晨干什么?”

“我要睡觉。”

“应该早睡早起。”

“我睡得不早。”

“你几点睡?”

“大概四五点钟吧?”

“四五点钟，那不天亮了吗?”

“就是天亮了才能睡嘛。”

“天亮了才能睡……”

“太阳出来了，黑暗留在后头，但太阳不是我们的，我们要睡了……”

“陈白露……”

“你也知道陈白露?”

废话，你以为老干部都是扫盲出身的吗？要知道我是大学中文系毕业的，我给学生讲《日出》的时候，你恐怕……还不知道在谁的腿肚子里转筋呢。这些话他没有说出来，只是笑了笑，那笑也一定很苦涩，很沧桑。

“你还没有回答我的问题呢？”

“什么问题？”

“我问你为什么傍晚出来？不是因为早晨要睡觉吧？”

“不是……”

“那是为什么？”

“……什么也不为……”

“图傍晚清静，是吗？”

就算是吧，这是让他觉得有几分体面的说话。姑娘心地善良，善解人意。她不说怕早上人多，而是说图晚上清静，给了他多大的面子？这是个可以信赖的姑娘，可以向她敞开心扉的姑娘，可以问问她：我错了吗？

不远处一声汽车喇叭响，姑娘扭头看了看，向他挥了挥手，朝那辆汽车跑过去了。

这是一辆新出厂的别克汽车，很牛。车的主人叫孙建成，松林镇的党委书记，他的后任。还是他当监察局局长的时候，就不断接到群众举报，反映孙建成的经济问题和生活作风问题。不知道从什么时候起，“生活作风”好像不是问题了。可是孙建成的作风问题却是跟经济问题密切挂钩的。他让自己姘头的老公办了一个服装厂，投资却都是松林镇的；他另一个姘头承包了一个镇里的饭店，干了几年不但一分钱没向镇里交，反而镇里还欠她的钱；还有一个姘头因贪污进了看守所，他用镇里的钱将她的贪污款补上，硬是把她保出来了……这仅仅是“作风问题”吗？可是监察局也好，纪检也好，硬是查不出来，说什么查无实据。怎么会呢？他光是房子就有七八处，退下来以后还开着这么好的车，这难道不是实据吗？

那个姑娘怎么钻进了孙建成的车里呢？这么美丽的姑娘钻进孙建成的车里，那不是羊羔钻进了狼窝吗？

我错了吗？

你没错。

没错为什么都恨我？

谁恨你了？没有人说恨你呀。

没有人说就没有吗？

没有人说当然就没有了。

可怕的就是不说，不说他们就恨在心里，恨在脸上。

你怎么能证明人家是恨在心里，恨在脸上？

无法证明，我无法证明。现在是法制社会，法律要求证据，证据需要行为，至少需要语言。藏在人家心里的你无法作为证据，写在人家脸上的你也无法作为证据。原来他只知道鲁迅先生说的人言可畏，只知道除了刀枪毒药而外，舌头也可以杀人，阮玲玉就是被众多的舌头杀死的。但是他从来不知道脸色也可以杀人，冷漠也可以杀人。舌头杀人可以不见血，可以让凶手逍遥法外。而脸色和冷漠杀人非但不见血，连影子也不见。杀人的凶手非但可以逍遥法外，甚至可以逍遥德外，逍遥礼外，逍遥良心之外……

匀速前进，一步一个脚印，意念集中在冲阳穴和涌泉穴。试一试，仍然办不到。姑娘又跑过去了，扭过头冲他笑了笑，算是跟他打了招呼。姑娘为什么跟孙建成混在了一起呢？难道她不知道孙建成是个色狼吗？

在这座小城里，大概只有这位姑娘的脸色是不杀人的。那一张张碱壳一样的面孔真的比刀剑还锋利，也同样闪着刀剑般的寒光。姑娘给他留足了面子，他傍晚出来不是图清静，而是怕早上那一张张碱壳似的脸。别人的脸可以躲开，可以不看，老婆和儿子的脸躲得开吗？

两室一厅的楼房，七十多平方米。还是他当监察局局长时分的，那时就是这个水平，许多人还羡慕不已呢。现在不要说局长，不要说副市长，就连普通公务员的房子也远远地超过了他。他毕竟是学中文的，还喜欢书法，他一直渴求有间书房。可是办不到，儿子占一间房，他和老婆占一间房。年纪大了就添毛病，年轻的时候老婆嫌他打鼾，可是现在老婆也打起鼾。两个年轻人挤在一张床上还嫌床宽，两个老年人再挤一张床上就总是嫌别人占得宽了。一等人分房睡，二等人分床睡，三等人同床睡。他跟老婆既不能分房睡也不能分床睡，只能当三等人了。

老婆多次提出跟市政府要房，他怎么跟人家说呢？房子是有，都是分给现任领导的。退下来的人有谁能要出房来呢?

还有，儿子在大学里交了个女朋友，甘肃的。毕业后要留下来，得有接收单位。其实也不需要真的接收，只是答应接收开个证明就行了。没有接收单位，就只能回甘肃了。这事难吗?普通百姓也许有点儿难，作为一个副市长，尽管是退下来的副市长，开这样的证明不是比到超市里买袋洗衣粉还容易吗?偏偏儿子的证明就开不出来，没有哪个单位愿意帮这个忙。不帮忙也就罢了，还对儿子说:“冲你，冲你妈都行，就是冲你爹不行。”于是，儿子再见到他的时候，脸上也结了厚厚的可以杀死人的碱壳……

匀速前进，一步一个脚印，意念集中在冲阳穴和涌泉穴。那个姑娘开始往回跑了，像一片飞动的残阳。残阳如血，杀人不见血……

“你少搭理她!”老婆沉着脸命令着他。

“怎么了?”

“她是鸡。”

“什么鸡?”

“鸡就是鸡，你连鸡都不懂?”

“鸡不是下蛋的吗?”

“鸡是婊子。”

“你别血口喷人好不好，挺好的孩子，多不合适啊。”

“她是歌厅里坐台的，要不为什么总是夜里上班白天睡觉呢?”

“歌厅里坐台也未必就卖身。”

“看你还挺同情她，她可是孙建成包下来的。”

“二奶?”

“二奶，八奶都多了。奶不奶的，你看看她住的那房子，三室两厅两卫，一百二十多平米，比咱这三口之家的房子强多了……”

这是真的吗?

顺着柳叶河的柏油路被开了膛，巨大的挖掘机一扬一落，路上便开出了一条笔直的深沟。现在什么都机械化了，过去要挖这么一条深沟要动员几百人，还要红旗招展，还要工地广播，还要搭棚开伙。一台挖掘机顶上几百人，机械化以后人还有什么用？体力劳动消失了，体育锻炼再跟不上，人还得退化成猿。

挖掘机周围挤满了人，挖条沟有什么好看的？马路的沟挖得还少吗？今天埋水管挖一条，明天改电路挖一条，后天拉电话线又挖一条……他想起了马路上装拉锁的笑话。在挖掘机的轰鸣中，人们说笑声都大得夸张，有必要吗？似乎有人在说天然气什么的，天然气怎么了，这地下是埋着天然气管道，千万别碰破……迎面过来一个人，也是高声说话，高声大笑，直冲着他过来，谁呢？

他听见了迎面过来的人在喊他的名字，还冲着他伸出手来了。他的名字从别人的嘴里喊出来已经很陌生了，连伸出手来迎过来的礼节他都不熟悉了……天呀，居然是张林，张副市长。他踟躇地伸出手，干张着嘴不知该说什么。

身体好吧，血压高不高，睡眠怎么样，每天都走路吗，走路好，贵在坚持……

张林还是那么志得意满的样子，对他很热情。热情得有些不真实，他尴尬地应付着。

他指了指那台轰鸣作响的挖掘机，跟张林找着话茬儿说："又挖沟呀？"

张林激昂地说："天然气。"

他听不明白："天然气怎么了？"

张林更加激昂："铺设天然气管道，终于盼来了这一天。"

他依然疑惑地："你是说，把天然气引进咱这城里来？"

张林的情绪更加高涨："是啊，十年了，盼了十年了。"

他说十年，为什么不说十一年呢？准确地说应该是十一年，十一是个让人不寒而栗的数字。

他点了点头，想从张林的身边绕过去。

张林一点儿也没有给他让路的样子。

他只好继续应付着："好……好啊……"

张林笑着，脸上并无恶意。

他等着张林给他把路让开。

张林像是跟他做着汇报：“市政府下了决心，就是砸锅卖铁，也得让二十万人民用上天然气。”

他也只好顺着张林的话茬儿问：“天然气公司同意了？”

张林说：“花钱呀，咱花钱呀。您知道吗，开一个接口要咱多少钱？”

他摇了摇头。

张林伸出了三个指头：“三千万。”

他惊愕地说：“这么多？”

张林说：“这还是优惠咱们呢，您想呀，现在装接口有多麻烦，整条管道都得停止供气，光是供气的损失咱都赔不起。”

他说：“那是……那是……”

张林终于说出了他想说的话：“您知道十年前那桌饭多少钱吗？”

他没说话，呆呆地看着张林。

张林又伸出了三个指头：“三百元，只有三百元。”

他犯起了一根筋：“不止吧，我记得你们可喝的是茅台酒，光是那瓶酒多少钱？”

张林说：“那瓶酒是我从家里带去的……”

他无话可说了。

张林意犹未尽：“为了公家的事，我自己往里搭酒……”

他不能不反驳了：“这么说，我错了吗？”

张林说：“没错，您没错。”

他不客气地说：“我没错，就是你错了。”

张林惊愕地：“我错了？我还错了？”

他气怒地说：“就是你错了，你顶风违纪。”

张林啊啊着，该他无话可说了。

就是你错了，你顶风违纪。

他一边大步流星地走着，一边怒不可遏地嘟囔着。只有柳叶河边的银杏树能听见他的嘟囔，他的眼睛看着前方，目不斜视，走得威武而理直气壮。更令他惊奇的是，嘴里这么嘟囔着，意念反而能集中在冲阳穴和涌泉穴了。好像他的嘟囔声不是从嘴里发出来的，而是从脚下发出来的。抑或这嘟囔声也像他的意念一样，从嘴里出来，顺着他的大督脉一直沉入他的脚底，被他那铿锵作响的脚步踩得粉碎……

就是你错了，你顶风违纪。

我是监察局局长，我执行的是中央的文件，是市委的政策，是雷书记的指示。我没错，我有什么错？雷书记说我没错，没有任何人说我错。我没错就是你错了……可是，为什么我没错大家都恨我？为什么你错了大家还把选票投向你？难道你没错，是我错了吗？

我错了吗？

他又问起了这个永远也无法解答的问题。他问过雷瑞，雷瑞那果断的答复令人生疑；他问过张林，张林的回答充满了敌意；他问过老婆，老婆那嘲讽的口气显然说的是反话……我错了吗？没有人能给他一个真诚的回答，他只能问自己。自己问自己，自己又无法解答，像屈原的《天问》。曰：遂古之初，谁传道之？上下未形，何由考之……曰：天地苍苍，吾何错之？

儿子来了，儿子是在母亲的陪伴下来的，拖着一只沉重的大箱子。儿子是来跟他告别的，为什么不在家里告别，专门等着他走路的时候到柳叶河边跟他告别？

“你去哪儿？”

“甘肃。”

“非去不可吗？”

“没有人给雪儿开接收证明。”

雪儿是儿子的未婚妻，没有接收证明，雪儿只能分配回甘肃了。这件事弄得他急不得恼不得，怨谁呢？世界上好多无名的愤怒是没有怨恨对象的。

“不能再想想办法吗？”

“想什么办法都需要权力。”

他没有权力，他现在连发问的权力都没有。是的，他曾经有过权力。但是他从来没有用权力为自己谋过半点儿私利。就是房子吧，他当副市长的时候本来是该给他调房的。办公室主任把钥匙都放在了他的办公桌上，可是他没有要。鬼知道他为什么不要，那时儿子还小，那时候他觉得还有机会，那时候他想到的是机关更多的没房的人……还有，老婆一直在乡下的一所中学教书，总是闹着要调回城里。可是他不同意，鬼知道他为什么不同意。老婆问过他：“假如我不是你老婆你会不会同意呢?”他说那会考虑的。老婆火了：“就因为我是副市长的老婆，连考虑都不考虑了?”别人是夫贵妇荣，跟着当官的丈夫沾光。她反倒跟着当官的丈夫吃苦在前，先天下之忧而忧了。现在他没有权力了，老婆不必再跟着他“表现”了，可是儿子却吃了他的“挂落儿”……有权不与人方便，如入宝山空手回啊。他想起这句古训。

“你为什么非要到甘肃去呢?”他问儿子。

“为了开发西部，这有错吗?”

他笑了，儿子这豪迈的气话连他都不相信。

“那就是为了爱情，这有错吗?”

你没错，难道是我错了吗?我错在哪儿?

儿子走了，拖着一只沉重的大箱子，义无反顾地走了。当儿子那沉重的身影消逝在他的视线之外的时候，他觉得这柳叶河更空寂了，连那个甩着长发的姑娘都没有来。天地茫茫，唯有他这个孤独的散步者……

是那个甩着长发的姑娘发现他的，在小桥上。姑娘跑过来，习惯地冲着他笑了笑。他也冲姑娘笑了，但是姑娘却警觉地发现，他的笑有问题。一张扭曲的脸，干咧着嘴，一条透明的口水垂在他的嘴角上……

姑娘马上停下来：“你怎么了?”

他神智还清醒，一只手扶着小桥的栏杆。

姑娘过来搀住了他：“你病了吗?”

他看着姑娘，充满了希望地看着姑娘，眼睛里燃烧着顽强的迷茫。

姑娘继续问着他：“要不要我送你去医院?”

神奇的是，他居然还会说话，口齿却不清了：“俄（我）……多（错）……了……吗?”

姑娘以为他说自己喝多了，可是他身上没有酒味儿，不像是喝了酒了。

他急了，急得脸更加歪斜了，很难看，很可怕。他的身子越来越疲软，抽掉了筋骨似的往下滑去。

姑娘用力搀扶着他，可是没用，他还是瘫软在地上了。

姑娘蹲下身子，把他抱在怀里，高声叫着："你怎么了？你怎么了？快说，你怎么了？"

他看着姑娘，嘴角剧烈地抽动着，身子开始僵直了。终于，他拼尽全身的力气，说出了一句话，很响的一句话："我……错了吗？"

这回姑娘听清了，却没有办法回答他。姑娘不知道他问的是什么，就算姑娘知道，也回答不上来。

是前来接姑娘的孙建成把他送到医院的，他住了院。经过了一天一夜的抢救，他居然又活过来。但是他的左边身子却不能动了，话也不能说了，只能从喉咙里发出一连串的呜噜声。他神智半清半醒，好的时候能认识人，糊涂的时候连老婆都不认识。他总是呜噜呜噜地叫着，谁也不知道他在叫什么，也没有人理会他在叫什么……

终于有一天，他找到了一个表达方式。他伸起还能活动的右手，对着窗外的天空，不停地画着问号，嘴里还在呜噜呜噜地叫着。所有的人，包括守在他床边的老婆、病房里的病友、为他治疗的医生护士，还有从甘肃赶回来的儿子，都没有问他想说什么，也没有问他画的是什么。他只有指着天，呜噜呜噜地问自己了……天问。

2002 年 5 月 16 日于通州

# 秋天的心情

## 一

有不少领导者从岗位上退下来都病了，卸任综合征：心理失调，敏感，脆弱，脾气烦躁。总觉得整个世界都对他换了一副冷冰冰的面孔，心里嘀咕，嘴上牢骚，甚至还偷偷地掉眼泪。自己跟自己过不去，眼瞧着面黄肌瘦，皮里抽肉，消化不良，失眠健忘，周身的病全来了。刚退下来的时候，尚有大量的余热可发电，没过半年，便一副老态龙钟了。

张贺很可怜他们，也常用各种各样的办法安慰他们。没用，这种病没治。张贺多说两句，他们就会说，甭站着说话不腰疼，轮到你的时候试试。张贺下了决心，轮到自己的时候绝对不能像他们那样，无论如何要使自己保持住一副健康的心态。好在等待的时间并不长，很快便轮到他了，年龄到了。一刀切，谁不下也不行。

在任的时候，人们称他县长，略姓。在十几位正副县长中，略姓的只有他。其余的都略长，称之为王县、李县、赵县。凡是略长的，恰恰都是副县长。这么糊里糊涂地叫着，谁心里都明白，谁心里也都舒服。退下来之后，人们便在他的称呼前面冠之以老字，以区别于现任县长，又表现出了对他那段历史的承认和尊重。

他退下来的第二天便到老干部局报到了，正赶上组建老年门球队，他就愉快地参加了。他在那张报名表上写下自己的名字的时候便哑然笑了，他当县长的时候打的是网球，当老县长则开始打门球了。这是标志呢，还是待遇呢？

县里的网球馆是他建的，为的是适应改革开放的需要。据说，高尔夫球、网球都是属于贵族运动，象征着一定的身份和地位。果然，上级领导、外商港客、新贵小秘多有此雅兴，网球馆成了该县对上对外交流的一个隐蔽的窗口。

网球馆重要，他把最得力的政府办公室副主任石涛拿下去任馆长，并把网球馆从体委独立出来，副处级待遇。

石涛不愧是个搞接待的天才，小小网球馆让他一鼓捣，果然一副无可挑剔的贵族气。原来设计的时候，馆内只有个洗澡间，领导贵宾们运动完了，肯定一身臭汗或香汗，冲洗一下是免不了的。石涛去了，又增加了一间休息室、一间桑拿浴室和一间更衣室。更衣室里靠墙是一排柜子，柜门上都有锁。县委常委和副县长们每人都有一个专用的柜子，柜子里除了打网球的运动衣、运动鞋，还有毛巾、香皂、洗发液，等等。这样，无论谁什么时候到网球馆来都不用自己操心这些事了。连衣柜的钥匙也不用自己惦记，统统由杨师傅保管，尽管衣柜上没有写名字，可哪个衣柜是谁的，他记得清清楚楚。

杨师傅干了一辈子洗澡行，是从县城里有名的裕华池退下来的。本来还不到退休的年龄，只是为了让儿子接班。他老家在河北定兴，那里专出洗澡行的人，就像过去三河县专出老妈子（即保姆）、安徽凤阳县专出唱花鼓讨饭的一样。杨师傅退休该回老家的，石涛听说了，把他挖了过来，让他专门伺候前来打网球的人。

这样一来，网球馆不仅是个运动的场所，还成了一个享受的所在。运动加享受，或者是享受型的运动，更强化了交际的功能。都挺满意，对网球场，对石涛。

## 二

门球场在县体育场的东南隅，与网球馆遥遥相对。从体委大门进进出出的小汽车，常擦着门球场疾驰而过。要是哪一位球友留意，会发现张贺在门球场上跳跃击球的身影。可惜那些坐小汽车的人大多习惯于坐在后面，后面的玻璃窗上又都贴着防晒防光的太阳膜。不但外面的人看不见乘车人，乘车人也同样看不清外面。久而久之，乘小汽车的人也习惯于不往外看了。眼不见撂一片嘛。

偶尔也有人打听张贺，多是上边和外面来的人。问到谁的头上都是回答两个字：退了。于是，问的人不再问了，都明白了。退了，不但意味着从领导岗位上退下来了，也意味着从网球馆里退出去了。由此看来，网球馆确实意味着一种身份和特权。

张贺很平静，从不发半句牢骚。他努力劝慰自己，这是应该的。好马不恋槽，要退就退得干干净净的。当马的时候就吃马料，当驴的时候就吃驴料，这公平。

心态调整好了，便认认真真地打门球。来打门球的多是在他之前从领导岗位上退下来的，见他来参加门球队，大伙儿都表现出格外的热情。他在职的时候，这些人也多跟他发过牢骚。那些牢骚中常夹杂着些许怨恨乃至仇恨。他记得当时他怎么解释都解释不通，而且越解释积怨越深。有的人公开地说他是秋后的蚂蚱，蹦跶不了几天了。果然，没几天，他不就蹦到他们堆里来了吗？没有人记恨他，都拿他当自己人。

可这“自己人”当得并不舒服。张贺常有意无意地把门球场和网球馆进行比较，这比较或多或少让他觉得有点儿寒酸。进了网球馆，便有人张罗着换衣服，脱下西装，换上精神抖擞的运动服。而门球场没有更衣室，运动服得从家里穿好了来。门球也是运动，要运动就免不了出汗。在网球馆，运动完了，洗个热水澡，还可以蒸蒸桑拿浴。蒸透了，杨师傅就为他们搓澡。打门球就不行了，出一身臭汗也得溻着，等散了场回家用燃气热水器洗。这个城市的供水长期不足，热水器常常流不出水来，还得烧壶热水在卫生间里往身上撩。夏天尚好对付，冬天这么折腾可受不了，毕竟是一把年纪的人了。也真怪了，这些人退下来以后，却没那么娇气了。这么折腾也没事，连伤风感冒的都很少。

还有怪的，让张贺留恋的并不是那些球友。按说都是新交旧知，还有老同事、老战友、割头换颈的朋友，多少回在酒桌上，感情撞击得热泪横飞，似乎都成了不求同年同月同日生、只求同年同月同日死的患难知己。可他退下来之后，硬是回忆不起来都有谁跟他热泪横飞过了。想到那些人就是一群，而不是某一个。一群放在一块儿，便都成了过眼烟云，可以说都有，也可以说都没有。

让张贺留恋的倒是杨师傅。杨师傅是个敬业精神很强的人，他非但不把伺候人看成是低人一等的职业，还非常为自己的手艺自豪。他也发牢骚，可他的牢骚从不冲着当权者发，而是冲着他的接班人发。他说眼下的年轻人不好好学习，搓澡有搓澡的规矩，这规矩都让他们破坏了。浑身上下，得给人家搓够一百零八把，每一把都得到位。胡来不行。别人他管不了，他管自己的儿子。他常常把儿子叫到网球馆来，言传身教，诲人不倦。球友们对杨师傅都挺尊重，都挺看重。

搓澡也能上瘾。特别是来网球馆的人，大多都有一把年纪了。年纪大了，皮肤就粗糙，老皮厚，角质硬，身上常常发痒。打完了网球，在桑拿浴里蒸得大汗淋漓，皮肉发红，躺在休息室的水凳上，让杨师傅浑身上下那么一搓，身上的油泥、老皮一绺一绺地蜕下来。脚上的老皴厚茧长趾甲，杨师傅用修脚刀一丝不苟地收拾干净。经过杨师傅这么一伺候，身上清爽得像是脱胎换骨一般。嗬！那滋味，甭提多舒服、多过瘾了。时间长了，这瘾就在身上扎下了根。三天不让杨师傅收拾，身上就痒得不行，比长满了虱子还难受。

## 三

自从退下来就没进过网球馆，没进过网球馆就没享受过杨师傅的收拾。虽然说每天都洗澡，可那澡总像是没洗透。身上的油泥、老皮、厚皴一层一层地堆积着，他觉得自己都快成穿山甲了，身上痒得不行，心里起急发躁。晚上看电视的时候，他坐不住，满屋里遛。老伴给他买了个老头儿乐，他不停地在身上挠，越挠越痒，越痒越不住地挠，老头儿乐上挂满了血丝儿，身上结满了血嘎巴。有多少次，他真想到网球馆去，不打网球，就是洗个热水澡，在桑拿浴里蒸个透，再让杨师傅给他搓掉积了一冬的厚皮。这样想着，身上都无比的舒畅，越舒畅越无法忍受身上那盔甲般的污垢。

他知道他到网球馆也是理所应该的，没人敢冷落他。事实上，他临退下来的时候，石涛一再邀请他继续来打网球。这网球馆毕竟是他建的，石涛毕竟是他一手提拔的，谁敢说什么呢？

还有杨师傅，他想，杨师傅跟他是有感情的。他也是穷苦人出身，当了县长后也没有养成歧视劳动人民的品质。他跟杨师傅同庚，都是属牛的，杨师傅的生日比他大两个月，他喊杨师傅老哥。开始喊的时候，杨师傅总是摆着手说不敢不敢，喊得多了，杨师傅就认了。他觉得，他跟杨师傅之间真有一种手足般的情感。杨师傅不善言辞，所有的表达都放在一双眼睛和两只手上了。他给他搓澡、修脚、理发、按摩上特别用心周到，一丝不苟。他呢，在表达情感方面却显得拙嘴笨舌，心里有数就是了。

杨师傅不说，他也知道杨师傅的困难，是石涛告诉他的。杨师傅跟老伴原来有一间小平房，在北大街。儿子来了，跟他们住在一起，也还凑合。可是没过多久儿媳妇又来了，是挺着大肚子来生孩子的。那间九平方米的小平房绝对容不下这两代半人了。按说，再给一间平房就能解决问题了，杨师傅不敢有太大的奢望。张贺让房管局局长找了两个多月，愣是一间平房都找不出来了。这个城市正在进行改造，住平房的都在拆迁，实在是周转不过来。张贺临退下来的时候，当机立断，批给杨师傅一套两室一厅的楼房。

他批这套楼房的时候，跟谁都没有说，连杨师傅也没有告诉，直接把批条给了石涛。他记得，这是自己为官以来第一次行使特权。他必须这样做，他心里非常清楚，他要是不在退下来之前把这件事办了，以后再也没有这个权力了。走后门也罢，以权谋私也罢，犯错误也罢，他都认，认得很坦然。

就是这么一种关系，他到网球场找杨师傅搓搓澡还不是应该的？应该的他也没去，愣是咬着牙忍下来了。他这一辈子，一言一行，首先考虑的不是爹娘给他的血肉之躯，而是给那血肉之躯贴上标签的所谓的身份。他官居九品的时候是一种身份，摘掉了顶戴花翎也是一种身份。这身份限制着他不能轻举妄动，他动了别人怎么办？别人会怎么看他，怎么说他，怎么对待他？人老了，特别是从领导岗位上退下来的老人，不知为什么，脸皮变得比少女还薄。

身上那盔甲般的污垢可以忍受，脚掌上的鸡眼却无法忍受了。身上的污垢只是痒，而鸡眼是疼。脚不敢沾地，稍一用力便钻心般地疼痛。马上就要进行门球比赛了，脚上的鸡眼不剜掉是无论如何上不了场的。在这个小城里，只有杨师傅修脚的手艺最好，用江湖人他不放心。万一脚被剜坏了，就要影响整个球队的比赛。他又想到了自己的身份。

想到这些，脚上的鸡眼更疼了。

## 四

他决定去找杨师傅，不是到网球馆，而是到杨师傅的家里。

杨师傅的房子是他批的，他当然知道杨师傅的家在哪里。那是一片新建的住宅小区，在县城的东南隅，叫梨花小区。这个名字还是他命的，他对梨花情有独钟，这个秘密只有他自己知道。哦，对了，这也该算是一件以权谋私的事吧？

晚上，他是骑着自行车去的。小区刚建，人口的密度不大，街上的路灯又有点儿暗，因此显得很冷清。他找到了那个楼门，爬上去，轻轻地敲着。

借着楼道里那昏暗的灯光，他看见来开门的是个年轻人，很清秀，不像是杨师傅的儿子。那个年轻人显然是认识他，站在他面前嗫嚅着，不知该说什么好。

“你是杨师傅的什么人？”

“哪个……杨师傅？”

“网球馆的杨师傅。”

“哦，他……不在这儿住。”

“你是谁？”

“我……我叫石小龙。”

“石小龙？你爸爸是谁？”

“我爸爸是石涛……”

“你怎么在这儿住？”

他觉出自己的口气严厉起来。自从他退下来之后，还从没用过这么严厉的口气跟人家说过话。那个叫石小龙的年轻人紧张起来，支支吾吾地说不出话来。

他缓和了一下口气问：“那么杨师傅在哪儿住？”

“在我……原来住的那两间平房里。”

他完全明白了，心里的火气一阵阵的发烫。他努力使自己的态度平稳下来，问清了杨师傅现在的住址，便下了楼。

他找到杨师傅家的时候，大概已经有十点多钟了。杨师傅的老伴在外面的小厨房里收拾碗筷，杨师傅已经睡下了。杨师傅在屋里听到他的声音，一边高声呼唤他进屋，一边慌慌张张地穿衣服。他进去了，杨师傅趿拉着鞋给他让座递烟，又呼喊着老伴沏茶。

他已经完全记不得自己来找杨师傅的初衷了，他急切地问：“你怎么搬这儿来了？”

杨师傅感激地说：“真是的，多亏了石主任，要不可把我愁死了，听说还是你给搭了话……”

他的脑袋大了，多亏是多年在官场上磨炼出来的，每临大事有静气。他极力不露声色，继续问着：“过去这间房谁住着？”

杨师傅依然感慨万端地说：“是石主任的儿子，人家分了楼房硬顶着没把这房往单位交，让给我了。真是的，我算遇上好人了……”

杨师傅的老伴端上来茶，又悄声问：“我炒俩菜，你跟老县长喝杯酒？”

他急忙制止，说吃过饭了。天太晚了，待不住。我自己没事，你老哥明儿还得上班呢。

杨师傅说：“我也没事了，上什么班？早就不上了。”

他又奇怪了：“你不在网球馆了？”

杨师傅也奇怪：“你一直没到网球馆去？”

他忙问：“怎么回事？”

杨师傅说：“改革了，石主任请来两个按摩小姐。”

“什么按摩小姐？”

“就是洗完了澡在原来那搓澡床上请小姐按摩……”

“光着腚让小姐按摩？”

“光不光腚咱不知道，她们来了，我就走了。”

张贺待不下去了，起身告辞。当他迈出门槛的时候，用力大了一点儿，脚掌上一阵钻心的疼痛。他咬着牙忍下了，出了门推起自行车就走。

一路上，他的怒火一窝一窝地在心里拱着，退下来之后那种淡泊的心态不知道跑到哪里去了。他拼命地蹬着车，径直奔向网球馆。至于到了那里他该说什么，该怎么办，他没想。他只想发火，想骂人，想把网球馆砸个稀巴烂！

到了网球馆门口，却碰到了自己的女儿。女儿告诉他，石涛提着好多礼物在家里等他多时了。

他脚上的鸡眼又疼起来，他后悔刚才没让杨师傅把鸡眼剜掉。

1996 年 8 月于桑梓轩

# 不如归去

## 一

崔文禄临上床的时候，心里突然生发出一种欲望。算了算，大概有两个星期没“交公粮”了，他想跟妻子温存一下，可儿子还没有睡着。四岁的儿子毛毛睁着那双困惑的眼睛看着他，像政治家似的思索了一会儿，突然说：“爸爸，你为什么还不回你家去？”

妻子训斥着儿子：“别胡说，这儿就是爸爸的家。”

儿子争辩着：“这儿是咱的家，不是爸爸的家。”

“咱的家就是爸爸的家。”

“爸爸的家在黄土高坡，歌儿那么唱的。”

崔文禄没说什么，脱下衣服挨着妻子躺下了，刚才的那一点儿欲望烟一般地消逝了。妻子似乎也毫无兴致，顺手关了灯，没做出任何暗示。

假寐了一会儿，妻子说：“街道侯主任说把你的材料递到区委组织部了。”

崔文禄说：“我到组织部去了。”

“他们怎么说？”

“他们说我不属于干部调动，不归他们管。”

“那么人事局呢？”

“人事局说我不属于人才引进。”

“学生家长又帮我找了个安置办公室的人。”

“我又不算复转军人，跟人家更不搭界。”

“那你到底归谁管？”

“唉，我终于也尝到找不到党的滋味了。”

崔文禄本想开句玩笑，可他说得太沉重，倒真的让妻子感到酸酸的苦楚了。

正在这时候，客厅里的电话响了。谁这么晚还来电话呢？

还没回自己的卧室睡觉的老岳父接起了电话，高声大嗓地叫嚷着：“找谁……崔书记？打错了……没告诉你吗，这儿没崔书记……等等，你找哪个崔书记……”

崔文禄听出了是找他的电话，披衣下了床。

妻子问了一句：“是核桃坡来的吧？”

电话果然是从核桃坡打来的。核桃坡乡小边沟的党支部书记康盼富为了给他打这个电话，爬了三十多里的山路到核桃沟邮电局打来的。难怪这么晚。两个月前，他离开核桃坡的时候，康盼富托他一件事。他在报纸上看到，北京有一种玉米特别高产，一亩地能打一千多斤，而且耐旱、抗病虫、适应力强。康盼富盼得红了眼，嘱托他一定想方设法搞些种子来。

凭良心说，崔文禄并没有把这件事忘掉。只是他一回到北京，为了自己的工作，整天价像没头苍蝇似的乱撞，晕头转向焦头烂额连魂儿都保不住了。有时候顺路或不顺路他也进过几家商店，也问过。商店里连非洲的东西都有，就是没有玉米种子。问，说得到农村去买。他到北京连东南西北都认不准，怎么去农村？就算知道怎么去，他也没那工夫。

接完康盼富的电话，他心里很愧疚，躺在床上再也睡不着了。夜很静，妻子和儿子早已进入了梦乡。窗外，一只布谷鸟在孤独地叫着，那声音像是就在楼顶上。可是一声声地远去，穿过云际，飘过天边，飞向那遥远的核桃坡……

## 二

核桃坡是他的故乡。他在那里出生，在那里长大，在那里当了官，在那里落地生根——当然，要不是碰上高洁的话。

他怎么会碰上了高洁呢？

他碰上高洁的时候，只是乡里的一般干部，管宣传。那会儿的乡还叫公社。他是因为在报纸上发表了几篇豆腐块的文章被当作人才和接班人调到公社来的。这已经很了不起了。不要说文化不高的当地人，就是高洁这个从首都来的知青也对他佩服得产生了爱慕之情。

高洁那会儿是调到公社知青办公室帮忙的，也免不了写材料，写材料则免不了向他请教。说实在的，祖祖辈辈没离开过黄土高坡的崔文禄对高洁这样的女知青是有警惕的。他从本能上觉得他们不是一路人，何况那会儿已经有了知青回城的政策。可是，人是管不住自己的。崔文禄深深地体会到了这一点。也不知怎么的，他就离不开这个真诚善良的北京姑娘了。那是他们一起到康盼富的那个小边沟去总结一份材料，什么材料他们都忘了。后来回忆了多少次也没记起那次他们总结的是什么材料。这无关紧要，紧要的是去小边沟的路很难走。要爬山，很高很陡的山。自然，崔文禄要拉着高洁的手。这手拉上就再也没有松开，下了山也没松开，直到进了村……

高洁是对得起他的，她答应他不回城了，跟着他铁心在这黄土高坡上扎根。结婚以后，高洁便按知青待遇安排了工作，在乡中学当语文教师。一年以后，他们有了一个宝贝女儿。为了感激高洁对他的忠贞，他给女儿取名叫京京。

京京聪明漂亮又懂事。从小学到初中，总是班干部，总考第一，年年是“三好生”。京京是崔文禄的骄傲，什么树开什么花，什么藤结什么瓜。崔文禄这个土生土长的乡下人，因为娶了高洁这个北京来的“优良品种”，才繁育出京京这个优秀后代的。这个“实验”向当地人普及了有关生命科学的常识，要不为什么康盼富非要让崔文禄从北京给他搞些玉米种子呢？

京京也是高洁的安慰和寄托。一批又一批的知青都回城了，高洁像一只孤雁似的在这儿搭了窝儿，生了蛋，就再也离不开这儿了。想到那繁华的大都市，想到当年的伙伴都过上了另外一种生活，想到鳏居在几千里之外的老父亲，高洁常常偷偷地落泪。可是她从来没有提出过要走，这倒不是因为她当年向崔文禄许了诺，北京虽然让她梦牵魂萦，可这里毕竟有她的丈夫，有她的女儿。能跟丈夫女儿在一起就是一个完整的家，就是幸福。被黄土高坡磨炼了二十年的高洁早已不是天真浪漫的少女了，她得面对实际，面对生活。生活是生命的河，平平淡淡才是真，翻涛卷浪固然很刺激，可也容易把你卷入悲剧的深渊。

仅仅是一场病毒性痢疾，就是因为那设备简陋、医术低劣又对生命极不负责任的乡卫生院把京京耽误了……一个十三岁的生命，带走了高洁二十多年培养起来的对黄土高坡的感情和眷恋。她深深地恨上了这片土地，恨这片土地无情夺走了她生命中最重要的一部分。她几乎垮了，整整两年的时间她的精神都处于恍惚状态。当她生下了毛毛之后，对这片土地不仅仅是憎恨，而且是恐惧了。她怕这片土地再把她的儿子夺走，甚至来不及与崔文禄商量细节，便带着儿子匆匆地回北京去了……

高洁走了，儿子也被高洁带走了。

他不能走，他已经是这个乡的党委书记了。在当地老百姓的心目中，这可是一个了不起的大人物了。繁忙的工作之余，他熬不过独身的凄苦，便到女儿的坟茔前，面对着荒草野花暗自落泪。这时候，头顶上的布谷鸟在悲凉地叫着："光棍儿好苦……光棍儿好苦……"

## 三

他是熬过了四年夫妻两地分居的生活后才调到北京来的。高洁为了他能调来花费了不少，钱、精力、感情、眼泪。好不容易把户口的准迁证跑下来了，他不能不来，高洁需要他，他也需要高洁，夫妻之间谁不需要谁呢？他不来会伤透高洁的心的。他只好辞了"高官"，来这大都市里"待业"。

怪不得谁，人家公安局是为了解决具有高级职称教师的两地分居问题才批准崔文禄把户口迁入北京的，而不是出于工作需要调崔文禄来的，偌大的北京城要他一个小小的乡党委书记干什么？

崔文禄的工作只好自己解决。两个多月了，他拿着自己的"关系"不知道跑了多少个庙门，拜了多少个真佛假佛，一点儿路子都没有，甚至连点儿希望都没有。个个部门都如同这个营养过剩的城市一样，臃肿得需要减肥。他们发愁的是往外裁人，不是往里进人。

高洁是一所市重点中学的教师，又担任着班主任。中学的工作已经够她忙的了，回到家里还要上伺候老的，下收拾小的，洗衣做饭给学生判作业，连捶捶腰的空闲都没有。崔文禄心疼她，可也帮不了她什么。所以，他在外面的烦事愁事尴尬事，尽可能不跟她说，免得她为他分心。高洁自然也知道崔文禄的难处，皇都上下，个个衙门门槛比山高。虽说官不值钱，可老百姓见官总比见佛难。就算你豁出血本想上供，也是提着猪头找不到庙门。更何况崔文禄一个“老憨”进京，两眼一抹黑，找谁去？

高洁不是不管，她不断托人找门子。托她的同事，托学生家长，还托教育局的领导，她原本是最羞于求人的，为了丈夫的工作，她的脸皮都磨得比发面烙饼还厚了。

连崔文禄的老丈人也没闲着，出去遛鸟的时候，总是支棱起耳朵打听着，谁一提哪儿用人他就伸着脑袋往里钻。不老不小一个大爷们儿，整天价塔似的在屋里戳着，白吃白喝他不怕，就怕到时候闲出毛病来。一个女婿半个儿，他没儿子，女婿是来投奔他的，整个的门户就靠他顶着呢。他就是不为女婿着想，也得为这个家着想。这不，今儿特别顺，那百灵往树卡巴上一挂，十三口就哨得格外悦耳。不大一会儿，开饭馆的六指韩老三来了，说要找个帮手，采买带保卫，包吃包住，一个月开三百元钱。老丈人一听急忙荐自个儿的女婿，韩老三磨不开老街坊的面子，应承下来。老丈人提起鸟笼子就往家赶，恨不得立马带着崔文禄去韩老三的饭馆上班。

老丈人一盆火似的回到家，没想到崔文禄一盆冷水给他泼个透心凉。

崔文禄问：“他那个饭馆属于啥级别？”

老丈人赌着气说：“跟国务院一个级，不算小吧？”

崔文禄说：“您别开玩笑，我这是认真问的。”

老丈人说：“谁跟你开玩笑了？他一个私人老板，自个儿说了算，想定啥级就定啥级。”

“说了半天，是私人企业呀！”

“那你想去哪儿？”

“不管怎么说，我是个党委书记，给他一个私人老板打工，这不是有点儿丢脸吗？”

老丈人一听这话更气不打一处来，说出的话来也就更不那么受听了：“你一个乡党委书记是什么级别？大不了顶个小科长吧？在你们那个屁股大的核桃坡，天是老大，你是老二。别忘了，这儿是北京，到了北京才知道官小。没听过这么个笑话吗？前门楼上刮风掉下来几片瓦，砸伤了十个人，有九个是处级以上的，剩下一个没级别，是某个副部长的妈。别总拿自个儿的官当个官，党委书记给私人老板打工怎么了？你倒是想去大地方打工呢，人家要你吗？”

崔文禄见老丈人发火了，便好言安慰说：“爸，您甭为我的事操心，让我再找找吧，北京这么大，肯定有需要人的地方。”

老丈人说：“我倒是知道有个空缺，你不妨可以找找。”

崔文禄眼睛一亮：“哪儿？”

老丈人说：“王宝森不是自杀了吗？还有个副市长的位子空着。”

老丈人说完，提起鸟笼子，气哼哼地走了。

## 四

老丈人出去以后，崔文禄也下了楼。堂堂的一个乡党委书记，如今成了提篮买菜的家庭“妇男”了。活了四十多岁，他从来没做过家务。小的时候有母亲，娶了媳妇有高洁，高洁走了有机关食堂、有公务员。他这会儿主动把家务事承担起来，不啻是“废物利用”。除此之外，他还能干什么呢？

本来，到了北京之后，他就有一种寄人篱下的感觉。在这个家里待的时间越长，他的这种感觉就越强烈。不管怎么说，他是来投奔妻子的，是住在老丈人家里的。这要是在核桃坡，人家就会说他是“倒插门”，是小子无能，是靠着女人吃饭的。他知道北京不讲这些，大都市里什么样的家庭都有，千奇百怪，见怪不怪。没有人会说什么，只是他自己的感觉不好。

妻子是善解人意的，怕他在这家里待得生分，千方百计地把气氛调整得轻松些、自然些。可是，连四岁的儿子都知道这里不是他的家，别人心里怎么想呢？那天儿子说出了那句话，他倒没往心里去，可妻子挺尴尬，他看出来了。他还看出了老丈人的脸，远不像他刚来的时候对他那样热情了。那张脸越来越沉，没事的时候连句闲话都懒得跟他聊。有事说出话来也是戗着茬儿，越来越不顾忌翁婿间的礼貌了。他已经明显地觉出了老丈人瞧不起他，为什么呢？

无论如何不能这样在家里闲待着了，不能再这样白吃饭了。人生在世，不能自食其力，谁的饭都不好往下咽。

他就这样悻悻地往楼下走。出了楼门，迎面来了三个学生，两男一女，大概是高洁班上的，有点儿眼熟。

三个学生叫他崔叔叔，说高老师抽不出身，让他们三个带他到人才交流中心去一下。那个细高挑儿的男孩儿解释说，他的表哥是人才交流中心的办公室主任。

他有点儿感动，心里一阵发酸，这酸也许是来自他内心深处的自卑和自怜。他没多说什么，上楼取了自己的材料，就跟着三个学生走了。

人才交流中心的办公室主任也姓崔，就是那个细高挑儿男孩儿的表哥。崔主任听崔文禄谈了自己的情况和要求，又顺手翻了翻他带来的材料，便淡淡地说："你还是找找组织部或人事局吧，让他们帮助安排一下。"

三个同学是跟高洁感情很深的，一心一意想帮高洁的忙，找到这么个关系，他们是抱着很大的希望的。这会儿见崔主任三言两语就往外推，立即急了。特别是那个细高挑儿的男孩儿更是挂不住脸，红涨着脸说："怎么，你不管？"

崔主任大模大样地说："我们这儿是人才交流中心，主要是为了各方面的人才流动和安置服务的。"

那个女同学听出味来了，耐着性子说："人家是乡党委书记。"

崔主任说："知道，这材料上写着呢。"

那个女同学被激怒了："你敢说乡党委书记不是人才？"

崔主任没说话，用嘴角笑了笑。

崔文禄的心被刺疼了，他明显地感觉到，崔主任的笑里露出了毫不掩饰的鄙夷和揶揄。

他拿起崔主任扔在桌上的材料，起身便走，连一句告辞的话都没有说。他毕竟当过一方的诸侯，他也有过一呼百应叱咤风云的威严，他忍受不了别人对他的轻蔑。

那三个同学紧跟在他后面出来，没给高老师的丈夫帮上忙，都觉得很愧疚，没有勇气追上他，跟他走在一起了。

他停下了脚步，他突然意识到自己不该让这三个同学伤心。

头顶上，一只布谷鸟在幸灾乐祸地叫着："好苦……好苦……当官好苦……"

## 五

早晨起来，崔文禄觉得心情挺好，连阳光都显得比平时灿烂了许多。他一边帮助妻子收拾房间，一边不由自主地唱起了歌儿。不是唱，是哼，哼黄土高原上的小调。那旋律让他很陶醉，很神往。他只能哼调，不能唱词，那词是很黄的。在核桃坡他敢唱，哪怕是当着大男小女的面他都不在乎。可在这文明得连吐口痰都罚款的大都市里，他当着妻子的面都张不开口了。他觉得，环境对人就好比是马嘴里的嚼子，给你勒上你就得服服帖帖。

高洁背起书包正在门口换鞋，上班要走。他连忙放下手里的活儿，跟上来说："我送你去。"

高洁很奇怪："我让你送干什么？"

崔文禄说："我有车。"

高洁更惊诧了："你有车？哪儿来的车？"

崔文禄说："走吧，到楼下你就知道了。"

高洁一大早就觉出了丈夫的异常，可她每天早上就像消防队接到报警电话一样，忙得连刷牙都限制次数，实在顾不上问他一句话。这会儿又见他张罗着送她上班，心里便折开了饼。她猜测着："你的工作安排好了？"

崔文禄故做自豪状说："安排好了。"

"组织部给你安排的？"

"我自个儿安排的。"

"你自个儿？"

高洁向丈夫问着话，一点儿也没有耽误下楼的速度。出了楼门，高洁朝四处打量了一下，疑惑地问："车在哪儿？"

紧跟在高洁后面的崔文禄没说什么，绕过她朝小花坛的后面走去。高洁正琢磨着崔文禄在要什么把戏，崔文禄却从小花坛后面蹬出了一辆三轮车。三轮车在高洁面前停下来，崔文禄冲高洁笑了笑："上车吧，免费。"

高洁完全明白了，看着丈夫那一副故意装出来的笑模样，她心里一阵发酸，怕眼泪流出来急忙转过头去。

崔文禄看出了妻子的心情，依然坦坦荡荡地说："快上车吧，要迟到了。"

这儿不是说话的地方，也没时间说什么，高洁强忍着眼泪上了车，心里像打翻了五味瓶，说不清道不明的苦辣酸甜。

正是上班的时间，北京城里车如流，人如河。大家都在匆匆忙忙地赶路，无暇旁顾。高洁每天也是这样的，穿枪林躲弹雨般地横过马路，顾头不顾腚地挤公共汽车，两只眼睛除了注意来往车辆，根本顾不上看别的。有时候，跟旁边的人你死我活地往车上挤，等站定之后才发现原来是同一教研室的老师。只好相视一笑，没谁会计较什么，都这样，习惯了。挤车的时候你要是也讲什么谦恭礼让客客气气，恐怕一天也上不去车。

今天却不然了，高洁无须自己挤车赶路，两只眼睛便开始注意身边来往的人群了。这一注意不要紧，她突然发现并不是所有的人都在自顾自地赶路。原来不少人在赶路的时候都在关注着别人，哪怕是匆匆地一瞥。高洁的目光就常常跟这一瞥碰在一起。每当这一刹那间，高洁的心里都激灵一下，生怕那目光中有自己熟悉的，或者熟悉自己的。她觉得不是在坐三轮车，而是在坐贼船……

崔文禄蹬三轮车并不外行，不知道是他以前干过，还是这两天临时练的。说实在的，虽说近几年北京的三轮车成了街头一景，可高洁却从来没有坐过。不是怕花钱，有时候挤不上公共汽车，她宁可搭"小巴"、拦"面的"，也不愿意坐三轮车。她总觉得不忍心，自己优哉游哉地坐在上面，任人家顺脖子汗流地弯腰蹬车，这不公平。传统的阶级教育使她根深蒂固地认为，这是一种阶级剥削和阶级压迫；而剥削者和压迫者是可耻的，是不人道的。没想到，她平生"剥削"和"压迫"的第一个对象，竟然是她的丈夫。丈夫把她送到学校以后，还要去受别人的"剥削"和"压迫"。面对着那些烧包活作的"大款"、趾高气扬的黑皮肤或白皮肤的"老外"，他得低三下四地求人家，求人家"剥削"他"压迫"他，然后弯着腰，低着头，喘着气，流着汗，牛马一样地拉着人家逛洋景，再可怜巴巴地手心朝上向人家讨那可怜巴巴的小钱……

想到这些，高洁再也坐不住了，她冲着丈夫高叫着："停车，停车，快停车！"

崔文禄不知道出了什么事，急忙拉住了车闸，直起腰来。

高洁从三轮车上跳下来，想说什么，又怕一时说不清楚，便冲崔文禄挥挥手："快到了，我自己走吧。"

"放学我来接你吧？"

"别，别，你千万别……"

说完，高洁看也没看崔文禄一眼就小跑着朝学校的方向奔去。

崔文禄望着妻子远去的背影，心里一阵发冷。他明白了，妻子不愿意让人家看见。可是，让他不明白的是，妻子是不愿意让人家看见她自己坐三轮车呢，还是不愿意让人家看见自己的丈夫蹬三轮车呢？

崔文禄茫然了。

## 六

蹬了一天的三轮车，躺在床上腰酸腿疼。虽说他是苦出身，年轻的时候也卖过大力气，可毕竟是多年没动真格的了，两只手除了拿笔批文件、场面上端酒杯，连件硬家什都摸不到，养得比娘儿们的手还绵软。

累是累点儿，可效益不低，这一天下来，竟挣了八十多元钱。这样一个月下来，差不多相当于部长级的工资了。当他把这些劳动成果交给高洁的时候，高洁没要，只是轻轻地说了一句："你能不能不去蹬三轮车呀？"

崔文禄忍不住问："为什么？"

高洁摇了摇头，她没说为什么。崔文禄明白，她那"为什么"是很难说出口的。她毕竟是个人民教师，毕竟有一套"革命的理论"和"传统的观念"。她能说蹬三轮车下贱吗？她能说蹬三轮车不符合他一个乡党委书记的身份吗？她能说自己的丈夫蹬三轮车给她丢人现眼吗？

从早上她匆匆地跳下三轮车，崔文禄便已经知道她的态度了。可是，不蹬三轮车他干什么呢？谁不愿意去当官？谁不愿意用公家的小汽车而不是自己蹬着三轮车送老婆上班？那多威风、多体面、多露脸？可是，你想当官谁让你当？两个多月的奔波已经告诉他，在这个能包容一千万人口的大都市里，再也无法包容一个乡党委书记了。

你以为选择蹬三轮车就那么容易吗？崔文禄也是经过刺心刺肝的思想斗争才痛下这个决心的。

那天跟着高洁的三个学生离开人才交流中心，他真想找个地方大哭一场。那个跟他同宗同姓狗眼看人低的办公室主任，已经用那冷笑明白不过地告诉他，乡党委书记算什么鸟人才？

他没有回家，他怕见老丈人那阴沉的脸。老丈人脸上的阴云和崔主任嘴上的冷笑虽说不一样，可表现出来的都是同一个意思。

他不知不觉地迈进了一家小酒馆，要了一盘花生仁、一盘红油肚丝、一个口杯二锅头。他真想喝个大醉，一醉解千愁。

他是在靠窗户的一张小桌旁坐下的。他刚端起酒杯，就有一辆三轮车停在了窗户外面。他觉得蹬三轮车的那个人有点儿眼熟，可又一时想不起在哪儿见过。他没心思多想，只顾低头喝酒。没想到，蹬三轮车的人进来后就坐在他的对面了，也要了两盘小菜和一个口杯二锅头。他鬼使神差般地抬了一下头，这一抬头不要紧，对面的那位立即叫起来："崔……崔大哥？"

"崔大哥"的话音未落，他立即认出来了："小乐……陶小乐！"

陶小乐是跟高洁一起在核桃坡插队的知青，还是个虚心接受再教育的典型。当年他跟高洁谈恋爱的时候，陶小乐没少帮他们的忙。而在北京到核桃坡招第一批工的时候，在公社宣传部工作的崔文禄就极力推荐陶小乐。可以说，他跟陶小乐是老朋友了。

老朋友相见，那劲头就不一样了。两个人立即把菜归在一起，又要了两个炒菜，心热心话烫话杯碰杯地喝了起来。

陶小乐说："听说你来了，可不知道在哪儿上班，也懒，给高洁打个电话不就齐了。唉，这年头，有钱的忙，没钱的也忙，穷忙。都嚷嚷穷，可还都挺忙。也是，不忙不更穷了。忙得六亲不认了，又是穷怕亲友富怕贼，谁都不想见，不愿意见。没混出个人样儿来，见了面也没脸儿……"

崔文禄说："我记得你在电机厂上班，那可是个国营大厂，恐怕早就是八级工了吧？"

陶小乐说："八级工倒是混上了，那管什么？下岗了，只发副食补贴费，一个月十七块五。”

“怎么下岗了？”

“停产，你没听说吗？国营厂大多都亏损，多干多亏，少干少亏，不干不亏，只好不干。可不干吃什么？”

“你现在就靠蹬三轮车？”

“自谋生路嘛，这也是上面号召的。”

“怎么样，这蹬三轮车还行吗？”

“敢情，你别瞧不起这‘傻骆驼’，我蹬一个月的三轮车，比我上仨月的班挣得还多。我觉得挺好，下岗怕什么，挺正常。有些人一下了岗就要死要活，除了躺在床上等地震没活的路了。要我说，这都是让社会主义给惯的。这么多年我们是什么？是笼子里的鸟，整天价张着嘴等着有人来喂，等到把你从笼子里放出来，得，不会自个儿找食吃了，只好干等着饿死……”

跟陶小乐的意外邂逅，使崔文禄受到了很大的震动。那一天酒虽然喝了不少，可是却没醉，越喝越清醒。清醒的崔文禄一边听着陶小乐的现身说法，一边想着自己的处境。你一个乡党委书记算老几？给你一顶乌纱帽，你官儿似的。把乌纱帽一摘，你不就是个土老帽吗？比土老帽还不如，土老帽还有把子力气，说不定还会点儿手艺。你会什么？你看人家陶小乐，国营大厂的八级工，不是也自谋生路吗？你为什么一定要找这儿找那儿，求爷爷告奶奶让人家给你安排呢？没有人给你安排你就活不成了？真成了笼子里的鸟，放出来都不会自己找食吃了。纯粹是社会主义惯的，这话不假，这话太深刻了……

离开了陶小乐，酒后清醒的崔文禄便做出一个大胆的决定，跟陶小乐一起，当一个社会主义初级阶段的“骆驼祥子”吧……

## 七

崔文禄蹬着三轮车在北京站附近转悠。有客他就老老实实地把人家送到目的地，没客他就权当是蹬着三轮车散步了。

由于妻子的态度，崔文禄蹬起三轮车远没有开始时那么轻松了。他很理解妻子，这毕竟是在北京，不是在核桃坡。崔文禄反躬自问，要是在核桃坡，你敢这么明扯大摆地蹬三轮车谋生吗？在北京你当然不怕了，谁知道你是谁呀？谁知道你曾经当过堂堂的乡党委书记呢？北京没有人认识你可有人认识高洁，你毕竟是高洁的丈夫嘛。所以从那天以后，崔文禄尽可能远离高洁工作和生活的那些地方，到这些外地人比较集中的北京站附近来揽活儿。

今天不顺，出来有两个多钟头了，只拉了一趟东单，挣了三块钱，连中午的盒饭都没赚出来。

崔文禄的三轮车是从委托商店买的，二手货。买的时候是辆拉货用的平板三轮，崔文禄请街头上的小木匠帮助改了一下。上面用木板装成了一间小房子，两边还有小窗户，挂着绣花的窗帘；前面是敞开的，但也有个帘子。他这辆车，虽说没有别人的车坐着舒服，可别具一格，特别是遇上风雨天的时候，里面严严实实的像一间温暖的小屋，很受乘客欢迎。

过来一个中年人，挺瘦。中年人瘦的不多，他却瘦得出奇，一把骨头架子支着一套质地很好的西装。他的身后站着一个穿着黑衣黑裙的姑娘，一看就知道是只“鸡”。两个人都像是刚下火车，大概是在车上勾搭上的。那个中年人先把自己的密码箱放在崔文禄的三轮车上，又接过姑娘的手提包往车上放。然后，拉着姑娘的手上了车，迫不及待地把车前面的帘儿放下。

崔文禄问：“先生去哪儿呀？”

里面的瘦子回答：“随便。”

崔文禄有点儿不耐烦：“您总得有个去处呀。”

瘦子也有点儿不耐烦：“去处一会儿再说，先拉着咱兜兜风。”

在北京，倒是有坐三轮车兜风一说。真想兜风的就不坐崔文禄的车了，你想呀，兜风是为了看风景，他的车遮盖得严严实实的，看什么风景？再说，你要是想兜风，干吗一上车就把前面的帘儿拉上了？管他呢，他说随便就随便，我就蹬着车信马由缰地转吧，只要您给钱。崔文禄没多想，蹬起车就朝东便门的方向走。

这时候，瘦子撩起帘儿，露出了半张脸说：“你就找那僻静的地方走，慢着点儿，挑平整的路走，别颠颠绊绊的……”

崔文禄一下子明白了。他蹬三轮车的历史虽说不长，可形形色色的乘客也没少遇见。一上车就拧成麻花的热恋小青年，偷偷摸摸拥抱接吻的婚外恋男女，还有故作成熟又扭扭捏捏的早恋中学生……这些人这些动作他都能容忍，崔文禄并不守旧，这毕竟是在大都市，不是在黄土高坡。可是今天这主邪得过火了，把他的车当“鸡窝”了。还得让我拉着你们优哉游哉地转，你们合适了，舒服了，可我成什么了？眼下正在“严打”，让巡警抓住了还不得打我一个“容留嫖娼卖淫”？咱毕竟是个乡党委书记，就算我咽得下你们这王八气，可也不能触犯国法呀！

想到这儿，崔文禄的气就不打一处来了。他停下车，一把撩开车帘儿。里面的一对动作倒麻利，姑娘的黑衣裙已经被扯开了，瘦子正低着头嘬那肥白的大奶子。崔文禄铁青着脸命令着：“下去！你们给我下去！”

瘦子抬起头，用手捂着姑娘的胸脯子，嘿嘿淫笑着：“怎么了大哥，放心，除了你的车钱照付，我还额外给小费……”

崔文禄火了：“你他妈给多少钱，老子不做这见不得人的生意！”

瘦子露出了一副下三烂的相：“大哥，行行好嘛……”

崔文禄叫嚷着：“你他妈再不滚下去，我就喊警察了。”

这一招儿果然奏效，瘦子一听，急忙推开姑娘，吉里骨碌地下了车。姑娘的奶罩都没扣上，也慌忙地跳下来。

见两个狗男女狼狈地逃了，崔文禄长长地出了一口恶气，很过瘾。正在这时候，一个高声大嗓的声音传过来：“三轮，等等，拉我到菜市口……”

这口音很熟悉，真有一股核桃坡的味儿。崔文禄不由得转过头，果然，过来的是一个扎着白羊肚毛巾的陕北老汉。好家伙，肩上背着，手里提着，嘴里还叼着，浑身上下全是包，像是把半个车厢都移过来了。

崔文禄笑了，忙奔过去，帮助老汉从身上卸着包往他的车上放。老汉把肩上的包刚一卸下来便又高叫起来：“啊？崔书记？你不是崔书记吗？”

崔文禄一下子愣住了：“你是……哎呀，康盼富！你……你怎么来了？”

康盼富兴奋地说：“真巧，我还怕找不到你呢，刚一下车就碰上了……”

崔文禄问："你这带的是什么呀，大包小包的？"

康盼富红着脸说："哪有啥好东西，都是乡亲们让我捎给你的土货，咱乡下的土货……"

两个人激动地说着，七手八脚地把包装在车上，崔文禄招呼着康盼富："康大哥，上车吧。"

康盼富老汉这才意识到刚才自己喊的是三轮，他望着崔文禄发起了呆，半天才说："崔书记，你……你这是……在参加劳动？"

崔文禄说："什么参加劳动，我干的就是这个营生。"

"怎么，你……刚来就犯错误了？"

"我能犯什么错误，谁给我犯错误的机会？"

"那你……那么大的官，咋就蹬三轮呢？"

"你别寒碜我了，我这算什么官，在北京城里，像我这级别的，用火车拉，三年也拉不完。"

"崔书记，你受委屈了。北京官不值钱，咱核桃坡的老百姓可金贵你呢。"

这话，让崔文禄鼻子酸了，他怕自己的眼泪掉下来，忙招呼康盼富："来，快上车吧。"

康盼富说什么也不肯上车，一下子夺过崔文禄的车把："崔书记，还是你上车，我来蹬。"

两个人就这样在大街上高声大嗓地你争我让，不一会儿就围上了一群人。崔文禄见状，急忙推起车往人群外走，康盼富则在后面推起了车。两个人一前一后，有车不坐不蹬，干推着走，成了京城又一大景观，沿路都有人驻足观看……

## 八

夜深了，康盼富在客厅里打起了鼾，这鼾声像黄土高坡一样浑厚而起伏。崔文禄一直没有睡着，他静静地躺在床上，听着康盼富的鼾声，一动也不动。

他的耳边又响起了康盼富的话："你刚走不到半年，你定的那些章程就全改了。那山上的树，你管得多严呀，砍一棵罚栽十棵，还要罚一百元钱。这会儿你再瞧瞧去，差不多又剃成了和尚头……中央三令五申，让减轻农民的负担，你瞧瞧，我拉了一张单子，一共六十九项，一个人合九十多元钱了，要知道，咱那儿的人均收入还不到三百元……还有邪的呢，你知道水旺坡的党支部书记吧，对，刘什么成，跟我一边大，五十多，把好几个大姑娘的肚子都搞大了，你猜怎么着，照样先进……"

都市的夜难得这样安静，外面的布谷鸟又叫起来。那声音很近，很亲切，如伏在耳畔的叮咛："播谷……播谷……回去播谷……"

康盼富的规劝更是情真意切："崔书记，我看你还是回去吧，泥人改不了土性，北京再大再好，可不是咱待的地方……"

康盼富的话戳在他的心窝子里。是的，北京再好不是我的，正如歌里唱的，儿子也是这么说的，我家在黄土高坡。到北京半年了，可我总觉得是个外秧儿，北京人不承认我，我也不承认是北京人。我刚四十多岁，今后的路还不短呢，难道我就当半辈子"板儿爷"吗？可是，高洁，我的好妻子，你为了让我成为北京人，花了多少心思、费了多少周折啊，差不多把这几年的积蓄都扔进去了。我要离开北京，你能同意吗？

崔文禄在心里跟高洁说着话，身子依然一动也不动，他怕影响高洁休息，高洁明天还得上班。她的事是耽误不得的。

布谷鸟的声音越来越近，像是就在窗外呼唤着："播谷……播谷……回去播谷……"

他忽然想起了柳永的《安公子》那首词：听杜宇声声，劝人不如归去……

床头灯突然亮了，妻子也一直没有睡着。

1996年9月于桑梓轩

# 守望北京

## 一

北京城越长越高，越长越胖，越长越年轻漂亮。可是依偎在天子脚下的桑泉村却成了垃圾场，像现代化大都市的一堆排泄物。

郑万春走在这街道上，心里就像塞满了烂草一样烦躁不安。现代化的大都市像一头张牙舞爪的猛兽鲸吞着京畿的庄园，隔着一条可有可无的护城河，桑泉村成了一个垂死挣扎的猎物。严重私搭乱建将原来方正整齐的街道拧得歪七扭八，零乱梗阻。满街垃圾，污水横流，臭气熏天，破败的屋檐上和灰色的树梢上挂满了白色污染。害得郑万春这个堂堂的村党支部书记，连双干净的皮鞋都穿不出去。

在这城乡接合部，外来人口比本村的人多两倍。差不多家家是房东，户户住着外地人，房租收入成了桑泉村的主要经济来源。这些外地人干什么的都有，文化档次高的有流浪画家、自由撰稿人、先锋派诗人；凭苦力吃饭的有浙江做皮货的、广州卖服装的、山东开饭馆的、河北建筑队的；不务正业的有倒卖火车票、挂号票和黄色光盘的，有溜门撬锁偷自行车的，有在歌厅坐台出台在发廊洗头按摩在桑拿浴搞什么名堂的小姐。五花八门，三教九流，谁知道还有什么人。

郑万春拣着干净一点儿的地方下脚朝村委会的方向走着，一盆脏水泼过来，要不是他躲得快，准保淋个落汤鸡。这正是一个肮脏的发廊门前，穿着松松吊吊透明睡衣的老板娘向他歉意地笑着。他懒得搭理她，没脾气。前面一个背着花包袱的姑娘手里捏着一个纸条儿，歪着头寻找着什么，一看就知道是外地来的柴火妞儿。他不想理睬她，柴火妞儿却拦住了他："大叔，花枝巷六号在哪儿？"

他有点儿不耐烦："哪个六号，是甲六号还是乙六号，是花枝前巷还是花枝后巷？"

柴火妞儿把手里的那个纸条儿递给了他，是一张电报，上面赫然写着：这里人傻钱好挣速来……

柴火妞儿补充说："我找我姐。"

郑万春心里的火又窝起来："你姐是干吗的？"

柴火妞儿说："她在一个发廊上班。"

郑万春把手里的电报往柴火妞儿身上一摔，忍不住骂了一声："你姐真他妈浑蛋！"

前面又出了事，一个手提包和一只破箱子从门楼里扔了出来，紧接着被推出来的是一男一女两个年轻人，砰的一声，门又关上了。郑万春认出了这是一对来自湖北的年轻人，男的叫徐文山，女的叫何小飞。他们租住的是冯六代的房子，冯六代经常因为房客不能按时交房租或别的什么原因把人家赶出来，一个缺德得只欠狠揍的糟老头子。

徐文山拍着门央求着："冯大爷，冯大爷，您再宽限我们一个星期吧……"

何小飞挺志气地说："甭理他，老流氓！"

徐文山敏感地问："他怎么流氓了？"

何小飞掩饰地说："他都把咱赶出来了，还不是流氓？"

徐文山用乞求的目光看着何小飞："要不……你再到歌厅……"

"你不是说永远不许我去那地方吗？"

"咱卖艺不卖身还不行？"

"我有什么艺？"

"你不是会唱歌吗？"

"在歌厅得让那些臭男人搂着唱。"

"搂就搂吧。"

"那些臭男人还在我身上乱摸。"

"摸就摸吧，只要不跟他们上床就行。"

"废话，上床叫出台，不上床才叫坐台呢。"

“对对，咱只坐台，不出台……”

郑万春有点儿想笑，却没笑出来。两个年轻人拿起自己的东西走了，冯六代把门打开一条缝，探出头来。郑万春的火气拱了上来：“我说老六，你也忒缺德了吧？这没屁眼儿的事又是你干的吧？”

冯六代眨巴起了眼：“这……这是哪一出儿呀？”

“你别跟我这儿犯傻，胡同口那间小房是你盖的吧？”

“是呀，怎么了？”

“怎么了？外面的汽车都开不进来了，你这是侵街占道、私搭乱建，马上给我扒掉。这么大岁数了，别找不自在。”

“私搭乱建又不是我一家，凭什么让我扒呀？”

“都得扒，从你开始。”

“凭什么从我开始？”

“今儿早上那贩毒团伙，是从你家抓的吧？”

“瞧你说的，我只管租房收房租，还管得了他们干什么？”

“这话你别跟我说，一会儿派出所来人，你跟他们说吧。”

郑万春说完这句话，顾自朝前走去。冯六代追在他屁股后面央求着：“哎哟我的郑书记，这事您得给我摆平……”

郑万春暗自笑了笑，有几分得意。

## 二

从家门出来到村委会，只经过一街两巷，郑万春却像是穿过了一片泥泞恶臭的沼泽地，进了办公室，身上的腥臭还挥之不去。这样的地方还有法儿待吗？这样的村子还有法儿要吗？眼看着四邻八乡的村庄都在轰轰烈烈地搞旧村改造，桑泉村却依然如旧，他的心里也起急冒火。可是光急光火有什么用，搞旧村改造得要钱，钱从哪儿来？还不仅仅是钱的问题，或者说主要不是钱的问题。村子脏、乱、差，家里现代化，老百姓的日子却过得非常滋润，身不动膀不摇，随便搭两间狗窝都能出租赚钱。改了旧村子，就等于断了老百姓的财路，比挖他们的祖坟还厉害，能不跟你玩命吗？

镇党委书记李齐翔已经在村委会等他了。李齐翔三十多岁，长得非常帅气，一点儿也不像个领导者，倒像是个令当代少男少女崇拜的大腕明星。但是郑万春总觉得，这个年轻人身上蕴藏着一种巨大的能量，是一种干大事业当大人物的能量。他不会算命看相，却看出了李齐翔的非凡。因此，当李齐翔刚调到这个镇任党委书记的时候，不少像他一样资深的党支部书记都不以为然，甚至鄙视怀疑，郑万春却对他尊重有加。其实，对于李齐翔的身世背景，郑万春一点儿也不了解。他不需要了解，他相信自己本能的感觉和大半生的处世经验。

李齐翔今天专门是为了解决他的问题而来的。他已经三次向镇党委递交了辞职报告了，他辞职的理由有两个：一是年龄，他已经六十又八了，这个岁数当市长都该退休了，可是他还赖在一个基层党支部书记的位子上，也太说不过去了；二是他觉得自己跟不上改革开放的发展形势，这用不着他多解释，桑泉村的落后面貌在这儿摆着呢。

李齐翔开门见山："镇党委认真地讨论了你的辞职问题，我们可以同意你的请求，但是谁来接你的班呢？"

这确实是个让他头疼的问题，从他第一次提出辞职的时候，镇党委就让他推荐接班人。他把全村的党员像过筛子一样地筛了一遍又一遍，实在找不到合适的人选。也难怪，有本事的有出息的有文化的早就到外面的广阔天地大有作为去了，留在村子里的多是翅膀不硬飞不出去的。勉强报上去两个，连他自己都底气不足，还能指望党委认可？

李齐翔倒是挺为他着想："我相中了一个人，不知道你的意见怎么样？"

郑万春急忙问："谁？"

李齐翔说："郑开镰。"

郑万春一听，脑袋立刻摇得像个拨浪鼓："不行不行，绝对不行。"

李齐翔笑了："还绝对不行？凭什么绝对？"

郑万春说："他是我的儿子，我还不了解他？"

李齐翔问："知道什么叫举贤不避亲吗？"

郑万春急忙解释："我倒不是怕担嫌疑……"

李齐翔问："那你怕什么？"

郑万春支吾了一下，努了努嘴没说出话来。

李齐翔穷追不舍："你先说他能干不能干吧。"

"能干也不行。"

"为什么？"

"他连个党员都不是。"

"不是党员可以培养嘛，我又没说让他马上接班。你现在不抓紧培养新生力量，不是越来越没有人接你的班吗？"

"他不能入党，绝对不能。"

"你怎么那么多的绝对？他怎么了？"

"你知道他现在是什么人？"

"不是民营企业家吗？"

"你知道他现在趁多少财产吗？"

"不知道，这得问你这个当爹的了。"

"他在三河县搞了一个印刷厂，在通州办一个大饭店，在昌平开了一家旅游公司，几个企业加起来，总也有几百万的家私了。什么民营企业家，说白了就是资本家。我们的党是无产阶级政党，是工人阶级的先锋队，能让他这种人入党吗？"

李齐翔笑起来，笑得非常开心。

郑万春说："你先别笑，你说我说的有没有道理？"

李齐翔说："我问你，我们党哪条政策上规定民营企业家是资本家？郑开镰不过是响应党的改革开放政策带头富起来的那部分人。这部分人对发展国民经济是做出了贡献的，他们是强国富民的有功之臣，我们的党有什么道理把他们拒之门外？"

郑万春沉吟了一会儿，真诚地说："李书记，我承认你有水平，站得高，看得远，敢做大事情。可是，我毕竟比你多吃了几年咸盐，这件事没有先例，非同小可，你可得好好想想。这个错误要是犯下了，可是捅破了天了……"

李齐翔点了点头，心情立刻沉重起来："你的担心不是多余的，跟你交个底儿，这件事在我们党委内部分歧也很大，有的人说的比你还严重。但是我相信我是正确的，我是为党的事业着想的，我希望你能够支持我……”

郑万春试探着问：“不知道郑开镰有没有这个想法。就算政策允许，我们也不能把人家强拉进来呀。”

李齐翔说：“不瞒你说，我已经跟他谈过几次了。他表示如果党需要他，他愿意把全部产业全处理掉，全心全意地回村工作。我问过他，如果你当村支书，你想怎么干？他说，我就干两件事：第一是把桑泉村彻底铲平，建设一个不给北京丢脸的新桑泉；第二件事就给全村老百姓找几个摔不碎、打不破的金饭碗。”

郑万春不说话了。

李齐翔又笑了起来。

## 三

现在，轮到郑开镰走在桑泉村这肮脏凌乱、拥挤不堪的大街上了，这是两年以后的事了。

村委会主任陈宝瑞又在大喇叭里叫唤起来，那公鸭嗓和拿腔作调让他听着讨厌：“大家注意听着，北京申办二〇〇八年奥运会，我们比较有把握。我们的口号是绿色奥运、人文奥运、科技奥运……知道什么叫绿色奥运吗？就是得给北京换肺，您先别打愣儿，这是打个比方，听我说，人要呼吸，城市也要呼吸。人呼吸得用肺，城市呼吸也要用肺。什么是城市的肺呢？就是树林，就是草地，就是绿色隔离带。因此这样，北京市政府决定，要建二百四十平方公里的绿色隔离带，咱桑泉村正好赶上……”

郑开镰用脚踢开办公室的门，冲着陈宝瑞不耐烦地说：“行了行了，别没眼猪瞎嘞嘞了。”

陈宝瑞急忙把高音喇叭关上。

郑开镰发起了脾气：“还绿色奥运呢，你瞧瞧这办公室，跟猪圈似的，让人家外商怎么来？”

陈宝瑞一边动手收拾办公室，一边顽固地又提出了那个建议：“咱村委会是得找个秘书了……”

郑开镰更加没好气：“找秘书干吗？干脆给你找个小老婆得了。”

陈宝瑞急忙闭上了嘴，从抽屉里拿出一份起草好的合同书交给郑开镰。郑开镰胡噜了一下铺着尘土的桌面，便急不可待地看起了合同。陈宝瑞端起了两只空暖瓶，摇了摇，出去打水了。

一个姑娘溜进来，轻声地跟郑开镰请示着："大叔，我打个电话。"

郑开镰点了点头，并没有看那个姑娘。

姑娘的电话是打给她远方的弟弟的，电话很快就拨通了："……小翔，我问你，最近又摸底考试了吗……得多少分呀……语文呢……数学呢……英语呢……英语怎么才得八十分……不行，你还得拼命……你什么都不要管，你现在的任务就是给我拿分儿……小翔，你一定要考上大学，而且要考上北京的大学。小翔，你别忘了爸爸是怎么跟你说的，你可得给他争气呀……小翔，听姐姐说，你现在不是一个人在考试，你是在替爸爸考试，替妈妈考试，也是替姐姐考试……小翔……"

陈宝瑞提着两个暖瓶进来了，听着姑娘在电话里讲得那么投入，两只眼珠子都要瞪出来了。

姑娘放下电话要走，陈宝瑞把她拦住了："你等等，你刚才往哪儿打的电话？"

姑娘遮掩着说："我给我弟弟……"

陈宝瑞不依不饶："我问你往哪儿打的电话？"

"铜锣镇……"

"哪儿的铜锣镇？"

"湖北……"

"什么？你打的是长途啊！你知道往湖北打长途一分钟多少钱？不行，你不能走，把电话费交了……"

"我……我跟郑书记说了。"

陈宝瑞转过头来看着郑开镰，郑开镰的两只眼睛仍然盯在合同书上。正在这时候，电话响了。陈宝瑞示意姑娘不要离开，便拿起了电话。他喂喂了两声，便用手捂住了话筒："郑书记，一个老外打来的。"

郑开镰抬起头："你问问他找谁？"

陈宝瑞说："他说的是外国话，我听不懂，要不您问问他？"

郑开镰说："废话，你听不懂，我能听懂吗？"

陈宝瑞举着话筒没了辙，郑开镰也束手无策，站在电话旁边的姑娘小声地问："我可以试试吗？"

还没等郑开镰表态，陈宝瑞便把话筒交给了姑娘。

姑娘拿起话筒："Hello……"

郑开镰惊愕地看着姑娘，他听不懂姑娘在用英语说什么，他只觉得这声音很好听，很有品位，很高深莫测。

姑娘对他说："是威尔逊先生，从加拿大打来的，找韩玉冰女士……"

郑开镰明白了："噢……你告诉他，韩总裁还没有到，让他过一会儿再打来。"

姑娘继续在电话里说着英语，郑开镰目不转睛地看着她。他觉得她很面熟，好像在哪儿见过。女孩儿冲他笑了笑，要走。

郑开镰急忙叫住她："小姐，请等一下，你叫什么名字？"

"何小飞。"

"你会英语？"

"我在高中时是英语课代表。"

"你学习成绩这么好，怎么没考大学？"

"谁说我没考？"

"落榜了？"

"我考了五百六十分，要在你们北京能上一个重点大学，可在我们那儿连个普通大学都录取不了。"

"这个我知道，北京的录取分数线低，我妹妹就是为这个把孩子送到北京读书的。"

"不就是李美梅吗？我认识她。她真幸运，有你这么个舅舅。"

"你想不想在我这儿工作？"

"干什么？"

"给我当秘书。"

"那要看你给我多少工资了。"

"你要多少？"

"少两千免谈。"

"那好，就两千。"

“我什么时候上班？”

“现在。”

在郑开镰跟何小飞说话的时候，陈宝瑞一个劲儿地给他使眼色、打手势，可惜郑开镰都没看见。这会儿陈宝瑞急了，拉起何小飞把她推出门，急忙转身对郑开镰说：“郑书记，你不能让她给咱当秘书。”

郑开镰问：“怎么了？”

陈宝瑞说：“我认识她，她是坐台小姐。”

郑开镰问：“坐台小姐怎么了？咱用她一技之长嘛。”

陈宝瑞说：“哎呀，咱用一个坐台小姐当秘书，传出去不是让人家笑话吗？再说，咱想找秘书，可以公开招聘……”

郑开镰不耐烦了：“行了行了，来不及了。你快准备准备吧，一会儿韩总裁该到了。”

对于郑开镰的独断专行，陈宝瑞只好理解的要执行，不理解的也要执行了。陈宝瑞虽然是村委会主任，在支部却是副书记，党内的组织原则是下级服从上级。

## 四

大都投资公司总裁韩玉冰果然出手不凡，一进门就把郑开镰震住了。准确地说，震住了郑开镰的不是韩玉冰本人，而是她带来的那个“宠物”。郑开镰很欣赏自己想出的“宠物”这个词，他觉得很准确，又很形象。她给他介绍说这是她的秘书，叫阿酷。可是他一见到阿酷就想到了“宠物”这个词。

“宠物”身高一米七八，西装革履，仪表堂堂，在韩玉冰面前却卑恭得像个小京巴。何小飞给韩玉冰倒水的时候，韩玉冰正颐指气使地冲他发号施令，没留神碰到了何小飞端过来的茶杯上。茶水溅出了几滴，洒在了韩玉冰的袖口上。阿酷立刻跳起来，冲何小飞狂叫着：“这衣服是从香港定做的，你知道多少钱吗？”说着，又急忙掏出手绢来替韩玉冰擦拭着。何小飞跟郑开镰对视了一下，抿着嘴想笑。

韩玉冰挥手制止了阿酷的殷勤，转身指着何小飞问：“她是什么人？”

郑开镰急忙介绍说："对了，忘了介绍了，这是我的秘书何小飞。"

韩玉冰又挥了挥手，这个女强人很喜欢挥手，似乎她一挥手就有人会前进一样。她指着何小飞说："让她回避一下。"

郑开镰有点儿尴尬："有必要吗？"

韩玉冰的手又冲阿酷挥了挥："你出去。"

阿酷头一低，很顺从地退了出去。

既然人家把自己的秘书赶了出去，郑开镰也只好对何小飞说："好了，你也找个地方凉快凉快吧，别走远。"

屋子里只剩下郑开镰和韩玉冰两个人了。韩玉冰这回没有挥手，却在郑开镰对面坐下来，开口便问："说吧，你要多少？"

郑开镰困惑地看着她，没明白。

韩玉冰进一步说："我给你一百万美元，存在瑞士银行。"

郑开镰一听，慌忙摇起了脑袋。

韩玉冰问："你跟钱有仇？"

郑开镰说："我怕挨枪子。"

韩玉冰说："这件事只有天知地知你知我知。"

郑开镰依然摇晃着脑袋。

韩玉冰点了点头："这么说你是信不过我了？"

郑开镰急忙解释："哪儿的话，信不过您我能跟您合作吗？"

韩玉冰站起身，一锤定音："那好，咱就公事公办地合作，三七开。"

郑开镰问了一句："我要是要您那一百万美元呢？"

韩玉冰说："那就是二五七五。"

郑开镰叹了一口气："我要是收了您那一百万美元，就得挨枪子；要是不收您那一百万美元呢，也得让桑泉村老百姓的唾沫淹死，横竖我是混不成囫囵尸首了。"

韩玉冰不高兴了："郑书记，这事可是你找的我，往外掏钱的可是我。"

郑开镰实在忍不住了："您掏钱不假，可是您别忘了，这土地可是我们的。这他妈……啊，对不起，这是什么地？天子脚下，寸土寸金。在我们的土地上盖了房，您赚七成，我们才落三成，您黑不黑呀？您别瞪眼，您别听我这么说，这合同我签，照签不误。不就是‘卖国条约’吗……”

韩玉冰嘴角动了动又收敛了，心想，说北京人贫，一点儿不假，他的话可真密。

## 五

郑开镰回到家的时候，杜文丽正在像往常一样地说着抱怨的话，那些话说得可够毒的。

说话带脏字，吃饭吧唧嘴，睡觉脱光屁股。这样粗俗鄙陋的男人你能忍受吗？不幸的是，这个男人居然是你的丈夫。一过就是十几年，你天天听着他说脏话，看着他吧唧着大嘴片子吃东西，还得陪着他光着屁股在一张床上睡觉。更加不幸的是，你跟他还有一个孩子。这个孩子就是这个鄙俗的男人粗制滥造出来的残次品——先天性失明。尤其不幸的是，我要是一个山沟里出来的柴火妞儿也就罢了，可我偏偏是个书香门第出身的有文化有品位的女人。我爸爸是大学教授，我妈妈是大医院的主任医生，我呢，你知道，名牌大学毕业的文学学士，还是国有大厂的人事科科长……

杜文丽正熬着药，浓浓的草药味儿在开着名花佳草的院子里弥漫着。她一边扒拉着火一边诉说着自己的不幸，脸上却全然没有凄苦的模样。

紧接着，她为自己那些背熟了的抱怨又做出了千篇一律的结论：农民，说到底他是个农民。你有多少钱，穿什么名牌服装，坐多高档的汽车也仍然是农民……

杜文丽还没有意识到，她这些抱怨的话是跟李美梅说的，本想获取这个新新人类的支持和对自己的崇敬。没想到她的话还没说完，李美梅就用他们新新人类那种特有的大惊小怪、夸张装嫩的语调喊叫起来：“哇噻……舅舅多酷呀！真真男子汉，让我好崇拜哟……”

杜文丽不高兴了：“你崇拜他什么？”

李美梅说：“说话带脏字不好吗？唯大英雄真本色，是真名士自风流；吃饭吧唧嘴怕什么？牙口好，胃口就好，吃嘛嘛香；至于睡觉脱光屁股嘛，这更能充分地体现自我、崇尚人性了，我就喜欢裸体……”

杜文丽更不高兴了：“真野蛮。”

李美梅说："这怎么是野蛮呢？人家外国专门有天体浴场、天体日光浴公园呢，男男女女、老老少少都赤身裸体地在一起……"

杜文丽打断了她的话："人家那叫回归自然。"

"真他妈奇了怪了，外国人光屁股叫回归自然，中国人光屁股就叫野蛮？这是哪家的道理？"驳斥杜文丽的话是从大门口传来的，进来的正是被杜文丽贬得一钱不值的郑开镰。

李美梅卡通似的蹦起来，扑向郑开镰："耶……我的好舅舅，你的理论水平就是高。"

郑开镰像躲避蝙蝠一样躲避着扑上来的李美梅，想绕过她进屋去。

李美梅又跳到他的前面，没向他扑，却向他伸出了手，掌心向上。

郑开镰问："你又要什么？"

李美梅说："我支持你是有代价的，人家美国竞选总统还拉拢选民呢。"

郑开镰无奈地从裤兜儿里摸出一张五十元的票子，举过头顶，李美梅往上一跳，小鸟般地衔走了。

李美梅是郑开镰妹妹郑庆霞的女儿。二十年前，郑庆霞赶上了最后一批上山下乡，到吉林梅河口插队。本来去个三年五载就可以回来，没想到多情的郑庆霞进村就爱上了一个优秀的小伙子。说他优秀一点儿也不夸张，二十六岁就当上了当时的公社党委书记。就因为嫁给了这个年轻的接班人，郑庆霞放弃了返京的机会，毅然在梅河口安了家。当然，二十年以后她后悔了，认为是爱情把自己耽误了。被耽误的一代人，总是将梦想寄托在可怜巴巴的子女身上，他们要肩负起两代人的使命拼命地奋斗。可惜这一代人已经活得非常洒脱了，他们为自己的梦想都不想付出奋斗，还能指望他们什么呢？可是郑庆霞还是顽固地替自己的女儿设计着前途，退而求其次，即使做不出什么惊天动地的大事，也要考上大学，将来在北京城里找到一个体面的工作。这样，李美梅就被送到舅舅家来上学，一是北京的教学质量高，二是在北京考大学，录取分数线要比外埠低得多。

郑开镰非常宠爱这个外甥女，不知道是出于对妹妹的同情，还是因为对聪明健康女孩儿的艳羡。用杜文丽的话说，李美梅被郑开镰惯得没了样儿，要星星不敢给月亮。她虽说有点儿看不惯，可是她一个当舅妈的也不好多说什么。再说，李美梅嘴甜，心眼儿活，能把所有的人哄得眉开眼笑。

郑开镰换了件衣服，提着包从屋里出来了。他看见杜文丽的药已经熬好了，正从砂锅里往碗里倒。自从杜文丽生下了郑盲盲以后便没有开怀，可是她极想生一个健康的孩子，到处求医问药，常年抱着药罐子。见到她如此虔诚地喝着那些苦药汤子，郑开镰是又心疼又有气。

杜文丽叫住了他："你今天晚上回来住吗?"

郑开镰看了看杜文丽那涨红了的脸颊，已经猜到了她的用意，却还是故意问："有事吗?"

杜文丽的脸更红了："我吃了姚教授的药，好像有些动静。"

郑开镰说："别瞎耽误工夫了，我给你交了那么多的'公粮'，你都给我打了白条儿。"

杜文丽急了："你……"

郑开镰马上觉得这句话太伤人了，忙往回找补："跟你开个玩笑嘛，好好，我今晚回来。"

杜文丽并没有太计较，嘱咐说："别喝酒。"

郑开镰得寸进尺，又嬉皮笑脸地说："当然，交'公粮'嘛，就得保质保量，不能掺糠使假。"

杜文丽又瞪起了眼睛，郑开镰急忙跑出去了。

## 六

这的确是一个"卖国条约"，郑开镰与韩玉冰在合同书上签字的消息刚一传出去，桑泉村便炸了窝。虽说这是他预料之中的事，但是他没有想到事态发展得如此严重。昨天他正在兆隆饭店与韩玉冰就开发的具体事项进行磋商，区政府办公室和公安分局疯了一样地打电话找他，让他立刻赶到市政府，桑泉村的二百多个村民到市政府上访告状，把市府街的交通都堵塞了。引来了许多新闻记者，又拍照片又摄像，还有一些外国记者也跑来凑热闹。他一听立刻心里着了火，北京不同于外埠。北京是政治中心，是一个非常敏感的地方，北京打个喷嚏，全世界立刻得感冒。这是开玩笑的事吗？

区委政法委书记崔文亮跟他拍起了桌子，吼得两只眼珠子都要爆出来了，命令他立刻把这二百多村民弄回村去。

这一下他傻了眼，这二百多人告的就是他，让他去劝解，无异于火上加油，不把他剥个精光才怪。没办法，他只好去找老书记郑万春。

要找郑万春得到护城河边。郑万春将党支部书记的职务交给儿子的时候，还向他交代了一条原则：要退就退得干干净净，不拖泥带水，不招人不待见。不在其位，绝不再谋其政，他只是桑泉村一个普普通通的村民。郑开镰不得不佩服父亲的开明豁达，他曾经看见许多老干部退下来，都退得要死要活，丢了魂儿似的。把人家送上马，非要再送人家一程不可。交权如同交心肝、交命根子。整天价牢骚满腹，看天天黑，看地地暗，看谁都对不起他，甚至还能大病一场，险些要了老命。他原来也考虑到父亲会不平衡、不适应，想给父亲安排个什么差事。可是父亲说得很干脆，说自己奔波劳碌一辈子了，退休就是休息。每天早上，他都天不亮就起床，带着双目失明的孙女到护城河边散步，孙女采野花，他找人聊天。既不喊嗓子叫唤，也不打拳做操，他就喜欢找人聊天。

这会儿，他看见冯六代提着鸟笼子走过来，身边还多了一个姑娘，觉得很奇怪，便凑了上去："我说六代，这姑娘是谁呀？"

冯六代自豪地说："孙女，干孙女。"

郑万春觉得怪了，冯六代在桑泉村可以说是个人见人恨的家伙。他六代赤贫，当初有一个很著名的大鼓书的段子，叫《冯奎卖妻》。讲的是道光年间大运河发洪水，方圆几百里颗粒无收，第二年京畿又大旱，寸草不生。老百姓吃光了草根树皮，最后人自相食，张家湾设立了卖人市。一个叫冯奎的男人到人市上卖自己的妻子，只卖两个烧饼都没有人要。冯六代说那卖老婆的冯奎就是他的先人，他是冯奎的第六代子孙。二十世纪五六十年代流行忆苦思甜，每次冯六代都上台大讲特讲他先人的卖妻故事，讲得台上台下唏嘘一片。久而久之，人们便叫他冯六代，反将他的真名忘记了。冯六代的讨厌不在于他拿先人的苦难换政治资本，而是他的极端自私和冷酷无情。他是桑泉村的老户，有两所院子，三男二女。改革开放以后，他把自己的子女统统赶出了家门，在院里院外私搭乱建，搭积木似的弄了许多鸽子窝，然后向外地人出租，自己靠收房租成了桑泉村先富起来的人。二闺女结了婚没有房，哭天抹泪地求他，最后他只腾出了一间小门房给二闺女住，一个月还要向他交二百元的房租，算是优惠吧。

所以，郑万春听冯六代说认了个干孙女，觉得这怎么可能呢？

冯六代解释说："不是认的，是买的。"

郑万春笑了："人家都花钱买股票、买国债，你怎么花钱买大姑娘呀？"

冯六代说："你看过去的财主，哪个人身边没有几个小丫鬟伺候着。我六代赤贫，如今赶上了好时代，怎么着也得尝尝人上人的日子呀。"

郑万春仔细看了看那个姑娘，年方十八九，细皮嫩肉，薄嘴唇大眼睛。他突然认出来了，这正是两年前举着电报找她姐姐的那个柴火妞儿。不知道她姐姐找到没找到，也不知道她在给冯六代当丫鬟之前还干过些什么。

冯六代小人乍富，想方设法地显摆，居然以教训的口气对郑万春说："老哥，你知道这年头什么最亲、什么最有用、什么最可靠吗？"

郑万春轻蔑地说："你不会是说钱吧？"

冯六代立刻跷起了大拇指："圣明，老哥您圣明，我说的就是钱。除了钱是真的，剩下都他妈是假的。"

郑万春跟冯六代实在是话不投机，他看见不远处的河堤上坐着一个人，有点儿脸生，便走了过去。

那个陌生人几乎是个秃子，亮亮的脑壳在早晨的阳光下明晃晃的，像是一个显著的标识。他一动不动地坐在河堤上，眼睛呆呆地看着河对岸的高楼大厦。一个背着画夹、留着长发、穿着肥腿裤子旅游鞋的年轻人走过来，大大咧咧地说："洪教授，看什么呢？是不是河对面有个老情人呀？"

被称作洪教授的老人抬头看了看长发青年，笑了笑，算是打了招呼。

长发青年格外热情，刚跟洪教授说了句话，又跟郑万春打起了招呼："噢，郑书记，您早啊。"

这个年轻人郑万春是认识的，他在桑泉村租房住已经有两三年了，他叫萧童。郑万春看不惯他这不男不女的打扮，因此对他说话也不客气："我说小萧，你以后别叫我郑书记了，我早就退位了。"

萧童耍起了贫嘴："叫书记叫顺嘴了，乍一改还真不知道该管您叫什么。"

郑万春说："随便，叫什么都行，叫郑老头，叫老郑，叫……"

萧童忙说："别别，您别惯着我这么没大没小的，您要是同意，我就叫您郑大爷吧。"

早起在护城河边见面，本来就是没话找话地打个招呼，谁也不会认真。郑万春没听萧童说完，就朝洪教授走过去。不知为什么，他对这个老人的印象颇佳，似乎不是等闲之辈。他主动地凑上前，掏出了那包揣在上衣兜儿里的红塔山香烟。郑万春一辈子没学会吸烟，可是口袋里总装着烟，这是他担任多年村党支部书记养成的习惯。"中南海、红塔山，这样的干部很一般。"一个支部书记，官阶上都不入流，能揣包红塔山就可以了。

洪教授也没客气，接过了郑万春的烟，主动地说："我在你们村租了间房，我认识您，您原来是这个村的书记。"

郑万春问："你是哪个学校的教授？"

洪教授说："我不是哪个学校的，我是搞建筑设计的。看见了吧，对面那十八层的大楼，就是我参与设计的。"

郑万春一听，更加对他肃然起敬："噢，设计师！大学问啊！可我不明白，您这么大的人物怎么到我们这破烂村庄里租房住呀？"

洪教授说："我刚出来。"

郑万春问："从哪儿出来？"

洪教授说："监狱。"

郑万春惊愕地"啊"了一声，想听洪教授进一步地解释，洪教授却狠狠地吸起了烟，不再开口了。

正在这时候，郑盲盲喊起了他："爷爷，爷爷，我爸爸找您来了。"

郑万春起身一看，郑开镰正领着盲盲走过来。

## 七

郑开镰常年不着家，难得跟女儿在一起。盲盲已经十三岁了，长得亭亭玉立、清清爽爽，一副青春少女的模样。她在城里一家盲人学校读书，上学放学都由母亲接送。盲盲跟他很亲，或者说很稀罕他，一只手抱着刚采来的野花，一只手紧紧地拉着他，嘴里还叽叽喳喳地跟他说天说地，小鸟儿一样。见到女儿，他心里便酸酸的，有一种想流泪的感觉。他心里正在烟熏火燎，本来没有情绪跟女儿絮叨，可是他不愿意伤害女儿，装出一副极有兴趣的样子陪着女儿呱叽。

“爸爸，这杜鹃花是什么颜色?”

“红色。”

“红色是什么样子?”

“红色像火。”

“它也燃烧吗?”

“对，红色让人觉得暖洋洋的。”

“那蓝色呢?”

“蓝色像天空。”

“是不是湿淋淋的，像下雨?”

“对，蓝色让人心里舒服，像渴了喝杯香茶。”

“那绿色呢?”

“绿色像草地。”

“凉津津的，毛茸茸的，是吗?”

“盲盲真聪明。”

“我觉得还是美梅姐最聪明，她什么都懂。”

“盲盲要是眼睛看得见，比美梅聪明一百倍。”

“得了吧，妈妈说你最喜欢美梅姐姐了，根本不喜欢我。”

“盲盲，别听你妈胡说，你是爸爸的亲女儿，爸爸怎么会不喜欢你呢?”

“因为美梅姐姐有眼睛，我没有眼睛。爸爸，没有眼睛的女孩儿是不是特别丑?”

郑开镰的心被重重地撞击了一下，他万万没想到，女儿会说出这样的话来。女儿大了，再用糊弄小孩子的方法已经不管用了。他不由得停下了脚步，弯下腰来，将女儿揽在怀里。

盲盲紧紧地抱着他，把脸贴在他的胸前，女儿的个头儿已经快到他的肩膀了。女儿长这么大，他们还没有这么亲热过。盲盲不想放开他，许久许久，女儿突然扬起脸，喃喃地说："爸爸，我爱你。"

一个热浪从心底翻上来，他的泪水忍不住淌了下来。他紧紧地抱着女儿，声音哽咽着："盲盲，爸爸也爱你，永远爱你。"

盲盲突然又问了一句，让郑开镰更加感到意外了："爸爸，你不会离开我们吧？"

"盲盲，你为什么要问这样的傻话？我什么时候说过要离开你们？"

"我们班有好几个同学的父母都离婚了，妈妈总想给你生一个健康的孩子，她天天吃药，她会的，她一定会的……爸爸，你一定要有耐心……"

"盲盲，是不是你妈妈跟你说了什么？"

"妈妈什么也没有说，妈妈就说想给我生一个小弟弟或小妹妹，将来能够照顾我……我不用别人照顾，我自己能养活自己……"

郑开镰不说话了，女儿大了，她开始考虑生活，考虑未来了。以后……不，不是以后，从现在开始，要多关心一下女儿了。一种巨大的愧疚使他痛下着决心，要给女儿更多的补偿，不过他没有把这个承诺说出来。只是轻轻地拍了拍女儿的肩膀，女儿离开了他的怀抱，似乎获得了巨大的满足。她扬着脸冲他笑着，饱满鲜嫩的脸颊上挂着泪珠儿，像一朵含露的鲜花。一片阳光灿烂地照耀在郑开镰的心里。

## 八

郑开镰没有想到的是父亲对他是这样不支持、不理解、不帮忙。父子俩就在这护城河边发生了他接任以来的第一次争执。他后悔事先没有将这件事及时地跟父亲沟通，这也不能怨他，父亲在他上任以后反复地向他声明自己不在其位不谋其政的大略方针。好几次他有事想征求一下父亲的意见，都被父亲挥手拒绝了，他不想听，更不想表态。可是这一次，父亲表态了，而且态度非常明朗："事情发展到这个地步了，没有别的办法，你只好废除你那个'卖国条约'。"

父亲也把他跟韩玉冰的合同称作"卖国条约"，可见父亲并不是如他自己所说的退得干干净净。他的耳朵眼睛都很灵敏，他知道的情况并不少，只不过竭力想做出一副超然物外的姿态，给谁看呢？给别人，还是给自己？

郑开镰郑重地说："爸爸，与韩总的合同不能废除，我们好不容易找到这么一个合作伙伴……"

郑万春更加严肃地问："你跟我说实话，那个姓韩的女人给了你多少好处？"

郑开镰有点儿气愤，但又不能跟父亲发火，忍住性子说："爸爸，您知道，我不缺钱。"

"我知道你有钱，可这不是理由。越有钱的人越爱钱，越有钱的人越嫌钱少，这种人我见多了。"

"这么说您是信不过我？"

"我信得过你信不过你没用，得让老百姓相信你，得让上级领导相信你。"

"我需要时间，这得给我时间。"

"我就不明白，你为什么非要跟那个姓韩的女人合作？为什么非要签订那么一个吃亏的合同？"

"吃亏不吃亏也得看最后的结果，我现在跟您解释不清，跟谁都解释不清。我只有先干起来再说，到时候桑泉村的老百姓会理解我的，会为我叫好的。"

郑万春的语气缓和下来："你为什么非要搞这旧村改造呢？你就不能先干点儿别的事情吗？先给老百姓一点儿看得见、摸得着的实惠，干点儿让老百姓相信你、拥护你的事不行吗？"

郑开镰却激动了："爸爸，实话告诉你吧，我所以要接任您这个党支部书记，就是想要改造桑泉村。要不是为了干这件事，我绝对不会接这个书记。"

郑万春更加苦口婆心："开镰，我知道你是一个想干大事的人，可是饭要一口一口地吃，路要一步一步地走。改造桑泉村应该，为了申办奥运，市政府规划的绿色隔离带已经把咱桑泉村占了，桑泉村不改也不行了，这我都知道。可是我们得因地制宜、量力而为，能不能把标准降低一点儿呢？我看有些地方盖起的排子房也不错……”

郑开镰很不礼貌地打断了父亲的话：“不行，要搞就要高标准，要跟河那边一个样，甚至要超过河那边！”

跟河那边一个样，超过河那边这句话，郑开镰说出以后自己竟激动得嘴唇发抖了。

多少年了，跟河那边一个样，超过河那边，成了郑开镰全部的人生梦想和神圣的奋斗目标。从他开始阅读社会这部鸿篇巨制的第一页开始，他就把愤愤不平的目光盯准了河那边。这条小小的护城河，只有几丈宽，挽起裤腿就可以蹚过去。可是在他的眼里，那却是一条不可逾越的鸿沟，是两个世界泾渭分明的分界线。河那边算城里，河这边算郊区；河那边是居民，河这边是农民；河那边的人端铁饭碗、挣工资，河这边的人端泥饭碗、挣工分；河那边吃白米白面，河这边吃带皮的粗粮；河那边住高楼，河这边住茅草屋；河那边的男人穿制服、女人穿裙子，河这边的男人光膀子、女人穿大裆裤；河那边的人高贵，河这边的人低贱……河那边的人瞧不起河这边的人，河这边的人羡慕和嫉恨河那边的人。而河这边的人要想跨越这条几丈宽的护城河，成为河那边的人，比到大使馆申请签证、到美国拿个绿卡还难。后者还有希望，还可以等待。而前者简直就是上天无路，入地无门。

这条小小的护城河，使他懂得了不平等，使他懂得了屈辱和发奋。为了获得河这边人的平等权利，他跟自己并不爱的杜文丽结了婚。杜文丽当年在山西插队，为了曲线回京才嫁给他的。他知道杜文丽在利用他，他知道杜文丽把他当成了回京的跳板，他还是毅然娶了杜文丽。在婚姻关系上，他毕竟跨越了护城河，使河两边拉了平。为了争取河这边人的尊严，后来他拼命地挣钱，使自己的生活水平远远地超过了河那边的人。可是，他没有想到，河那边的人还是瞧不起他，用杜文丽的话说，他还是个农民，挣多少钱也是个农民。为什么，就因为那条小小的护城河还在，就因为护城河划出了两片截然不同的天地……

现在机会来了，机会公平地落在了他的头上，他将肩负起改变河这边的历史重任，他怎么能放弃这个机会呢？为了这一天，他等得头发都白了；为了这个千秋大业，他什么都舍得丢弃、舍得牺牲，签署个“卖国条约”又算什么？

可是，父亲却不懂得他的心，这让他很痛苦。

## 九

郑开镰回到办公室的时候，村委会主任陈宝瑞和秘书何小飞正急得像热锅上的蚂蚁。两个人见到他，眼泪都要掉下来了。

陈宝瑞说：“你可回来了，市里、区里、镇里都要把电话打炸了，现在给我们下了死命令，再不把上访的村民弄回来，就把我们俩就地免职。”

郑开镰问：“你怕被免职吗？”

陈宝瑞鼓着勇气说：“被免职我不怕，只是……”

郑开镰坦白地说：“我怕被免职。”

何小飞也急着说：“郑书记，你快想想办法吧，连我都招架不住了。”

郑开镰把手里的一个鼓鼓囊囊的挎包往桌上一扔，对陈宝瑞与何小飞说：“咱们在遇到困难的时候要走群众路线，要发动群众。”

陈宝瑞说：“发动什么群众？群众早被别人发动起来了，都跑到市政府上访去了。”

郑开镰问：“到市政府去了多少人？”

陈宝瑞说：“开始二百多，现在又去了一百多人，越来越多，我们再不采取措施，恐怕桑泉村的人都跑去了。”

郑开镰对陈宝瑞说：“你不是喜欢在大喇叭里叫唤吗？这回我让你过足瘾，你马上把大喇叭打开。咱村里现在不是还有人吗？让村里的人到市政府去，劝回来一个人，奖励二百元钱，从市政府回来的人，给二百元上访补贴。”

陈宝瑞一下子傻了：“奖励二百元，再补助二百元，这回来一个人就合四百元了，按三百个人计算，让那些上访的人都回来，就得十多万，咱上哪儿找那么多钱去？”

郑开镰指了指扔在办公桌上的挎包：“这里是十五万元，你看够了吧？”

陈宝瑞急了：“我说开镰，这钱扔进去可就没了，连个水漂儿都打不起来。”

郑开镰说：“我知道，可这钱得花。”

陈宝瑞替郑开镰心疼起来：“用自己的钱，干这没影儿的事，划得来吗?”

郑开镰火了：“你怎这么婆婆妈妈的，快打开大喇叭广播。”

陈宝瑞只好照办，何小飞却呆愣愣地站在郑开镰的面前，不认识似的看着他。

郑开镰被她看毛了：“你还有事吗?”

何小飞笑了。

郑开镰问：“你笑什么?”

何小飞意味深长地说：“我现在明白了，什么叫男人。”

## 十

杜文丽说对了，郑开镰确实是个农民。也正因为他是个农民，他才了解农民，他才懂得如何制服农民。这些年桑泉村的农民有钱了，天天能吃肉了，可是二百元钱在他们的眼里仍然不算小数目。数目就算不大，可挣起来却不容易，一间平房，一个月的房租也不过才二百元。有人把二百元嘎嘎响的票子塞在手里，他们还在市政府耗着干什么?这里又不管吃不管喝。

上访的人回来了，事情却没有过去，区里、镇里派来了联合调查组，非要把郑开镰签订“卖国条约”的问题搞清不可。

调查组进村之前，跟郑开镰打了招呼。郑开镰亲自到区里找到了李齐翔，两年前的镇党委书记如今已经是区长了。他直截了当地问李区长：“如果我没拿好处，没有一丁点儿经济问题，调查组有没有权力撤我的职?”

李区长说：“那样的话，调查组不是没有权力，而是没有理由撤你的职。”

郑开镰又问：“如果调查组也认为我签订的是‘卖国条约’，他们有没有权力撤销我们跟大都投资公司的合同?”

李区长说："调查组不是桑泉村的法人，他们不会干涉你们合法经营的。"

有了李区长这两条，郑开镰心里有了底。回村以后，他立刻吩咐陈宝瑞为调查组安排吃住，配合调查组的工作，给调查组提供一切方便。然后，他便埋头干起了自己的事情。

这是一个暖洋洋的春天，阳光很好，护城河边的树木又绿了。还有风，轻轻的，带着护城河被污染的臭味。但是，郑开镰却觉得这臭味并不讨厌，甚至还让他有点儿兴奋。陈宝瑞去接待调查组了，办公室里只剩下了他跟何小飞。有点儿静，有点儿舒舒服服的不自在，有点儿莫名其妙的冲动，也有点儿梦幻般的轻松。

他坐在办公桌旁看文件，最近事情多，上边发下来的文件积累了一大摞，他得抓紧时间看。何小飞坐在电脑旁边整理着文件，不时地抛过来一两句少油没盐的话跟他说着什么，他也有一搭无一搭地应付着，漫不经心。漫不经心是一种境界，是一种参禅般的放松，是一种非常熨帖、非常温馨的体验，难得。

"郑书记，您这儿写错了吧？不是桑泉公寓吗，怎么又成桑泉花园了？"

"就是桑泉花园，没错。"

"大叔，您这标点符号可都不对。"

"你给我改过来不就行了吗？"

"狗日的……郑书记，您怎么在文件里也写脏话？"

"啊，对不起，你帮我删掉吧。年轻时落下的毛病，到老也改不过来了。"

"您别总说老了老了的，您不老。您没听说吗？四十岁的男人是精品，五十岁的男人是极品，您正好在精品与极品之间。"

"算了吧，我都快成废品了，我老婆就总说我是废品。"

"大叔，您知道现在幸福男人的四条标准是什么吗？"

"不知道。"

"远方有个思念的，办公室有个好看的，身边有个犯贱的，家里有个做饭的。您占几条？"

“一条也不占。”

郑开镰被何小飞絮叨得无心再看文件了，伸了个懒腰，站起身来。

“大哥，你这话可就没良心了，难道你办公室没有个好看的吗？我是丑八怪吗？”

郑开镰浑身有点儿较劲儿，说不清哪儿不舒服，硬邦邦地像绷住了筋。

何小飞也离开键盘，转过身来看着他。

郑开镰觉得何小飞的那双眼睛有点儿异样，顺口说：“你一会儿叫我郑书记，一会儿叫我大叔，又一会儿叫我大哥，你到底叫我什么？”

何小飞调皮地眨着那双异样的眼睛：“你希望我叫你什么呢？”

郑开镰努力镇静着自己：“随便吧。”

何小飞的腔调倒越来越随便了：“还是叫大叔吧……对了，您不是喜欢孩子吗？要不我叫您爸爸？不……我不想当女儿……还是叫哥吧，行吗？哥……”

“什么都别叫了，叫得人骨酥肉麻的。”

“真没出息。”

“你就调皮吧，早晚我得毁在你手里。”

“至于吗？我可没勾引你。”

“就你这浪劲儿，二八的爷们儿也扛不住。”

“你呢？”

“我……还绷得住……”

何小飞突然跳起身来，搂住了郑开镰的脖子：“别绷着了，哥……”

郑开镰并没有慌，一个真正的男人事到临头是不会惊惶无主的。他很沉着地捧起何小飞的脸：“我就喜欢你这小嘴儿吧吧地叫我，梆子似的。”

何小飞依然调皮地说：“你不是骨酥肉麻吗？”

郑开镰说：“我这会儿就想骨酥肉麻，叫吧。”

“叫你什么？”

“想叫什么你就叫什么吧。”

“我叫了……闭上眼睛……听着，我要叫了……老公……”

郑开镰抱紧了何小飞，何小飞扬起脸等待着，郑开镰把嘴唇压下去。

正在这时候，办公室的门被敲响了……

## 十一

没有什么可以瞒得过韩玉冰的眼睛。对于一个从商场上和情场上摸爬滚打过来的女人来说，郑开镰与何小飞故作镇静的掩饰，只不过是少男少女的掩口遮羞而已。尽管何小飞去给她开门的时候，郑开镰已经老练地回到了自己的办公桌前；尽管郑开镰见到她立刻热情洋溢地起身跟她握手，并嘻嘻哈哈地开着不俗不雅的玩笑。但是这些表演都不能灭迹，韩玉冰就像一个有特异功能的女巫一样捕捉到了刚才发生在这里的每一个细节。相反，韩玉冰的雍容大度、冷面朝天倒让郑开镰与何小飞自以为天衣无缝。

令郑开镰稍有不快的是，韩玉冰每次来，都要把何小飞打发走。这是她的风格，凡事都一对一地进行。同样她也不允许自己的秘书阿酷参与他们的谈判，就连一起用餐的时候她也把阿酷打发到别的餐桌上。看来，她是个独断专行的人。何小飞也知趣，她礼节性地给韩玉冰端上茶，便借故出去了。

没想到，韩玉冰冷冷地开了个玩笑：“郑书记，你的眼光不错呀。”

郑开镰打了个愣儿，立刻明白了什么意思，似乎连脑子也没有过，脱口说了句连他都觉得很不得体的话：“你开玩笑也不笑吗?”

郑开镰是通过李齐翔区长认识韩玉冰的，接触半年多了，从来没有见到这女人笑过，连吝啬的微笑都没有。他怀疑韩玉冰天生就不会笑。笑是属于女人的专利，也是女人的武器。一个不会笑的女人无论如何是令人恐惧的，更何况韩玉冰又是一副天生丽质。近四十岁的人了，脸蛋儿还像婴儿般鲜嫩光洁。明眸皓齿，青丝云鬓，身材挺拔，气质高贵，这对男人特别是成功的男人都散发着一种不可抗拒的魅力。遗憾的是，她为什么不会笑呢？这冷冷的面容像厚厚的盔甲一样牢牢地包裹着她，给人一种威严不可侵犯的力量。这确实是一种力量，一种吸引力和离心力的奇妙组合。男人迷恋她，又畏惧她。男人想逃脱她，又被她的吸引力牢牢地抓住。欲远不得，欲近不得，就像月亮对于地球，总在同一个轨道上围绕着她做匀速运动。

韩玉冰看了看郑开镰：“你们在背后叫我什么？”

郑开镰犹豫了一下，坦白地说：“冷美人……不过我得声明，这外号不是我给你取的。”

韩玉冰依然冷冷地说：“没关系，我不在乎。”

郑开镰的胆子越发大起来：“您真的不会笑吗？”

韩玉冰沉着脸问：“你对这很感兴趣吗？”

郑开镰心虚了：“不……不……我只是……只是好奇。”

韩玉冰说：“知道我现在对什么感兴趣吗？”

郑开镰马上收敛起了锋芒：“您说，我听着呢。”

韩玉冰说：“我想问你，我们到底能不能如期开工？”

郑开镰立刻表态：“没问题，只要您的资金能如期到位。”

韩玉冰说：“你现在遇到的麻烦不小，如果后悔还来得及。”

郑开镰急了：“韩总，请您相信，我既然在合同上签了字，那就是生死令。天塌下来，我郑开镰两个肩膀扛起来，绝不能碰着您半点儿油皮。”

韩玉冰两个嘴角微微向上翘了翘，算是笑了吧。

## 十二

韩玉冰说话算数，前期投入的八千万资金果然如期打进了桑泉村的账户上，财大气粗，又恪守信用，这女人难得。人家说到做到，咱也不能含糊。下一步就要正式开工，开工先要拆迁，先从冯六代居住的南街开始。牵扯的户不算多，七八十户，二百多口人，可是那里是条老街。住在老街上的人都是土著，都是敢跟土匪拍胸脯、敢拿皇上开涮的刁民。而且，南街上家家是房东，处处私搭乱建，人人不是省油的灯。拆迁要从南街开始，无异于与虎谋皮。“与虎谋皮”这个词他还是跟何小飞学的，这个小丫头还真有点儿学问，也浪得有味道。可惜那天让韩玉冰扰了他们的好事。要不就完成了男女间的第一步。有了第一步就好往下面发展了。他妈的以后竟然没有机会，忙得六亲不认了。郑开镰想。

郑开镰在想这件事的时候是躺在自家的卧室里，这些天急火攻心，连续熬夜，又陪酒过度，他终于病倒了，发起了高烧。虽说不算什么大不了的病，可也把一个六尺高的彪形大汉折磨得双目塌陷，脸色焦黄。杜文丽上班了，外甥女李美梅和女儿郑盲盲负责照顾他。床头上放着药，药旁边放着白开水。他的高烧开始退了，身子却还软得像面条儿。身子软脑子也支棱不起来，想事情都坚持不下来。这时候他才明白了病的厉害，疾胜矢疾……这句文得不能再文的话是韩玉冰发明出来的。确实是发明，以前没有人说过。那次在大富豪用餐，席上有一个附庸风雅的台商，说古龙临死的时候留下了一个“绝对儿”，谁要是对上来能领三万美元的奖金。韩玉冰问什么绝对儿，台商说“冰比水冰”，这实在是个绝对儿。古龙是一九八五年去世的，海内外的华人绞尽脑汁，至今……台商正述说着这个对儿如何绝，韩玉冰却一语惊四座：“我对上来了——疾胜矢疾……”

韩玉冰真他妈的天才，何小飞跟她比起来，只能算是小聪明了。比较这两个娘儿们干什么？闲着没事干了？想想拆迁的事情怎么办。可是一想到拆迁，他的脑子就咣当起来，像一团似冻非冻的果冻。窗外面，李美梅正在跟郑盲盲聊得热火朝天，两个少女的谈话声像浓浓的困意一样将他的神志笼罩起来……

“买什么乳罩呀，你知道现在‘四大土’是什么吗？你听我告诉你：BP 机带链儿，手机带套儿，男人穿背心，女人戴乳罩……”

“女人不是都得戴乳罩吗？”

“新新人类就不戴。”

“什么是新新人类呀？”

“我是，你是，咱二十世纪七十年代、八十年代出生的人都是。”

“可我还是不明白，新新人类到底什么样呀？”

“听我告诉你，脚穿松糕鞋，腰背双肩挎，耳戴随身听，染成金丝发；还有，穿衣服要三露，上面露胸，下面露大腿，中间露肚脐……特别是露出肚脐是最要紧的，肚脐是人类的第三只眼。我们新新人类要用第三只眼睛看世界……”

“可我连一只眼睛也没有。”

“盲盲，你别悲观，虽说你是个残疾人，可也不能落在时代的后面，你也得加入我们的新新人类。还有盲盲，新新人类崇尚自由，无拘无束。和男朋友走在大街上的时候，要旁若无人，搂着脖子，像小鸟一样互相喂食，特别浪漫……”

“可我没有男朋友。”

“你会有的，一定会有的。再有，新新人类又是追星族，要有自己崇拜的偶像，你崇拜谁呀？”

“我崇拜海伦·凯勒。”

“海伦·凯勒是谁？”

“美国的一个盲人女作家，非常了不起。”

“得了得了，这年头谁还崇拜作家呀？傻不傻呀？”

“那我该崇拜谁呀？”

“我们该崇拜大牌的歌星影星球星，像周润发、刘德华、约翰逊、麦当娜、马拉多纳……还有萧童。”

“萧童是谁？”

“萧童是一位行为艺术家，我正在帮助他搞一个大型的行为艺术展览。”

“你在帮助他？帮助你崇拜的偶像？你真了不起。”

“每一个成功的男人背后，都站着一个伟大的女性。”

“啊？你要嫁给他？”

“这年头谁还谈婚论嫁呀？俗不俗呀？”

“那……那……那你怎么帮助他呀？”

“我正在给他到处拉赞助，这需要一笔钱，一大笔钱。盲盲，你也参加吧。”

“我可没有钱。”

“不需要你出钱。”

“那我能干什么？”

“为行为艺术献身……”

“献身？怎么献身？”

“为了北京申办二〇〇八年的奥运会，他搞的这个行为艺术叫作‘把我们的血肉筑成我们新的长城’……需要两千零八个人勇敢地参与，这也是向传统势力的一次有力的挑战……”

郑开镰躺在病榻上，听着一个新新人类向另一个新新人类的启蒙，又昏昏睡去了。

这一睡，却睡出了一个主意。

## 十三

没有人会怀疑郑开镰的魄力。但是，当他拖着虚弱的身子来到村委会，把他的决定说出来以后，陈宝瑞却一下子愣住了。郑开镰火了：“愣着干什么？快把大喇叭打开，马上跟村民宣布。”

接着，郑开镰又指示何小飞，让她起草一个文字材料，并以村委会的名义张贴出去：三天之内，南街上所有住户租赁的房屋一律收回！

陈宝瑞把大喇叭打开了，却没有广播。

郑开镰使劲看了他一眼。

陈宝瑞说：“我不是没有这个魄力，我是怕到时候屙出的屎再坐回去。”

郑开镰瞪着塌陷的大眼睛问：“你什么意思？”

陈宝瑞说：“南街上的人你还不知道？有几个顺民呀？上次到市政府告状，主要是南街上的人。我是怕，三天以后他们要是不把租房的赶走怎么办？”

郑开镰说：“放心，我自有办法。”

何小飞不干了：“郑书记，你不能再用金钱收买了，这犯不上。没听说过，给人家当厨子还要自己赔面钱。”

郑开镰温和地笑了，摇摇头没说什么。

果然如陈宝瑞所料，村委会的安民告示广播出去以后，村民们却个个装聋作哑，三天以后，一点儿动静也没有。

陈宝瑞搓着两只大手问：“怎么办？这回咱要是收回成命，以后说话更没有人听了。”

郑开镰说：“你把电工班和管自来水的都叫来，让他们把南街的水电都断掉。”

陈宝瑞傻了：“什么？断水断电？那南街的人还不跟咱们玩命？”

郑开镰沉着脸问：“你怕有人跟你玩命？”

陈宝瑞说：“我当然不怕了，我是说……凡事都得网开一面，不能把人挤进死旮旯去。”

郑开镰说：“你说得对，跟南街的老百姓说清楚了，咱断水断电，为的是帮助他们把租房的人赶走。咱村民喝水，到村里的锅炉房去打，洗澡到村浴室，免费。派专人看着，不是南街的村民，一律不许打水洗澡。咱这不是把活路给老百姓留出来了嘛。告诉他们，搞绿色隔离带是为了北京申办奥运会，旧村改造，是村民大会定的，让他们克服困难，顾全大局，谁要是有意见，还可以到市政府告状。不过这次再去没有人再把他们接回来了，等将来楼盖好了，谁顾全大局谁先挑楼层，我们心里有数。”

事情就这样定下来了，断水断电三天，南街所有的出租房都腾空了。没有人告状，优先选择楼层的奖励失效了。紧接着，郑开镰又发布了第二条命令：十天之内，南街的老百姓自己解决周转房，一律搬走。有专人负责监督，谁先搬走将来谁先挑选楼层，这个奖励又用上了。

十天以后，绝大多数的户都搬走了，只剩下了冯六代等几家钉子户。陈宝瑞问怎么办。

郑开镰笑了：“太好了，我正想杀几只鸡给猴看呢。说实在的，我还真怕有几只老实巴交的鸡不长眼睛。像冯六代这种人，顶风都臭三里，拿他们开刀，没有人会替他们说话。这不叫为民除害，是为民解恨。”

郑开镰打了几个电话，找来了二十多台推土机，轰隆隆地开进了南街。如同摧枯拉朽的战场，逢墙便倒，遇房便塌，一时间烟尘蔽日，轰鸣震天。冯六代等几个顽固分子开始还撒泼耍赖，往推土机前面躺，后来见推土机后面跟着举着电棍拎着手铐的警察，一下子含糊了，骂骂咧咧地往后退，四脚朝天地摔倒在废墟上，引来了一连串的嘲讽谩骂。南街拆迁就这样了结了，几乎一切都在郑开镰的预料和掌握之中，他有点儿得意。

但是他得意得太早了，南街的老百姓没有跟他找事，联合调查组却跟他过不去了。

## 十四

联合调查组的组长是区委政法委书记崔文亮，一个政治嗅觉很高又很有权谋的老干部。他带领调查组进村以后，始终不露声色，不搞动静，跟郑开镰等村干部没有进行任何接触，偶尔碰面也是客客气气、随随便便。但是暗地里却把郑开镰调查个底朝天，更险恶的是，他没有追究郑开镰的工作作风问题，也没有调查郑开镰的经济问题，而是釜底抽薪，直接抓住了郑开镰的政治问题：他是怎么入党的？他够不够一个共产党员的资格？就是说，崔文亮要审查郑开镰的党籍问题，党籍要是保不住，他那村党支部书记还能算数吗？

首先慌了神的是郑万春，这个自诩为不再参政、不再议政、不再干预内政外政的退休村党支部书记，想躲也躲不掉了。面对着调查组提出的这些问题，他得解释清楚。且不要说郑开镰是他的儿子，从组织原则上说，郑开镰的党员是他发展的，郑开镰的村党支部书记是他组织选举的，郑开镰接的是他的班。在这个根本问题上要是错了，那就全是他的错，他赖是赖不掉的。更何况，崔文亮提出的这些问题，也正好是当初他最担心的问题。是当时的李齐翔镇长坚持说可以发展郑开镰入党的，李齐翔做了半年多的工作，他的思想才开窍。现在出问题了，他能把李齐翔端出来吗？那他成什么人了？

老支书郑万春一夜没合眼，第二天一早也顾不上带着孙女到护城河边晨练去了，连脸都没顾上洗，就到南街的拆迁工地上来找郑开镰。

郑万春把郑开镰拉到一片被推倒的房屋后面，选词酌句地想说服郑开镰。郑开镰却一直不明白父亲找他何事，想跟他说什么。

郑开镰说："爸，我这儿正忙呢，您能不能不兜圈子？"

不兜圈子行吗？他能告诉郑开镰人家调查组要把他的党员的牌子摘掉吗？

郑开镰问："是不是文丽出了什么事？"

他担心他老婆杜文丽早晚会出点儿什么事的，没有什么征兆，只是一种本能的预感。

郑万春摇着头："她能出什么事呀？她就是整天价吃药想再生个孩子。"

郑开镰又问："那是盲盲？要不是美梅？"

他也最担心这两个孩子，一个是他的骨肉，一个是他亲妹妹的骨肉，手心手背都是肉。

郑万春说：“你别胡思乱想了，两个孩子能有什么事？”

郑开镰明白了：“这么说就是我的事了？”

郑万春点了点头。

他首先想到的是何小飞，如果说做贼心虚的话，他就是这件事底气不足。要知道，一个人做多少人的官，就会有多少双眼睛盯着你。就像整天价光着屁股在众目睽睽之下展览一样，官员和公众人物是没有隐私权的。有些人自以为聪明，自以为做得如何巧妙如何隐蔽，殊不知暗室苟且，众目如电。不是没有风声，是你根本听不到风声。除了证明你傻帽儿，证明你霸道，证明你根本没有真正的朋友，还能证明什么呢？

郑开镰又猜错了。

郑万春好不容易说到了正题：“你那几个企业怎么办了？”

郑开镰一时没有转过弯来：“什么企业？”

郑万春说：“你自己的企业呀？”

郑开镰说：“我不是都承包出去了吗？我只收租金，不管任何具体事务。”

郑万春说：“那法人代表是谁？不还是你吗？”

郑开镰说：“是我呀，怎么了？”

郑万春说：“你是法人代表，就证明那企业还是你的。”

郑开镰说：“对呀，那企业本来就是我的嘛。”

郑万春叹了口气：“你……能不能……把它卖掉……或者干脆捐献出来……”

郑开镰不解了：“为什么？”

郑万春突然严厉起来：“你不能又当资本家，又当共产党的支部书记，这是水火不相容的，你懂不懂？”

郑开镰傻了：“我不懂……我真的不懂……我是资本家吗？谁给我定的我是资本家？”

郑万春说：“是不是资本家只是叫法不同，本质上是一样的。你趁这么多私有财产，雇用那么多的工人，还不叫资本家吗？”

郑开镰跟父亲认起真来：“就算我是资本家，又有谁说资本家不能入党？老一辈无产阶级革命家，包括跟马克思一起写《共产党宣言》的恩格斯，有几个是赤贫出身？”

郑万春说：“人家只是剥削阶级家庭出身，可你是直接的剥削阶级，这不一样。”

郑开镰更受不了了：“谁说我是剥削阶级？我剥削谁了？我不过是响应党的号召，带头富起来的人。富起来怎么了？富起来是罪过吗？”

郑万春被郑开镰问得半天说不出话来，沉吟了一下，才忧心忡忡地说：“可是……我担心……你这党员要保不住……还是听我的吧，把那几个企业卖出去，或者捐献出来……我知道，你想改造桑泉村，你有这个大志向……为了成就这个大事，得把你这个党员保住……”

郑开镰看着父亲的眼睛潮湿了，他明白了，问题远比他想象的要复杂得多、严重得多。

## 十五

向来是福无双至，祸不单行。正当郑开镰岌岌可危、自身难保的时候，何小飞又给他来个拆桥断路，要辞职另谋高就。

郑开镰一下子火了：“你要到哪儿去？”

何小飞说：“韩总让我去给她当秘书。”

郑开镰一愣：“韩总？哪个韩总？”

何小飞说：“就是韩玉冰总裁。”

“什么？她……她竟敢挖我的墙脚？她为什么偏偏用你？她不是有阿酷吗？”

“她把阿酷辞退了。”

“她到底想干什么？她给你涨了多少工资？”

“她没给我涨工资。”

“那你为什么要离开我？你为什么要跟她走？她是连笑都不会的女人，你就不怕在她身边受气？不，你不能走，我不能让你走。小飞，你知道我对你的感情……”

“不，郑书记，咱不谈感情行吗？我现在需要的不是感情。”

“那你需要什么？钱，不就是钱吗？那个冷脸娘儿们答应给你多少钱，我加倍地给你。”

“我现在需要的也不是钱，郑书记，您还是放我走吧。我……我已经答应她了。”

“你答应她了，你凭什么答应她？你到底看上她什么了？”

“郑书记，这是我的辞职报告，这是所有的文件材料，我都整理好了。”

何小飞将一叠整整齐齐的文件放在郑开镰面前，转身就往外走。郑开镰满肚子的火气腾地一下子燃烧起来，他怒吼了一声：“你给我回来！”何小飞没有理睬他，继续往门外走。这一下更把他激怒了，他一步蹿到门口，用力拽住了何小飞的肩膀，往后一拉，把何小飞摔在沙发上。何小飞也火了，腾地站起来：“你干什么？”

郑开镰叫喊着：“你不能走！”

何小飞也叫喊起来：“你没这个权力！”

何小飞说着又朝门外冲去，郑开镰紧紧地抓住了她。

何小飞拼命地挣扎着：“放开我，你放开我！”

郑开镰看着何小飞那张义无反顾的脸，狠狠地骂着：“你这个婊子，臭婊子……婊子无情，戏子无义……你他妈有奶就是娘，我算是瞎了狗眼……”

叭的一声，一个巴掌打在了郑开镰的脸上。郑开镰一下子惊愣住了，他呆呆地看着何小飞，何小飞的两只眼睛先是火光，腾腾燃烧的火苗子。渐渐地，火苗越燃越小，越燃越弱。突然，火苗熄灭了，两只眼睛里汪起了泪水，泪水越聚越多，终于哇的一声，何小飞哭出声来，扑倒在沙发上……

郑开镰慌了，直到这时候，他才明白刚才骂的是什么。自从那天早上，何小飞进办公室打电话，他们相识了。后来何小飞成了他的秘书，也同时成了他的安慰，成了他拼命工作的动力。何小飞每天像影子一样在他身边晃来晃去，他觉得心里很踏实；何小飞甜甜的小嘴儿每天跟他吧唧吧唧地说笑着，他觉得身边很充实。见不到何小飞，他总觉得缺少一点儿什么；离开何小飞，他就觉得无精打采。特别是那次被韩玉冰破坏了的亲吻以后，他更是把自己跟何小飞紧紧地联系在了一起。他喜欢她，他离不开她，可也不想玩弄她，因为他知道他不能娶她。他想对她负责任，想爱护她、照顾她，尽最大的可能补偿她……没想到，她却是这么绝情。说走就走，连点儿犹豫都没有。郑开镰不明白，表面上看男人花心，女人是弱者。可是一旦情感决裂的时候，男人总是犹犹豫豫地藕断丝连，女人总是狠得下心肠的。

郑开镰坐在何小飞的身边，把她拉起来，紧紧地搂着她，痛悔不及地向她说着道歉的话："小飞，对不起……真的对不起，我一时控制不住自己，我不该这样骂你……小飞，你知道，我舍不得你，这事来得太突然了，让我一点儿准备都没有……小飞，原谅我……"

何小飞伏在郑开镰的怀里呜呜地哭起来，哭得肝肠寸断，痛快淋漓。郑开镰轻轻地抚慰着她，把她的泪脸捧起来，轻轻地吻着。吻着她脸颊上的泪水，吻着她那哭肿了的双眼……突然，何小飞把嘴唇凑上来，两只胳膊紧紧地箍住了郑开镰的脖子。郑开镰又热血沸腾起来，两个火烫的躯体缠绕在一起，贪婪地深吻着，残忍地互相吞噬着……

他们终于平静下来，一场风波总算过去了。郑开镰伏在何小飞的耳边，喃喃地说："小飞，别走了，好吗？"

何小飞抬起头，她脸上的泪水都被郑开镰吻干净了，光洁得像是一片云破天开的晴空。

郑开镰轻轻地央求着："别离开我，小飞，答应我。"

那片晴空又阴霾起来："不，哥，对不起……"

郑开镰的心震颤起来："到底是为什么？你能告诉我吗？"

何小飞说："为了我弟……"

郑开镰开动脑筋，急速地追逐着何小飞的思维。他知道，何小飞来自湖北一个贫穷落后的小山村，她的父母亲却是有着宏图大志的人。他们生活的目的就是要离开那个小山村，到外面的大世界里去体验人生的价值。为了实现这个远大的目标，他们节衣缩食，刻苦读书。可是他们生不逢时，眼看就要实现他们的大学梦了，史无前例的"文化大革命"开始了。于是，他们又像他们的祖辈父辈一样，过起了面朝黄土背朝天的庄稼日子。自己的梦想破灭了，就把全部希望寄托在自己的一对子女身上。他们的全部生活内容就是培养女儿和儿子读书，要求他们一定考上大学，离开那令他们无法忍受的小山村。何小飞从父母那里继承了这个辉煌的梦想和神圣的使命，她努力了，在他们那个地区她一直是出类拔萃的。竞争大学的战场太残酷了，她以五百六十分的高分落了榜。她的梦连同父母亲的梦再一次破灭了，于是她便又与她父母把辉煌的梦想和神圣的使命交给了她的弟弟何小翔。她出来打工就是为了给父亲减轻负担，为弟弟专心学习创造更好的机会。她每个星期都要给弟弟打一次电话，提心吊胆地督促着弟弟的学习成绩。弟弟肩负着两代人的梦想，每时每刻都被六只眼睛盯着。她明显地感觉到，弟弟的压力太大了，他几乎不敢想到失败，如果失败就是一家人生死存亡的问题。可是，何小飞也明显地感觉到，弟弟的成绩并非十分有把握。那个小山村，那个小镇，那个小县城，教出来的学生能跟大城市竞争吗？

来到北京以后，何小飞才感到真正的不公平，就像郑开镰当年强烈地感觉到护城河内外的不公平一样。北京城学习条件那么好，教学质量那么高，可高考录取分数线却又比外地低一百多分，这道理到哪儿去讲。她常常气愤地说，下辈子托生一只猫，也要到北京来捉耗子。

韩玉冰给何小飞的条件就是把她弟弟的户口弄到北京来，不用等到下辈子了，也不用变猫了。一个活生生的弟弟可以大摇大摆地到北京来安家落户，成为堂堂正正的北京人。韩玉冰告诉她，她在北京郊区的一个小城镇投资建一个新型建材厂，给了五个进京户口。何小飞的弟弟要是参加北京地区的高考，她敢说有百分之百的把握考上一个名牌大学。退一步讲，就是考上一个普通大学，甚至也像她一样地落榜，不是也可以照样离开那个小山村，成为北京人吗？父母亲让他们头悬梁锥刺股地学习，目的不就是离开那个小山沟吗？

郑开镰非常理解何小飞，理解北京户口对何小飞意味着什么。他服了韩玉冰，她能给何小飞的他却不能给，虽说他是桑泉村的党支部书记，可是却没有解决户口的权力。韩玉冰的这个善举，对于何小飞的全家来说是个天大的恩情。从这个意义上说，他也感激韩玉冰，替何小飞，也替他自己。

可他就是不明白，韩玉冰为什么单单要何小飞呢？何小飞又不是一个男人，她为什么要如此拉拢她呢？何小飞对她到底有什么用处呢？

# 十六

这个问题，郑开镰是在亮马大厦的咖啡馆里向韩玉冰提出来的。韩玉冰沉着脸，暧昧地说："我是为你好。"

郑开镰不服气："为我好？我能得到什么好处？"

韩玉冰冷冷地问："你是不是舍不得呀？别要死要活的好不好？"

郑开镰的脸红了，她是不是知道什么了，这个女人是厉害。

韩玉冰的话更加意味深长："长痛不如短痛，放心，我会加倍给你补偿的。"

郑开镰的心更虚了："别兜圈子，我是问您，您到底要让何小飞干什么？"

韩玉冰郑重地说："我说过了，我是为你好。"

郑开镰说："好个鬼，我得到什么了？"

韩玉冰说："我就是怕你得到，怕你犯错误，你知道不知道？"

郑开镰火了："我他妈的……"

韩玉冰说："你嘴给我干净点儿，记住，别跟我撒野。"

郑开镰还想说什么，李齐翔来了。

两个人见了李齐翔急忙起身让座，郑开镰虽说比李齐翔大十来岁，可是对他一直尊重有加、口服心服。韩玉冰倒是随随便便，像是对老朋友一样的随便。郑开镰想起来了，他认识韩玉冰还是通过李齐翔呢，可见他们的关系非同一般了。

韩玉冰给李齐翔要了一杯哥伦比亚加奶冰咖啡，李齐翔开门见山："抓紧时间，我只有半个小时。"

韩玉冰是专门给郑开镰约来李齐翔的。联合调查组要把郑开镰一棍子打死，连个缓刑都不给。郑开镰急了，韩玉冰也急了，如果郑开镰被人家摘了共产党员的牌子，他们的一切合作协议都成了废纸一张。韩玉冰的前期投资已经到位，桑泉村的拆迁已经开始，真的把郑开镰的村党支部书记拿下来，损失太大了。

李齐翔听了听郑开镰的汇报，挥手制止了他："别说了，情况我都知道了，联合调查组的报告我也看了。关于这个问题我们要开常委会讨论，这不单单是你郑开镰的问题，这是关系到我们党的政策大计问题。我先给你亮明我的观点，吸收民营企业家入党，我是认准了的，这符合改革开放的大局，符合我们党发展的方向。我一定会坚持到底的，你这个党员是支部大会按照党章讨论通过的，你这个村党支部书记是支部大会选举产生的，是完全合法的。你尽管放心地干，我为你保驾护航。”

郑开镰激动得嘴唇都颤抖起来，不知道说什么好了：“李区长，我……我……我这不是让您替我担风险吗？”

李齐翔说：“我怕什么？无非是成了你的保护伞，你为了老百姓干事，我还不该撑起伞来保护你，谁让我有这个权力呢？”

郑开镰说：“李区长，有您在前面给我顶着，我就踏实了。我不要很长时间，三年，您为我顶三年。三年以后，等我把桑泉村改造完了，就是他们再撤销我的村党支部书记，开除我的党籍我都不在乎。我只想干一件事，就是把桑泉村改造好，您一定要让我把这件事情干完。”

李齐翔也激动起来：“就冲你这个动机，我也要全力保护你。我昨天还想了几句话，凡是能把经济搞上去的，凡是有技术有学问的，凡是给老百姓谋福利的，我拼死也要保护。我再给你表个态，谁要是想撤销你的党籍，除非先把我这个区长撤了，先把我的党籍开除了。”

韩玉冰看了看手表，对李齐翔说：“好了李区长，半小时到了，你可以走了。”

李齐翔问：“还有什么不放心的吗？”

韩玉冰说：“你给我们送来一颗定心丸，我们该请你吃顿饭。不过你给我们的时间太少了，半个小时不过瘾，算你欠我们一顿饭吧。”

李齐翔说：“好，我不赖账。”

## 十七

郑开镰是坐着韩玉冰的车来的，韩玉冰自己开着车。郑开镰的秘书被韩玉冰挖走了，韩玉冰的秘书阿酷被她炒了。两个人都没有了秘书，倒也非常随便。

韩玉冰问："饿了吧？到哪儿吃点儿什么？"

郑开镰说："随便，我请客。"

韩玉冰说："当然要你请客了，我替你从李区长那里讨了定心丸，你该好好谢谢我。"

郑开镰说："那好，我就伸着脖子心甘情愿地等您宰了，您挑地方吧。"

韩玉冰不说话，开着车朝前走着，没走多远便停了车，长虹桥附近有一家西餐馆，叫 FRIDAY，很有点儿名气的。韩玉冰停好了车，走在前面，郑开镰很不情愿地跟在后面。

正是晚上用餐时间，FRIDAY 里面很热闹，韩玉冰让领位的小伙子帮助他们找了台阶上一个比较清净的台面坐下来。

韩玉冰早就猜到了郑开镰的心思："是不是不喜欢吃西餐？"

郑开镰坦率地说："我对西餐倒没有意见，就是吃西餐规矩太多让人受不了。"

韩玉冰看着菜单，郑开镰闲得无聊，把餐具弄得叮当响。

韩玉冰说："我还真得给你立点儿规矩了。"

郑开镰说："立什么规矩？"

韩玉冰说："你不开车，喝点儿酒吧。喝威士忌，还是马爹利？"

郑开镰说："我就喝啤酒，荷兰黑啤，有吗？不过我得先吃点儿什么，肚子饿得咕咕直叫唤，好几天不怎么吃东西了。"

韩玉冰嘲讽地说："挺大老爷们儿，心里也这么搁不住事？"

郑开镰说："要是我自己的事，天塌下来我都不着急，最多砸死我一个人。您说桑泉村这么一大摊子，哗啦啦要是散了架，我交代得了吗？"

侍者送上来一个汉堡包，郑开镰立刻拿起来，张开大嘴就往里塞。也许是真的太饿了，郑开镰的大嘴片子吧唧得山响。韩玉冰朝四外看了看，用叉子在他面前敲打着。

郑开镰马上意识到了自己的失态，急忙闭上了嘴巴，也不好意思地朝四外看了看，自我解嘲地说："真是的，跟您这么一个贵夫人出来，我这不是给您丢脸吗？"

韩玉冰说："你老婆说你是农民，你还别不服气。那三个毛病，我看挑得没错。我刚才说了，我要给你立点儿规矩。你睡觉脱不脱光屁股我不管，第一你在我面前不能说粗话，第二你跟我在一起吃饭不能吧唧嘴……”

韩玉冰的话还没说完，郑开镰便笑起来，笑得声音很大，旁若无人。

韩玉冰又用叉子在他面前敲了敲，急扯白脸地说：“注意点儿，这是西餐厅。”

郑开镰又急忙闭上了嘴巴。

正在这时候，郑开镰眼角的余光中突然闪过一个身影，郑开镰的心里咯噔一沉，刚要起身开口叫喊，马上又坐住了。他发现那个身影似乎是怕人发现似的匆匆而去。

韩玉冰敏锐地感觉到了郑开镰的异常：“怎么了，看见谁了?”

郑开镰掩饰着：“没……没谁，我看走眼了。”

韩玉冰问：“你老婆吧?”

郑开镰继续遮掩着：“啊……也许她从这儿路过吧。”

韩玉冰说：“是不是穿一条藕荷色的连衣裙？挎着一个白色的手包?”

郑开镰惊异起来：“您……您见过她?”

韩玉冰又问：“她是不是开着一辆白色宝马车?”

郑开镰睁大了眼睛：“到底是怎么回事?”

韩玉冰说：“她一直在跟踪你，或者说在跟踪我们。”

郑开镰茫然了：“这……不可能吧?”

韩玉冰笑起来，笑得很含蓄，又很自然，像一朵花蕾慢慢地绽开了，很灿烂。

郑开镰心里一动，脱口说出了一句话：“原来您会笑，笑得还挺美。”

韩玉冰警觉起来：“你什么意思，是不是在骂我?”

郑开镰急忙表示歉意：“哪儿呀，我哪儿敢骂您呀?”

韩玉冰说：“我知道你在背后叫我冷美人是不是？我冷吗?”

郑开镰咧开大嘴不好意思地笑着，心想，这个女人怎么什么都瞒不过她。

韩玉冰又说：“问你呢，我冷吗?”

郑开镰说：“我说了您可别生气。”

韩玉冰说："我至于吗？再有，你别跟我您您的好不好？我跟你说过您吗？我最讨厌你们北京人这套酸文假醋了，连吵架也说您，骂人也说您，恨得牙根八丈长，还说您，假不假呀？"

郑开镰让韩玉冰说得有点儿挂不住脸儿，又索性耍起了嘴皮子："贾不假，白玉为堂金作马……我这不是跟您客气嘛。"

韩玉冰瞪起了眼睛："你还有完没有？说正经的，我冷吗？"

郑开镰只好实话实说："说老实话，你真是够冷的，让人见了身上起鸡皮疙瘩。跟你接触这么长时间了，我就没见你笑过。我真怀疑，你到底会不会笑。"

韩玉冰沉着脸没说话。

郑开镰有点儿慌了："我说过，我这不过是随便说说，你别生气。"

韩玉冰说："我生气了吗？"

郑开镰说："咱这正事办完了，随便说几句闲话。"

韩玉冰又冷冷地笑了笑："那好，今天我兴致好，就陪着你说几句闲话吧。你不是问我会不会笑吗？我告诉你，我会笑，我干吗不会笑呢？我过去笑得比谁都甜，比谁都好看，比谁都迷人。微笑、媚笑、苦笑、暗笑、傻笑、浪笑，含泪笑、撇嘴笑、回头笑、飞吻笑、暗送秋波的笑、勾魂调情的笑、皮笑肉不笑、不想笑还得装笑……我笑够了，我把一辈子的笑都提前透支了，透支给你们这些臭男人了。我没有笑了，我笑不出来了，我该板起面孔做人了。"

郑开镰看见，韩玉冰的眼睛里溢满了泪水，她努力控制着，不让泪水淌下来。他心里一阵发沉，又一个痛苦的灵魂。他后悔不该揭人家心里的伤疤……

韩玉冰沉吟了一会儿，看了看郑开镰："对不起，我不该说这些。"

郑开镰点了点头，表示了深深的理解。

## 十八

郑开镰一进家门，就觉得杜文丽的脸色不对。男人就是这样，做贼心虚，不做贼也心虚。他故意不把这层窗户纸捅破，装作什么事情都没有发生似的，大大咧咧地换上拖鞋，脱掉外衣，便进了卫生间。这是他进家门的第一道程序，先洗澡。杜文丽瞧不起他，说他是农民，指责那三个带着硬伤的缺点，可从来没有说过他脏。在讲卫生这一点上，他比一般的城里人甚至穷讲究的知识分子还过分。无论春夏秋冬，每天洗澡，每天刮脸，每天换短裤衬衣袜子。可是杜文丽却从来没有表扬过他这一良好的卫生习惯。

这是一个三合小院，正房三间，父亲一间，在东边。他和妻子女儿住两间，在西边。西厢房是李美梅的闺房，东厢房是厨房、客厅、储藏室。一个四楞四致的小院一间房都不往外出租，这在桑泉村恐怕是独一份。在村民们看来，他家太奢侈了，有钱嘛，不指望着那几个瓦片钱。更奢侈的是，这虽说是一座平房小院，装修得却像楼房一样的现代化。厨房里的不锈钢厨具，卫生间里的冲浪浴缸，客厅里的红木家具，卧室里的加宽席梦思床，以及院子里的花圃鱼缸石榴树，都显示着一种舒适和豪华。

郑开镰光着身子从浴室里出来，用宽大的浴巾擦拭着身子。杜文丽歪在沙发上看电视，目不斜视。郑开镰故意用正面对着她，在她面前晃动着。情绪好的时候，杜文丽嘴上怪罪郑开镰的裸露癖，手却及时把它抓住，身子便会主动地贴上去，抱着这健壮的裸体亲吻得痛快淋漓，直至疯癫上床。多数情况下，杜文丽却对这个狂热的裸体熟视无睹甚至不屑一顾。在郑开镰面前，杜文丽总有一种天生的优越感。在他们之间，高贵与卑贱的界限，同样是由那条可有可无的护城河界定的。

郑开镰今天无疑想讨好杜文丽，用肥厚的屁股挡住了杜文丽的视线。他想让杜文丽伸手拧他的屁股，男人就是贱，总希求女人不轻不重的刑罚。杜文丽没碰他，却站起身从柜子里抻出一件睡袍，扔给郑开镰。

郑开镰故意问："这是干吗？一会儿就上床了。"

杜文丽沉着脸说："盲盲都这么大了，你就好意思在她面前光着身子？"

郑开镰说："她不是看不见嘛。"

杜文丽说："她看不见你，你也看不见她吗？她可是你亲闺女。"

郑开镰没的说了，只好把睡袍披在身上，进了卧室。

上了床，郑开镰扔掉睡袍，光着身子钻进了被窝里。他把床头灯拧亮，顺手抄起了《北京晚报》。这也是他多年养成的习惯了，躺在床上总要先看点儿什么才能入睡。

他看着报纸，以为跟杜文丽的冷战开始了。没想到杜文丽关了电视，也随着他进了卧室，并且还主动地脱光了衣服，朝他贴了过来，用两只依然像少妇般鼓胀的乳房摩挲着他的后面。他受宠若惊，急忙扔下报纸，转身将杜文丽搂在怀里。紧接着，他又急不可待地把杜文丽翻倒，杜文丽却伸手制止着他："等等，你今天喝酒了吧？"

郑开镰想了想："就喝了一杯啤酒。"

杜文丽把手松开了，其实她也是明知故问，她不是看见郑开镰跟韩玉冰一起，在 FRIDAY 要了一杯荷兰黑啤酒吗？

凡是问这句话的时候，郑开镰准知道这几天是杜文丽的排卵期。十几年来，她每次同郑开镰做爱的时候，都会想到怀孕，想到能生下一个健康的孩子。这成了她的心病，为了这个目的，她不知道求了多少名医，吃了多少苦药。她不在乎，只要能让她生个健康的孩子，她什么罪都可以受。其实，郑开镰看着她吃药，心里比她还苦。郑开镰总是想方设法地劝她，何必呢？难道非要再生一个孩子吗？

郑开镰刚要挺身而入，杜文丽又制止了他，顺手将头上的枕头拽过来，垫在自己的屁股底下。不知道听谁说的，把屁股垫高以后，能让精液顺利地进入子宫，怀孕的可能性就会增大。郑开镰只好忍受着这烦琐的程序。

终于开始了，杜文丽在下面一边配合着郑开镰的动作，一边说："咱得抓紧了，好不容易批下来个生育指标，再不生就作废了。"

郑开镰更加反感了，差一点儿情绪皆无。好像她的发情、她的做爱、她所采取的措施都是为了单纯的生育，这跟给母猪母马配种有什么区别？心里这样不快，嘴里却依然劝解着："作废就作废，你就那么稀罕孩子？"

杜文丽不高兴了："我是为我吗？我是为了盲盲。"

郑开镰说："你放心，盲盲不会受委屈的。"

杜文丽："她不会委屈，有我在你在行，咱总不能跟着她一辈子吧？咱要是离开她，她一个瞎子，谁管她？"

郑开镰说："我会给她留下一笔足够的钱……"

杜文丽说："光有钱管什么？她什么都看不见，有多少钱都会被人家骗去。"

郑开镰说："到那时候，社会福利事业会很健全的……"

杜文丽又打断了他的话："谁都靠不住，除了自己的亲人。我要是给她生个弟弟或者妹妹，至少在咱们死了以后她还有个骨肉同胞……"

郑开镰突然趴在杜文丽的身上不动了，他没有能力再做下去了，非常扫兴……

杜文丽问："你怎么了？"

郑开镰苦苦地摇了摇头："可能太累了。"

杜文丽警觉起来："不对吧？你以前可没有过这种情况。"

郑开镰也不高兴了："你他妈还怨我？有你这么做爱的吗？到底是做爱，还是讨论生儿育女？"

杜文丽说："做爱不就是为了生儿育女吗？这有什么矛盾？"

郑开镰火了："光为了生儿育女，那叫交配，那叫配种，那是牲口！"

杜文丽也不依不饶："你凶什么凶？越凶越心虚，你以为你发凶就能遮掩过去吗？"

郑开镰叫喊起来："你说清楚，我怎么了？"

杜文丽也叫喊着："别把别人都当成瞎子，你到底干了些什么你心里清楚。"

郑开镰的声音更高了："我承认你不瞎，你有眼睛，可是你看见什么了？你不是就看见我跟韩总一起吃了一顿饭吗？这有什么呀？在饭桌上我们能干什么？我告诉你，你别整天价疑神疑鬼的，我要想干点儿什么，你看也看不住，你跟踪也没有用。有什么手段你就光明正大地来，别偷偷摸摸干那些见不得人的事。"

这一下杜文丽傻了，她万万没想到，郑开镰知道了她跟踪他的事情。她做得够谨慎的了，他是怎么发现的呢？杜文丽的行为被揭露出来，挂不住脸儿了，恼羞成怒，哭叫起来："什么？我偷偷摸摸，我见不得人，你们干了不要脸的事，倒把屎盆子往我的头上扣……你别跟我胡搅蛮缠，你以为你干那些脏事我不知道……你跟姓韩的那浪娘儿们到底都干了些什么？还有那个小婊子，小妖精，臭不要脸的坐台小姐……"

郑开镰的心不由得震颤起来。原来杜文丽早就在跟踪他了，调查他了，他竟浑然不觉。原来，他只知道杜文丽自命不凡，瞧不起他，没想到她对他还有这么高的警惕性。女人真是个神秘莫测的怪物，跟你在一个床上睡了那么多年，你竟然不知道她葫芦里装的是什么药。郑开镰觉得自己的手脚都开始发凉了。

杜文丽似乎是得理不饶人，继续哭叫着："我早就知道你不是好东西，男人都一个德行。我这么多年一心一意地跟着你，为你管老的、养小的，为你照顾这个家，你却跟外面那些母狗浪猫骚狐狸鬼混，你对得起我吗……"

郑开镰不耐烦了："你还有完没完？你说话可要负责任，你抓着我什么了？"

杜文丽哭喊着："还非要让我把你跟那些婊子按在床上吗？你这些骚事还想让我看见吗？我告诉你郑开镰，要想人不知，除非己莫为，别装疯卖傻自以为聪明，谁也不比谁傻多少……"

外面有人敲门，盲盲哭叫着："妈妈、爸爸，你们别吵了……"

吵架不管不顾，把女儿惊醒了。

盲盲在外面哭着说："妈妈、爸爸，你们别为我操心了，我不要小弟弟，也不要小妹妹，我自己能养活自己……我在学校里学会了按摩，我将来要自己开一家盲人按摩院，我行的，我一定会成功的，你们别为我吵架了……"

两个人都不作声了，盲盲的话像万把钢针，把他们的心都刺痛了……

## 十九

郑开镰早起来到了护城河边，时光已经进入了秋季，早晨的空气清凉洁净，令人倍增精神。这些天他的心情也确实很舒畅，第一期工程的八栋楼已经在南街上戳起来了，每天都在一层一层地升高，马上就要封顶了。绿色隔离带所经过的地段也都划了出来，等收完这茬庄稼就要按照规划植树种草了。

护城河边依然是老年人活动的场所，郑开镰想着，等旧村改造初见规模以后，一定要在这里建一个公园，还要增加一些健身器械，种植一些名花佳草什么的。今天他是应邀到这里来的，父亲告诉他，有一位洪教授想见他。洪教授是个建筑设计师，正是郑开镰最需要的人才。不知为什么他进了监狱，更不知为什么他出狱以后到桑泉村租房来住。幸亏他租住的房子不在南街，否则早就被拆除了。

刚到村口，外甥女李美梅便叫住了他："舅舅，舅舅，你开车送我去上学吧，我要迟到了，今天第一节课还要考试呢。"

郑开镰佯装气怒地："知道要迟到了还不早点儿起床，你要是再这么不好好读书，我就让你妈把你接走。"

李美梅耍着赖说："别价呀舅舅，我的亲舅舅，我又没有得罪你，我不就是想让你送我上学吗？好舅舅，我真的要迟到了，坐公共汽车来不及了。"

郑开镰没脾气："我没工夫送你，不行你就'打的'走。"

李美梅似乎等着的就是这句话，把小小的手心往上一翻，歪着头看着郑开镰。

郑开镰明知故问："干吗？"

李美梅理直气壮："Money！"

郑开镰无奈，掏出了一张五十元的票子。

李美梅抓过票子，蹦蹦跳跳地走了。没走多远，就又一惊一乍地叫起来："哇噻……萧童老师，等等我。"

郑开镰看到，一个留着长发、背着画夹的先锋派人物走过来。这也许就是那天李美梅跟盲盲所说的行为艺术家萧童吧？

李美梅过去扳着萧童的肩膀，亲热得像一对恋人："萧童老师，你是不是要进城呀？你一个人开车多寂寞呀……"

萧童对李美梅同样无奈："你不就是想搭我的车吗？"

李美梅尖叫起来："哇噻……萧童老师真伟大！"

护城河边净是故事。此刻，一个姑娘挽着一个老头儿正在河堤上散步，姑娘一身簇新，老头子也穿着西装。大摇大摆，扬扬得意，示威似的。

郑万春领着盲盲过来，跟他打着招呼："六代，怎么连西装都穿上了，还打了领带。真是猪鼻子插大葱——越来越像（象）了。”

冯六代得意非常：“敢情，娇娇，叫大哥。”

郑万春顿时叫了起来：“什么什么？你让谁管我叫大哥？”

冯六代更加得意：“这是娇娇，您弟妹。”

郑万春说：“什么弟妹，这不是你认的干孙女吗？”

冯六代恬不知耻地说：“以前是干孙女，眼下嘛……您弟妹。”

郑万春看了看满脸通红的娇娇，心里明白了，忙把盲盲打发走：“盲盲，你到河滩上去玩会儿，我跟你冯爷爷说说话。”

郑盲盲不满意地说：“总把我当小孩子，以为我什么都不懂，不就是冯爷爷娶了娇娇姐姐做老婆了吗？有什么新鲜的？”

冯六代好像获得了支持：“你瞧瞧，你瞧瞧眼下的年轻人多开放，你还不如个孩子呢。”

郑万春气愤地说：“开放，你也忒开放得没边了。娶娇娇做老婆，你怎么不知道害臊呀？你当她爷爷都有富余。”

冯六代为自己辩解着：“婚姻法上只规定不许乱伦，又没说姑娘不许嫁老头儿。”

郑万春说：“你这跟乱伦也差不多。”

冯六代说：“盲盲跟你那才叫乱伦呢，我跟娇娇没有血缘关系。”

郑万春骂道：“你……你这个浑球儿。”

背着画夹从后面走过来的洪教授接着话茬儿说：“这有个说法，叫作老牛吃嫩草。”

冯老六更加得意了：“对了，还是洪教授有见识，我这老牛就是要尝尝嫩草的滋味儿。”

郑万春仍然气得不行：“我说老六，老了老了，你就积点儿德吧。闺女儿子都没有房住，你就不兴给他们要两套房子？”

冯老六说：“我不要，这多好啊，给我一套三居室，还找给我三十多万块钱。闺女儿子……都是冤家孽障……还到法院告我，让他们告吧。房子是我的，我想怎么住就怎么住；钱也是我的，我想怎么花就怎么花。我要在活着的时候把所有的钱都造完，一分钱都不给他们留……”

郑万春说：“虎毒还不食子呢，你怎么就这么心黑呢？”

冯老六更不服气了：“心黑？嘿嘿……我说过，这年头谁最亲？谁最可靠？谁最有用？爹妈不行，儿女不行，夫妻也不行。最亲的是钱，最可靠的也是钱，最有用的还是钱。有了钱，没爹妈的有爹妈，没儿女的有儿女，没夫妻的有夫妻……你瞧瞧，没钱，我能娶这么个小媳妇吗？水葱儿似的，一掐一股浆儿。她给你洗衣做饭，铺床叠被，搓澡烫脚，闷了她给你唱，烦了她冲你笑，乏了她给你做按摩，夜里睡觉还能搂在被窝儿里……”

冯老六得意地摇头晃脑，郑万春气得拉起盲盲走了。

洪教授跟上来说：“老哥，别生那闲气。林子大了，什么鸟都有。”

郑盲盲突然说：“我爸爸来了。”

郑万春四下看了看：“哪儿呢？”

郑盲盲说：“我听见他的脚步声了，正往河堤上走呢。”

郑万春已经看见郑开镰爬上了河堤，他又一次信服了孙女听力的神奇……

## 二十

开始见到洪教授的时候，郑开镰对他的印象并不大好，觉得他城府太深，眼睛太毒，又说话刻薄，不给人留情面。

他们是在护城河边的一棵白杨树下见面的，洪教授一开口就把郑开镰揭露个底儿掉：“你这叫引狼入室，然后再关起门来打狗。”

郑开镰没说话，他确实不好说什么。

洪教授继续说：“桑泉村的人都骂你是内奸，说你签订了‘卖国条约’，这说明大多数人没有远见，他们不了解你的真实意图。你想呀，钱是韩玉冰的，地却是桑泉村的。不管什么条件，你只要把钱投进来就行。到时候，楼建好了，你背不走吧？路修好了，你扛不走吧？水道电道煤气道修好了，你也拆不走吧？吃亏占便宜得到最后，出水才见两腿泥。”

郑开镰不高兴了，虽说洪教授说得不无道理，可是他不喜欢有人识破他，更不喜欢有人在他面前自作聪明：“照您的说法，我是在坑韩总了？”

洪教授摇晃着脑袋：“不，我不这么认为。你是久经商场的人，要是靠坑蒙拐骗混生意，你不会搞得这么大，也绝不会这么长久。”

这话让郑开镰听着舒服：“我承认我用计谋，但是我不会算计人。凡是跟我合作，到时候大家都合适。您会看到的。”

洪教授说：“这我信，我一百个信。”

开场白虽说不愉快，但是当洪教授把他的设计图摊在郑开镰面前的时候，郑开镰还是觉得眼睛一亮，惊讶得合不拢嘴。

洪教授说：“你搞的是房地产，房地产房地产，有房有地还得有产。光有房子只能解决安居问题，有产才能解决乐业问题。桑泉村不是改造，是开发。通过搞房地产开发，完成桑泉村的百年大计。”

郑开镰的心怦怦跳起来，这些话正是长期以来他所想的、所忧虑的，甚至是他所实施的。这些他没有明确地跟谁谈过，抱准了一个目标咬着牙往前奔，是他多年养成的习惯。多做少说，先做后说，做了也不说，是他的做事原则。

洪教授补充说：“这需要一大笔钱。我可以告诉你，你要紧抓住韩玉冰不放，这女人有钱，她还有融资的本事，抓住了她你这个项目就能成功。当然，让她就范也不容易，这就要看你的本事了。你们两个人是强强联合，也是强强厮杀，龙虎斗，会有一场好戏的。”

郑开镰抬头看了看洪教授：“这么说您认识韩玉冰？”

洪教授说：“我跟她很熟，但是你可千万不能说这图纸是我设计的，否则她就会万分警惕的。”

郑开镰点了点头，这里面肯定有什么恩怨故事，他试探着问：“您吃过韩总的亏？”

洪教授说：“谈不上，只不过打过交道。”

郑开镰问：“那么您是为什么呢？为什么要帮助我？”

洪教授说：“我当了一辈子设计师，还从来没有自己的作品。我看中了桑泉村，我愿意在这个地方完成我的传世之作，上帝给我的时间已经不多了，我耽误不起了。”

郑开镰看到，洪教授的眼睛湿润了。他点了点头，明白了。

# 二十一

有时候，郑开镰稍微清闲下来特别是独自而处的时候，不知道碰到了哪根神经，他会觉得自己很委屈。像他这样一个男人，年近半百，事业有成，有钱又很健康，还很体面，能够一直厮守着老婆而未生外心，身边没有情人，出外不找小姐，如此洁身自好的男人现在还有吗？就算有，说出来还有人信吗？

所以他不说，男人自我标榜的是成功，市场上的成功和情场上的成功，成功的标志就是金钱和女人。你有多少钱，就该有多少女人。光有金钱而没有女人的男人能叫男人吗？他的洁身自好不是为了标榜的，而是他的修养和自幼所受的教育。在桑泉村，祖祖辈辈都恪守着一个亘古不变的道德标准。男人要体面，女人要清白。男人搞破鞋，女人偷汉子都是十恶不赦的罪过，是丢祖宗的脸的。当然，现在的年轻人没有人再信奉这一套，连老而不死的冯六代都娶了个花枝也似的小媳妇。以他现在的实力和威望，就是真有点儿风流韵事，也不会妨害他什么的。这不是很正常吗？相反，像他这样的男人，倒是不正常，人家肯定会说他有病。

他感到委屈的不是他没有女人，不找女人，而是杜文丽对他的怀疑和诬陷。早知在自己的老婆面前都落不上好名声，干吗不他妈的潇洒一回？哪个男人没有花心，说谁不好色纯粹是瞎掰，还有怵那个的？

当然，他也并非一尘不染，跟何小飞就说不清。要不是韩玉冰把何小飞挖走，恐怕他现在说这些就不那么理直气壮了。

想到何小飞，他突然恐慌起来，他咋这么无情无义呢？居然把何小飞忘掉了。当初何小飞要走的时候，他要死要活，还跟她大闹了一场。何小飞刚开始离去的时候，他还牵肠挂肚，千方百计地打听何小飞的去处。怎么，仅仅半年多的时间，他就把何小飞忘掉了，十天半月的都未见得想起过一次。男人真是个没心没肝的动物，感情这个东西还靠得住吗？提起来重千斤，放下去只四两，这话是谁说的？真他妈有体会……

郑开镰如此胡思乱想正是在深圳阳光大酒店的房间里，区里组织招商团，李区长点名要他和韩玉冰参加。别人住在什么地方他不知道，这个房间是韩玉冰安排的。本来，韩玉冰要了两个大套间，他不干，硬是退掉了一个，自己龟缩在这个标准间里。他觉得这就很好了，招商团虽说是区里组织的，可是一切费用都是自己出。桑泉村还不富裕，他没有权力这样浪费老百姓的钱。至于韩玉冰愿意花自己的钱摆谱儿，那是她自己的事了。

电话响了，里面传来了韩玉冰温柔的声音。近来，他经常听到韩玉冰这种温柔的声音，他觉得这声音很美，很有女人味儿，甚至很有诱惑力。他一直把韩玉冰叫作冷美人，看来这个女人并不冷，或者说并不总是冷的。

韩玉冰在电话里问："干什么呢?"

郑开镰撒了个谎："睡了。"

韩玉冰问："睡得着吗?"

郑开镰又用那种大大咧咧的腔调说："穷忍着，冻熬着，睡不着眯着。"

韩玉冰说："眯着干什么？干吗不过来喝一杯?"

郑开镰想拒绝："我已经躺下了。"

韩玉冰说："就是说你已经脱光了，对吗?"

郑开镰急忙辩解："不不，没……没有。"

韩玉冰说："紧张什么？没脱光就过来呗。"

韩玉冰说着把电话撂了。

郑开镰无奈，只好起身下床。他确实没有脱光，他在外面睡觉总是穿着睡衣的，他怕传染病。下了床，他觉得穿着睡衣去见韩玉冰不大礼貌，便不厌其烦地又重新把衣服换上。

韩玉冰的大套房与他同一层，中间隔了几个门。他摁响了门铃，韩玉冰给他打开门。

一进门他便有点儿后悔了，这里面的氛围实在不适合男女相会。韩玉冰刚刚洗完澡，穿着很透明的真丝睡袍。睡袍无袖，腋下和后背的开口很大，坦然地暴露着她那光滑的双臂和白皙的背部。屋子里散发着浓郁的香气，不知道是韩玉冰使用的高级香水或浴液的味道，还是她那天生丽质的体香。这香味让人迷醉，让人晕乎乎的像喝醉了酒。韩玉冰真是驻颜有术，一点儿也不像是个四十岁的女人。她的身材还很纤细、很挺拔，凹凸分明。透过那透明的睡袍，他看到韩玉冰的乳房还很饱满、很结实。

韩玉冰端着一只透明的高脚杯，里面有半杯暗红色的葡萄酒，朝郑开镰走过来。

郑开镰下意识地向后退着，为了掩饰自己的失态，他顺便坐在了身后的沙发上。

韩玉冰站在郑开镰的面前不动了。

郑开镰呆愣愣地看着她。

韩玉冰抿着嘴角似笑非笑着，一双杏眼又似闭非睁，这表情很迷人，让人受不了。

郑开镰显然有点儿手足无措、六神无主了。

还好，韩玉冰没有难为他。她把酒杯放在郑开镰面前的茶几上，顺便坐在了他身边的沙发上。韩玉冰的体香弥漫过来，将他包裹着、拥抱着、俘掠着。

郑开镰竭力地控制着自己，想着逃离这个房间的计谋。

韩玉冰歪着头，用一副难得的调皮的表情看着他说："李区长说你是婚外处男，我不信，你有那么纯洁吗？"

郑开镰红着脸支吾着，他不知道该说什么好。

韩玉冰又温情脉脉地问："你跟何小飞有没有事？说实话。"

郑开镰老老实实地承认："我吻过她。"

韩玉冰穷追不舍："仅仅是吻过吗？"

郑开镰说："后来……你不是就把她要走了吗？"

韩玉冰伸手拍了拍郑开镰的脸蛋儿，用发颤的声音说："算你还老实，说的是实话。"

这动作已经够轻浮的了，郑开镰如果再没有表示，再故意装孙子，可就要伤害人。可是，他不能，他不是不想。身边这么一个有档次、有味道的女人，谁能不动心呢？他是不能，他深深地知道，他们首先是合作关系。任何合作关系都是受利益牵动着的，为了桑泉村的利益，他们之间迟早要有一场战争的。现在，他得把他们的关系分清、摆正，到时候……这场战争是不可避免的，而且将是非常残酷的。特别是他见了洪教授之后，他的雄心甚或说野心更加膨胀起来。他早就想把桑泉村的旧村改造工程搞大，史无前例，功在千秋，一百年不落后。原来他想一步一步来，蚂蚁啃骨头。可洪教授是个野心更大的家伙，他说要乘着北京申办二〇〇八年奥运的东风拼搏一下，这是个千载难逢的机遇，机不可失，时不再来。要百年的事情十年做，十年的事情一年完。于是，这场战争便开始孕育成型了，一整套的战略方案，洪教授成了他的同谋。可怜的韩玉冰啊，人家布好了八卦阵，正等着你入套上钩呢，你却毫无察觉，还以为自己踏上的是一条粉红色的爱情之路呢。

郑开镰按照自己的思路在想着退路，韩玉冰却按照自己的感情浪潮在放纵自己。她的手从郑开镰的头上滑向他的肩头，又伸向他的胸脯，身子也慢慢地倾斜下来。她小心翼翼地解着郑开镰的衬衣扣子，郑开镰要扛不住了……

谢天谢地，郑开镰的手机响了。而来电话的正是他的老婆杜文丽。郑开镰终于找到了一个名正言顺的理由，向韩玉冰说了声对不起，打开手机走出了韩玉冰的房门。

这个门出来，就再也不能进去了。

## 二十二

从建筑工地回来，郑开镰要到区政府去开会，他需要回家换一套衣服。院门虚掩着，屋门却紧闭着。里面似乎有动静，他掏出钥匙打开门，客厅里放着电视。从后面看，只见沙发上枕着一个大脑袋，长长的头发。这绝不是杜文丽的脑袋，她的脑袋没这么大；这也绝不是杜文丽的头发，杜文丽的头发没这么黑、没这么浓。谁呢？

他的开门声似乎把看电视的人惊动了，大脑袋长头发没有回头，却从沙发下面露出一个小脑袋长头发的人。这个脑袋是杜文丽的，他再熟悉不过了。

杜文丽刚才似乎是躺在沙发上的，身上的衣服都揉搓得皱巴巴的。不过，她躺在什么位置上便不得而知了。杜文丽的表情有些慌乱，脸有点儿红。她冲着郑开镰尴尬地“啊啊”了两声，便急忙把沙发上的那个大脑袋长头发拉起来，向郑开镰介绍说：“啊……这是李美梅的老师，他带来一些有关行为艺术的资料光盘，我们正看呢。”

郑开镰这才看清了那个大脑袋长头发是个男人，一个三十多岁的所谓很艺术、很酷的男人。那该是李美梅这些新新人类崇拜的对象，难道杜文丽你一个四十多岁的老娘儿们，国有大厂的人事科科长也成追星族了吗？这些念头只在郑开镰的脑畔一闪，便一缕风似的刮散了。

大脑袋长头发也有些尴尬，隔着沙发就向郑开镰伸出了手：“您好，郑书记，我叫萧童，行为艺术家。”

郑开镰认出来了，这正是李美梅缠着要搭他的车的那个所谓行为艺术家。

郑开镰看着电视上那乱七八糟的画面，一大群赤身裸体的男人和女人正在一个行为艺术家的指挥下堆着“人体金字塔”，一个人体从“金字塔”上滚下来，再艰难地往上爬，爬上去又往下滚，滚下来又往上爬。宏观地看，这绝不像上帝造作的人体，倒像是魔鬼伪造的软体动物……郑开镰问萧童：“这就是你们艺术家的行为？”

萧童自我解嘲地说：“郑书记真幽默，这是行为艺术。”

郑开镰说：“不管是行为艺术，还是艺术家的行为，我还真欣赏不了，我还有事，你们看吧。”

就在这时候，李美梅回来了，她抱着一个大西瓜，累得气喘吁吁。不知道是大脑袋长头发还是小脑袋长头发把她打发出去买瓜的。

李美梅夸张地叫着：“快来救命呀！你们就知道坐享其成呀？”

萧童忙从沙发后面跳出来，接过李美梅怀里的大西瓜。

李美梅见了郑开镰，急忙跑过来搂着他的脖子，鸡啄米似的亲了一下：“耶……我的好舅舅，您也在欣赏萧童老师的行为艺术呀？”

郑开镰躲避着李美梅：“我可没这水平，我回家来换件衣服，一会儿还要到区里开会呢。”

李美梅拉着他不放：“没水平也得看，越没水平越得学习，还有您的任务呢！”

郑开镰问：“有我什么任务？”

李美梅说：“为了支持北京申办二〇〇八年奥运会，萧童老师要搞一个超大型的行为艺术展览，主题是‘把我们的血肉筑成我们新的长城’。

怎么样?”

郑开镰不禁说:“这不是国歌吗?”

李美梅说:“就是国歌呀,您看,又是申办奥运,又是爱国主义,这么好的艺术您支持不支持?”

郑开镰忙说:“支持,支持,当然要支持了。”

李美梅又做出了她那个习惯动作,她小小手心向上一翻,五个指头并在一起,一齐向后弯去,形成了一个瓜皮似的弧形。郑开镰看见这双弧形的小手就想笑,真要是把钱放在她的掌心里,肯定会滑落掉。这是一双漏财的手,有多少钱都留不住。郑开镰从来没有说过她这双小手,只是心里暗笑。一个成熟的男人要是喜欢一个晚辈的女孩儿,那真是一种浸心透脾的愉悦和满足。

李美梅越来越撒娇:“看见了吧? Money,您要是支持就得给 Money。”

郑开镰叫起来:“要多少钱?”

李美梅说:“十万,要不八万,或者五万……”

郑开镰笑了:“你看我值那么多钱吗?”

李美梅噘起了嘴:“又不是掏您自己的腰包,人家是可以给您做广告的。”

这时候,萧童接过李美梅的话茬说:“郑书记,我们搞这个活动得到了许多新闻单位的支持,到时候肯定要进行大力炒作的。我们可以给企业家冠名权,还可以宣传产品,也可以加入软广告……”

郑开镰心里一动:“这个活动你们准备组织多少人?”

萧童说:“参加演出的二千零八人,工作人员要一百多人,各界来宾二百多人,新闻记者二百多人,总共有两千五百多人吧。”

郑开镰又问:“你们准备在什么地方搞?”

萧童说:“我们准备租用工人体育场,还没有联系好。”

郑开镰说:“这样吧,你们就在这里搞,在桑泉村的绿色隔离带里搞。我们已经在那里建起了六个足球训练场,地面都已经做好了,马上就要铺草坪了。在这里又整齐又干净,还符合绿色奥运的要求。我不收你的钱,一分钱都不要,足球场让你白用。”

萧童激动起来:“郑书记,谢谢你,太谢谢了。”

郑开镰说："你先别说谢，我也有要求，你们搞艺术展览，我们搞商品房展览，咱互相配合，两不耽误。我出场地，你出人；你利用地面，我利用空间。这是双赢，咱谁也别谢谁。"

萧童佩服地说："郑书记，您真是一个精明的企业家。"

郑开镰说："好了，就这么定了。"

说着郑开镰进屋换衣服，换完衣服又跟萧童打了个招呼才出门。无意中做成功一件事，他心里晴朗起来。刚才进屋里那一丝丝的不快，早被迎面的凉风吹得踪影皆无了……

## 二十三

何小飞回来了。

时间是无情的洗涤剂，不断地冲刷着更新着感情上的疤痕。尽管那疤痕是刻骨铭心的记忆，也禁不住这强力的冲洗。正当郑开镰要把何小飞的影子从心灵上释放出去的时候，何小飞却回来了。

何小飞离开他有一年半了。这一年半的时间里，桑泉村真可谓是翻天覆地。南街上耸立起八栋公寓楼，像八大金刚似的镇守着这天子脚下第一村。东街的破房烂屋也不见了踪影，代之而起的是整齐划一的绿色隔离带，像一道绿色的屏障守护着北京这座三千年的古城；西街的房屋也成了一片废墟，现在还看不出来这片废墟上会出现什么奇迹；只有北街还有少量的房屋，也大多人去屋空，做好了大兴土木的准备。

何小飞一进郑开镰的办公室，就像新新人类一样夸张地大叫起来："哇噻……好酷哦……太前卫了……太豪华了……太腐败了……"

郑开镰说："你这么一叫唤，我连枪毙的罪过都有了。"

何小飞说："人家不是羡慕你吗？又没到检察院检举你。"

让何小飞大惊小怪的是桑泉村的办公楼。开始的时候，村委会办公室只是在过去一个小地主留下的几间砖房里。砖烂瓦裂，梁弯柱歪，连窗户门框都朽烂得关不上了。洪教授来了以后对郑开镰说："不行，你要干大事，要大发展，这门面很重要。你也在商场上摸爬滚打十几年了，难道连企业形象都不懂吗？要想改变桑泉村，先得改变你自己，改变你的形象，改变你的工作环境。怎么跟世界接轨？人家外商进了你的办公室，还以为进了难民营呢，谁会跟你合作，谁会给你投资?”

郑开镰觉得洪教授说得很有道理，跟韩玉冰一商量，韩玉冰也非常支持。于是，在护城河边，紧靠着三环路的出口，建起了这办公小楼。位置好，正是在桑泉村的脸蛋儿上。

办公小楼是洪教授设计的，大门是民族式的牌楼，楼顶是中西结合的拱形，方方正正，庄严而有气势。可是外观上灰白相间的装饰和院子里果树名花，又让人觉得很亲切、很温和。这正是一个基层政权的形象：亲民、爱民、护民，又为民做主、为民争光。

郑开镰解释说：“小楼盖好以后，我说简单装修一下就行了，可是韩总不干，说买得起马就置得起鞍。这不，好马好鞍都配起来了。我还真不习惯，总觉得这该是国务院的办公厅。”

何小飞说：“这感觉就对了。”

郑开镰吓唬她：“你可别瞎说。”

何小飞却满不在乎。

自打何小飞一进来，嘴没闲着，眼没闲着，脚也没闲着。她边转边看边评论，愣是把跟着她一起来的一个小伙子撂在门外给忘记了。还是郑开镰提醒了她，拉拉她的胳膊，朝外指了指。

何小飞急忙跑到门口，拉着那个小伙子说：“来来来，认识一下，这是我弟弟何小翔，飞翔的翔。”

郑开镰边向何小翔伸出手边说：“你们这姐弟俩真的飞翔起来了。”

何小翔有点儿瘦，或许是营养不良，或许是学习压力太大累的。却长得眉清目秀，唇方齿白，除了皮肤黑一些，一点儿也看不出是从穷山村里出来的人。只是他不像姐姐那么见过世面，见人腼腆，说话脸还红。他慌张地握住郑开镰的手，感激地说：“大叔，谢谢您……”

郑开镰说：“你谢我什么？你该谢谢你姐，该谢谢韩总。”

何小翔说：“大叔，我还得麻烦您……”

何小翔握住了郑开镰的手不懂得及时松开，何小飞啪地一下子打了过去，说：“别叫他大叔，叫大哥。”

何小翔红着脸说：“人家比咱大那么多，叫大哥合适吗?”

何小飞："有什么不合适的，你以为他多大了，七老八十啦？什么眼光呀？姐就叫他大哥，你随着姐叫就行了。"

郑开镰听着何小飞斥责弟弟的话，心里很舒服。何小飞虽然离开了他，可毕竟还没有把他当外人。男女之间就是这样，尽管撕扯得鲜血淋淋，反目而去。一旦别后重逢，那些鲜血就立刻变成了黏合剂，不但能敷平旧日的创伤，还能把两颗受伤的心紧紧地黏合在一起。想到这些，郑开镰心里一阵冲动，眼睛都湿润了。

何小飞又成了这里的主人，打开冰箱，拿了一瓶矿泉水打开盖，递给何小翔，自己又拿出一瓶，还向郑开镰问了一句："你要吗？"没等郑开镰回答，她又说，"你不要，你是喝茶的。"

郑开镰直到这会儿才放松下来，转身坐回到那宽大的老板台后面去了。

何小飞不干了："你坐那儿干啥嘛，我们又不是来开会办公的，干吗那么高高在上？"

郑开镰只好又站起身来："你让我坐哪儿？"

何小飞拍拍自己坐的长沙发："这么长时间不见了，也不跟我热火热火，真是无情无义。"

郑开镰紧挨着何小飞坐下来，关切地问："你弟弟的户口迁过来了？"

何小飞说："迁过来了，落在马驹桥镇了。马驹桥，你知道吗？"

郑开镰说："知道，那怎么不知道？紧挨着亦庄开发区，很有名的京南古镇。"

何小飞说："你得帮助我弟弟找个学校。"

郑开镰说："就在马驹桥读书不行吗？我听说那所中学也不错呢。"

何小飞说："不行，你得给我弟弟在北京找一个最好的学校，过去他在家乡的时候，我只要求他能考上大学就行。现在条件好了，我对他的要求也高了，必须考上名牌大学，还要考上最热门的专业，将来毕了业能找到最好的工作。我爸爸妈妈的后半生就靠着他了。"

郑开镰想了想，说："也对，你这想法也对。这样吧，上李美梅那个学校怎么样？"

何小飞说："当然好了……你别说，我替你说，你想告诉我那个学校的借读费很高，对不对？我不怕，我出得起。就算我出不起了，我可以跟韩总借，必要的时候还可以跟你借。”

郑开镰被感动了，从何小飞的身上，他看到了一种亲情的力量。或许，盲盲真的该有个小弟弟小妹妹，杜文丽的想法是对的。可是，想到杜文丽，想到双目失明的盲盲，他的心里又一阵绞痛。

何小飞问：“那个学校可以住宿是不是？我弟弟可以住在那里，让他闭门读书，什么也别管。借读费、书杂费，再加上住宿费，一年得花多少钱？”

郑开镰从自己的内痛中挣脱出来：“啊……是这样……钱嘛，你就别管了，就让他跟李美梅一起去读书吧，我就当又多了一个外甥……”

何小飞叫起来：“什么什么？你倒会占便宜，不行，跟你说过了，钱我有，不够再朝你们借。”

郑开镰站起身来：“行了，这件事就这么定了，你弟弟大老远来的，今天我请客，说吧，想去哪儿？”

何小飞说：“一路上，我弟弟总问我，什么叫麦当劳……”

郑开镰又开心地笑起来：“好，就麦当劳，走吧。”

## 二十四

桑泉村的大部分村民，包括郑开镰一家都搬进了新楼。祖祖辈辈住砖瓦房、住茅草房、住土坯房的桑泉人嗖地一下被悬到了空中，离开了地皮生活，新鲜得不得了，新鲜得眼花缭乱，新鲜得睡不着觉，新鲜得屙不出屎来……

这个秘密还是盲盲发现的。先是盲盲对妈妈说了，后来杜文丽又对郑开镰说了：“咱楼房里的卫生间多干净呀，可她爷爷还是到小树林里去大便。”

这件事郑开镰听了也就听了，根本就没在心里留住。直到这天他到护城河边找洪教授，才把这件事重视起来。

盲盲和娇娇在河滩上边采野花边聊天，郑万春和冯六代一起从绿色隔离带的小树林里出来，也是边走边聊。

冯六代说："打从周口店咱老祖宗那会儿起，这屙屎就是蹲着。住上楼房，别的福没让咱享，屙屎倒摆起谱儿来了。也不知哪个缺德的玩意儿，把茅坑设计成坐的，这坐着屙屎用得上劲儿吗？"

郑万春说："这蹲着坐着倒还好说，慢慢就习惯了。让人不踏实的是，你在卫生间里坐着屙屎，儿媳妇穿着拖鞋就在外面嚓嚓地走来走去，隔着一层薄薄的门板，听得真真的，这屎还屙得出来吗？"

郑开镰想笑，没笑出来。细想想，父亲说的也有道理，老一辈的人在儿媳妇面前得正襟危坐、不苟言笑，哪能坐在茅坑上听着儿媳妇的脚步声呀？住平房的时候，父亲用的卫生间虽说是蹲坑，可是自己单独使用，不受任何干扰。这老人独惯了，该考虑单给他搞一套房子才好。最好挨着，中间打通，打开门连成一体，关上门独成一家。等桑泉村所有的人都住上楼房，要花钱重新买一套住着合适的房子……

郑开镰急着要找洪教授，没顾得跟父亲和冯六代打招呼，径直朝护城河大堤上走去。洪教授支着画夹在那里画着规划图。

护城河边还出了一件新鲜事，郑万春收了个徒弟。就在护城河大堤的土牛旁边，一个年轻人坐在一个小马扎上，膝盖上铺着一块破帆布，两条腿夹着一只破碗，手里像拉胡琴似的转着一个金刚钻，吱吱啦啦，从碗碴儿里钻出的屑粉把他染成了白花脸。

郑开镰觉得奇怪："你这是在干吗？"

小伙子说："跟我师父学徒。"

郑开镰问："学徒？就学这锔盆锔碗？"

冯六代唱唱咧咧地走过来："锔盆锔碗锔大缸，锔老太太卡巴裆……"

郑开镰回头看见，父亲拉着盲盲也朝这边走过来。郑开镰全明白了，锔盆锔碗是父亲的老本行了。父亲年轻的时候，挑着一副担子，从山东老家逃荒出来。担子一头是锔盆锔碗的家伙，一头挑单衣棉絮等全部家当，母亲跟在他的担子后面，那时他和妹妹还没有出生。一路锔盆锔碗，一步一摇地走到了桑泉村。正赶上桑泉村闹土改，就在这里安家落了户。冯六代瞧不起他家，说他们是外乡人，侉子。直到父亲当上了桑泉村的干部，才没有人敢歧视他家。

锅碗瓢盆是吃饭的家什，人人离不开，户户不可少。盆摔了碗破了在一个小门小户就是大灾大难，锔盆锔碗的职业就是给小门小户人家补灾弥难的。虽说是蝇头小利，真正的蝇头小利，可谁也离不了，总能混碗稀饭吃。可是如今不同，大盘子大碗破了都一扔，谁还锔呀？这门手艺早就入土为安了。

郑开镰用一种埋怨的眼光看着父亲，父亲知道他要说什么，就解释说："这手艺在他们小山村里还用得着。"

郑开镰笑了笑："用得着什么？这么一个小伙子您就想让他用这个混饭吃？再说，就算他们的小山村用得着，还能用几年呀？您没见政府加速开发西部，帮助他们脱贫吗？"

郑万春也觉得理亏，说了实话："你知道，这手艺是我们郑家三辈传下来的，丢了怪可惜的。"

郑开镰说："可惜也不行，该丢的也得丢。您现在吸烟也用打火机了，怎么不用火镰呀？"

郑万春说："他闲着也是闲着，总得学点儿什么呀？"

郑开镰又转头问那小伙子："你真的需要学这门手艺吗？"

小伙子说："当然了，不学这手艺谁管我饭吃？"

郑开镰疑惑了："你学徒，师父还管你饭？"

郑万春的脸红了。

郑开镰无可奈何地说："爸爸，你可真会哄他玩儿。"

郑万春有点儿挂不住脸了："看见没有，我这也算是扶贫。"

郑开镰问小伙子："你叫什么名字？"

"徐文山。"

"家是哪儿的？"

"湖北。"

"湖北？你原来干什么来的？"

"当小工、捡破烂、修马路、运啤酒、给人家搬家……什么都干。"

"你为什么不干点儿固定的职业？"

"我有什么路子能干固定的职业？我又没有一张漂亮的脸蛋儿！"

"你这样干能赚到钱吗？"

"够我自己活命就行。"

“你家里没有别人了?”

“原来有个女朋友……”

“女朋友呢?”

“不是给你当秘书去了吗?”

“谁? 你说的是谁?”

“何小飞。”

“这……你一直在这儿等着她?”

“等她也没用，她现在见都不见我一面，我比一条癞皮狗还讨厌……”

郑开镰不说话了，他也实在是无话可说了。

当天晚上，他告诉父亲，新建的足球场里需要一个修理草坪的，让他出面介绍徐文山去。

父亲还有点儿犹豫，郑开镰说:“就这样吧，人还得靠自己活着，这个道理您得跟那小伙子讲一讲。”

郑万春不再说什么，他也不知道该跟那小伙子讲点儿什么。

## 二十五

在新建的办公楼里，村委会主任陈宝瑞也牛气起来，有了一间跟郑开镰一模一样的办公室，大客厅、皮沙发、老板台。现在，老板台后面的他并不那么神气，他得完成郑开镰交给他的任务，马上把第一批楼房的房产证拿下来。他打着电话，声声哀求着，令人感动:“潘主任，求求您了，就差您这个章了……潘主任……您看这事……我们第二期工程马上就要启动了……潘主任……您听我说……您别……别……”

很显然，对方那个潘主任不想听他啰唆，把电话撂了。他气急败坏地扔下电话，背靠着老板椅，把两只穿着皮鞋的脚丫子搭在老板台上。这个动作，他肯定是跟那些毫无新意的电视剧里学来的。

在这时候，郑开镰进来了。

陈宝瑞马上放下腿，站起身来。

郑开镰问:“宝瑞，那产权证的事怎么样了?”

陈宝瑞摇着头说:“比较不十分蛮好。”

郑开镰火了："还比较不十分蛮好，到底是好还是不好？我就讨厌你这咬文嚼字的，初中念了四年都没毕业，还他妈的鸭子上粪堆臭跩。"

陈宝瑞委屈地说："郑书记，我可是大专毕业，正经学中文的。"

郑开镰说："别气得我肝疼了。谁不知道你那大专毕业证书是花钱买的。还学中文呢，说几句中国话还添好多骚干儿零碎儿。说正经的，那产权证还差什么手续？"

陈宝瑞说："就差潘主任那个章了。"

郑开镰说："不是把他们都喂到了吗？再从会计那儿拿钱，接着给我喂，撑死杂种操的……对了，他给你盖了章以后，出门你就骂他祖宗八代，可着嗓子骂，让他们整个衙门都听见……"

陈宝瑞犹豫着："这……不十分合适吧？"

郑开镰说："有什么不合适的？你该怎么办怎么办！出了问题我兜着。"

陈宝瑞只好说："那……我再跟他们通融通融。"

正在这时候，门开了，何小飞进来了。她告诉郑开镰，韩玉冰正在他的办公室等他呢。

郑开镰努力使自己镇静下来，他知道，一场他等待了许久的、不可避免的战斗就要开始了……

## 二十六

二〇〇一年七月十三日，这一天很热。地球越变越暖，这是不争的事实，北京表现得最明显。郑开镰没有吃晚饭，天气热，一点儿胃口也没有。陈宝瑞带着一百名青年到人民大会堂去了，在那里待命，做两种准备。二〇〇八年的奥运会申办成功，这些人就跑到天安门广场载歌载舞地庆祝，要是没有拿下来，就躲在里面看电影。区里本来要求让村党支部书记带队去的，郑开镰知道陈宝瑞爱出风头，爱抢镜头，爱在大喇叭里瞎咋呼，就把这美差给了他，他自然很高兴。

郑开镰跟此时此刻的绝大多数中国人一样，瞪着两只眼睛看电视，把心尖都挂在了莫斯科的会场上。不过，他没在家里看，而是一个人躲在办公室里看。他本来是想回家的，又有两个多星期没有给杜文丽交“公粮”了。可是下班时候他突然接到何小飞的电话，说韩玉冰从加拿大回来了，今天晚上要到桑泉村来。

郑开镰想到韩玉冰，就像想到要上手术台一样。心里又害怕，又紧张，又逃避不掉，又充满希望。谁让你自己心里有病呢，谁让手术刀在韩玉冰手里呢。

韩玉冰是自己来的，谢天谢地，她没带何小飞。自从她把何小飞挖走以后，何小飞就成了她的私有物，不到非常必要的时候，她是绝不会让何小飞跟郑开镰见面的。怕他们旧情复燃，她的防火意识很强。很显然她不是刚下飞机，她的晚装穿得很讲究，妆也化得很随意，新浴后的清新在郑开镰的办公室里弥漫着，顿时让郑开镰有了一种飘飘欲仙之感。

韩玉冰从手包里拿出一个精制的小盒子，郑开镰看了看上面的说明图，才知道这是一把电动牙刷。很时髦，这个女人自己很时髦，也很会给男人送时髦的礼物。她会后悔的，郑开镰想。

“好好刷刷你的臭嘴，别整天价总说脏话。”

韩玉冰不但会笑了，而且会开玩笑了，难得。

郑开镰说：“这人呀，越来越懒得没边了，连刷牙也要电动，有没有喂饭的机器？”

韩玉冰直露地说：“你要是花钱，我就给你当那个机器。”

郑开镰急忙挥手：“别别，我还没瘫在床上呢，你先别咒我。”

韩玉冰习惯地指挥着：“把电视声音关小点儿，我说呢说话怎么需要这么大声呢。”

郑开镰说：“我这儿正收看莫斯科的实况转播呢。”

韩玉冰问：“你们北京有没有戏呀？”

郑开镰说：“我看有七分的把握。”

韩玉冰说：“那么自信，加拿大也说自己的把握很大。”

郑开镰说：“我猜你就是为这事回来的，这奥运要是申办下来，将给北京带来巨大的商机，你肯定要改变投资策略的。”

韩玉冰警惕地说：“你是不是一直在算计我？”

郑开镰说：“我敢吗？你那么精，我算计得过你？”

韩玉冰笑了笑，很含蓄："房产证办好了没有？"

郑开镰轻松地说："没问题，就差潘主任一个章了。"

韩玉冰说："赶快把房产证办好，我准备把何小飞调回来专门负责这八栋楼的销售工作，我可有言在先，你可不许再跟她打连连儿，她可是我的雇员，兔子不吃窝边草对不对？"

郑开镰胡乱地点着头，转移话题说："咱的二期工程也要赶紧上马，你的资金最好快点儿到位。"

韩玉冰说："我不是又打过来八千万吗？"

郑开镰说："恐怕不够。"

韩玉冰叫起来："八千万还不够？你想要多少？"

郑开镰说："我计算了一下，至少要两个亿。"

韩玉冰瞪大了眼睛："两个亿？你想吃了我呀？"

郑开镰稳定了一下情绪，突然从老板台下面拿出一卷图纸，在宽大的台面上展开："韩总，你看，这是一张二期工程的规划图，咱们一块儿看看。"

韩玉冰无奈地凑上前来。

郑开镰越发做出一副精神饱满、理直气壮的样子说："来，韩总，听我给你讲一讲这宏伟的蓝图……您看……哦，您反对说您，那你看……"

韩玉冰扑哧笑了，不知为什么，韩玉冰今天的心情特别好。

郑开镰用粗大的指头戳点着图纸，接着说："你看，韩总，这是咱第二期工程的设计图：一条桑泉河，一条绿色隔离带，把桑泉村一分为四。这西北边，是住宅区，就是现在咱盖的公寓楼和村民住宅楼，跟护城河对岸的居民小区连成了一体；这东北边，是绿色产业区，咱要在那里建六个足球场、一个高尔夫球场、一个体育训练馆、一个休闲娱乐中心，还有相应的配套设施；这西南边，是别墅区，有欧式小楼、美式小楼、日式小楼，还有老北京的四合院；这东南边，是民俗旅游区，有民俗博物馆、漕运展览馆、乡野游乐园，还要保留两个高水平的蔬菜大棚，仿建一批农家小院，包括鸡窝鸭窝狗窝、猪圈羊圈鹿圈、牛棚马棚驴棚、油坊粉坊磨坊，还有碾子水井轳辘把、粮仓米囤柴火垛……怎么样？"

韩玉冰的嘴角上挂着嘲笑："很好，很动听，像个美丽的梦想。"

郑开镰急忙说："对对，你说得太对了，我正想跟你商量，把桑泉花园改成梦想花园呢。"

韩玉冰问："不是桑泉公寓吗？"

郑开镰肯定地说："桑泉花园。"

韩玉冰不耐烦了："花园就花园吧，反正是你的花园不是我的花园。"

郑开镰说："韩总，你听我说……咱这桑泉花园或者叫梦想花园得天独厚，西临现代城小区，东接通州新城，北靠长安街延长线，南倚通惠河水运。可以说这是一条水上黄金旅游线，你乘船从颐和园出发，经过昆明湖、玉渊潭，绕过北海后海什刹海，往南过陶然亭，往东穿龙潭湖，进入通惠河，就到了咱们桑泉花园。再往东就直达大运河的端头通州城了……"

韩玉冰不以为然："你这梦越做越美了。"

郑开镰得寸进尺："还有……"

韩玉冰终于沉不住气了："别还有了……这是当初咱谈判时的设计图吗？"

郑开镰讨好地笑着："啊……我做了一点儿小小的修改。"

韩玉冰火了："小小的修改？我已经投进了两个八千万，现在你又让我投两个亿，你是在跟我合作，还是在绑我的票？"

郑开镰极力熄着韩玉冰的火气："别说得那么吓人，你投得多，不是还赚得多吗？"

韩玉冰问："是你赚得多，还是我赚得多？"

郑开镰："这是一个双赢的方案。"

"双赢？我问你，在你这所谓的桑泉花园里，建筑的容积率是多少？"

"八点六。"

"原来咱开发桑泉公寓时的容积率是多少？"

"二点三。"

"你把我的建筑面积压缩了将近四倍，我还拿什么赚钱？"

"刚才我说了，你除了在房地产上赚钱，还有绿色产业、民俗旅游村、体育娱乐中心……我说过，咱们的合作将是长期的。"

"我是个商人，我来桑泉村投资，就是为了赚钱。钱赚得越多越好，越快越好。”

郑开镰口气强硬起来：“你赚了钱，可以一拍屁股就走，可我呢？我得为全村两千多口人找条活路。房扒了，地没了，以后靠什么生存？你不能让大伙儿住进楼房就把脖子扎起来吧？”

韩玉冰并不买他的账：“那是你的事，与我无关。”

郑开镰的火越来越大：“怎么与你无关？你不要急功近利，搞短期行为嘛。”

韩玉冰已经忍无可忍了：“郑开镰，你把我当傻×啦？糊弄秃丫头上轿子是不是？告诉你，我是在商海里上过刀山、滚过板钉、跳过油锅的。你今儿个就是把桑泉村说成是天堂我也不干！谁愿意当那冤大头谁当，我不上你的当。”

郑开镰寸步不让：“那你想怎么办？”

韩玉冰说：“咱这第一期工程不是完了吗？不是盖起八栋住宅楼了吗？赶紧把它卖出去，结完账我走人。”

郑开镰说：“这八栋楼你不能卖。”

“为什么？”

“已经搬进人住了。”

郑开镰说的是实话，为了实现他二期工程的计划，他巧妙地把工期提前了一个月，趁着韩玉冰还没有回来，他就迫不及待地把八栋楼房分给了桑泉村的居民，并且限期搬进了楼房。要不，怎么会害得冯六代用不惯坐坑，害得父亲到小树林方便呢？

韩玉冰傻了，她没想到郑开镰会使出这么狠毒的一招儿。

郑开镰解释说：“我不让村民搬进新楼，能扒旧村吗？不扒旧村，能启动第二期工程吗？”

韩玉冰质问着：“咱不是说好了，第一批楼房盖好先推向市场，收回资金再滚动开发吗？”

郑开镰只好认账：“对不起，是我违反了合同。”

韩玉冰一句话没说，拎起包就走。

郑开镰叫住了她：“韩总，你先别走。你是不是想到法庭上见？我得先提醒你一下，这种合同纠纷，到法庭上能有什么结果？就算是判你胜诉，这六百多户，两千多口人，能从楼里搬出来吗？就算能搬，你让他们往哪儿搬？原来的旧房子早就成一片废墟了……这你看见了吧？”

韩玉冰完全明白了，郑开镰是做好了一切准备的。她的脸色由红到青，两眼冒火，怒不可遏：“郑开镰，你这个流氓……你这是成心耍我，拴好了套儿让我钻，挖好了坑让我跳，我……我怎么竟上了你的当呢？我玩了半辈子的鹰，愣是让鹰鸽瞎了眼，我现在算是看清了你……怪不得你老婆骂你是农民呢，你就是农民中的败类、流氓、无赖、痞子、混混儿……”

郑开镰反而越发和颜悦色：“韩总，你别生气，你冷静地想想，这桑泉花园是个很好的项目……”

韩玉冰被气疯了，她一下子扑向老板台，张牙舞爪地抓起那张设计图，狂暴地撕扯着：“桑泉花园，桑泉花园，让你的桑泉花园见鬼去吧……”

郑开镰也急了，扑上前跟韩玉冰争抢着。

韩玉冰一边躲避着郑开镰，一边举起设计图撕扯着。

郑开镰一把抱住了她，把她的两只胳膊紧紧地箍在自己的怀里。

韩玉冰使劲挣扎着、推搡着，郑开镰把韩玉冰越抱越紧。

韩玉冰叫嚷着：“浑蛋，你放开我！”

郑开镰不说话、不松手。两个人的身子紧紧地贴在一起，脸也紧紧地贴在一起。韩玉冰扔下图纸，腾出两只手，向郑开镰没头没脸地捶打着。郑开镰躲避着韩玉冰的拳头，就是不把她放开。

韩玉冰哭喊着，叫骂着：“浑蛋，流氓……你放开我……”

突然，一阵欢呼声从外面传来，紧接着，烟花满天，鞭炮齐鸣，全城的汽车喇叭都狂叫起来。紧紧抱在一起的郑开镰和韩玉冰，一齐把头扭向电视，电视画面上出现了中华世纪坛和天安门广场的狂欢……

成功了！北京申办奥运成功了！

郑开镰猛地将怀里的韩玉冰抱起来，在办公室里转起了圈儿，边转边叫喊着：“成功了！成功了！成功了……”

韩玉冰连自己都不明白，她的情绪是怎么从极度的气愤转向极度的激动的。她紧紧搂着郑开镰的脖子，跟郑开镰一起叫喊着：“成功了！成功了！成功了……”

他们搂抱着一起转着、喊着，扑倒在沙发上。扑倒在沙发上的他们依然没有分开，而是搂得更紧了。他们的脸贴在一起，泪水流在一起，两颗心终于跳在了一起……叫喊声越来越小了，他们狂热地亲吻着，越吻越深入，似乎要一直吻到二〇〇八年……

## 二十七

不知道过了多久，连他们自己也记不清了，他们到底是怎样地抱在了一起，怎样狂热地亲吻起来，最后他们又是怎样从外面的沙发上挪到了卧室的床上的。他们只记得疯狂，是有生以来从未体验过的疯狂。女人四十如虎，男人五十是精品。他们果真创造了一次如狼似虎的精品男女。

郑开镰忍不住哈哈大笑起来。

韩玉冰问：“你笑什么？疯了。”

郑开镰说：“疯了，是疯了，我们都疯了。”

韩玉冰自我解嘲地说：“荒唐，真他妈荒唐……”

郑开镰说：“不，不荒唐。”

韩玉冰说：“还不荒唐……这到底是怎么回事呀？”

郑开镰已经从床上爬起来，他把被韩玉冰撕破的图纸拿进来，小心地整理着：“一个伟人说过，男人和女人的战争，无论从什么地方开始，总要在床上结束。”

韩玉冰穿着衣服，漫不经心地问：“这是哪个伟人说的？”

郑开镰说：“想不起来了，就算是我说的吧。”

韩玉冰撇了撇嘴：“臭不要脸，你也配称为伟人？”

韩玉冰突然看见了郑开镰手里的图纸，心里一动，急忙扑过来。

郑开镰以为韩玉冰又要撕扯，忙举着图纸躲避着。

韩玉冰说：“等等，你等等……告诉我，这图是谁设计的？”

郑开镰困惑地看着韩玉冰。

韩玉冰突然说：“我要见他……”

郑开镰问：“见谁？”

韩玉冰说：“设计这张图的人。”

郑开镰问：“你认识他？”

韩玉冰说："是不是洪秃子？"

郑开镰明白了："他是姓洪……而且秃顶。"

## 二十八

这是北京的狂欢节，是一个惊天动地的不眠之夜。差不多全城的人都跑上了街头，大声呼喊，高歌狂舞，还有喝酒。每一条街道上都是人，人流，人潮，人的海洋。汽车在人海中荡漾，全无了禁忌，所有的汽车喇叭都鸣叫起来，北京城要被欢乐撑炸了。

郑开镰让他的司机去接洪教授，自己却跟韩玉冰一起打了出租车。他们都不想自己开车，他想跟全市老百姓一起体验狂欢的滋味。他们上了车，司机正忘形地唱着国歌，神情非常庄重。他们上了车，司机一边唱着一边开车向前，根本不问他们去哪里。他们被一种神圣的气氛感染着，跟司机一起唱了起来。他们看到，司机的脸上挂着泪水，在通明的五颜六色的灯光下，挂在北京汉子脸上的泪珠特别动人。郑开镰和韩玉冰的热泪也滚落下来。

出租车一直拉着他们向前，他们还发现，出租车的里程表还没有打开，他想提醒司机，司机却又带头唱起《今天是个好日子》。这真是一个可爱的司机，今天的一切都是可爱的。今天只有欢乐，没有忧愁；今天只有宽容，没有计较；今天只有成功，没有失败；今天只有友谊，没有陌生……

出租车一直把他们拉到了三里屯酒吧一条街。他们下车，给司机付费。司机说："要什么钱，今天无论是谁，到哪儿我都白拉白送，乐吧，乐吧，今天咱们乐个够。"

三里屯酒吧一条街也成了狂欢的河流，你拥着我，我挤着你。你撞了我的头，我踩了你的脚，没有人说什么。谁也不认识谁，就拥抱，就拍打，就哈哈哈地狂笑。

一个中年汉子，看样子是外地的老板，他站在一家酒吧门前，见着人就问："是北京人吗？快进去喝酒，我请客。"

郑开镰和韩玉冰觉得盛情难却，就进了这家酒吧。好不容易，他们才在最里面找到一个小台子，正好有三只凳子，他们各占一只，又给洪教授留了一只。侍者马上给他们端来了酒，两扎黑啤酒。侍者说：“您二位先喝着，想要点儿什么您告诉我，今儿人太多，照顾不过来您多包涵。”

郑开镰的司机打来电话，果然找不到洪教授。郑开镰命令司机继续找，什么时候找到都可以，他们可以在这儿等到天亮。

没到天亮，洪教授自投罗网，把电话打进了郑开镰的手机。巧的是，洪教授也在附近，他出来参加狂欢，回不去了。根本打不上出租车，他想让郑开镰派车接他一下。

郑开镰说：“还回去干什么？想睡觉睡得着吗？赶快过来。”

洪教授按照郑开镰告诉他的酒吧，很快就来了。来了以后，才发现韩玉冰也在这里。

洪教授很惊讶，韩玉冰却有点儿尴尬。

韩玉冰急忙起身跟洪教授握手：“洪教授，您好啊。”

洪教授开着玩笑说：“看来我们是冤家路窄了。”

郑开镰急忙说：“别说这扫兴的话，今天的路可不窄，条条大路通北京。”

韩玉冰感叹地说：“八年了……”

洪教授依然是不温不火：“是啊，八年前，你承包黄河大厦，让我悄悄修改了图纸……结果，你赚了三百万，我蹲了三年大牢。”

韩玉冰没想到洪教授一上来就当着郑开镰的面跟她算旧账，也不客气地说：“当时您也拿了我们三万块钱的好处费。”

洪教授苦笑了一下：“那三万块钱都扔给医院了。我老婆肚子里的瘤子算拿出来了，可命没保住。”

韩玉冰力图缓和他们的关系，关切地说：“洪教授，我一直在打听您。”

洪教授有点儿刻薄了：“还让我修改图纸？”

韩玉冰也不好惹：“您不是已经这样做了吗？”

从洪教授和韩玉冰的简单对话里，郑开镰似乎明白了一点儿他们之间的复杂关系。以前，他认识洪教授，接受了洪教授的设计方案，他只觉得洪教授很有气魄，很感激他。没想到，他和韩玉冰之间还有纠缠不清的东西。那么，这个设计图里会不会还有些别的什么呢？想到这里，郑开镰说：“我看这样吧，大家恐怕都有点儿饿了，咱们找个地方吃点儿什么，边吃边谈怎么样？”

韩玉冰说：“恐怕是鸿门宴吧？”

郑开镰看了看洪教授说：“就算是吧。”

韩玉冰说：“看来我只好跳河一闭眼了。”

郑开镰诚恳地说：“说实在话，我一直盼望着北京申奥成功。申奥成功了，我们这肯定是一个双赢的方案，你一定会接受的。”

韩玉冰说：“你别没良心，你以为我接受你的方案光是为了赚钱吗？”

这句话只有郑开镰懂得，当着洪教授的面，他不好说什么，只是给韩玉冰一个温柔而感激的目光……

## 二十九

奥运冲击波强烈震撼着中国，震撼着北京，波及每一个角落。护城河上，跳动着两个正在发狂的年轻人。

长头发大脑袋的萧童面对着初升的太阳，朗诵般地抒发着激情：“太好了，伟大的灵感……萧童啊萧童，你这个王八蛋，你咋这么聪明啊……伟大的灵感，伟大的王八蛋，伟大的萧童……”

萧童手舞足蹈，得意忘形，拉着李美梅疯话连篇：“灵感，像一道通天贯地的闪电，哗啦一下子在我的眼前亮了起来……我紧紧地抓住了它，像抓住了上帝的手，不，像抓住了我梦中情人的手……一刹那，我的整个灵魂都震颤起来……这就是马斯洛心理学所说的顶峰体验……美梅，你有过顶峰体验吗？”

李美梅像中了邪似的配合着萧童的疯狂，也装作有着足够艺术细胞的样子，朗诵般地说：“哇噻——太棒了，太壮观了，太美妙了！想想看，在这碧波荡漾的绿色隔离带里，在新修建的足球场上，两千零八位青年男女，彻底脱掉束缚人类天性的服装，展现出美丽而健康的胴体，然后，用他们的血肉之躯，修筑一道牢不可摧的长城……这真是奇迹，是人类的第九大奇迹……”

萧童突然冷静下来："美梅，咱还不能盲目乐观。这个行为艺术展，我们经过了一年的策划、一年的筹备，马上就要隆重地推出了，可是……现在我们面临的困难仍然很多……"

李美梅立刻表态："你放心，为了你的行为艺术，我将做第一个吃螃蟹的人。"

萧童问："你不怕？"

李美眉说："有什么可怕的？不就是脱衣服吗？要不，我先脱给你看看？"

萧童急忙制止："别别，你姥爷在那边呢……"

护城河大堤下面，已经到了足球场工作的徐文山走过来，他穿着工作服，仪表堂堂，精神抖擞。大老远地就跟郑万春打着招呼："师父，您早啊。"

郑万春听到徐文山喊他师父就有点儿脸红："我跟你说多少回了，你别再叫我师父了。我那锔盆锔碗的金刚钻都被民俗展览馆收走了。"

徐文山却挺重感情地说："一日为师，终身为父嘛。"

郑万春觉得他还算有良心，便打听他在足球场的工作情况。

徐文山知足地说："挺好的，一个月八百块钱工资，还有小费。对了，盲盲，这是一个会唱歌的阿童木，一个日本朋友送给我的。给……"

郑盲盲接过徐文山送给她的礼物，很高兴。

郑万春见了，又嘱咐他说："你在足球场工作，接触外国人多，可不能随便收人家的礼物。"

徐文山说："董事长说，一些不值钱的小礼物是可以收的。"

郑万春听到董事长这个词很陌生，就问谁是董事长。

徐文山说："是韩总韩玉冰女士，最近才公布的。"徐文山说着，跟郑万春告别，"师父，我得走了，该上班了。"

郑盲盲说："文山哥哥，爷爷不是说不让你再叫他师父了吗？"

徐文山有点儿为难了："那……那我叫什么呀？"

郑盲盲说："你跟我一起叫爷爷好吗？我不是叫你哥哥吗？"

徐文山马上改口："爷爷……那……我走了。"

郑盲盲听到徐文山的脚步远去了，便问爷爷："文山哥哥是不是挺酷的?”

郑万春说:“人在衣裳马在鞍,这么一捯饬,还挺洋气。”

郑盲盲说:“文山哥哥本来就是个小帅哥嘛。”

郑万春说:“你又看不见,你怎么知道他帅不帅?”

郑盲盲说:“是美梅姐告诉我的。”

接下来郑万春见到的就不那么美妙了,娇娇推着一辆轮椅过来,轮椅上坐着蔫头耷脑却还蛮不服气的冯六代。冯六代见到郑万春,吃力地扬起右胳膊跟他打招呼。

洪教授抢先说:“六哥,几天不见,怎么改弹弦子了?”

冯六代呜呜噜噜地说:“不碍事,就是左半边有点儿麻,男左女右嘛,身上别的零件都好使。”

洪教授好心地逗着趣:“好使您也得悠着点儿,命要紧。那玩意儿是盐坛子,不是蜜罐子,就算是蜜,吃多也齁人。”

郑万春也凑上来说:“六代,不是哥哥说你,洪教授的话对,命要紧。现在我再问问你,什么最亲,什么最可靠,什么最有用?”

冯六代固执地说:“我还是得说钱,没钱,我早就到河边听蛐蛐叫了。”

郑万春说:“你再有钱,两腿一蹬,除了两把指甲,你还能带走什么?”

冯六代说:“我呀,立了遗嘱了,将来,我的房子,我的钱,都给娇娇……那帮冤家孽障,谁也甭打我的主意……”

郑万春还想再说什么,洪教授制止住了他。郑万春想了想也是,人各有志,各有各的活法,瞎操那心干什么?于是,他领着盲盲朝绿色隔离带的小树林走去。

## 三十

韩玉冰几乎倾其所有,把全部家当都投入到桑泉村的改造开发项目中来了。二期工程进展得很迅速,桑泉村也和古老的北京城一样,借着申办奥运的成功,加速了现代化的步伐。每一个寻梦者都觉得沐浴到了历史的恩泽，都觉得梦想离自己很近了，甚或伸开手臂，往上一跳就可以抓住。

韩玉冰也在桑泉花园的建设中获得了新的梦想。这梦想像一只欢蹦乱跳的小鹿儿，把这个四十岁的女人勾引得像个怀春的少女，把一切都看成了玫瑰的颜色。莫非如一潭死水的心又被搅动起来了，莫非四十岁的女人还能投入地爱一次，上帝会对她如此宠爱吗？

韩玉冰站在桑泉河边上，面对着一片郁郁葱葱的绿色隔离带，一边等待着郑开镰，一边品味着那美丽的梦。

郑开镰悄悄地走过来，从后面轻轻地拢住了她。

韩玉冰很满足，拍打着他的手背，佯嗔说："原来你早就来了，又来捉弄我。"

郑开镰把她的身子扳过来，轻轻地吻了她一下。

韩玉冰很喜欢郑开镰对她的轻吻，这轻吻牵动着她全身的敏感区，一股浸透心脾的电流慢慢地涌遍了她的全身。更让韩玉冰感到惊喜的是，郑开镰的嘴巴总是清清爽爽的。他不吸烟，没有口臭，嘴里总有一种淡淡的庄稼味儿，是熟透了的庄稼味儿。韩玉冰心里说，这个杜文丽，总嫌自己的丈夫说话带脏字，吃饭吧唧嘴，睡觉脱光屁股，就不知道她丈夫身上还有这么多的好处。你真是无福受用啊，可怜的杜文丽。

郑开镰问："告诉我，你叫我到这儿来干什么？"

韩玉冰指着眼前这片土地，桑泉河边，背后是绿色隔离带，面对着城里的繁华世界。这确实是一块好地方，按照他跟洪教授的规划，这里是别墅区，要建高档小楼的。

韩玉冰说："我首先要自己建一栋小楼，中西结合的，三层。"

郑开镰不以为然："先给自己搭个安乐窝？"

韩玉冰详细地描绘着自己的安乐窝，像是谈着一个美丽的传说："在我很小很小的时候，就有过一个梦想，很美妙的梦想……我梦想躺在一张柔软的大床上，数天上的星星……我要把这小楼建成玻璃屋顶，完全透明的。天晴的时候，我们看牛郎织女，看彩云追月；下雨的时候，我们看雨丝纷纷，听雨打芭蕉；下雪的时候更是浪漫，六角形的雪花飘飘而下，沙啦啦地像是直接扑打在我们的脸颊上……"

郑开镰被韩玉冰的浪漫打动了，他觉得心里一阵发热。

韩玉冰继续说："客厅里要布置一个酒吧，一个半圆形的吧台，外面是四只高脚凳，上面挂满形形色色的透明的高脚杯，里面是一个铜制的啤酒罐……知道吗？我要的是专门从慕尼黑定做的啤酒罐，可以直接酿出新鲜的啤酒，黑啤酒……"

郑开镰也为韩玉冰描绘的情调神往着。

韩玉冰兴致越来越高："你怎么不说话？想什么哪？"

郑开镰深情地看着她："我想，你好像换了一个人。"

韩玉冰问："换成了什么人？"

郑开镰不假思索地说："女人……"

韩玉冰急了："什么？难道我过去不是一个女人？"

郑开镰解释说："你过去是一个女强人。"

韩玉冰的脸沉下来："你说得对，开始人家叫我女强人的时候，我很得意。我想，女人怎么了？难道女人的名字只能叫弱者吗？我就是要当一个女强人，一个不指望男人、不依靠男人，而且要战胜男人的女强人……后来，遇上了你，我越来越想做一个女人了，做一纯纯粹粹的女人。再听到有人叫我女强人，就像听见有人在骂我。骂我不是个女人，也不是个男人，是个'二尾子'；或者，是个被阉割了的女人，是头母骡子……在你面前，我再也强不起来了，总想依偎在你的怀里，像一只小鸟儿，像一只小猫咪……能哭，能笑，能调皮，能撒娇……"

郑开镰被深深地感动了，他把她拉到自己怀里，抚摸着她的头。

韩玉冰又问："你说，我是个纯粹的女人吗？"

郑开镰说："你很有女人味儿，我领教过了……"

韩玉冰使劲捶了一下郑开镰的胸脯："又讨厌……"

阳光很美，这是一个多情的夏天，二〇〇一年的北京之夏。

## 三十一

自从二期工程开始以后，韩玉冰就在桑泉村升帐坐镇，当起了名副其实的总裁。郑开镰让陈宝瑞给她布置了一个办公室，规模家具跟他们俩的一模一样，而且就在郑开镰的隔壁。两个人的办公室紧挨着，便每时每刻都有当面磋商的机会。

这一天傍晚，办公室的工作人员都下班了，郑开镰想约韩玉冰到外面用餐，突然听到隔壁争吵起来。争吵声越来越大，一男一女。女的当然是韩玉冰，男的声音有点儿熟，谁呢？

“我……我跟了你四年……像狗一样地忠于你……”

“是呀……说下去。”

“我……我白天给你当狗……晚上给你当狼——情郎——色狼……我一天二十四小时全方位地陪你，我这一百多斤都交给了你……你知道不知道？我……我跟你的时候还是处男……我一个大小伙子……被你敲骨吸髓，榨干了血……到如今……我……我都成药渣了……”

“你给我住嘴！到我这儿来撒野，你他妈算什么东西？你还口口声声地说给我当狗，在我没收留你之前，你连条狗都不如……仗着你是个大学毕业生，自命不凡，扛着个破文凭到处找工作……为了混个酒店的主管，你竟给副总经理栽赃，让人家给打断了两根肋骨……要不是我把你送到医院，你这臭皮囊早就喂野狗了……这些你都忘了吧？你这个狼心狗肺的东西……”

郑开镰听出来了，跟韩玉冰争吵的是原来她那只宠物阿酷，他总说他叫阿酷，谁知道他真名叫什么呀？韩玉冰从他这儿挖走了何小飞以后，就把阿酷辞退了。这么长时间了，这小子大概又在外面混不下去了，回来跟韩玉冰找后账。这是韩玉冰的私事，郑开镰本来不想管，可是听隔壁的办公室里越吵越凶，他再装聋作哑就不够意思了。作为一个男人，什么时候都该是妇女儿童的保护者，更何况他跟韩玉冰之间还有特殊的关系。

郑开镰推开了韩玉冰办公室的门，看到阿酷虽然在跟韩玉冰争吵，却依然像奴才一样站在韩玉冰面前，低着头，一脸的奴颜婢膝。

韩玉冰见郑开镰进来，就想马上结束这场不大体面的争吵，她从办公桌的抽屉里拿出一张银行卡，往阿酷眼前一扔：“这里有四万块钱，你要是想要就快点儿给我滚蛋，我再也不想见到你。”

阿酷站着没动。见韩玉冰妥协了，他显然想要得更多，奴才亦有奴才的可恨之处。

郑开镰走过去，替阿酷拿起那张卡，拍了拍他的肩膀说：“男子汉，要长点儿出息，别靠着……”他原本想说“别靠着吃软饭活着”，可立刻意识到这话有损韩玉冰的面子，忙改口说，“别靠着……别人的赏赐，大丈夫得成就一点儿事业。”

也许是郑开镰的这句话起了作用，也许阿酷觉得再争吵下去也未必会占到什么便宜，便顺坡下驴，接过郑开镰递给他的银行卡走了。

韩玉冰双手捧着脸，伏在了老板台上。这是一个女人最需要安慰的时候，郑开镰走过去，扳起她的肩头。韩玉冰站起身，拉着郑开镰坐在老板椅上，自己却像受了委屈的孩子似的坐在他的腿上，依偎在他的怀里。

郑开镰抱着韩玉冰，轻轻地抚摸着她。

韩玉冰用一种十分疲惫的声音说：“开镰，我真的累了。”

郑开镰抱紧了她，表示对她的理解和宽慰。

韩玉冰像是自言自语般地呢喃着：“这些年，我像疯子一样地工作，像疯子一样地赚钱，也像疯子一样地虐待自己……我不愿意这样……可是我停不下来，就是停不下来……我的车开下了一个陡坡，很陡很陡的坡……刹车又失灵了……往下冲……越冲越快……我知道，这辆车停不下来了……除非……除非撞在山崖上，或者掉进深渊里……”

郑开镰爱抚地拍着韩玉冰，安慰着说：“玉冰，你很苦，我知道你很苦。”

韩玉冰继续呢喃着：“我是一个穷人家的女儿，我受的穷你想都想不出来……我第一次来例假的时候，买不起月经带，用红卫兵袖章……被人家抓住了……押着我去游街……那一年我只有十四岁……穷的时候，我想的就是钱，睁着眼想钱，闭着眼还想钱，满脑子嘎嘎响的都是钱……后来有了钱，我就想要更多的钱，后来钱多了，我还想更多、更多、更多……无论见到谁，我总是想知道他到底有多少钱……如果他的钱比我多，我就特别受不了，我无论如何要超过他……我爱钱，钱越多我越贪，我恨不得把全世界的钱都装进自己的腰包里……开镰，你说，我是不是有病呀?”

郑开镰深深地感觉到韩玉冰内心的伤痛：“别这样……别这样折磨自己。”

依偎在郑开镰怀里的韩玉冰好像终于找到了倾诉的对象，依然絮叨着：“我有时候也静下心来想，我要这些钱干什么呢？这些钱我几辈子都花不完，可是我为什么还要赚钱呢……开始赚钱的时候，我像一个猎人，钱就像猎物，我追着猎物跑，一边追一边狂呼呐喊，像是在真正的猎场上，当我把钱赚到手的时候，就像俘获了猎物一样开心过瘾，哈哈大笑，激动得失去了人样儿……到后来，钱越赚越多，我自己成了猎物，钱却成了猎人。我在前面拼命地跑，钱在后面拼命地追。我跑得精疲力尽，钱追得张牙舞爪。我终于被钱俘获了，成了钱的猎物，我可怜巴巴地看着钱，求它给我留条活命，不要把我吃掉……开镰……”

听着韩玉冰这可怕的比喻，郑开镰感到后背在冒凉气。

韩玉冰重复着说：“我累了，我真的很累了。”

郑开镰爱怜地说：“你这样说，我很心疼。”

韩玉冰扬起脸：“我想做个女人……”

郑开镰轻吻了她一下：“我懂……”

韩玉冰接着说：“我想有个家……”

郑开镰“嗯”了一声。

韩玉冰又开始神往她那美丽的梦想：“这个家就在咱桑泉花园……绿色隔离带中间……带玻璃屋顶的小楼……躺在暖融融的大床上可以数天上的星星……”

郑开镰又“嗯”了一声。

韩玉冰几乎用央求的声调说：“开镰，你快点儿娶我吧。”

郑开镰凝固住了。

韩玉冰充满风情地表白着：“相信我，我会成为一个好女人、好妻子、好母亲……对了，开镰，我要给你生个孩子，生个健康的孩子，生一个壮壮实实的男子汉，像你一样……”

郑开镰的心里开始发抖了。

韩玉冰的央求声开始带出了哭腔：“开镰，你快点儿娶我吧。”

郑开镰觉得自己的脑袋开始变大了。

韩玉冰逼着他：“开镰，你怎么不说话呀?”

郑开镰无力地说：“玉冰……对不起……”

韩玉冰一下子直起身来：“你说什么?”

郑开镰越来越心虚：“真的对不起……我……我不能离婚……”

韩玉冰的脸色变得十分难看："你不是说……你们没有感情吗……你不是说，她一直瞧不起你吗……你不是说，她嫌弃你是个农民吗……你……你不是……"

郑开镰小心地说："玉冰，你知道……我有个孩子……"

"不就是盲盲吗？"

"她是个双目失明的孩子。"

"这我知道。"

"她够不幸的了……"

"我可以给她钱，足够她一辈子用的钱……"

"玉冰，你不懂……你还是不懂……有些东西是花钱买不来的……她需要的是我这个父亲……我也舍不得抛弃她……"

"那你老婆呢？"

"我老婆……她没有错……她是瞧不起我，她是有城里人的优越感……可是……她该关心我还关心我，该照顾我还照顾我，该对我好还对我好……为了再生一个孩子，她灌了十来年的苦药汤子了……看见她喝那些苦药汤子，我是又有气又心疼……她为我，为孩子，为了这个家……受了那么多的罪……我再拉着她到法院去离婚……我……我狠不下这份心啊……"

"孩子你舍不得，老婆你舍不得，那我呢？"

"你比她们强……"

韩玉冰将郑开镰一推，跳起身来："我比她们强你就拿我耍戏着玩？"

郑开镰急忙搂住她："玉冰，别这么说……"

韩玉冰挣开了郑开镰，绕到了老板台的前面："那么……是你在利用我？"

郑开镰竭力表白着："不，我发誓……"

韩玉冰狠狠地咬着嘴唇："你发什么誓？"

郑开镰说："我……我是爱你的。"

韩玉冰终于忍不住满腔的怒火，爆发般地叫喊起来："爱？爱！爱……哈哈哈……苍天啊，你听到了吗？爱，一个多么美妙的字眼儿啊……这是一个从五十岁的老爷们儿嘴里说出来的……你信吗？我信，我相信过，第一次听见从男人嘴里说出这个字来，我幸福得差点儿晕了过去……可是很快我就不信了，说出‘爱’字的那个男人，很快就把这个字糟蹋了……我相信了第一次，又相信了第二次……后来，再听到这个字，我就心里起火，后脊梁沟冒凉气，我身上产生了对这个字的抗体……我以为我这辈子不会再爱上谁了，这个世界上的男人都是狼，我也必须把自己变成一只狼。我用狼的眼睛看世界，也用狼的牙齿抢食吃。我们俩碰上了，一只母狼遇上了一只公狼，我们抢着同一块骨头，互相撕咬着，撕得鲜血淋淋，撕得两嘴狼毛……没想到，我们最后竟然撕扯到了一块儿……”

看着韩玉冰疯狂的样子，郑开镰毛骨悚然：“玉冰，别说了，我对不起你，真的对不起你……”

韩玉冰继续发着疯：“荒唐，荒唐……我一开始就觉得荒唐……我这是怎么了？为了玩玩儿？为了排遣寂寞？还是为了……不，要是那样，像阿酷那种小白脸儿我一天就可以换一个……我为什么偏偏爱上了你呢？爱上了你这个说话带脏字、吃饭吧唧嘴、睡觉脱光屁股的农民呢？”

郑开镰真的不知道如何是好了：“玉冰……”

韩玉冰又坚强起来，露出了女强人的本色：“你还想说什么？算了，你不必为难，我不会难为你的。这都怪我，四十岁的人了，还装成小女儿样儿……我早就应该想到……啊，我还是想到了，早就准备好了……只不过不愿意从梦中醒来，自己欺骗自己罢了……好了，郑书记，咱还是公事公办吧。桑泉村的项目我还是要搞的，这里面有利可图……在生意场上，你这个人还是可以合作的。我只能跟你再见了，过两天我就走。”

郑开镰惊诧地问：“你要去哪儿？”

韩玉冰：“我在加拿大买了一个农场，那是一个真正的世外桃源。我要在那儿建一栋带玻璃屋顶的房子。”

郑开镰支吾着，想说什么。

韩玉冰这时候表现得非常理智大度：“别说，千万别说你舍不得我、你会想我这一类的话，你要说我会把你骂个狗血喷头的……我这里的事都要交给何小飞，一切都由她全权处理。不过我要警告你，你可千万别打她的主意，她已经被我训练成一只小母狼了，当心她咬断你的脖子……好了，我走了，你别过来，我们不拥抱、不握手，连句道别的话都不说，就算什么事都没有发生过，就算我在桑泉村做了一场梦，就算我们谁也不认识谁……”

郑开镰茫然木立着，他才像做了一场梦……

## 三十二

郑开镰懵懵懂懂地朝家里走去，两条腿很沉，像是在泥泞中跋涉着。幸亏是晚上了，如果是白天有人看见他这个样子，肯定会以为他喝醉了酒。他本来不该回家，他也不知道为什么要往家里走，完全是无意识的。一个男人在无路可走的时候，只有家才是唯一的归宿。所以说，多大都得有个妈，多远都得有个家。其实，男人是最脆弱、最没出息的。设身处地地为韩玉冰想想，她往哪儿去呢？一个无处可走的女人，为什么敢于背井离乡，跑到远在天尽头的加拿大去呢？

楼底下好像有许多人，他没在意。到了跟前他才发现这些人朝他迎过来，出了什么事？

派出所的片警马贵民跑过来，气喘吁吁地说：“郑书记，萧童搞的那个行为艺术你知道吧？”

他的脑子还没从那场噩梦中挣脱出来：“什么行为艺术？”

马贵民问：“听说是你同意的？”

他依然不大明白：“同意什么？”

马贵民说：“就是那个‘把我们的血肉筑成我们新的长城’。”

他努力思索着：“是啊，这不是挺好吗？”

马贵民说：“什么挺好？你知道他们用什么筑长城吗？”

他问：“用什么？”

马贵民说：“用人。”

他问：“用人怎么了？”

马贵民叫起来：“用光屁股的人！两千零八个男男女女，都脱得光溜溜一丝不挂，然后码在一起，筑成长城……”

他终于弄明白了，脱口骂道：“他妈的，这简直是胡闹。”

马贵民说：“胡闹的还有你那个宝贝外甥女李美梅，她把盲盲也拉去了。”

他气怒起来：“什么？那你为什么还不制止他们？”

马贵民：“我去制止了，他们说这是艺术。”

他更加气怒了：“什么他妈的艺术？这是流氓、野蛮……”

背后突然响起了杜文丽的声音：“哈哈，你也承认脱光屁股是野蛮了吧？”

他见杜文丽的脸笑成了一朵花，一朵变了形的花，很可怕的样子。

马贵民问着他：“郑书记，你说这事怎么办？”

杜文丽说：“不用请示他了，我已经打110报警了。”

他看见许多人都在笑，不知道是笑他，还是笑杜文丽。

还好，杜文丽拉着他朝楼上走去，他真的像失去了意识，这都是些什么呀乱七八糟的。

进了房间，杜文丽的脸笑得更灿烂了，样子也更加可怕。她非常殷勤地给郑开镰换着拖鞋，把他按到沙发上，还端来早已为他泡好的茶水。郑开镰感到有些不习惯，突然受宠般地不习惯。

杜文丽喜形于色，跟他脸对着脸，小声地说：“开镰，告诉你一个好消息。”

他还是没完全清醒过来：“今儿的事怎这么乱呀？”

杜文丽说：“我怀孕了。”

他懒得听她胡说：“别穷开心了。”

杜文丽却认真起来：“真的。”

他不耐烦了：“你还有的说没有？”

杜文丽却从柜子上拿过一张纸，薄薄的写着字的纸：“我一猜你就不相信，你瞧，我今天去医院了，这是检查结果。”

他看着杜文丽，那朵变形的花显得狰狞起来。

杜文丽把化验单塞给他。

他展开化验单仔细看着。

杜文丽掩饰不住的喜悦：“姚教授真是神了，许多患不孕症的都让他治好了，他的诊室里挂满了锦旗，电视台还给他做了节目，称他是送子观音……”

渐渐地，他开始理出了头绪，他确信这是真的，真的是一场噩梦。他从噩梦中醒来，却看到了可怕的魔鬼。

杜文丽依然喜气洋洋："开镰，你说，咱这次是男孩儿还是女孩儿？"

他的脸色越来越难看，杜文丽却没有发现："你真的怀孕了？"

杜文丽有点儿不高兴了："你连医院的化验结果都不相信吗？这是科学。"

他突然吼叫起来，像一只野兽般地张开大嘴想把杜文丽吞掉："这孩子是谁的？"

杜文丽吓得险些摔倒："啊？"

"这孩子是谁的？"

"你在说什么呀？"

"我问你这孩子是谁的？"

"你开什么玩笑啊？"

"这孩子到底是谁的？"

"你……你什么意思？"

"你明白我问的是什么。"

"除了你还能有谁？"

"我根本就不能生孩子。"

"难道盲盲不是你的吗？"

"盲盲是我的，可是这孩子不是我的。"

"怎么可能呢？"

"我一直在吃避孕药，男性避孕药。"

这回轮到杜文丽感到恐怖了："什么？你一直在吃避孕药，男性避孕药？这可能吗？不……这不可能……不可能……为什么……你为什么要这样害我……你明明知道我天天在喝苦药汤子，你却在吃避孕药？你……你安的是什么心？你还是人吗？你还有人性吗？"杜文丽瞪大了两只血红的眼睛看着他，眼睛里充满了仇恨……突然，她变成了一只野兽，发疯般地向他扑过来，"为什么？为什么？你为什么要这样害我，这样捉弄我……"

他抓住了杜文丽的两只手，想让她冷静下来。这句话，憋了十几年了，他不愿意跟她说，也不能跟她说。可是现在，他必须说了，他必须告诉她："我们不能再要孩子，再要孩子还会是盲人。"

杜文丽依然张牙舞爪："你胡说，你到底安的是什么心？"

他把杜文丽摁在沙发上，让她冷静下来：“这是你母亲临死的时候告诉我的，她可是有名的遗传学专家。”

杜文丽不相信：“这……这怎么可能呢？遗传？谁的遗传？我的父亲母亲都是健康的人。”

他终于向她说出了最后的实情：“你不是他们亲生的。”

杜文丽险些被这突如其来的霹雳击倒，她强挺着，像是听着一个可怕的传说：“一个山沟里来的瞎眼妇女，把你抛弃在医院里了，是杜教授夫妇收养了你……”

杜文丽被击倒了，她挣扎着：“不……不……这不是真的，你在骗我……”

他继续提醒着她：“你还记得你怀盲盲的时候，他们逼着你流产，不让你要这个孩子……”

杜文丽呆呆地看着郑开镰，静静地听着他的话，突然，她如梦方醒，终于明白了这一切都意味着什么。她大叫了一声，便晕倒在沙发上……

外面，传来如梦如幻的吆喝声：“清理油烟机煤气灶，疏通您的管道……魔幻发卡，两毛一个三毛俩，五毛能买一大把……免费上网，玩到你爽……”

## 三十三

郑开镰一夜都没有睡，出了这么多、这么大的事，他能睡吗？第二天早晨，他仍然像踩着泥泞般地来到村委会。上了楼，却发现韩玉冰的办公室开着门。难道她没有走？

老板台上坐着一个女人，一个十足老板味儿的女人。郑开镰定着神儿看着她。

女老板说话了：“看什么？不认识了？”

郑开镰不禁叫出了声：“何小飞……”

何小飞妩媚地笑着：“小母狼，韩总告诉你了吧？”

他走近她，何小飞立刻公事公办地板起了脸：“郑书记，这几份合同我们得去公证一下。”

郑开镰心里一动：韩玉冰说对了，她确实是一头小母狼。与狼共舞，他命该如此。

2001 年 8 月 29 日于通州

# 女牢滋味

## 一

蛇儿睁开眼睛，感觉告诉她，她依然活在这个世界上，可世界已经对她换了一副新的面孔。

四面是冰冷的水泥墙，身子底下是半尺高的水泥台，她们叫它大铺，也是冰冷的。大铺上拥拥挤挤地睡着二十几个女囚，她是最靠近里边的一个。她身边就是水池、马桶，这是女囚们排泄、洗澡和洗衣服的地方。湿漉漉的骚臭裹着她的全身，她恶心得一阵眩晕。监狱有监狱的规矩，凡是新来的人都要睡在这最里边，除非你敢跟牢头挑战。

突如其来的欢唱使她清醒过来，百灵鸟第一个跳到水池旁，没排泄，也没洗漱，却引颈高歌、手舞足蹈地迎接着新的一天。水池上面是个一米见方的小窗，用铁栏封着。值勤的战士们就在那铁窗上面巡逻。早晨的阳光筛下了一片橘红，百灵鸟几乎什么也没有穿。她的身材姣好得无可挑剔，皮肤光滑白皙，乳房丰硕挺拔。她扭动着腰肢欢唱着，发泄着青春的活力，也发泄着被压抑的欲望。

似乎是在有意地跟百灵鸟配合，晓晓又冲着牢门发泄起来。她穿着睡衣，光着脚，挥着拳头，拼命捶打着那紧闭的铁门，声嘶力竭地哭叫着："开门，开门，放我出去，我没杀人，我没杀人……"

百灵鸟唱着，晓晓哭着，唱和哭都如此地投入，组成了一种荒诞的和谐。

叶枝琼光着身子来到水池旁，默默地冲起了凉。在橘红色的阳光下，晶莹的水珠在她那光滑的肌肤上滚动着。她用两只手轻轻地揉搓着那一对美乳，微闭着眼睛，沉迷在一种自恋的冲动中。

翠翠扭着细腰来到了铁门前，把哭叫着的晓晓扒拉到一边。晓晓立即安静下来，卑怯地看着她。翠翠在进来前是个妓女，蛇儿不明白晓晓这个杀人嫌疑犯为什么怕翠翠。真是一物降一物，监牢里净是怪事。

翠翠的声音甜得发腻，让人听了身上痒酥酥的。不知道男人听到是一种什么感觉。此刻，牢门外正好有一个男人。那是个扫院子的老伯，总有五十多岁了吧，长得高高瘦瘦的像个大虾米。翠翠自称每天都要有几个十几个男人伺候她，离开男人一会儿，她的皮肉就发痒。在牢里，最让她受不了的是身上沾不到男人。

这会儿，翠翠冲着扫院子的老伯发起了嗲：“田大叔，你过来，过来呀……”

扫院子的老伯朝这边扫过来。

翠翠改变了对老伯的称呼：“田大哥，你看我漂亮吗？你要不要我呀……”

老伯掉过头朝回扫着。

翠翠急了，更加放肆地叫着：“别走呀，田田，我的田田，你是甜甜，我是蜜蜜，咱俩是天生的一对。过来呀，过来我给你‘打飞机’……”

看守过来了，挥着警棍冲翠翠吼叫着：“你要是再叫，我把你关进小号！”

翠翠真不愧是翠翠，她仍然用那肉麻的声音说：“干事，行行好，你就让我叫他两声吧，我保证不干坏事。这么长时间没沾男人了，我实在受不了，求求你了，干事……”在牢里，管看守一律称干事。

干事不理她，她更加得寸进尺：“干事，给支烟抽吧，给支烟我就不叫了。”

干事转过身走了，翠翠扯着酸溜溜的嗓子唱起来：“哥哥你要走，就带我一起走，到海角，到天涯，我不松哥哥的手……”

蛇儿奇怪。在此之前，她一直以为关在牢里的都是一些蓬头垢面、丑陋无比的凶神恶煞。没想到，这里面还有这么多年轻漂亮、聪明诱人的尤物。

牢房里突然安静下来，百灵鸟不唱了，翠翠也闭上了嘴。阿英站起来，看看这个，又瞧瞧那个，手里抡着一根宽宽的皮带，恶狠狠地说：

“老子今天身上不舒服，要打人……”

话音未落，她的皮带便落在了丽萍的脸上。丽萍那鲜丽的脸颊立刻被鲜血染红了。她一声都不敢吭，任鲜血在她的脸上默默地流着。

阿英挥着皮带，又朝北京老太走去。北京老太急忙掏出烟来，一脸无耻地谄笑着递给阿英。阿英在接过烟的同时，还是朝北京老太的肥腰赏了一皮带。

阿英是牢头，是这二十几个人的女皇。她想打谁就打谁，谁都得服服帖帖，她的权力是至高无上的。

蛇儿看着阿英朝自己走过来，浑身不由得悸动起来……

## 二

“我只想坐牢。”

说这句话的时候，蛇儿是在海口人才交流中心的地下室里。曾几何时，海南岛这片蛮荒而神秘的土地，改革开放的大门一开，便如同灰姑娘穿上了红舞鞋，一夜之间便成了倾城倾国的美色，令数以十万计的淘金者、寻梦者、猎艳猎奇者和心怀叵测者趋之若鹜。几乎所有的人都是怀着实现和发展自我的雄才大略而来的，可等待他们的几乎又都是冷酷和无望。这些扛着大学文凭和揣着八斗之才的精英们很快就发现了，在这片心向往之的土地上，不要说创造辉煌，连找张床板混口饭吃都非常艰难。于是，当地政府设置的人才交流中心地下室，便成了他们继续做梦的栖身之地。

蛇儿也像不少等待幸运女神的不甘心者一样，白天出去卖报纸，赚一餐两块钱一盘的扬州炒饭；晚上回到地下室不断完善着设计着自己的方案。这种设计有如三年困难时期的精神会餐，用多姿多彩的白日梦来填补精神的饥渴。有人说想办公司，当总经理；有人说想自己办报纸、出书刊；有人说要承包一块土地去种芒果；也有人说要把海南岛当跳板冲出亚洲走向世界……

当人们问到蛇儿的时候，蛇儿说：“我只想坐牢。”

没有人相信她的话，都以为她在开玩笑。在这群刚刚走出学校大门的寻梦者当中，蛇儿被公认是个才女，又是个女性十足的女孩。这样的女孩该听到“坐牢”二字就表现出失魂的惊叫才对。谁能相信她会坐牢呢?

蛇儿是来自西子湖畔的女诗人，诗写得缠绵婉约，表现出一种对爱的追求而不是对牢房的渴望。她来闯海已经是惊人之举了，她在一家报纸的文艺版当编辑。工作轻松体面而又受人尊重，且收入也不低。她长得不十分俏丽，可很有味道。这种味道提高了男人的品位，也更吊起了男人的胃口。因此，她身边追求者除了才子便是“款哥”，望而却步者无计其数。放弃如此优越的条件，单枪匹马地来闯海，难道仅仅为的是经风雨见世面吗？她给许多人留下了一个不解之谜。

坐牢的机会终于来了。有人给蛇儿介绍去卖一种新报纸，说利大，可以对折。蛇儿跟着人进了一家私营的小旅馆，在一个烟雾弥漫的房间里，坐着几个自命不凡的男人。他们办了一份所谓《海南丑闻报》，请蛇儿为他们当总发行。蛇儿拿起一份散发着墨香的报纸读了起来，越读越觉得不对味。上面登的所谓丑闻，大多是海南的总经理如何诱奸来闯海的女孩子。尽管是道听途说，可又多是真名真姓真故事。蛇儿觉得这报纸既不合法又无聊，便与他们争论起来。

蛇儿虽说是个很有女人味的女孩，可她毕竟是诗人，好冲动，感情用事，又有为捍卫自我意志而献身的精神。那几个翩翩才子更是能言善辩，气吞山河。于是，正反双方越争越激烈，越辩嗓门越大。终于将夜间巡逻的公安人员招来了。

公安人员进来以后，见满屋烟气腾腾，几个男人围着一个女人粗脖子红脸，原以为是一起花案。问蛇儿，蛇儿说他们在为不同的观点争论。于是，床上那一大摞非法报纸便引起了公安人员的注意，几个人连同那摞报纸便一齐上了警车。蛇儿本可以为自己辩护的，她没有。到了公安局收审登记的时候，她依然没说什么。这样，公安人员自然将她当成了同案犯。

她想坐牢，坐牢却原来如此简单。

## 三

阿英来到蛇儿的面前，看了看她，没有抡起皮带朝她的身上抽，却笑眯眯地问她：“新来的，你叫什么?”

蛇儿告诉了她。

“犯的什么案?”

蛇儿说是非法出版报纸。

“这么说你是政治犯了?”

蛇儿没言语。她也不知道自己属于不属于政治犯，她似乎记得中国的法律上没有政治犯。

阿英仔细地打量着她，不无嘲讽地说：“文质彬彬，干干净净，细皮嫩肉，是个知识分子对不对?”

蛇儿说自己是大学毕业。

“在家干什么工作呀?”

蛇儿说是报社的编辑。

“嗬，还是个高级知识分子呢！讲不讲卫生呀?”

蛇儿听不懂。

“我问你讲不讲卫生?”

蛇儿莫名其妙地说：“啊……那……那当然。我喜欢干净。”

阿英凶恶起来：“喜欢干净就得自己动手！你们这些人，在外面都是太太小姐地当着，有使唤丫头伺候着，到这里面，就得放下你的臭架子，你懂不懂?”

蛇儿依然茫然地看着阿英。

阿英用皮带指着晓晓：“喂，号丧鬼，别哭了，过来，把这只马桶刷干净。”

晓晓唯唯诺诺地朝马桶走过去。

蛇儿这才注意到，水池旁边放着两只木马桶。

阿英又用皮带指着蛇儿：“你过去，看看她是怎么干活的。”

蛇儿默默地起身，走了过去。

马桶已经满满的了，里面除了屎尿，还有女人用过的浸着黑血的药棉花，以及卫生纸一类的污物。蛇儿顿时觉得一阵恶心，她强忍着，将目光移开了。

阿英的皮带挥过来：“看着，瞪着两只眼睛看着!”

蛇儿只好屏着呼吸看着。

晓晓提起一只马桶，打开角落里的一个铁盖，将污物倒进地沟里。然后，又到自来水龙头下接水，弯下腰，用两只手洗刷起来。

蛇儿再也忍不住了，肚子里一阵翻江倒海，张着嘴呕吐起来。

她觉得背上火辣辣地灼痛，阿英的皮带第一次抽在了她的身上。

“把那只马桶刷干净!”阿英凶狠狠地命令着她。

蛇儿没动。

阿英挥着皮带警告着她：“别以为自个儿是个人儿似的，进来了就别想再当人!”

蛇儿无奈，弯下腰提起那只马桶，闭着眼睛往地沟里倒着污物。可当她来到水龙头前的时候，却怎么也不能把手伸进马桶里。

随着噼里啪啦的响声，阿英的皮带一连串地抽在她的身上。她眼前一黑，便倒在了地上。开始她还觉得身上疼，疼得她大喊大叫。没想到，阿英是个虐待狂，她越喊叫，阿英抽得越起劲儿。到后来，她身上已经麻木了，只听见皮带刮风般地响，却不觉得疼了，好像皮带是抽在别人的身上。阿英直到抽累了，才住了手。

蛇儿瘫软在地上，一动都不能动了。阿英用那尖尖的皮鞋朝她的胸口上踢着，命令她爬起来去刷马桶。蛇儿不动，她想反正打也挨了，马桶是不能再刷了。

阿英急了，高喊着：“你装死是不是？来人，把她装进马桶里，看她还嫌不嫌脏!”

阿英一声令下，呼啦啦跑过来一群人，有的拉胳膊，有的抻腿，有的揪起她的头发，把她的脑袋使劲往马桶里塞着。一阵恶臭灌满了她的心胸，她拼命地挣扎着，摆脱掉马桶，哭叫着哀求人们放过她，甚至挣脱着人们的拉扯跪在了地上……

阿英终于发话了：“行了，剩下的活儿让她自己干吧。”

人们离开了，她仍然跪在地上。

在她的记忆里，这是她有生以来第一次下跪，第一次像奴隶一样地求饶。她是向马桶下跪，向马桶求饶。她已经感觉不到屈辱了，所有的屈辱都被钻心的疼痛代替了。阿英还在威逼着她，她明白她不能反抗，反抗只能招来更残酷的惩罚。她强挣扎着站起来，提起马桶，也像晓晓一样，把手伸进肮脏的马桶里……

她把这一切做完了，便躺在了自己的床位上，身上依然火烧火燎地疼痛。她不想哭，也不觉得委屈，她只是像僵尸一样默默地躺着。

“我只想坐牢。”

她耳边忽然又响起了这句话，她怀疑这句话不是她自己说的，是别人强加给她的，就像别人把她的头使劲往马桶里塞一样。

她终于明白了坐牢的意义。在这五米多高的水泥笼子里，你首先失去的不是自由，而是做人的资格；你首先受到惩罚的也不是肉体，而是与生俱来的尊严。

## 四

蛇儿后悔了。

监狱可不是个随便进进出出的地方，进来不容易，出去更难。她想声明，想申辩，没有人理睬她。她进来一个多星期了，一次都没有被提审过。在海南，她又举目无亲，谁能救她呢？

她想到了一个人，在危难中，她首先想到了他。

蛇儿在初入文坛的时候，曾经崇拜过他，当时，她只知道他是北京的作家，叫王梓夫。她是通过作品认识他的，读他的书，看他的名字，蛇儿总以为他是位文坛长者。她给他写过许多信，都是以晚辈的口吻写给一个长辈的。她像崇拜父亲一样地崇拜他，也像迷恋父亲一样地迷恋他。直到有一次在武汉大学戏剧性地见到了他，才知道他原来也是一位文坛新秀。她吃了那么长时间的亏，见了面便无拘无束。她失去了一位长辈，却得到了一个朋友，她觉得很划算。

她到海南以后，曾给他写过许多信，由于没有固定的地址，他一封信都没有回过。她不求他回信，只要她能写信。她需要的是倾诉，而不是帮助。长时间以来，她和王梓夫之间就是这种关系，她总是单方面地写信，没完没了地写。她知道他在读，在认认真真地读她的信，这就够了。

现在，她可需要他的帮助了。

她伏在床上，给远在万里之遥的王梓夫写了一封求救信。

信写完了，她似乎觉得身上的伤痛也减轻了许多。

晓晓过来了，撩开她身上的睡衣，拿一条热毛巾，轻轻地敷着她身上的伤口。她心里一热，却没有眼泪，晓晓紧紧地抓住了她的手。

晓晓长得娇小玲珑，鲜嫩的小脸蛋儿精细得闪着光泽，像个瓷娃娃。她是湖北秭归人，那里是王昭君的故乡。物华天宝，钟灵毓秀。这样一个招人爱怜的女孩千里迢迢来到海南，为的却是寻找自己的偶像。她爱上了一个诗人，是在那个地方出版过一本薄薄小册子的小诗人。诗写得平平，人却有点儿风流倜傥。晓晓迷上了他，并为他献出了宝贵的贞操。晓晓的轻易献身抬高了那个诗人的行市，他觉得凭着自己的才华是可以随心所欲地得到任何女孩子的。他根本没把晓晓放在心上。当朋友约他闯海的时候，他跟晓晓连个招呼都没有打，便登上了南下的火车。

诗人把晓晓的魂带走了，失了魂的晓晓不顾家人的反对，拼着命来到了海南。她没有文凭，没有一技之长，又举目无亲。求职无望，她为了能在海南站住脚并找到自己的心上人，只好忍辱到野村桑拿浴去当按摩女郎。

海南的桑拿浴，大多是藏污纳垢、供富人寻欢作乐的场所。为了她的偶像，她像打狙击战一样艰难地守护着自己。女人就是这样，你越是降价处理自己，男人越是不屑；你若是固若金汤，反而会激起勇士们的征服欲和占有欲。晓晓很快成了另一个男人的偶像，他是个东北大汉，块头儿和体重超过三个晓晓。他不但有钱，而且是个情种。别人到桑拿浴都为的是寻找一时的快乐，他却是来寻找爱情。他像迷恋一件稀世珍宝一样迷恋上了晓晓，送给她金项链、宝石戒指、华丽的时装。晓晓硬是不为之所动，连嘴唇都不让他吻一下。那个东北大汉被感动了，帮助晓晓到处去找那个诗人。

功夫不负苦心人，东北大汉终于为晓晓找到了那个诗人。当晓晓拿着东北大汉给她的地址敲开诗人的房门的时候，她傻了。诗人是腰间围着一条浴巾给她开门的，而在诗人那张大床上，却躺着一个赤身裸体的女人。那个女人的高大肥胖只有东北大汉才能配得上她，而她的年龄则足可以做那诗人的母亲……

这个强烈的打击使她痛不欲生。她不明白，诗人为什么抛弃了她去找那头老母猪，他就这么不知道自己的价值，自己作践自己吗？东北大汉告诉她：“跟你相比，那个女人连老母猪都不如，可是她有钱。有钱的男人可以倚红偎翠，有钱的女人同样可以玩弄男人。”

晓晓绝望了，绝望中的晓晓走投无路，终于投进了东北大汉的怀抱。东北大汉将她视为心肝宝贝，宠爱有加，并答应与家里的黄脸婆离婚，跟她结为伉俪。

晓晓跟自己的偶像一起，总是言听计从，小心谨慎，生怕失去对方。跟东北大汉一起，则备受娇纵，随心所欲，动辄就使性撒野，可东北大汉就吃这一套，他觉得这才叫爱情，这才是女人。这天夜里，东北大汉要跟她做爱，她心里不高兴，耷拉着脸不同意。东北大汉哄她、求她，她还是不答应。东北大汉有点儿耐不住了，说了句重话，其实也不算重，就说她“蹬鼻子上脸”。晓晓不干了，大光其火，跳起脚地跟他吵，还摔东西，越吵越闹火气越大，最后竟冲破东北大汉的阻拦，跑了出去。

一离开东北大汉，晓晓就后悔了。出了那个勉强可以算个“家”的窝儿，自己便举目无亲了。她只好又回到野村桑拿浴按摩女郎的宿舍里，想到了东北大汉对她的种种好处，自己无论如何不该这么任性，更不该发这么大的火。她盼望着东北大汉来找她，可东北大汉没来，她知道东北大汉也生气了。她想回去，可又放不下架子去认错。想来想去，她突然想到，自己的一条金项链还放在卫生间的梳妆台上，那是她昨晚冲凉时放在那儿的。那条项链不是东北大汉送给她的，是那个诗人给她留下的唯一的纪念物。虽说很细，值不了多少钱，可她却一直戴着。尽管知道诗人如此残忍地背叛了她，她还是不把它摘掉。为这，东北大汉曾嫉妒得把她带进了金店，你要什么随便挑，只要把那条细项链替换下来就行。她挑是挑了，回来便把新买来的项链扔进了手饰匣里，脖子上戴着的依然是那根细项链……东北大汉气也没用，只好无可奈何地认了。

现在，那根项链还躺在东北大汉的卫生间里，她得把它取回来。至少这是个回去的理由，她知道，只要她一回去，东北大汉便不会放她走的。

天刚亮，被夜生活折腾得精疲力竭的海南人还在酣睡，晓晓便穿过冷冷清清的大街，来到了东北大汉的单元房里。门没有上锁，她一推便开了。她有点儿感动，尽管她有钥匙，东北大汉还是一直给她留着门，甚至坐在沙发上等着她。她没进卧室，径直奔了卫生间，梳妆台上那条细项链不见了。晓晓想是东北大汉给拿起来了，抑或是把它扔掉了。东北大汉对那条项链一直嫉妒得无法忍受，像无法忍受一根扎在肉里的刺。她又悄悄地推开了卧室的门，东北大汉睡在床上，毛巾被蒙头盖着。她站门口看了他一会儿，没有动静。或许是有什么预感，或许是鬼使神差，她竟走到床头掀开了他的毛巾被。那可怕的一幕几乎把她吓得昏厥过去：东北大汉脸色紫黑，舌头伸得老长，脖子被一根藕荷色的细裙带紧紧地勒在床栏上……

晓晓稍稍镇静下来之后，立即明白了这恐怖意味着什么。她本能地冲出房门，拼命地奔逃着。她刚刚跑下楼梯，迎面便冲过来两个警察，还没容她看清警察的面目，双手便被一副铁铐紧紧地铐上了，紧接着，她被推上了警车……

## 五

十点半，开饭了。百灵鸟歌唱般地叫起来："开饭喽——开饭喽——"

牢房外面响起了饭桶饭勺的敲打声，铁门下面的小窗也打开了，这个窗口很小，仅能露出半张脸。于是，大家都端着饭碗很有秩序地排在了牢门前。

所谓饭碗，实际上就是一个塑料勺，上面有一个长柄。进来之后，蛇儿才知道，这里禁止使用一切金属、玻璃、陶瓷一类的用品。她进来的那天早上，一个干事把她带来的搪瓷盆扔到了外面，发给她这个塑料勺，上面用白漆写着十三号。她觉得这个数字很不吉利，想让干事给她换一个，看到干事那铁门一样的脸，没敢开口。

这个塑料勺不但盛饭，还用它来喝水、刷牙、洗脸、洗澡、洗衣服……碗从牢门的小窗口递出去，在外面装上饭菜又递进来。蛇儿端起自己的碗，一股浓烈的焦糊味直扑她的鼻子。米是陈年老米，饭是非生即糊，上面摆着一撮用清水煮的豆芽菜，上面还带着肮脏的黑壳。牢房不是福利院，牢饭难吃，蛇儿在进来前就有思想准备，要是整天价鸡鸭鱼肉随便吃，都愿意来坐牢了。可蛇儿没想到，牢饭竟难吃到这个程度。每天的菜就是这几样，除了带黑壳的豆芽儿，就是老得全是白籽的茄子。最要命的是吃西瓜皮，闻到那一股酸臭味儿，蛇儿就想吐。轮到吃西瓜皮的时候，蛇儿就得挨一顿饿。

别人都吃得挺香，特别是百灵鸟，怪不得她保养得那么好，身上皮白肉嫩，小脸蛋儿白里透红，她能唱歌，能叫唤，又能吃。谁的饭吃不了，都给她。看到百灵鸟吃得如此贪婪，蛇儿就在心里骂她：猪，海南猪！

蛇儿有时候也责怪自己太娇气了。可不是嘛，她差不多是在蜜罐子里长大的，长到二十多岁，还没尝过挨饿吃苦的滋味。父亲在一家大医院里当医生，妈妈先是护士，后来升到护士长。她是父母的独生女，父母亲不但疼爱她，而且会疼爱她。从她没出世的时候起，父母就按照科学的方法喂养她。就这么一个父母的掌上明珠，参加了工作以后依然被父母当孩子呵护着。鬼知道她为什么异想天开地跑到海南，鬼知道她为什么又生出坐牢的念头，有病。

她没想到坐牢如此的艰难，她实在无法忍受了。她算计着，给王梓夫的信已经发出去四天了，他肯定还没有收到。往外寄信要检查，查完了还得统一往外送。尽管她寄的是航空，她也要打出些损耗。还有，信是寄到北京人艺的，那是王梓夫的工作单位。可他不坐班，十天半月也不去单位一次。这封十万火急的信什么时候才能到了王梓夫的手里呢？苍天保佑吧！

饭后是牢房里最安静的时候，或躺着，或坐着，大家都养起神来了。而在整个牢房里，最安静沉默的是一位六十多岁的海南老阿婆。她瘦小枯干，浑身蔫皮，满脸皱纹，一声不响地坐在牢房的角落里，像一尊根雕。据说，她是因销赃罪进来的。她没儿没女，孤身开了个小商店，村里有几个小伙子，偷了电视机放在她的小商店卖。案发了，她跟那几个小伙子一块儿被抓了进来。

牢房里大多是二十岁左右的年轻人，大伙儿都亲热地叫她海南阿婆。她不认字，也不会说普通话，谁叫她，她就会咧开无牙的嘴，无声地笑。牢房里每天必不可少的节目就是用扑克牌算命，大凡这个时候，她就会悄悄地挪到年轻人的背后，瞪着两只亮晶晶的眼睛，挨个儿地看着她们手里的牌，不时地问一句："噜爹咪好啡？"意思是问你的命好吗？当被问的人点点头时，她的脸上便会露出欣慰的笑容。

海南阿婆从不让别人给她算命，当人们张罗给她算时，她只是摇头。蛇儿觉得，老阿婆坐牢竟坐得如此安详，对命运竟如此顺从，她把自己和牢房和整个世界都调整得如此自然和谐，实在是有些道行。蛇儿越来越对她敬重起来。

## 六

没看表，说不清几点了，反正夜已深了。蛇儿迷迷糊糊地刚睡着，便听到牢门哗啦啦地打开了。几乎所有的人都睁开了眼睛，又进来一个人。

大凡进来新人的时候，首先要过的就是阿英这道关。她睡在大铺的最外面，紧靠牢门，这是整个牢房最好的地方。由于有那个小窗，空气新鲜多了。而且，她一个人至少要占两个人的位置。习惯上称这个位置为头床，代表着牢房中最高的特权。其次，才是二床三床，反正是越往里，离水池厕所越近，所处的地位也就越低。新来的人，都要睡在最里边，这是在白天。要是夜里进来的，谁也不会给你腾地方，阿英要是高兴，也许会扔给你一块席子，让你睡在水池边。否则，连块席子都不会有。坐牢不是做客，没有人会客客气气地欢迎你。非但如此，进来的人还要先立规矩。两手伸开，身子和脸紧贴着墙站着，笔杆条直的，一站就是几个钟头。稍有不驯服，你就等着受皮肉之苦吧。凡是坐过牢的人都知道，真正管你的不是牢房外的管教干部，而是来自五湖四海的“同窗”。

新来的人叫蔡小燕，二十三岁，身材挺拔，苗条秀丽，五官端正，面容姣好，俨然是个影星，再高一点儿便可做个出色的服装模特。她的穿戴也挺时髦，藕荷色的T恤衫，白色的牛仔裤，提着一个鼓鼓囊囊的真皮桶包。蛇儿奇怪，这么漂亮的一个姑娘为什么也来坐牢，犯了什么罪？这么晚来，扰了大伙儿的觉，本身就是个丧门星，阿英要是给她立起“规矩”来，她能受得了吗？在外面，她可能是个傲视一切的高贵女人，越是这样的人进来，越是要让她彻底放下架子，不把她整治得狗屁不如才怪。

蛇儿想错了，蔡小燕的“高贵”架子非但没有往下放，而且越发高傲起来。她进门之后，没有往里走，把真皮桶包朝地上一扔，便在阿英的头前蹲了下来。大伙儿都惊住了，这可不是个善茬子，她是坐过牢的，见过大世面的，这次不是“二进宫”就是“三进宫”了。

蔡小燕的态度非常明确，她是要夺阿英牢头的位子。

要有好戏了，大伙儿立即爬起来，紧张地注视着事态的发展。

阿英也不是等闲之辈，见蔡小燕向她挑战，不慌不忙，她穿着睡衣大模大样地坐在床上，看着冷漠得冰雕般的蔡小燕。

呼啦一下子，在二床三床的带领下，差不多全牢房的人都围了过来，齐刷刷地站在蔡小燕周围。除了海南阿婆、北京老太，年轻的只有蛇儿没动，她自己也不知道为什么没有围上去。尽管都是女流，尽管几乎都是赤身裸体，可一个个怒目圆睁，摩拳擦掌。这阵势，胆小一点儿也能吓得七魂出窍。坐牢坐得实在寂寞无聊，遇上炸牢打架这样刺激的事，都像扎了吗啡一样兴奋起来。更何况，一个牢房就是一个王国，牢头就是女王。平时，女王可以随意打骂欺侮她的子民，可遇到“外来侵略”的时候，这些王国的子民们都要同仇敌忾保卫她们的女王。

阿英问：“懂得规矩吗？”

蔡小燕毫无表情地点了一下头。

几乎与此同时，阿英双眼朝众人飞速地扫了一下。目光就是命令，人们一拥而上，群虎争食般地朝蔡小燕扑上去。一眨眼间，蔡小燕浑身上下的衣服就被扒个精光，紧接着，便是乱七八糟的拳打、脚踢、手抓、牙咬……

蛇儿奇怪，如果说，男人虐待女人喜欢扒光了女人的衣服，大概是出于一种性发泄。可在牢房里，女人打女人，也总是喜欢扒光对方的衣服，这难道也是一种性发泄吗？变态的？

厮杀在继续进行着，没有平时女人最拿手的叫喊谩骂，打人的和被打的都默不作声，听得到的只有噼噼扑扑的踢打声和呼哧呼哧的喘息声。蛇儿懂得了，这才可以称作真正的女人的厮杀。平时那种张牙舞爪、虚张声势，只能叫作表演。

看着这惊心动魄的厮打，蛇儿紧张得一动都不敢动，她愕然地坐在自己的床位上。她既不能奋起参战，又不能上前劝解。她似乎成了局外人，可又觉得自己处于这场厮杀的中心，挨打的不仅仅是蔡小燕，还有她。每响一声噼扑声，她的心便剧痛地震颤一下。她顽强地忍受着这非人的折磨，祈求着厮杀早一点儿结束。可这厮杀越演越烈，没完没了地继续着，像是漫长的持久战……

蛇儿不知道厮杀是怎么停止的，当她清醒过来的时候，人们都闪开了。蔡小燕像是被打死了，赤身裸体地躺在地上。她的肌肤原本是白皙光滑的，现在花花拉拉的，土灰上染着黑红，像是一颗被打烂了的倭瓜。何苦呢，进来了就得低头，这是人世间专门让人低头的地方。充什么英雄好汉，干吗要招这一顿恶揍……

还没容蛇儿多想，只见蔡小燕一骨碌爬起来，从桶包里抻出一把牙刷，啪地把牙刷头撅断，一步蹿到阿英的面前，把锋利的牙刷把抵在阿英的喉咙上，冲着大伙儿叫喊着："谁要是多管闲事，我就先扎死她！"

所有的人都傻眼了。刚才一个个还那么气壮山河，大打出手，这会儿都像中了定身法似的楔在了地上，面面相觑，呆若木鸡。

阿英也含糊了，她知道遇上了亡命徒。在这里不同在外面，她说到做到，没有后退的余地。她要是不服气，蔡小燕真的敢把她扎死，除非她不怕死。可是她怕死，她犯的不是死罪，她还想回到自由世界里去。

阿英只好妥协了，扬着脸问："你想干什么？"

蔡小燕说："没别的，让你挪挪地方。"

阿英服了："这好商量，我给你腾地方就是了。"

蔡小燕把牙刷把从阿英的喉咙上挪开，但仍然虎视眈眈地盯着她。

阿英弯下身子，将自己的铺盖移到二床的位置上。

蔡小燕的牙刷把又抵上来："把它搬走！"

阿英困惑了："搬……搬哪儿去？"

蔡小燕说："搬到最里面！"

阿英抱起铺盖，乖乖地走了。

蔡小燕指着二床的铺盖问："这是谁的？"

翠翠忙过来说："啊……是我的。"

蔡小燕说："往下挪一床。"

翠翠忙弯身挪自己的铺盖。

大伙儿都奇怪了，为什么二床也要往下挪，难道她一个人要占三个人的地方？

蔡小燕扬脸朝里面喊着：“喂，你……说你呢！”

大伙儿的脸都转向一直坐着没动的蛇儿。

蛇儿惊醒般地站起来：“是……是叫我吗？”

蔡小燕说：“把你的铺盖搬过来。”

蛇儿更加奇怪了：“我？为什么？”

蔡小燕说：“为什么？这还用问吗？刚才那么多人都向我动了手，只有你没动。”

蛇儿明白了，她不敢违抗，抱着自己的铺盖，朝伤痕累累的蔡小燕走去，满牢的人都用异样的眼光看着她……

## 七

一场大战结束了，江山易了主，生活却没有变样，日子依然单调地重复着。

百灵鸟又唱起了歌。蛇儿觉得，这牢房里真的不能没有百灵鸟。没有百灵鸟，这个世界就是死的；有了百灵鸟，这个世界就有了生气，甚至有了诗意。大家都喜欢听百灵鸟唱歌，她的歌声具有一种极强的感染力和穿透力。那甜甜嫩嫩的歌声透过铁窗，像一股饱含着稻香谷甜的秋风，飘过那片自由的蓝天，一直飘进对面的男牢。

男牢里有百灵鸟的爱情。每当百灵鸟的歌声响起来的时候，男牢那边便传来发自灵魂深处的呼喊：“百灵鸟，我爱你——”于是，百灵鸟便带着哭腔答应着：“哎——我也爱你！”

百灵鸟是湖北孝感人，那里是董永的故乡，七仙女和董永的爱情抚育着一代又一代孝感青年。在那片温柔的土地上，男儿孝悌，女子多情，层出不穷的情男怨女延续着《天仙配》的故事。

百灵鸟是为了逃婚才来到海南的。她爱上了一个修冰箱的小伙子，可父母却硬逼着她嫁给文化局局长的儿子。于是，她和她的男友踏上了南下的列车，又渡过琼州海峡，来到了这神秘的椰林宝岛。他们在月朗新村租了一间民房，像董永和七仙女那样，过上了“寒窑虽破心里甜”的生活。

她在南蒂餐厅当服务员，男友在那里做空调修理工。在海南这个高消费的城市里，两个人的工资勉强可以度日。晚上下班以后，他们或者到椰树下对着月亮唱歌，或者到露天电影场看电影。他们最喜欢看电影，就是吃得简单一点儿，也要攒下钱来去看电影。然而好景不长，这平静而幸福的日子却被一个毫不相干的人打破了。

他们有个邻居，是个十九岁的小伙子，浙江人，做小本的水果生意。有一次从文昌贩来几筐荔枝，搭乘在一辆回海口的汽车上。车行半路停下来，小伙子看到路边又有卖荔枝的，就想再买一些。正在他讨价还价的时候，汽车却带着他那几筐荔枝呜地开跑了。

几筐荔枝使小伙子破了产，为了找到新的投资，小伙子生了邪念。这天晚上，小伙子来找百灵鸟的男友，要求他跟自己一起作案。百灵鸟的男友不干，小伙子举起刀就在他的臂上划了长长的一条大口子，到医院缝了十几针。第二天，小伙子又来逼百灵鸟的男友，男友被迫答应了。他们出去不久，便找到一个猎物，是一个复员大兵。他们让百灵鸟用色相勾引他，等他上钩之后，小伙子和百灵鸟的男友冲进来，将复员大兵身上的钱都敲诈光了。

没想到复员大兵出去便报了案，当天夜里就把他们抓走了。

百灵鸟犯的是敲诈勒索罪。但她不在乎，她认为她和她的男友都是在别人的强迫下干的，不会给他们判刑的，关些日子就会把他们放出去的。再有，尽管是在坐牢，可毕竟仍跟自己的男友在一起，隔着窗子便可以谈情说爱，心里踏实。相比之下，百灵鸟是最快乐的一个人，她用歌声表达自己的快乐，同时也把快乐传达给了别人。

不仅仅是女牢，男牢那边也能听到百灵鸟的歌声，都知道女牢里有个快乐的百灵鸟。

这天夜里，大家都已睡下了，男牢那边突然传来一个年轻人的喊叫声："百灵鸟，为我唱一支歌吧，明天我要到浮陵水去了！"

听到这喊声，大家都沉默着。浮陵水是枪毙死刑犯的地方，这是那个年轻的生命的最后一个夜晚了。

大家都看着百灵鸟，百灵鸟站起来，对着那高高的窗口，颤巍巍地唱起来："让我再看一看你的脸，让我再牵一牵你的手，天下没有不散的筵席，人生有许多十字路口，朋友，多珍重，路上多风雨，要小心朝前走……”

听着百灵鸟唱歌，蛇儿的泪水也止不住流了下来。

男牢里那个年轻人哭着喊叫：“百灵鸟，谢谢你……”

百灵鸟又回到自己的床位上，世界又沉静下来，男牢那边响起了哗啦啦的铁门响……

## 八

蛇儿今天的情绪格外好，似乎有一种预兆，将有好事降临在她的头上。

果然，吃早饭的时候，干事送给她一封信。信是王梓夫写来的，很简单，说他已经到了海南，住在老野那里。让她少安勿躁，他正在想办法让她尽快出去。

蛇儿哭了，不是感动，而是亲切。她只觉得有一种亲切感，一种没有被抛弃的、与外界有着密切联系的亲切感。她想到了王梓夫会到海南来，但没想到会这么快，更没想到王梓夫来海南投奔的是老野。老野她不认识，但听说过，也是武汉大学毕业的，分配在海口市公安局工作。

她觉得她有救了，很可能就在今天或者明天。令她不解的是，王梓夫在信后面写了一句莫名其妙的话：如果你不能够学会与魔鬼打交道，至少要警惕自己不要变成一个魔鬼。

她还沉浸在收到友人信的兴奋之中，又一件更意想不到的好事接踵而来。

新任牢头蔡小燕真让人摸不透。她当上牢头之后，一点儿都不霸道，从来不打人骂人，甚至连脾气都不发。这倒让人觉得奇怪了。在牢房里，她完全采取的是无为而治，谁爱干什么就干什么，谁想怎么样就怎么样。她成了一个局外人，有权力不用，你当初何必受那皮肉之苦争这牢头的位置呢？

牢房里贱骨头多，有人管受不了，管得厉害了受不了，没人管更受不了。不挨骂觉得无聊，不挨打觉得身上痒痒。有人管就服服帖帖，没人管就蹬鼻子上脸羊上树。没几天，牢房里就乱了套，连擦地板、刷马桶等卫生值班制度都执行不下去了。北京老太向蔡小燕进谏，希望她能负起责任。没想到，蔡小燕更加开明，把从阿英手里夺过的鞭子往蛇儿面前一扔，让贤了。

就这样阴差阳错，蛇儿竟当上了代理牢头。

在蔡小燕进来之前，蛇儿处于最底层，是最受欺辱最受歧视的一个人，谁都敢支使她干活，谁的巴掌都敢往她的脸上拍。只有晓晓对她好，她也跟晓晓最知心。在牢里，别看有不少人相互间都很义气，很有情谊，甚至也慷慨激昂地表示两肋插刀，可真正知心的却几乎没有。谁都不摸谁的底细，把真话告诉她，她立马就可以去揭发检举你。不是她的觉悟高，谁都想立功赎罪，钻角觅缝地寻找机会。再者，你要是不去检举，到时候审查出来，你就是知情不报，就得往你的身上加罪码。牢里号召团结，可不号召同心同德；要求互相帮助，可又要求互相监督；提倡互相学习，可又提倡互相揭发。这里是另一个世界，跟外面的自由世界有许多相悖之处。

除了晓晓，蛇儿最谈得来的要算是北京老太了。

北京老太其实只有五十二岁，正经该叫她阿姨，由于这里的年轻人居多，她就长了一辈。她长得很富态，很慈祥，像她名字一样。她叫舒慈，年轻的时候当过篮球运动员，打中锋。后来据说还在公安部门工作过。知天命的时候却做了件挺天真的事，辞职后漂洋过海在三亚办起了公司。她做钢材和玉米生意亏了三百多万，贷款还不上，银行把她告了，公安人员把她从北京抓回来的。

她进来的时候，牢房里已经人满为患，她只得睡在水池边。牢房里蚊子很多，夜里蛇儿起来的时候，看到她穿着长裤、长袖衫，脸上盖着一块毛巾，用一张旧毯子把自己裹得严严实实。第二天，蛇儿注意到，她的手臂上、大腿上一片片的红肿。过了几天，红肿便开始溃烂了。更要命的是，她患有严重的关节炎，膝盖肿得发亮，疼得她站不起来。

北京老太开始抱怨起来，说海南的牢房条件太差，要知道怎么也不到海南来坐牢。她说北京的牢房里都是单人床，冬天有暖气，夏天有电扇，伙食也好得多，隔一天就能吃一顿肉。北京的牢房谁也没去过，只能听她说。可海南的牢房条件差大家都体验到了，不要说牢房，外面的审讯室也不过是几间草棚子，预审员坐的也是那几只破破烂烂的小凳子。有时候，连这草棚子都不够用，预审员只好跟犯人一起席地而坐，倒显得挺平等。在海南坐牢不易，当看守、当预审员也不易。蛇儿想。

## 九

在海南，凡是坐过牢的人，无论是男牢还是女牢，都能学到一门手艺，这便是推拿按摩。

改革开放的大门一开，几乎在一夜之间，桑拿浴这种洋享受便像雨后的蘑菇一样在椰岛上生发出来。有桑拿浴便有了按摩，有按摩便有了按摩女郎。这种新鲜、神秘而又刺激的玩意儿具有不可抗拒的魔力，强烈地吸引着眼界未开的大陆人。

严格地讲，推拿按摩是一门医术，是要经过专门的培养和训练才能学会的。可海南的按摩小姐跟谁去学？就算有人教，又哪里有工夫去学？老板急着要赚钱，把小姐招来，请人比画几下，就立刻赶鸭子上架。不要说训练，在此之前，这些做按摩的小姐，连“按摩”这个词都没听说过。客人来了，请小姐按摩，可小姐不会按摩，只会乱摸。于是，技术便成了妓术，与客人打情骂俏、磨蹭猥亵，继而以口代手、手口并用，最后把整个身子都搭了进去。好在这一套无师自通，根本用不着怎么训练。

到桑拿按摩的男人们，除了少数海外游客商人外，绝大多数也是第一次见到这稀罕物儿，按摩是怎么回事他们也不明白。再有，他们进来，一不是为了保健强身，二不是为了治病救命。冲个热水澡，蒸一下桑拿浴，赤身裸体或只披件浴衣或只穿个小裤衩躺在按摩床上，任年轻漂亮的小姐玉手摩挲，香面昵蹭，先是醉了，再是迷了，后来灵魂都出了窍，谁还计较什么按摩的技术好坏？早就知足了。

这是一般的情况，也有卖艺不卖身的，也有凭手艺吃饭的。如晓晓便是。晓晓到海南是来寻找情人的，她得为自己心爱的人保持住自己的贞操。进桑拿当按摩女郎，实在是不得已而为之。她做按摩女郎做得很认真，去之前就先拜了师，是跟府城的一位老中医学的，正宗的推拿按摩。后来又买到一本香港出的书，洋为中用，中西结合，掌握了一套独特的推拿按摩技术。

女牢里的按摩都是晓晓的真传，可以说在整个海南是最正宗最具有权威性的一种按摩。后来从女牢里出去的陈冬妹，到最高档的凯撒桑拿浴去谋职。老板听说她的按摩技术是晓晓教的，立即让她上岗，去伺候一个最挑剔的日本鬼子。晓晓教得很认真，那些天，牢里从早到晚，完全是一片噼噼啪啪的声音。推、拿、拧、拈、捏、按、掐、摩、拍，拳推法、钳拧法、指按法、掌摩法、剪拍法……一招一式，一穴一经，都练得一丝不苟，扎扎实实。

没练过的只有阿英和蔡小燕。练按摩为的是给别人服务，她们是牢头，不需要为别人服务，自有人为她们服务。

每天临睡之前，大家都争着给原来的阿英现在的蔡小燕做按摩。把她俩做得舒舒服服地睡去之后，再两人一组，相互做。自从蛇儿当了代理牢头之后，许多人便又争着为她做按摩。

蛇儿是个诗人，诗人最崇尚的是自由和平等。开始的时候，她这样让别人伺候着很不习惯。特别是晓晓，晓晓对她那么好，还教会了她按摩。原来，她总是跟晓晓互相按摩的，每次都是晓晓先给她做，她再给晓晓做，直到把晓晓做得甜甜地睡去，她才离开。现在，晓晓再也不让她做了，她们之间的距离是晓晓自己拉开的。为什么会这样？不就因为她是个牢头吗，还是代理的。

这种状况持续的时间不长，蛇儿便习以为常了。她不但心安理得地让晓晓做，还常常把替她做按摩看成是对别人的一种恩赐。看谁识相，看谁顺眼，就让谁来为她服务。她以前最看不起那些阿谀奉承、献媚取宠的嘴脸，恶心。现在，那些肉麻的话、肉麻的殷勤，她不但接受了，还觉得挺舒服。

她也常常反省自己，反省过后便颇为感慨：世间最有力量的是什么？是权力和金钱。谁争夺到了这两样东西，哪怕是其中的一样，就会使自己膨胀，使自己变形，使自己变得不是自己。

# 十

在桑拿浴当过按摩女郎的，除了晓晓，还有丽萍。

从感情上说，晓晓对蛇儿好；可蛇儿最喜欢的却是丽萍。

翠翠说，丽萍的两只眼是桃花眼，这种眼睛能把男人的魂勾出来，没有哪个男人能抵得住这种像蛇芯子一样的眼光。

可不知道为什么，这种眼光也能把蛇儿勾住。丽萍长得并不漂亮，可是很有味儿。特别是她那高高的、富有弹性的胸脯，总是散发着一种气息。这气息让人感到灼热，这灼热在冰冷的性荒原里总令人忍不住像飞蛾扑火般地扑过去。蛇儿每见到丽萍那迷雾般的目光和那挑逗般的胸脯便怦然心动，这是怎么了？她怀疑自己出了毛病。

蛇儿为自己这可怕的心态寻找理由，寻找得非常痛苦。找来找去，她把这归于诗人天性的善良，自己出于对丽萍不幸的同情。

丽萍出生于贵州省一个贫穷偏僻的小山村，父亲是酒鬼，又是个赌徒。每天夜里，父亲不是喝得酩酊大醉，就是赌得一分不剩。为此，母亲常跟他吵架，吵起来便破口大骂，厮打成一团。妈妈总是吃亏，常常被打得鼻青脸肿，遍体鳞伤。当家徒四壁父亲赌债累累的时候，妈妈病倒了，送到医院一查，是胃癌晚期了。在一个冷风苦雨的深秋里，妈妈撒手而去了。

妈妈死了，父亲变得麻木而沉默了。他坐在屋子里，望着妈妈的遗像，一动不动地抽着闷烟。这时候丽萍想，父亲对妈妈还是有感情的。

父亲只沉默了两个月，当他从对妈妈的忏悔中挣脱出来之后，便故技重演。他喝酒喝得更厉害了，赌博也赌得更凶了。没过多久，他跟邻村一个二十二岁的姑娘结了婚，那姑娘只比丽萍大三岁。村里人都嘲笑父亲给他们娶了个小妈妈。

父亲对那个小妈妈非常娇宠。丽萍姐弟三个，她最大，十九岁，妹妹十七岁，还有个弟弟，十三岁。小妈妈把他们三个既视为仇敌，又当作奴隶，稍有不如意，就破口大骂。她一骂，父亲便冲过来把他们一顿恶打。有吃的，先得给父亲和小妈妈吃；没吃的，父亲和小妈妈就拿他们姐弟出气。

为了维持生活，丽萍只好到村里的建筑队干活。她像男人一样搬砖和泥打水泥，几次累得昏倒过去。建筑队里的阿元很同情她，常帮助她照顾她。丽萍也非常喜欢阿元，他仗义，有感情，又能干。丽萍跟阿元私定了终身，在茶花树下立下了海誓山盟。

可就在这时候，父亲把丽萍输了，输给了一个跟父亲一样大的男人。父亲娶了个可以做自己女儿的女人，也逼着女儿嫁给一个可以做她父亲的男人。丽萍找到阿元，两个人悄悄地商量好，要一起逃到海南岛。

要是他们果断一点儿说走立即就走就好了。过了两天，丽萍见父亲逼得不那么急了，又犹豫了。

这一犹豫便酿成了大祸，也是阿元的仗义害了他。建筑队的工头欺负一个外村的工人，无故扣了他三个月的工资。阿元打抱不平，跟工头理论。工头仗着财大气粗，蛮不讲理，扬手就打了阿元两个大耳光。阿元火了，抄起身边的一把铁锨就朝工头拍去。别人劝阻不及，工头被打成了重伤。

阿元坐了牢，被判了二年徒刑。劳改农场离家很远，丽萍去探望阿元，要坐八个钟头的火车，再坐两个钟头的汽车，然后还要走很长的山路。丽萍每个月都要去劳改农场，带着那仅有的几元钱，给阿元买一点儿烟和吃的东西。

阿元坐了牢，父亲进一步逼着丽萍嫁给那足可做她父亲的男人。就在阿元坐牢的第十个月，丽萍实在躲不过去了，便只身逃了出来。

丽萍到海南后，在发廊里洗过头，后来又到金融大厦做按摩女郎。做按摩女郎虽说又苦又累又受凌辱，可是能赚钱。丽萍太需要钱了，她惦记着在劳改农场的阿元，惦记着家里的弟弟妹妹，还惦记着给他们娶了小妈妈的父亲。没来过海南的人，都听说海南是太阳山，来到这里就可以随便往口袋里装金子。来到海南才知道，这里的每一分钱都浸着血、浸着泪、浸着汗水。丽萍眼睛里盯着的是钱，脑子里想着的是钱，连梦里都梦到的是钱。她幻想着，到阿元出来之前，她要挣一大笔钱。这笔钱足以让他们拥有一个幸福的家，让阿元高兴得使劲抱着她亲吻，甚至抱着她流下感激的泪水……

丽萍想钱想疯了，想疯了便失去了理智。那天下班之后，她身不由己地上了九楼。她知道九〇七房间住着一个日本人，很有钱，他多次让丽萍给他做过按摩。门虚掩着，她进去了，打开壁橱，那里挂着日本人的西装。她把手伸进去，正好摸到厚厚的一沓钱。她急忙把钱掏出来，塞进自己的裤兜儿，拔腿就往外走。没想到，经过服务台的时候，正好跟那个刚回来的日本人打了个照面。第二天，她便被抓起来了，直到她被审讯的时候，才知道她偷了日本人五万日元。

那一天，蛇儿看到丽萍捧着一封信在哭，便过来安慰她。丽萍把那封信给蛇儿看。信是从金融大厦转来的，是阿元写的。信上说，再有一个月他就可以出来了，就可以与日夜思念的人见面了，就可以跟心爱的人一起过着恩恩爱爱永不分离的好日子了。阿元说，他出来后，连家都不想回，立即到海南来找她，他太想她了……

阿元要出来了，可是有情有义的阿元哪里知道，他出来了，他的丽萍却进了牢房……

## 十一

阿英悄悄地告诉蛇儿，新来的牢头蔡小燕是个危险的人物，让蛇儿提高警惕，注意她的动静。

蛇儿觉得阿英是成见，是仇恨。你想呀，蔡小燕一进来，就夺了阿英的牢头，阿英能服气吗？能不反击报复吗？

可晓晓也说，蔡小燕十分可疑，很可能是个罪大恶极的死犯。

蛇儿不信。

晓晓说："你不觉得她反常吗？"

"是有点儿反常，比方说，她进来十多天了，跟任何人都不来往，对任何人都不信任。别人唱歌她不唱，独自一个呆呆地坐着；别人算命，她不算，她说她除了自己什么都不信；别人聊天，她不聊，也不听，她说对那些家长里短、道听途说毫无兴趣。可这些能算是反常吗？人的性格有异，心态有异，她只不过有些各色罢了。"蛇儿说。

阿英不同意蛇儿的说法。阿英说："大凡进来敢争牢头的人，都不是善茬儿。你想呀，这是玩命的事，弄不好是要把命搭进去的。只有犯了死罪的人才不怕死，让人打死和让枪打死一样，反正都是个死。”

蛇儿想，阿英这是为自己丢了牢头作辩解。不管怎么说，好端端的牢头让人家夺走了，是有点儿栽面儿。

晓晓说：“我奇怪的是，她拼着命把牢头夺到手了，又不用，还把权力白白地让出来了，何苦呢？有病呀？”

蛇儿说：“这你就不懂了，有个性的人就是这样，自己不愿意让别人管，也不愿意管别人。我就这样。”

阿英说：“你现在当牢头不是也当得挺过瘾吗？”

蛇儿无话可说了，她甚至觉得她自己的脸红了。像许多鄙夷权力的清高之士一样，蛇儿也曾说过不想当任何官的话。不要说九品芝麻官，就是三品将相也不放在眼里。古往今来，能浮云富贵、粪土诸侯的有几人？而那几个又是些什么人？一旦权力幸运地落在那些人的头上，一旦他们尝到了权力的味道，他们便立即把自己变为权力的一部分乃至全部。当众骂婊子，一旦婊子扑到他们的怀里，他们比谁都下贱，比谁都猴急，比谁都贪婪。

在武汉大学的樱花树下，蛇儿曾经跟王梓夫说，世界上只有当官最容易了，一个人要是连官都不会当，还有什么用处。她当然指的是那些无所事事、无所作为的官了。她还说过，让她选择一百次职业，也不会选择当官。

现在，她为说这些话感到脸红、感到后悔了。以后，就是出去以后，蛇儿再也不敢说不想当官的话了，至少在王梓夫面前不敢说了，如果她还老实的话。

不管蛇儿信还是不信，阿英和晓晓每天都向她的耳朵里灌这些话。开始的时候，蛇儿很反感。不管怎么说，蔡小燕对得起她，可以说是她的恩人。自从蔡小燕进来之后，她在牢里的地位才发生了变化。蛇儿不是那种知恩不报的白眼狼，她不能容忍别人对她恩人的猜疑和诽谤。即使是她的好朋友也不行。蛇儿是清醒的，怪不得那么多政治家都犯了偏听偏信的错误。人有了权力以后，便立即有人来趋炎附势，来阿谀奉承，来进谗言挑拨离间。蛇儿可不能当昏君，她得用自己的脑袋思考问题。

蛇儿确实没有受谗言的影响，她对蔡小燕依然很好，很感激，而且是发自内心的。那一天中午，她见蔡小燕在水池旁冲凉，便走了过去。海南天热，每天都要冲好几遍凉。可蔡小燕却像是不怕热，每天只冲一遍凉，而且在中午大家都睡下的时候。作为牢头，她从来不霸道。阿英当牢头的时候可不是这样，她想什么时候冲凉就什么时候冲，她往水池旁边一站，水池就成了她专用的了。这还不算，她冲凉的时候，旁边总要有两三个人伺候着，替她舀水、打肥皂、搓背、洗头、拧毛巾，不亚于伺候西太后。

蔡小燕就是当官不像官，她不但不与别人争水池，也不让别人伺候着。

蛇儿见蔡小燕光着身子，一只手弯腰舀水，一只手往长发上涂抹着香波，很别扭，就想去帮帮忙。

蔡小燕大概听到了蛇儿的脚步响，弯着的腰立即直起来，猛地转过身，下意识地举起了手中的塑料勺，瞪着两只充血的眼睛，做出了一副勇猛自卫的姿势。

蛇儿被吓住了。

“你要干什么？”蔡小燕百倍警惕地问。

蛇儿说：“我……我来帮帮你。”

蔡小燕咆哮般地叫嚷着：“不用，滚开！”

蛇儿自讨了个没趣，红着脸退了回去。

晓晓把这一切都看在眼里，悄悄地对蛇儿说：“瞧见没有，这一惊一乍的，心里肯定有鬼。”

蛇儿越来越觉得可怕了。可怕的不是她接受了阿英和晓晓的观点，开始怀疑蔡小燕了，她觉得可怕的是她自己，她那么理智地提醒自己不要被自己周围的人左右，不要重蹈若干帝王和政治家的覆辙。可到头来，自己还是顺着她们画出的道往前走，像喝了迷魂汤一样。难道真的当局者迷，权力在握就失去了主见？难道宦官当政、办公室主任掌权、司机当家、小秘做主、枕边风成气候就真的不可避免吗？

蛇儿迷惘了。

可阿英和晓晓却说她清醒了，这又是迷魂汤吧？

她开始怀疑蔡小燕的同时，也开始怀疑起了阿英和晓晓。她一边觉得阿英和晓晓的看法值得重视，一边又觉得阿英和晓晓是不是在别有用心地利用她。特别是阿英，肯定做梦都想复辟牢头的宝座。她不能成为野心家和阴谋家的工具，她不能成为被人牵着线的可怜的木偶。

她怀疑阿英和晓晓，可又不断地提醒自己不要犯多疑病。难道所有的掌权者都这样不能从重重的疑网中挣脱出来吗？

她失眠了。

其实当官掌权也很累的，累心。蛇儿想，蛇儿第一次这样想。

## 十二

百灵鸟在水池旁又唱起了歌，牢房里的人都睁开了眼。百灵鸟成了为牢房报晓的雌鸡。

蛇儿不但喜欢听百灵鸟唱歌，还喜欢看她光着娇美的身子，一边冲凉一边跳来跳去。不知道为什么，最近以来，蛇儿很喜欢看女人光洁美丽的裸体。她趴在床上，像是欣赏着一幅精美绝伦的作品。

百灵鸟今天特别兴奋，她的歌声在金灿灿的阳光里颤动着，歌声、阳光和清冷冷的水珠儿，把百灵鸟塑造成一个令人迷醉的精灵。蛇儿第一次发现，歌声是有颜色的，阳光和水珠儿是震颤的。

百灵鸟擦干了身子，便开始打扮起来。她就要出庭受审，她得精心一些，无论着装还是化妆，都要给人一种好感。百灵鸟昨天晚上就跟全牢房的人告了别，她一点儿也不怀疑，审判完了，她就可以自由了，就可以回家了。

每天早晨，听到百灵鸟的歌声，蛇儿都感到很愉快，很振奋。不可想象，假如没有百灵鸟，牢房里的日子将是怎样的暗淡和寂寥。想到百灵鸟即将离去，她便涌起一种无可名状的留恋和悲伤。

百灵鸟确实很会打扮，她穿着素花的短袖衫、蓝筒裙。妆化得很淡，很自然。她说，审判员最讨厌的就是浓妆艳抹、奇装异服。百灵鸟给人的感觉是朴素、纯洁又落落大方。这样的好姑娘像是罪犯吗？这样的好姑娘谁肯给她判刑？

大家把百灵鸟送到牢房门口，齐声祝福她交好运。百灵鸟极力忍着，才没让自己的眼泪流下来。她不能流泪，一流泪就破坏了她姣好的面容和精心化过的淡妆。

百灵鸟刚走，牢房的铁门又开了，新进来一个人，也是个年轻姑娘。海南的年轻姑娘都怎么了，哪儿不好去，偏往这里走？

过去阿英当牢头的时候，每进来一个人，都要经过阿英一番预审，姓名、年龄、籍贯、所犯何罪，都得老老实实地交代得清清楚楚，有的还要经过下马威立规矩，提示一下阶下囚的滋味，然后才能给她发饭勺、分配床位，你才能成为这大家庭中的一员。

现在蔡小燕是牢头了，这一切全免了。蛇儿毕竟是代理牢头，而且在人家的眼皮底下代理。她行使权力得适可而止，不可僭越过头。知道怎样行使权力，才能保住自己的权力。就算你是皇帝，还有太上皇呢，天下是人家打下来的，人家一句话就可以把你手中的皮鞭夺过来。蛇儿是个无拘无束的姑娘，她一向觉得人生追求的最高层次就是自我实现，可她现在居然懂得怎样揣摩上司的心理好恶了，并且懂得了按照别人的意愿规范自己的行动了，懂得让自我滚他妈的蛋了。掌权真是个高智商的游戏。

由于蔡小燕的无为而治，蛇儿便不敢给新来的姑娘立规矩，也不敢进行预审。只是简单地问了问她，她叫阿红，二十一岁，四川乐山地区金口河人。蛇儿还要再问问她犯的是什么罪，见蔡小燕不耐烦地挑了一下眼皮，便立即把溜到嘴边的话咽了回去。

蔡小燕当牢头，最大的好处是保护了每个人的隐私，当然也包括她自己的，至今没有任何人知道蔡小燕犯的是什么罪。可犯罪不该算是隐私啊，非但不算隐私，还必须交代得清清楚楚。在每一个审讯室里，几乎都贴着“坦白从宽，抗拒从严”的标语。

临近中午的时候，百灵鸟回来了。

她是满面春风、满怀着希望而去的，可回来的时候却是一脸的土灰。大家看着她，心里已猜出了七八分，她没有回到自己的床位上，而是把身子靠在冰冷的墙上，然后，又顺着墙溜下来，坐在了地上，双手抱着膝盖，脑袋埋在臂弯里，缩成了一个肉团。

蛇儿轻轻地走过去，蹲在她面前，把手放在她的头上。

忽然，百灵鸟抬起头，扑在蛇儿的怀里，哇地哭起来：“完了，我全完了，六年……判了我六年啊……天呀，我该怎么办呀……”

大家都围过来，默默地看着她。她猛地从蛇儿的怀里挣脱出来，又扑到北京老太的身上，声嘶力竭地哭号着：“阿姨，救救我，救救我吧……你在北京……关系多，救救我吧……我受不了，受不了那可怕的六年啊……”

北京老太紧紧地搂住百灵鸟，摩挲着她的头发说：“孩子，别哭，冷静点儿，冷静点儿嘛……”

百灵鸟的哭声也像她的歌声一样，强烈地感染着大家。许多人都哭了起来，哭百灵鸟，更哭她们自己。蛇儿觉得，自己的心里也酸酸的，泪水止不住流了下来……

## 十三

百灵鸟哑了。在牢房里，再也听不到她那甜甜脆脆、闪着金色阳光和银色水珠儿的歌声了。她像一朵被霜打蔫了的花，软塌塌地等待着判决书的下达。北京老太救不了她，她只有等待着把她送到劳改农场去。尽管她知道这是一种不幸的等待，她依然需要在等待中度过这没有歌声的日子。

女牢里，除了百灵鸟，还有一个爱唱歌的人，那就是翠翠。翠翠是个妓女，是个敢于赤裸裸地谈性、谈自己性渴求的人。大家都鄙夷她，可又都愿意听她说，都愿意拿她开心解闷。听百灵鸟唱歌，是一种享受，可听翠翠唱歌，只能是一种鄙俗的刺激。因为翠翠唱的都是黄歌，是自编自唱供嫖客开心的歌儿。翠翠一唱，大家就笑。笑过之后，也跟着她一起唱。连北京老太都唱起来，还唱得淫腔秽调，比比画画。没唱的也有，比如海南阿婆，她咧着无牙的嘴巴，无声地笑着，虽然无声，可也很开心。

能自觉不跟着翠翠唱黄歌的就是蔡小燕了，她始终那样一本正经，别人唱她不听，连笑也不跟着笑，一副不同流合污的高雅劲儿。她自己溜溜达达地在牢房里转着，似乎在思考着国家大事。蛇儿常想，她幸亏是个牢头，要不，就她这样不合群，早被整治得狗屁不如了。

跟翠翠最要好的是阿川，两个人几乎是形影不离。阿川是个典型的四川幺妹，一张漂亮的娃娃脸上，总洋溢着一股天真无邪的神色。蛇儿怕她跟翠翠学坏，总是提醒她，让她跟翠翠保持距离。可阿川不听她的，她已经离不开翠翠了。后来蛇儿发现，不管是谁，无论她的性格多么孤僻，进来以后总要交一两个朋友。这是一种需要，一种安全和归属的需要，也是一种情感的寄托。人其实是很脆弱的，离开了群体便无法生存。她自己不是也把晓晓当成不可缺少的一部分吗？要不是在牢里，她会跟晓晓这种“傍大款”的女人成为朋友吗？难说。

阿川一唱黄歌脸就红，她更多的是唱情歌。情歌她唱得很投入，嗓音颤颤悠悠的，唱着唱着就哽咽了，眼泪唰唰地往下流。在她的日记本里，至今仍留着一团棉花，上面浸着殷红的血渍，那是她奉献童贞的证据。蛇儿从来没有见到过一个女孩爱男人爱得如此刻骨铭心，大家给她取了个绰号，叫作“感情丰富”。

阿川出生在巴东一个偏远的小山沟里。活到二十一岁，她都没有离开过那个小山沟。那是一个山清水秀的地方，可她总是梦想着山外面的世界。她常常坐在家门口的橘子树下，看着远处的蓝天白云，想象着天边外那五光十色的生活。这时候，她总会看到那彩色的云朵变幻成一缕微笑，这微笑在真诚地召唤着她。她的心怦怦跳动起来，萌生出一种遏制不住的激情和渴望。这激情和渴望到底是什么，她似乎意识到了，又似乎懵懵懂懂地不知所以。

然而，她终于看到了那一缕微笑。

山沟里的四月是非常美丽的，山坡上的绿草红花，树荫里啼鸣的翠鸟，路边上飞舞的蝴蝶，以及远山迷蒙处那如呼如唤的杜鹃，都让她心旌摇荡，神采飞扬。她一大早就跑出了家门，光着脚在山间公路上蹦着跳着，想喊想唱，还想干点儿什么莫名其妙的事情。

一辆拉货的卡车从后面开过来，她怀着极好的心情礼貌地让出路。卡车开到她身边，却咔的一声刹住了闸。从摇开的车窗里露出一张英俊精干的脸，脸上露出了那彩云般的微笑。

司机向她问路，她告诉了他，可他还不开车。他微笑着问她，愿不愿意给他带一段路，他愿意付她钱。她兴奋极了，她一点儿都没有犹豫，光着脚就上了车。

阿川的命运就因这辆车而改变了。开车的司机叫阿标，是个讨女孩子喜欢的成熟的男人。阿川没有下车，一直跟着那辆车来到了广西柳州。在一个挂着粉红色窗帘的小旅馆里，阿川把一个农家姑娘的贞操献给了这个比她大十五岁的男人。

阿川第一次体会到男人的含义，一种销魂的新鲜体验使阿川对这个男人崇拜得不顾一切。春节期间，在一个同样偏远的小山村里，她跟阿标举行了简单而幸福的婚礼。

阿川万万没想到，在距离这个小山村只有两个小时路的另一个小山村里，阿标还有一个家。那家里有他的结发妻子，还有三个嗷嗷待哺的孩子。这是一个偶然的机会，阿川从过路的司机那里听说的。她不信，问阿标，可阿标说是，还把他们全家的照片拿出来给她看。

阿川受不了这沉重的打击，她是那么爱阿标，爱这个被她奉若神明的男人。她以为这个男人是她的，永远是她的，全部是她的。没想到，他早已属于别人了，而且现在依然属于别人。残酷的现实把她的爱情幻想撕成了碎片，把她的心和生活的勇气也撕成了碎片。她觉得面前是无底的深渊，她一闭眼一发狠跳了下去，她不想活了，失去了她所崇拜的男人，就像失去了上帝，她活着还有什么意义呢?

她是吃了整瓶的安眠药自杀的，阿标发现了，用卡车把她送到城里的医院，她又被救活了。

大凡自杀被救活的人，都没有再死一次的勇气了。她也不想死了，她要离开阿标，回到那个有鲜花有绿草有父母兄弟姐妹的小山沟去。可阿标不放她走，跪在她面前苦苦地哀求她，说爱她，说没有她他也活不了。

阿川的心软了，她也确实离不开阿标，他早已成为她生命中不可分割的一部分了。她让阿标离婚，阿标犯愁了。她也知道阿标难以离婚。那个为她生了三个孩子的女人，如果知道了阿标还有一个外室，不用刀子把他捅死，就会把自己捅死。

最后，她终于听从了阿标的意见，跋山涉水，越过琼州海峡，来到了这椰林蔽日的世外桃源。

在这里，他们是癫狂而幸福的。他们像一对不顾死活的蜜蜂，从对方身上贪婪地吮吸着爱情的乳汁，缱绻缠绵地做着没完没了的春梦。可好景不长，那天夜里，在淀花新村的一个小旅馆里，她跟阿标正在相拥而睡，公安人员敲开了门，说是来查房。他们拿出了结婚证。公安人员看着这对年龄相差十五岁的夫妻，产生了怀疑。以他们没报临时户口为名，把他们带到了派出所。

到了公安人员那里，很少有不说实话的。一审，便审出了他们的重婚罪。她被扔到一辆车上，拉到了水产拘留所。从来没有离开过那个小山沟的农家女，一时间不见了相依相靠的男人，害怕了。她拼命地喊叫着："阿标，阿标……"

没有人回答，阿标听不见。在水产拘留所里，极度的恐惧使她终日啼哭。一哭就挨打，越挨打越觉得恐惧，越恐惧越哭。除了哭，还有什么办法呢？

她从来没有坐过牢，一下子把她放在牢里，她无论如何受不了。受不了的还有几个人，都是跟她一样从大陆来的年轻姑娘。她和四个姐妹一起，制订了一个大胆的计划：越狱。

这计划大概是她们从电影小说里学到的，抑或是她们凭空想出来的，但她们觉得，只有这样才是她们获得自由的唯一机会。

计划开始实施了，她们干得又紧张又严肃。她们选择了一个隐秘的角落，用嫩弱的双手在坚硬的墙壁上抠挖着。五个人统一行动，有人挖墙，有人站岗。外面一有脚步声，她们便立即停止行动，然后用身子挡住挖残了的墙角。她们日以继夜地干着，每个人的手指都抠破了，指甲都磨没了。十指连心，鲜血染红了一块块的石头。终于有一天，她们挖出了一个洞口，见到了外面的天日。

她们的心紧张地狂跳着：啊，上帝，保佑我们，让我们顺利地逃走吧。她们相互谦让着，一个一个钻了出去。阿川是最后一个往外钻的。当她的半个身子刚刚出去，还有半个身子留在洞里的时候，就听到骤然一阵噗噗的抽打声。一阵剧痛钻透了她的五脏六腑的时候，她才知道这是警棍打在了她的身上，抬起头来，便看到了刚刚钻出洞口的四个姐妹被镣铐锁了起来……

阿川被转移到这个看守所，已经是春节了。让她欣慰的是，她知道了她的阿标也在这里。

除夕夜，整个海口都火爆得燃烧起来。鞭炮响成一片，撼天动地；烟花烧红了天空，灿如白昼。家家在团圆，人人在欢腾，即使是天涯浪子也都凑在一起，或推杯豪饮，或长歌当哭，总能找到一种欢乐的形式。可在这里，却异常凄凉孤苦。感情丰富的阿川哭了，一边哭着一边想着家乡，想着家里的父母兄弟姐妹，更多的是想阿标。她实在忍受不了了，便蹬着墙角往牢壁上攀登。摔下来，她爬起来继续攀，凭着一股令人难以想象的毅力，她终于攀了上去，双手抓住了离地面有四米高的铁窗。然后，她拼尽全身的力气，大声地喊着："标哥，标哥，你在哪儿……"

干事过来了，呵斥她下去，她不听，继续喊着："标哥，标哥，我爱你……"

干事捡起一块石头，朝铁窗上砸过来。石头正打在她的头上，她从铁窗上摔下来。至今，她那光洁的额头上，还留着一块花生米大小的伤疤。那是她舍命呼唤爱情的记录。

阿川的呼唤是徒劳的，阿标走了。他犯的是重婚罪，只判了半年。可阿川除了重婚罪外，还有越狱，给她加了刑，判了三年。

阿标临走的时候，向阿川保证说："我一定常来看望你，一定照顾好你的父母和你的五个弟妹。"可是，阿标出去一年多了，不但没有来看望她，连一封信都没有来过。她家那个小山沟，他更没有去过。尽管这样，阿川依然对他一往情深。每每提起她的标哥，她依然是泪如泉涌。她那嫩藕一样的手臂上，刻着一个永远抹不去的"标"字。

蛇儿为她的痴情而感动，也为她的痴情而悲哀。

## 十四

晓晓对蛇儿说，新来的阿红跟蔡小燕认识，很可能是同伙。

蛇儿说晓晓是神经过敏，并且对她这种神神道道劲儿感到反感了。你晓晓是冤枉的，说你是杀人嫌疑犯，你没杀人，你知道被冤枉的滋味，可你为什么又常常乱怀疑别人呢？

蔡小燕跟阿红不可能认识，要是认识，阿红进来的时候，蔡小燕怎么连一点儿反应都没有呢？在牢里，要是遇上一个熟人，简直比他乡遇故知还令人惊喜。蛇儿清楚地记得，那一天她刚刚被搡进牢门，眼睛还没有适应牢房里的混乱和阴暗，就见一个人朝她跑过来，叫着她的名字，把她紧紧地搂在怀里。好半天，她才认出来是天华。捕前是海口信托投资公司的会计，蛇儿跟她只有一面之交，见了面还如此亲热。蔡小燕跟阿红要是认识，甚至如晓晓所说的是同伙，能无动于衷吗？

晓晓提出了证据，说她们一起跟翠翠唱黄歌的时候，她注意到了蔡小燕装作漫不经心的样子踱到了水池旁，向阿红使了个眼色。不一会儿，阿红就过去了，两个人嘀咕了半天，一副鬼鬼祟祟的样子。嘀咕完之后，又装作谁也不认识谁的样子分开了。

蛇儿总觉得，晓晓对蔡小燕胡乱猜疑，完全是受了阿英的影响。

阿英是个海南姑娘，她的案情其实很简单。有一天，她跟另一个姑娘到华侨大厦去玩，到了咖啡厅，她搬过一张椅子刚要坐下，却发现旁边挂在椅子上的衣服兜儿里掉出了一沓钱。她见衣服的主人正跟另一个生意人趴在台面上看一份合同书，就用脚把那沓钱钩过来，塞进自己的裤兜儿里，然后大摇大摆地走了。

谁想到冤家路窄，在海口宾馆的歌舞厅里，又碰到了那个生意人。那个生意人看了她几眼，便报告了保安人员。还没容她逃走，便被保安人员抓住了。保安人员从她的裤兜儿搜出来她还未动的三张千元面值的港币和五百元人民币。

阿英十七岁时因盗窃劳教过两年，所以她坐牢很有经验。她进来的时候，从容不迫，旅行包里衣服、洗漱用具、卫生用品一应俱全。她坐牢不急不躁，跟在家里一样，闲得无聊的时候，她就把所有的衣服都拿出来，一件一件地试穿，然后再一件一件脱下来重新叠好。洗澡的时候，蛇儿注意到她的肚皮上有一条红红的疤痕。那是她当初在劳教所的时候受不了，吞牙刷自杀造成的。

坐牢确实能磨炼一个人的意志，改变一个人的性格。阿英当牢头时能称王称霸，可被人从牢头的位置上拉下来，也能随方就圆。这种能上能下的心境，比一些离退休的老干部强多了。在牢里普遍流行着这样一句话，说没坐过牢的人就不是一个完整的人。有人说这句话是列宁讲的，蛇儿不信，她决定出狱以后一定要查一查。

阿英跟蛇儿说，蔡小燕肯定是个大恶要犯，不信她愿意打赌。蛇儿问她凭什么，她说凭直觉。

听到“直觉”两个字，蛇儿心里悸动了一下。她是诗人，诗人是相信直觉的，特别是相信女人的直觉。何况又是在牢里混得都快成了精的阿英这样的女人呢?

## 十五

海南的天气越来越热了，在没有台风的日子里，牢房里闷得像个蒸笼。二十几个人挤在一个不足十米长的大铺上，每个人体都是一个小火炉。气压低得让人喘不过气来。

更可怕的是海南的蚊子，海南十八怪说，三个蚊子一盘菜。可见蚊子有多大、有多凶了。好在都有蚊帐，蚊帐一个连一个，本来就透不过气来，又被厚厚的蚊帐遮盖着，更加燠热难熬。酷暑无德，大家都脱了乳罩，有的连小小的三角裤都嫌多余，索性脱得一丝不挂。就这样，还不住地出汗，每个人的席子上都是水汪汪的一片。

天热，睡不着觉，大家都很烦躁。百灵鸟又尖着嗓子吼了起来，自从她被判刑之后，她再也不正经唱歌了。唱的时候，就怪腔怪调地尖着嗓子吼。而且唱也是东拼一句，西凑一句，再自己编一句，最后一个完整的歌也唱不上来了。

美丽的海南岛，
你让我坐牢；
迷人的椰子林，
把我的青春丢掉。
站在铁窗前，
向我的家乡祈祷。
亲爱的爸爸妈妈，
别怪孩儿不孝……

一支歌没唱完，百灵鸟哇地哭号起来：“六年……我的天呀，两千多个日日夜夜，让我怎么熬呀……”

百灵鸟哭得烦人，阿英火了，冲着她吼着：“快闭上你的臭嘴，你要是再号丧，我把你嘴撕烂！”

阿英毕竟虎有余威，她一发火，百灵鸟果然安静下来。

蛇儿极力使自己静下心来，闭着眼睛，什么都不想，心静自然凉。夜已深了，牢房里安静下来。只有蚊帐外的蚊子嗡嗡地叫着，窥视着帐子里那些鲜嫩的美餐。墙上的壁虎也吱吱地叫着，捕捉着那些贪婪的蚊子。

一种细微的奇怪的声音把蛇儿惊动了，她侧着耳朵细听。那声音来自翠翠的蚊帐里，还有阿川。先是压抑的喘息声，还有令人心惊肉跳的摩挲声。紧接着，就是窃窃私语。这几种声音交替着混在一起，强烈地刺激着蛇儿。蛇儿终于明白了，她先是感到恶心，感到愤怒。她恨不得一跃而起，抡起皮带狠狠地抽打这两个下流坯。可是很快，这恶心和愤怒的感觉就消失了，代之而生的是一种新鲜和好奇，还有一种强烈的欲望。她想看看她们，可她们隔着她有两个床位，蛇儿不能过去，过去就会惊动她们。夜又太黑，只有水池的天窗上射进来一股幽幽的蓝光。这蓝光同样散发着一种无法抗拒的诱惑力。蛇儿身上躁热起来，这躁热燃烧着她的血液，让她忍耐不住。

有人起来了，在水池的马桶里哗哗地撒着尿。这哗哗声也让蛇儿受不了。她抬起头来，看到是丽萍。丽萍回床的时候，蛇儿轻轻地叫住了她。丽萍过来了，关切地问：“怎么，不舒服吗？”

蛇儿紧张地说：“不，是……睡不着。”

丽萍安慰她说：“天太热，眯一会儿就睡着了。”

蛇儿撩开自己的帐子：“你进来，咱说会儿话。”

蛇儿在邀请丽萍的时候，发现自己的舌头都短了，那声音好像不是从自己嘴里发出来的。

丽萍犹豫了一下，钻了进来。

丽萍也和大伙儿一样，没有戴乳罩，她躺下的时候，那饱满的乳房碰了一下蛇儿的肩头。蛇儿感到浑身震颤了一下，她的心怦怦地跳得更厉害了。

每个人的床位本来就很窄，蛇儿的二床还相对宽一些。丽萍紧挨着蛇儿并肩躺下，蛇儿觉得自己的呼吸更加急促了，嗓子眼像是被堵住了什么东西，眼睛也是涩涩的。

丽萍问："你想跟我说什么？"

不知道，蛇儿确实不知道想跟丽萍说点儿什么。一时找不到话茬儿，支吾了半天，硬是没说出话来。

丽萍又关切地说："天这么热，你怎么还穿着乳罩呀？脱掉吧。"

蛇儿懒懒地说："你帮我脱掉吧。"

蛇儿说让她帮助脱乳罩，却平躺着没动。乳罩的挂钩在背后，丽萍伸过汗淋淋的胳膊，扳着蛇儿的肩头："来，翻个身。"

就在蛇儿翻身的时候，贴住了丽萍那湿漉漉的身子。顿时，一种冰冷的感觉掠过了她的全身，就像挨着了一条蛇，她浑身悸动了一下，觉得心口堵得难受，恶心，想吐。突然袭来的这种异常的感觉使她十分不解。这是怎么了？她不是很喜欢、很欣赏丽萍那散发着性躁动的身子吗？怎么看着舒服，一沾她，就让她如此厌恶呢？

她努力把这难受劲儿压下，用臂肘使劲撞了一下丽萍的胸口，粗暴地说："你别管了，我不脱了！"

丽萍无端地受到冷待，不知自己怎么惹烦了蛇儿，有点儿不知所措，慌着问："你怎么了？"

蛇儿依然没好气地说："算了，你走吧。"

丽萍只好爬起身来，钻出了蛇儿的蚊帐。

丽萍走了，蛇儿觉得她那热烘烘的体气和汗味一直留在她的身边，让她越发不舒服。一种受了奇耻大辱的感觉把她俘虏了，她想哭。不是丽萍污辱了她，是她自己污辱了自己。她想不到自己会堕落到这种程度。难道真如某些人所说的，牢里是人性、人格的处理厂，进来之后就要支离破碎、扭曲变形？她恨自己，骂自己下贱，她使劲朝自己的大腿上拧了一下，却没觉得疼。她真的麻木了吗？

燠热折磨着女牢里的每一个人，蛇儿清楚，大家都没有睡着。包括胡作非为的翠翠和阿川，她们只不过是折腾累了，疲惫地静卧着，并没有睡着。烦躁的叹息，翻来覆去的折饼，还有莫名其妙的一两声谩骂，不时地从各个蚊帐里传出来。

骤然一声尖叫，紧接着是暴怒的呐喊和厮打，战争终于爆发了。是晓晓和郑小凤，因为什么，谁挑动起来的，谁也没有注意。在牢里，各式各样的战争时有发生，大抵都没有正当的理由。因为一句话，因为一个眼神、一个动作，或者谁不小心碰了谁一下，都有可能大打出手。要是在白天，两个女人的谩骂和厮打别人是不参与的，除非预示到马上要出人命。牢里的日子实在太单调乏味，有一两场战争，权当是文艺演出，至少可以调节一下牢里的气氛。

可现在却不行了，这场战争来势迅猛，开始便进入了高潮。晓晓和郑小凤从自己的蚊帐里跳出来，张牙舞爪地扑向了对方。几乎与此同时，所有的人都起来了，跳起身来，不是参与战争，而是保护着自己的蚊帐。要是蚊帐遭到这场战争的破坏，就再也别想睡踏实觉了。

蛇儿也跳了起来，她不是为了保护自己的蚊帐。一股像这场战争一样骤然而起的怒火把她弹跳起来，她像暴君一样跳向滚在一起的晓晓和郑小凤，抡起皮带，狂风骤雨般地朝两个肉乎乎的身子上抽打着，一边抽打，一边像泼妇一样地骂着："我操你们妈，你们要造反呀，你们两个骚货，浪得闹春，我打烂你们……"

蛇儿的皮带把两个战犯镇压下去了，战争平息了。可蛇儿的怒火并没有平息，她依然怒不可遏地叫骂着，用皮鞭指着晓晓和郑小凤命令着："去，跪在马桶旁边！"

两个人乖乖朝水池旁走去，这时电灯突然亮了，明晃晃地照得人睁不开眼睛。是牢外面的值班干事听到了里面的骚乱，拉亮了灯。

大家都立即钻进蚊帐，做出一副与此事无关的样子。

蛇儿朝晓晓和郑小凤走过去。

## 十六

在明亮的灯光下，看到晓晓和郑小凤老老实实地跪在水池边的马桶旁，蛇儿一下子呆愣住了。

刚才在黑暗中，她的愤怒、她的残暴、她的变态，她并不觉得，也顾不得觉得什么。她的身上，有一股潜藏许久的东西，在她的血管里奔流着、滚动着，无情地折磨着她。她不把这毒素发泄出来，就无法自制，无法正常地生活。阿英当牢头的时候，常常无缘无故地抡起皮带，大言不惭地说："老子今天不舒服，要打人。"过去看到阿英这样的时候，她心里骂她是神经病，是疯子。现在，她不但完全体会到了"不舒服要打人"的心态，而且自己也有了这种强烈的需要。

谁都有不舒服的时候，不舒服就打人吗？以前蛇儿可没有这种感觉，手握凶器，心生杀机，只是有权力的人和没有自制力的孩子不舒服的时候才有打人的冲动。孩子是人类童年的记忆，那么掌权者呢？权力不但可以使正常的人变成神经病，变成疯子，还能诱发蒙昧时期人类的残忍和野蛮。

可蛇儿是现代人，生活在文明时代，受过高等教育，还一名二声的是个诗人。她怎么做出了这种野蛮的事呢？

晓晓和郑小凤就跪在她面前，她的眼皮底下。谁让她们跪的？是她，是她手中的皮鞭。可是，让她们跪她们就跪吗？她过去在小说电影中，看到犹太人在纳粹的面前，看到"走资派"在红卫兵面前，是那样的服服帖帖地受辱受害，极不理解。现在她懂了，人类其实是很软弱的，是很容易屈从的。与其他动物相比，在残酷的生存竞争中，人类是最珍惜生命的。珍惜生命的结果不仅更容易丢掉生命，还放纵出了许多戗害生命的残暴者。

晓晓光着身子，郑小凤本来是穿着乳罩的，在格斗中乳罩的带子被扯断了，只有半只乳罩挂在胸前。

站在晓晓和郑小凤面前的蛇儿突然战栗起来，她两腿发软，手臂垂下来，皮鞭从手上滑落下去。

晓晓是她的好朋友，平时是那样地关心她、照顾她，可现在却像奴仆一样卑贱地跪在了她面前。平生第一次有人朝她下跪，就像她刚入牢时也是平生第一次下跪一样，她受不了了。她恨不得扑在晓晓的怀里，抱着她大哭一场。

更让她受不了的是，郑小凤的额头上在流着血。鲜红鲜红的血顺着她的眼眶流下来，染红了她的半个脸颊。她知道，这伤口不是晓晓打的，是她的皮鞭抽的。那鲜红的血使她恐惧起来。

晓晓和郑小凤等待着对她们的进一步惩罚，她们知道牢房里的规矩，更知道惩罚的厉害，身子也不由得发起抖来。

蛇儿不能再等下去了，极其温和地说了一句："好了，快睡觉去吧。"

晓晓和郑小凤双双抬起头来，用困惑的目光看着她。

蛇儿又说了一句："快睡觉去吧。"

两个人的目光不再困惑了，而是充满了感激。

蛇儿回到自己的床位上，打开带来的旅行包，找出一团自己来月经时用的药棉，来到郑小凤的床前，给她擦拭起了伤口。

郑小凤哭了。

蛇儿含着泪问："疼吗？"

郑小凤说："不，不疼……蛇儿，你是好人……"

蛇儿说："你也是好人。"

郑小凤哭着说："不，我是罪犯，我有罪……我真悔，悔得肠子都青了……"

蛇儿默默地点了点头。

郑小凤是个聪明漂亮又有着很强的虚荣心的姑娘。就是这可怕的虚荣心害了她。

她被捕前是海口某工商银行储蓄所的出纳员，这是一份令人羡慕的工作。可她自己并不满足，在储蓄所里，大多是年轻的姑娘，闲暇下来的时候，大家谈论最多的就是谁有多少钱。储蓄所每天跟金钱打交道，看到那些有钱的大款，她常常恨自己太寒酸。她不图吃，也不图穿，更不图那些高档的化妆品。她所需要的是被人承认，让人羡慕。在海南，要让人羡慕就得有钱。她跟自己的丈夫阿港省吃俭用，把节余的钱存在银行里。

有一天，她到她存款的农行储蓄所去，正赶上跟她要好的一个女同学在值班。闲谈之余，她提出要看看自己的存款。那个女同学把储蓄记账卡找出来扔给了她。她看到，自己跟丈夫辛辛苦苦攒了一年多，才存了一千元。这可怜巴巴的一千元使她感到很丢人，很没有面子。这时候，她看到那个女同学正跟一个男同事打闹。她的心骤然狂跳起来，似乎没容多想，她就抓起柜台上的笔，在记账卡的1000的数字前面又加了个"4"字，这样，上面记录的便成了四万一千元。她把记账卡还给那个女同学，又说了几句话，便匆匆走了。

接下来几天她一直忐忑不安，生怕被人发现。后来她实在忍不住了，就给那个女同学打电话，问他们那里这几天发生了长款或短款的事没有。那个女同学说没有，她的心才稍微踏实下来。这一天，她又来到了农行储蓄所，那个女同学不在，正好有个她认识的男青年在值班。她跟那个男青年要过记账卡一看便心花怒放起来，上面的数字不但是实实在在的四万一千元，还把原来一千元的利息改成了四万一千元的利息。准是记账员在查账时见到落下给补上去的。她真欣赏自己的聪明，只用笔轻轻那么一画，存款卡上就立即变成了惊人的大数目，比变魔术来得还容易。

她取出了四万元，记账卡上还留下了原来的一千元。她把取出的钱存到了自己工作的工商银行储蓄所。同事们都羡慕她，说她好福气，找了个能挣钱的老公。

从四月到五月的短短一个多月的时间里，她去了四次农行储蓄所，每去一次，就在自己的存款记账卡上添一个大数字。有一天，她打开抽屉，看到存折上已经拥有了十五万元。这么一个天文数字，是那样的亲切、那样的贴近，又是那样的遥远和陌生。她没有跟任何人讲，连她的老公阿港都不知道。她也没有动用一分钱，她是个舍不得花钱的节俭的女孩儿。她所需要的，只是一个数字，有了这个数字，有了让人羡慕的目光，就足够了。

直到有一天夜里，农行储蓄所的人带着公安局的人敲开了她的家门，她才意识到自己已经跌入了罪恶的深渊……

蛇儿同情郑小凤，同情她的单纯和虚荣，更同情她为这种单纯和虚荣所付出的沉重的代价。可是有什么办法呢？一失足成千古恨，有的路走错了可以退回来，有的路是无法退回来的。只可惜，这道理郑小凤知道得太晚了。

这一夜，蛇儿失眠了。她的眼前总是闪动着晓晓和郑小凤，闪动着郑小凤那流着鲜血的额头；同时，她的耳边总是响着王梓夫信中那句话：如果你不能够学会与魔鬼打交道，至少要警惕自己不要变成一个魔鬼。

蛇儿第一次感到灵魂的震颤。

# 十七

蛇儿发现，晓晓跟她彻底疏远了。牢房里就是这样，人与人之间的关系既简单又复杂。平时，大家都亲亲热热，谁的恋人写了信，都争着抢着看；谁的亲朋送来吃的，也差不多人人有份儿，哪怕是一小块饼干，也每个人都用牙嗑一点儿。可说翻脸就翻脸，张嘴就骂，伸手就打，容不得一点儿思想准备。骂过打过之后，又都没事儿了，该说还说，该笑还笑，该分东西吃还不分彼此。

阿英说，坐牢就得没心没肺，二皮脸。小心眼儿不行，自尊心太强不行，脸皮薄也不行。也难说，进来了，有自尊心也给你整治没了，小心眼儿也给你捅咕大了，多薄的脸皮都能让你变得比城墙拐弯还厚。牢里的人，说无情无义便无情无义，说有情有义还挺让人感动。牢里的朋友像是火车上的一见如故，都是匆匆过客，说得热火朝天，一到站便各奔东西；牢里的友情如露水夫妻，滚在床上时缠缠绵绵，心肝宝贝的叫得肉麻，提拉起裤子来就谁也不认识谁，在大街上碰面，连个招呼都不打。

可是蛇儿不同，尽管阿英给她讲了这么多牢里的关系学，她还是放不下晓晓，她还是挺在乎跟晓晓的友谊的。晓晓跟丽萍不同，自从那天夜里把丽萍从自己的床上赶走之后，她与丽萍的友情也似乎随之而终了。她不再欣赏丽萍那散发着性气息的腰身和富有挑逗性的胸脯了，相反的，见到丽萍她总是有一种莫名其妙的羞赧和愧疚，像是真的在丽萍身上做了什么见不得人的事又被人家发现了似的。她有点儿躲着丽萍，尽量避免与丽萍接触了。她跟丽萍谈不上友谊，只不过是阴暗的邪念。出狱之后，她不会再跟丽萍来往，可晓晓却不同，她把晓晓当成了真正意义上的朋友，就是出狱以后，她也不会抛弃她们的友谊。

可晓晓却疏远了她。她不恨晓晓，恨她自己，恨她自己手中的皮鞭。为什么人一有了权力，就变得如此冷酷无情呢？如果不是在牢里，晓晓就是犯了再大的错甚至犯了罪，蛇儿也不会打她，更不会用皮鞭抽她。她为自己这种行为感到可怕，感到羞愧。她觉得，晓晓不会原谅她了，她也无权要求朋友的原谅了。在外面的父母，了解她的朋友，哪怕是一般认识她的人，会相信她开口骂那些听了都脸红的脏话吗？会理解她像个纳粹一样抡着皮鞭打人吗？她怎么变成这个样子了呢？她开始讨厌自己，讨厌她手中的皮鞭了。

晓晓已经三天没有跟她说话了，尽管她不断地找借口靠近晓晓，可晓晓仍然不理睬她。那一天她的王梓夫又来看望她，给她带来许多广东香肠，她给每人都分了一根，而且是先给的晓晓。后来她发现晓晓并没有吃，而是又悄悄地给她放了回来。

她决定找晓晓谈一谈，她实在受不了了。不是受不了晓晓对她的冷落，而是受不了她内心深处的自我折磨。未泯的人性和尚存的良知时时刻刻都在无情地鞭挞着她，像是她在用皮鞭抽打着晓晓。晓晓的伤在身上，她的伤在心里。她的心里滴着血，疼得难忍。

晚饭以后，她看到晓晓一个人在水池旁冲凉，便脱掉衣服主动地凑了上去。

晓晓的上身已经打完了肥皂，她浸湿了自己的毛巾，帮晓晓搓起了后背。

晓晓不说话，也没有拒绝，只是默默地让她搓着。

蛇儿说话了，说得很真诚，连她自己的眼睛都湿润了："晓晓，我对不起你，我不该打你。"

晓晓低着头没说话。

蛇儿又说："晓晓，你还在生我的气吗？"

晓晓抽泣起来，一副很伤心的样子。

蛇儿更加慌了，也更加感到对不起晓晓。她扳过晓晓的肩头，把毛巾涤净，给她擦着眼泪。

晓晓坐在了水泥地上，双肘架着头。

蛇儿挨着她也坐下来，揽着她的肩头，安慰着她。

晓晓忽然扭过脸说："我不恨你，你打我是应该的。"

蛇儿说："晓晓，别说气话，我不该打你。"

晓晓说："我说的是真的，你是牢头，你想打谁就可以打谁。坐牢总是要挨打的，反正不挨你打，也会挨别人打的。"

"那你为什么不理我呢？"

“你伤了我的心!”

“是的，我是伤了你的心。”

“我说的不是这个。”

“那是什么?”

“我觉得，在这个牢里，就你最有学问，最有同情心，最能够辨清事理，我尊重你，崇拜你，把你当成朋友，当成老师，可你……你却不相信我……”

晓晓说着，呜呜地哭了起来。

蛇儿一边劝慰着晓晓，一边问：“你说我怎么不相信你了?”

晓晓说：“就那个蔡小燕，我跟你说她的事，你根本不当回事。你还不如人家阿英，阿英都相信……”

蛇儿说：“晓晓，你听我说，咱不能凭空怀疑一个人是不是? 我跟阿英不一样……”

晓晓说：“你当然跟阿英不一样了，蔡小燕对你有恩，她把牢头让给了你，要不是这样，你会不相信我的话吗?”

蛇儿不说话了，或许晓晓说的真有道理。

晓晓说：“我问你，你还把我当不当朋友?”

蛇儿说：“当然，我会永远把你当朋友的。”

晓晓说：“那你帮我办一件事，算是我求你了。”

蛇儿问：“什么事?”

晓晓低声说：“你看见蔡小燕脖子上那根项链了吗?”

“那根细的金项链?”

“我怀疑那项链是我的。”

“你有什么证据吗?”

“那项链的后面扣上，有两个X，那是我名字的英文缩写。”

蛇儿沉默了，她感到问题越来越严重了。晓晓对蔡小燕的怀疑已经根深蒂固了。她不能肯定这种怀疑有道理，也不能肯定这种怀疑无根据。这里毕竟是罪恶集中之地，任何情况都是有可能的。

晓晓用一双泪眼盯着她：“你肯帮助我吗?”

蛇儿肯定地点了点头。

晓晓被感动了，使劲攥住了她的手。

## 十八

上午刚刚吃过早饭，铁门哗啦啦一声响，干事大声地叫着蛇儿的名字。这是入狱以来蛇儿第一次被提审。

进牢的人大多数都盼望着被提审，只有提审才有机会为自己辩护，只有提审也才有机会呼吸一下外面的新鲜空气，也只有提审才能跟自由世界建立一种实在的联系。

提审蛇儿的是预审科的廖科长，是蛇儿走在去提审处的路上干事告诉她的。廖科长提审的犯人，多是大案要案的首犯。蛇儿不像是罪大恶极的要犯，要是的话，会严加防范的，不会只让一个干事来通知她。干事感到奇怪，问蛇儿："你犯的是什么罪？"

蛇儿理直气壮地说："我什么罪也没犯。"

"没犯罪，你到看守所来干什么？"

"我有这份儿瘾。"

干事觉得蛇儿这句话是大不敬，想发作，但没敢。

廖科长对蛇儿与其说是提审，倒不如说是召见。椰子树下，一张缺棱短腿的小课桌，两把摇摇晃晃的椅子。廖科长坐在桌前面，让蛇儿坐在了他的对面。有一本案卷放在桌上，没打开，也没人做提审记录。廖科长看着蛇儿，半天没说话。

蛇儿紧张地等待着，心里有点儿发毛。坐牢坐出了规矩，过去见到多大的官都盖儿不吝，没大没小的。现在跟廖科长平起平坐就觉得自己犯了上，几次要站起来又都没敢。她低着头，不敢把自己的目光对着廖科长。

她这副怯懦的样子大概很滑稽，廖科长笑了。

蛇儿鼓足勇气抬起头来，奓着胆子问："会给我判刑吗？"

廖科长反问她："你犯的是什么罪？"

"我跟他们不是一伙儿的。"蛇儿小心地说。

"那个非法出版报纸的案子我看了，你确实跟他们不是一伙儿的，那几个人都说跟你不熟悉，可以把你排除了。可我就是不明白，在派出所的时候你为什么不把这情况说明呢?”

蛇儿又低下了头，这个问题她不好回答。

“有人说，你想坐牢，有没有这么回事?”

“我确实说过。”

“为什么?觉得坐牢好玩是不是?”

“有那么一点儿，可又不全是。”

“王梓夫说，你想体验一下生活，为了创作。”

“您认识王梓夫?”

“在上面签个字，你可以出去了。”廖科长从卷宗里抽出一张表，扔给蛇儿。

蛇儿有点儿吃惊：“您说的是现在?”

“怎么，坐牢还没有坐够?”

蛇儿突然说：“廖科长，有个案子我可以问问吗?”

廖科长问：“哪个案子?”

“蔡小燕……”

“你问她干什么?”

这时候，蛇儿完全平静下来，她说了蔡小燕进来后的种种表现以及晓晓和阿英对她的怀疑。廖科长一直在静静地听着，思索着。

廖科长谨慎地说：“蔡小燕是因为入室抢劫被捕的，她跟男牢里的刘库是同伙，还有阿红。在农垦大厦犯的案，被害人被用一条裙带勒住了脖子，拴在了床上，但没有被杀死，又被救活了。这个案子跟晓晓男朋友遇害在手段上很相似，侦查员也怀疑那个案子是他们干的，可找不到有力的证据。”

蛇儿冲动起来：“廖科长，我可以过几天再出去吗?”

廖科长犹豫地说：“我今天找你，确实是想跟你商量一下，想让你帮助我们查清这个案子。不仅是你，还有晓晓。晓晓确实不是杀人犯，验尸证明，她的男朋友死的时候，她不在现场。我们也想请她晚几天出去。”

“没问题，我们愿意完成这个任务。”蛇儿兴奋地说。

廖科长依然犹豫地说：“王梓夫为你的事专程从北京飞来的，急着要见到你。”

蛇儿说："您跟他解释一下嘛，要不我给他写封信。他要是等不及就让他先回去，我出去之后立即到北京去见他。"

廖科长说："我来的时候，跟王梓夫把这个意思说了，他准知道你会同意的，怕你一时出不去，让我给你带来三百元钱，我给你放在账上了，你该花就花吧。"

在看守所，无论是自己的钱还是亲友送来的钱，一律是不许放在身上的，都记在干事的账上。花钱就记账，出去的时候再结账。蛇儿没钱，她进来的时候口袋里只有不到十元钱，连买卫生纸的钱都不够。她已经跟北京老太借了三十多元钱了，正愁没法还她呢。想到这里，她眼睛里涌出了泪花。

有人唱歌，在牢外面。一只叫不出名字的鸟从她的头顶上飞过去，她抬头看了看椰子树上那片自由的天空，心里不由得紧缩起来……

## 十九

蛇儿跟晓晓不但恢复了友谊，而且结成了神圣的同盟。她们现在的心境完全变了，虽说还在坐牢，表面上仍与别人无异，依然是囚徒，依然是没有自由的人，可她们自己明白，她们不再是罪犯，她们是怀着一种使命在坐牢的。

就在蛇儿被廖科长召见之后，晓晓也被召见了。两个人一前一后回到了牢房，互相碰了一下目光，便心领神会了。

傍晚，两个人在水池边冲凉。都知道她们原本就是好朋友，没人怀疑她们在一起会有什么名堂。连阿英也不会想到。

晓晓又提到了那条金项链，要是那条金项链是晓晓的，就完全可以证明东北大汉是他们害死的。

蛇儿有点儿后悔，她在跟廖科长谈话的时候，竟忘了提那条金项链的事。狱里规定是不许戴金首饰的，完全可以没收检查一下嘛。现在，她们自己要检查那条金项链可难了，蔡小燕不让任何人接触不说，那项链上的记号还在后面的挂钩上，这就更难了。

晓晓又提供了一个情况，近两天蔡小燕跟叶枝琼开始接近起来，或许她觉得太寂寞了，或许她用得着叶枝琼。晓晓注意到，前天下午叶枝琼和蔡小燕一起冲凉，叶枝琼还帮她搓了背；昨天晚上，蔡小燕说腰疼，叶枝琼还给她做了按摩。

在整个女牢里，除了海南阿婆、北京老太，就属叶枝琼年龄最大，今年已经三十八岁了。她不大跟这伙儿年轻人合群，不仅因为她年龄大，还因为她是海南本土人。

说起来，叶枝琼也是个苦命的姑娘。十五岁初中毕业，正赶上上山下乡，她便跟同学一起到文昌县插队落户。种庄稼、种防护林，整年价在风里雨里劳作，累得连个头儿都没长起来，至今也只有一米五多一点儿，且又黑又瘦。

在艰苦的岁月里，她得到了善良的乡亲们的帮助和照顾。有一个比她大两岁的农村小伙子给了她从未体验过的温暖，小伙子叫阿旺。后来他们相爱了，在一间破旧的房子里结了婚。那一年她只有十九岁，后来他们有了一个儿子。生活虽说很难，可也得到了不少的乐趣。直到她二十六岁的时候才回到海口，顶替母亲在妇产医院当了一名护工。她的丈夫阿旺也随她一起进了城，做生意，很快便赚了不少的钱。

好日子到来了，她的灾难也降临了。

乡下执行计划生育这个基本国策，规定生了两个孩子的妇女都要实行“结扎”。有一天，她在乡下时的房东阿婆来找她，让她帮忙给阿婆的儿媳开一个结扎证明。这件事让她很为难，阿婆只知道她在医院工作，不知道她只是一名护工，根本没有权力开什么证明。可是想到自己在乡下时阿婆对她的种种好处，又拉不下脸来拒绝阿婆。于是，她答应阿婆想想办法。

她每天都要到各科室打扫卫生，这一天她趁医生不在，偷偷地撕了一张诊断证明书。那时候划款处的公章管理不严，随便地扔在桌上。她在诊断证明书上写上了阿婆儿媳已结扎的字样，又到划款处盖了一个公章，一张正正规规的证明便炮制出来了。

阿婆对她感激不尽，又送钱又送礼，她都不要，她只是为了报答阿婆才这么干的。后来的事情越来越麻烦了，阿婆回去以后，到处宣传叶枝琼如何不忘乡亲们的情义，如何帮助她给儿媳开出了结扎证明云云。一传十，十传百，来找叶枝琼的乡亲越来越多。谁来了，叶枝琼都不好驳面子，都尽心尽力地给人家办。当然，她也是谁的礼都不收的。她越这样，名声越好，名声越好，来找她的人便越多。在不到半年的时间里，她竟开出了一百零六张假证明。直到有一天夜里两个警察破门而入，将一副冰凉的手铐戴在了她的手上，她才明白自己犯了罪……

叶枝琼至今不知道自己的罪过有多大，她曾经问过蛇儿会不会判刑。蛇儿为她的愚昧感到可气又可怜，故意吓唬她说："你这是破坏基本国策，比什么罪都大，肯定要重判的。"

叶枝琼傻了，带着哭腔问："那会判我几年?"

蛇儿说："几年？不枪毙就便宜你!"

叶枝琼吓呆了，两眼直瞪瞪地看着蛇儿，一句话都说不出来了。

蛇儿怕把她吓坏，又缓和了一下口气说："当然了，判刑嘛要看各方面的情况，还要看你的表现，看你的认罪态度。"

叶枝琼说："我要是认罪态度好，可以不枪毙吗?"

蛇儿说："可以保住命，还可以减刑。"

叶枝琼又问："我怎么做才算态度好呢?"

蛇儿想了想，说："最好是能立功赎罪。"

叶枝琼为难了："在这里既不能学雷锋做好事，又不能舍己救人，我怎么立功呢?"

蛇儿说："等着吧，一个人想做好事，总会有机会的。"

蛇儿也不知道自己那天为什么要跟叶枝琼说这些话，她当时只是觉得逗逗她有点儿好玩儿，没想到现在真的要她立功赎罪了。

原来叶枝琼仗着自己是海南本地人，觉得有许多优越和方便之处，自从从蛇儿嘴里听到了自己罪行严重之后，便立即蔫了。她开始跟牢里的人友好起来，向每个人都献殷勤，特别是对牢头蔡小燕更加肉麻。她以为判刑也像选举分房调工资一样，谁的关系好就可以得到便宜。

而蔡小燕大概也看穿了叶枝琼的愚昧和无知，不会对她构成什么威胁，故而也对她放松了警惕。

这会儿，蛇儿趁傍晚冲凉的时候，把叶枝琼叫到水池边，悄悄地对她说："你想不想立功？现在有个机会，你要是不要，我就把这个机会让给别人了。"

叶枝琼一听有了立功赎罪的机会，一把拉住了蛇儿，把她当成了救命的活菩萨，真想给她跪下磕几个响头……

## 二十

行动计划开始了，蛇儿很紧张。活到二十几岁，她还是第一次投入这种惊险的行动。看到叶枝琼给蔡小燕做按摩，她的心便怦怦跳了起来。她努力镇静着自己，不往头床的方向看，可又不能不随时关注着那边的情况，千万别发生什么意外。她怕自己的神态引起蔡小燕的怀疑，只好躲到水池旁边，离开蔡小燕的视线。

晓晓过来了，低声说："你看，她翻过身来了，开始做后背了。一做后背就能看见那项链钩了。"

蛇儿没说话，又故意离开她一点儿，意思是让她沉住气，别打草惊蛇。

蛇儿密切注视着叶枝琼，事先说好了，一定要沉着冷静。即使看到项链钩上有字，也不要做出任何表示，更不要与她交流。这会儿，蛇儿看到，叶枝琼为蔡小燕做按摩做得很认真。呼哧呼哧地喘着气，额头上都流满了汗水。蛇儿知道，叶枝琼不是累的，也跟她一样，是紧张的。她觉得自己的脖子上有小虫子在爬，一摸，也全是汗。

晓晓是沉着的，她似乎有一股抑制不住的冲动，两个拳头紧紧地握着，眼睛里放着光，完全处于一种临战状态。蛇儿真担心晓晓控制不住，会做出什么蠢事来。

谢天谢地，叶枝琼的按摩终于做完了。蔡小燕舒舒服服地睡着了。叶枝琼也回到自己的床位上躺下了，连看都没看蛇儿一眼。

晓晓有点儿沉不住气了，扭搭扭搭地借故凑到叶枝琼的身边，不一会儿又回来了。

蛇儿问："怎么样？"

晓晓愤然地骂了一句："这傻×，不告诉我，还非得要亲口跟你说。"

蛇儿不由得哑然笑了。叶枝琼这样的蠢货也挺可爱，你让她怎么做她就怎么做，绝不越雷池一步，更没有临场发挥。这种人干不成什么大事，也干不坏什么大事。

蛇儿睡在二床，与叶枝琼相隔十来个人，她实在没有理由到叶枝琼那里去。正发愁，阿英过来了。

阿英蹭到蛇儿的身边，不满地说："信不过姐们儿是不是？撇下我你们干起来了。"

蛇儿说："你说什么呢？有什么好事我也不会忘了你呀。"

阿英凑近蛇儿说："甭跟我打马虎眼，我早看出来了，你跟晓晓在调查那个姓蔡的，对不对？"

蛇儿没话可说了，她真佩服阿英，眼睛竟这么尖。

阿英又说："这事你真不该瞒着我，你知道，我早就对她有怀疑了。咱眼里向来不揉沙子。"

蛇儿想解释，可实在找不到合适的话，只好闭着嘴不说话。

阿英伸出了右手的食指，做出一副拉钩的样子："一块儿干，我保证两肋插刀。"

蛇儿没办法，也只好把手指伸了出来。

直到第二天开饭的时候，蛇儿才找到跟叶枝琼接近的机会。她冲着叶枝琼拍了一下饭勺，叶枝琼居然明白了她的意思，冲她点了点头。不过，蛇儿实在弄不明白叶枝琼这头点的是什么意思。是那项链钩上有字，还是她完成了蛇儿交给她的任务？

铁门下面的小窗口打开了，外面有人叫着阿红的名字。

蛇儿正想乘机凑近叶枝琼问一问，阿英忽然过来了，拉她到一边，严肃地说："注意，有情况！"

蛇儿问："什么情况？"

阿英狠狠地瞪了她一眼："别说话，看我的眼色行事！"

蛇儿有点儿莫名其妙，但她看到阿英向她交代完这两句话以后就朝蔡小燕的身边凑了过去。

蛇儿立即紧张起来，她来不及跟晓晓联系，也紧跟着阿英踱过去。这时她才意识到，这个神圣行动的指挥权，已经轻而易举地被阿英夺过去了。

牢里的伙食差，亲友是允许送来一点儿食物的。食物交给干事检查，没问题才转交到牢里。

阿红从小窗口接过两个包子，是用一个小塑料袋装着的。阿红托着包子回到了自己的床位上，拿起一个却没有吃。这时蔡小燕过来了，阿红把手里的包子交给了蔡小燕。

就在这一刹那间，阿英朝蔡小燕扑了上去，抢着蔡小燕手里的包子。

蔡小燕慌了，一下子把包子塞进嘴里。

阿英一边大叫着蛇儿，一边向蔡小燕的嘴里夺食。

蛇儿和晓晓一齐扑上去，把蔡小燕压在底下。

阿英的手已经伸到蔡小燕的嘴里了，蔡小燕拼命咬着阿英的手，鲜血顺着蔡小燕的嘴角流下来。

阿英死也不把手抽出来，由于有了蛇儿和晓晓的帮助，她腾出了另一只手，卡住了蔡小燕的脖子，同时命令着晓晓："快，掰开她的嘴！"

晓晓也把手伸进蔡小燕的嘴里，又挣扎了好一会儿，阿英的一只血手终于从蔡小燕的嘴里掏出了一个血染的包子。她顾不得自己的手，把包子递给蛇儿。

蛇儿急忙把包子掰开，里面露出了一张纸条：

"我只交代了农垦大厦，只有我们两人，不要说出阿红。"

在搏斗中，晓晓从蔡小燕的脖子上扯下了那条项链，急不可待地看着，立即冲蛇儿惊叫起来："是我的，就是我的，你看，这上面有两个X……"

牢门打开了，进来了几个武装警察，蔡小燕被带走了。

所有的人都朝蛇儿、阿英和晓晓围过来。这一切发生得太突然，结束得也太迅速了，大伙儿都不知道到底出了什么事。

阿英的手还在流着血，晓晓撕开自己的白衬裙，为阿英包扎着。干事进来了，制止住了晓晓，把阿英带走去卫生室了。

蛇儿的脑子里出现了一片空白，她甚至不相信这一切是真实的，像是刚刚从一场噩梦中醒来。

## 二十一

骤雨初歇，太阳突兀地从云隙里钻出来，火辣辣地灼人，明晃晃地刺得人睁不开眼睛。从牢房里出来的蛇儿感到很新奇，像是来到了另一个世界上，飞也似的冲出了看守所的大门。

她又见到了那熟悉的笑眯眯的面容，有人说这笑容是兄长的宽厚和友善，蛇儿却总觉得这笑容里藏着一种狡猾。这笑容使人感到亲近，可也拒人于一步之外。你总觉得他在你身边，可又永远不能亲密无间地靠近他。所以，扑过来的蛇儿只好收敛起自己的激动，礼节般地伸出了手。让蛇儿惊愕的是，王梓夫却一下子把她揽在怀里，紧紧地拥抱了她。

她真想伏在这坚实的肩头上痛哭一场，可没容她的眼泪往外涌，王梓夫就扳着她的肩头打量起来："脸色很好，白里透红的，看来再好的美容院也不如坐牢。"

蛇儿笑了，她准知道她会笑。在他面前，她激动不起来，也沉重不起来，他总是让你轻松愉快，仅此而已。

王梓夫问："说吧，你最想干的是什么？"

蛇儿脱口而出："我想吃扬州炒饭，要两大盘。"

王梓夫把手一挥："上车吧。"

这时蛇儿才注意到，王梓夫身后停着一辆带挎斗的摩托车，车旁边站着一个高高瘦瘦的年轻人，尽管他穿着便装，蛇儿也猜出了他是老野。

老野向她伸出了手。

蛇儿发现，老野那狭长的眼睛里放射着一股幽幽的光，有点儿凶，大概是职业特征吧。

蛇儿刚出来，又见到了好朋友，心里亢奋，有话就顺嘴冒了出来："我看过你的《狼之夜哭》，你的身上还真有点儿狼性。"

老野说："我可没有梓夫兄那君子气，是狼，我就是只色狼。"

蛇儿说："用不着你表白，我看出来了。"

老野说："好眼力，这我就省事多了。"

王梓夫打断了他们的调侃，催促着："走，快点儿去吃扬州炒饭，上车。"

蛇儿没进挎斗，一下子跳上了摩托车的后座，搂住了老野的腰。

摩托车在椰林大道上奔驰着，海风把蛇儿的长发吹得飘飞起来，像一面黑色的旗帜。

蛇儿欢快地叫喊着，贪婪地呼吸着这自由的空气。尽管这空气有点儿苦涩，有点儿咸……

1996 年 2 月于京东教练场

**图书在版编目(CIP)数据**

礼尚往来 / 王梓夫著. －－ 北京 ：中国文史出版社，2021.3

（中国专业作家作品典藏文库 · 王梓夫卷）

ISBN 978－7－5205－2483－4

Ⅰ. ①礼… Ⅱ. ①王… Ⅲ. ①中篇小说－小说集－中国－当代②短篇小说－小说集－中国－当代 Ⅳ. ①I247.7

中国版本图书馆 CIP 数据核字(2020)第 228862 号

责任编辑：卢祥秋

出版发行：**中国文史出版社**

社　　址：北京市海淀区西八里庄路 69 号院　邮编：100142

电　　话：010－81136606　81136602　81136603（发行部）

传　　真：010－81136655

印　　装：北京新华印刷有限公司

经　　销：全国新华书店

开　　本：720×1020　1/16

印　　张：22　　　　字数：330 千字

版　　次：2021 年 3 月第 1 版

印　　次：2021 年 3 月第 1 次印刷

定　　价：69.80 元